KB248490

구상문학총서
제6권 에세이

시와 삶의 노트

구상문학총서
제6권 에세이

시와 삶의 노트

글쓴이 구상
펴낸이 이재철
만든이 정애주

편집 이현주 한미영 한수경 김혜수 최강미 김기민
미술 권진숙 서재은 조은애
제작 홍순홍 윤태웅
미디어 백경호 한지환
영업 오민택 이재원
쿰회원관리 국효숙 김경아
관리 이남진 박승기 백창석
총무 정희자 김은오

펴낸날 2007. 2. 13. 초판 1쇄 인쇄
2007. 2. 21. 초판 1쇄 발행
펴낸곳 주식회사 홍성사

1977. 8. 1. 등록 / 제 1-499호
121-885 서울시 마포구 합정동 377-9
TEL.02)333-5161 FAX.02)333-5165
http://www.hsbooks.com E-mail: hsbooks@hsbooks.com

ⓒ 구상, 2007

ISBN 978-89-365-0752-7
값 18,000원 ※잘못된 책은 바꿔 드립니다.

제6권 에세이

시와 삶의 노트

홍성사

차례

일러두기

1. 이 책에 수록된 글들은 1988년 '자유문학사'에서 간행한 《시와 삶의 노트》를 기본으로 하였다. 따라서 《시와 삶의 노트》에 수록된 글은 따로 출처를 밝히지 않았고, 그렇지 않은 글은 그 출처와 출처의 간행 연대를 해당 장의 끝 부분에 밝혔다.
2. 원문에서 한자로만 표기된 글자는 한글과 병기하였고, 의미 소통에 문제가 없는 부분은 한글로만 바꾸었다.
3. 한글 맞춤법과 외래어 표기법에 맞지 않는 부분들은, 저자의 의도를 최대한 살리는 데 원칙을 두되 일부 수정을 거쳤다.
4. 저자가 생전에 수정하기 원했던 부분은 저자의 의도를 따랐으며 당시 기록상의 착오 혹은 출판상의 오·탈자라고 판단되는 부분은 확인을 거쳐 수정하였다.

책머리에

여기에 한데 묶은 것은 나의 글들 중 나의 시(詩)를 비롯한 국내의 시의 음미라든가, 시를 곁들인 인생론이라든가, 또는 시에 대한 나의 소견 등 그 모두가 시가 깃들인 에세이들이다. 물론 이런 글을 내가 한꺼번에 의도적으로 쓴 것이 아니라 40여 년의 문필생활을 해 오는 동안 시 이외의 청탁 원고나, 강단이나, 공중 강연을 통해 자연히 쌓여진 시인이라는 직분(職分)의 발로로서, 말하자면 시가 왜, 또는 어떻게 우리 삶의 예지의 원천이 되고 활력소가 되는가를 제시하고 증거해 보인 자취들이라고나 하겠다.

물질주의와 기술만능의 세상살이 속에서 시라는 것이 인간 실생활에는 그야말로 무관한 일부 지식인들의 정신이나 언어의 유희로밖에 보여지지 않거나 청소년들의 몽환제(夢幻劑)로 여겨질지 모르나 우리의 삶과 꿈이 시를 떠나서는 참될 수가 없고 그 보람과 기쁨을 맛볼 수가 없음을 이 변변치 않은 나의 글들이 일깨워 주었으면 하는 주제넘은 바람을 갖는다.

(1988년에 출간된 《시와 삶의 노트》의 '책머리에'를 재수록한 것임. −편집자)

우주인과 하모니카

우리의 옛 글에는 시 이야기, 즉 시화(詩話)가 많다. 이것은 자신의 시나 당대 시인들의 작품 또는 옛 시에 전해지는 유래나 일사(逸事) 등을 기록해 놓은 것으로 우리는 저러한 시 이야기들을 통해서 옛 시인과 옛 지식인의 생활감정뿐 아니라 그들이 처해 있던 사회 상황이나 지니고 있던 문제의식 등을 엿볼 수가 있다.

오늘의 시 역시 그 어떤 한 편이 이루어질 때에는 그 작자의 내면이나 생활 속에 여러 가지 복합적인 시대 상황이나 현실이 투영되고 있으나 시가 지니는 비구상성(非具象性) 때문에 그러한 작자의 시작(詩作) 배경을 음미할 수가 없다.

그래서 나는 평소 오늘의 시화를 한번 써 보려고 했었는데 이번 기회에 그 시험으로 우선 저 고려 이규보(李奎報)의 백운소설(白雲小說)처럼 나 자신의 시작(詩作) 체험에 국한시켜 몇 개의 이야기를 해볼까 한다. 물론 요새 유행하는 자작시 해설의 경지를 넘지 못할지 모르나 아무튼 오늘날 시가 쏟아져 나오면서도 시가 제대로 읽히지 않는 시대의 하나의 길잡이 삼아 쓰기로 하고, 먼저 가장 알려진 소재(素材)의 시부터 내놓아 보자.

귀가(歸家)

제미니 6호를 타고

랑데부를 마친 후
돌아오는 참엔

저녁때, 들에서
목동들이 소를 타고
버들피리 불며
마을로 들어서듯

비프스테이크를 한 입 덜 먹고
몸무게를 줄여
팔 포켓에 숨겨 가지고 간
하모니카를 꺼내
풍팡풍팡 불면서
아내와 어린것이 기다리는
지구로 내렸다.

　이 〈귀가(歸家)〉의 소재는 연전, '제미니 6호'의 우주비행사 쉴러 대령이 한국에 왔을 때 기자 인터뷰에서 술회한 사실을 내가 조금 윤색한 것뿐이다. 시에 밝혀져 있는 얘기의 되풀이가 되지만 쉴러 대령은 지구를 떠날 때 비프스테이크를 조금 덜 먹고 자신의 몸무게를 줄인 다음 몰래 팔 포켓에다 하모니카를 한 개 숨겨 넣어 가지고 우주여행에 나섰다가 임무를 마치고 돌아올 때 그것을 꺼내 불었다는 것이다.
　나는 그의 술회를 듣고 얼마나 감동했는지 모른다. 한 번 인공위성이 발사될 때면 그 기술 조작에 연 30만 명이 매달린다는 어마어마한 과학의 최첨단 속에서 그 중에서도 그 우주선을 탄 장본인이 인간의 정서적 욕구를 저렇듯 소박하게 충족시켰다는 사실이 눈물이 겹도록 흥그러웠던 것이다.

그 후 '아폴로 11호'가 달에 착륙하고 돌아왔을 때도 그 선장 암스트롱의 부인이, 그의 인간 자체가 하나도 변하지 않아서 안심했다라고 말했듯이 아무리 과학만능과 기술위주의 시대 속에서도 인간의 자연 양심이나 그 정서의 상실이 있어서는 그야말로 인간의 멸망이라 하겠다.

그러나 쉴러 대령이 그 하모니카를 지구로 내려오면서 불었다는 것은 내가 저녁 때 들에서 일손을 끝낸 목동들이 소를 타고 피리를 불면서 돌아오는 풍경에다 대조했듯이 오히려 우리 인간은 이제부터 우주를 무한한 농장으로 삼을 수 있다는 뿌듯한 희망을 안게 됐다. 또한 저 우주인들의 체험은 이 지구 전체를 자기가 사는 한 마을이나 집으로 여기게 되고 그럼으로써 인류는 참말로 한 이웃이요, 한 가족이라는 실감을 가지게 될 것이라는 낙관이 나의 가슴을 부풀게 하였다. 그래서 우주 개발은 오늘의 인간의 모든 사회적 · 사상적 장벽과 고민을 해소하고 해결해 주는 계기가 될 것으로 보게 된 것이다.

무엇보다 오늘날 지구상에 있는 국가 · 민족간의 분쟁의 씨앗인 영토권 개념의 의미 내용도 우주적 무한대에서는 근본적 변경을 가져오고 지역적 물질분포(物質分布)에다 근거를 둔 현재의 경제적 가치체계도 대폭 변화할 것이요, 사상이나 인간관계에서도 범세계주의적인 사상과 인간관이 싹틀 것이라고 나는 기대를 갖는다.

그리하여 테야르 드 샤르댕의 말처럼 과학문명에 병행하는 인간 영성(靈性)의 진화로서, 신의 창조의 완성을 우리 인류가 지상에서도 누리리라는 믿음과 바람으로서 저 시를 썼던 것이다.

초토(焦土)의 3경(三景)

　내가 이 글을 쓰고 있는 날은 바로 6월 25일이어서 내가 사는 여의도 5·16광장(지금의 여의도 광장—편집자)에서는 반공시민궐기대회가 열리고 있어 그 열띤 규탄과 호응의 박수 소리가 나의 서재에까지 쩌렁쩌렁 울려온다.

　그런데 흔히 우리는 6·25동란의 민족적 피해상을 말할 때 생명의 살상이나 회진화(灰盡化)된 가옥과 재산, 또는 상이용사나 전쟁미망인과 고아들의 불행, 눈에 보이는 비극만을 쳐드는데 실은 저보다 못지않은 내면적·정신적 피해로서는 한국사회의 모든 전통적 가치 질서가 일시에 파괴되었다는 사실이다. 그러면 우리는 그러한 전통적 사회의 가치 질서가 어떻게 변천·붕괴되어 가는가 하는 것을 무구(無垢)한 동심 속에서 엿보기로 하자.

초토(焦土)의 시 6

　제1경
　행길 위에 머슴애들이 우 몰려가 수상한 차림의 여인 하나를 에워싼다. 돌팔매를 하는 놈, 쇠똥, 말똥을 꿰매 달아 막대질을 하는 놈,
　"양갈보" "양갈보" "양가—ㄹ보"
　더럽혀진 모성(母性)을 향하여 이들은 저희의 율법(律法)으

로 다스리려는 것이다.

"내가 늬들 애미란 말이냐? 양갈보면 어때? 어때!"

거품까지 물어 발악하는 여인을 지나치던 미군 지프가 싣고 바람같이 흘러간다. 아우성 소리만 남고.

제2경

짙게 양장한 여인이 지나간다. 꼬마들은 눈을 꿈벅꿈벅 한다.

한 녀석이 살살 뒤를 밟아 여인의 잔등에다

'일금 3천 원(圓)야'라는 꼬리표를 재치 있게 달아 붙인다.

"와하" "와하하" "와하하하"

자신들의 항거로서는 어쩔 수 없음을 깨달은 꼬마들이 자학을 겹친 모멸의 홍소(哄笑)를 터뜨린다.

여인은 신 뒤축을 살펴보기도 하고 걸음새를 고쳐 보기도 한다.

그러나 그녀가 사라지기까지

"와하" "와하하" "와하하하"는 그치지 않는다.

제3경

이러한 짓궂은 장난도 얼마 안 가 뜸하여지고 판자막(板子幕) 어두컴컴한 골목길에는 군데군데 꼬마들이 누구를 기다리고 서 있다.

흑백의 모주 병정들이 어른거릴 양이면 그 고사리 같은 손으로 억센 팔들을 잡아끄는 것이다.

"헬로! 오케?" "마담, 나이스!" "나이스, 오케?"

지폐맛을 본 꼬마들은 이 참혹한 현실을 그들대로 활용하게 끔 되었다.

이 시는 그 자체가 산문으로 되어 있어 설명을 필요로 하지 않을 줄 안다. 동심 속에 뿌리박혀 있는 모성에 대한 민족적 순결의 요구가 저처럼 단계적으로 붕괴되어 갔던 것이다. 즉 처음에는 돌팔매마저 하면서 이를 타매(唾罵)했고, 두 번째는 여인들의 등에 가격표를 매닮으로써 자학의 홍소를 터뜨렸고, 마금에는 외국인들을 창굴(娼窟)로 안내하여 돈벌이를 하게끔 되는 것이다.

저러한 풍경은 동란 중 대구·부산 거리에서 흔히 접할 수 있었던 풍경으로서 지금 명동거리에 외국인과 팔짱을 어엿이 끼고 활보하는 광경과는 격세지감이 없지 않다.

여하간 공산주의와 민주주의의 무력 대결이라고 한마디로 단순하게 불리는 한국동란의 사회적 의미 속에는 서구의 양대 사조의 진입과 격돌에서 오는 세계사적 체험과 더불어 우리의 전통적 가치 질서의 전면적 붕괴와 파괴가 행해졌던 것이다.

그리하여 한국사회는 전통적 토대가 무너지고 각자 국민의 의식 내용도 걷잡을 수 없을 정도의 파탄과 혼란을 가져왔다. 또 우리가 새로 선택한 서구 민주주의나 그 생활도 우리가 받아들일 때 산업이나 기술의 혁명과 더불어 받아들였거나 선택한 것이 아니고 앞서 말한 바처럼 미소주둔군(美蘇駐屯軍)이 휴대하고 온 이데올로기의 대결 속에서의 양자택일이었다는 데에 특이한 문제점이 내포되고 있는 것이다.

이러한 우리 사회를 정제(整齊)하기 위하여는 전통적 가치의 재발견과 재평가와 그 회복뿐 아니라 기형적으로 받아들인 우리의 외래적 사상과 생활풍속과 그 가치에도 철저한 재검토·재평가로서의 조정(調整)이 요청되는 것이며 이것이 곧 민족 주체성의 확립인 것이다.

적군묘지(敵軍墓地)

연전 나는 〈단장(斷章)〉에다 "소위 시인이란 영광된 칭호를 뻔뻔스레 30년을 누려 온다. 만일 내 삶이 이대로 끝난다면 나는 일생을 가짜나 사기로 산 것밖에 안 된다. 나에게 있어 이보다 더 끔찍한 사건이 있을까?"라고 적어 넣은 적이 있다.

이것은 결코 나의 겸허에서의 술회가 아니라 실제로 나는 아직 회심작(會心作)이라고 스스로 내놓을 만한 시도 없고 또 일반에게서 널리 회자(膾炙)되는 시도 못 가지고 있다.

그러면서도 옛날 어느 명창(名唱)이 젊었을 때는 지독한 악성(惡聲)이었는데 매일 폭포 밑에 가서 소리내기를 한평생 하다가 만년 그 어느 날 목구멍에서 돌덩이 같은 검정 피를 토하고 절창(絕唱)이 되었다는 격으로 나도 죽기 전에는 '한 편 쓰지' 하는 그 발원(發願)에서 시작(詩作)을 계속하고 있다. 이런 형편에서 굳이 나의 자작의 대표시를 들라면 가끔 앤솔로지에 타선(他選)되고 외국어 역도 여러 번 된 〈적군묘지〉나 소개할 수밖에 없다.

오호, 여기 줄지어 누웠는 넋들은
눈도 감지 못하였겠구나.

어제까지 너희의 목숨을 겨눠
방아쇠를 당기던 우리의 그 손으로

썩어 문드러진 살덩이와 뼈를 추려
그래도 양지바른 두메를 골라
고이 파묻어 떼마저 입혔거니
죽음은 이렇듯 미움보다도 사랑보다도
더욱 신비스러운 것이로다.

이곳서 나와 너희의 넋들이
돌아가야 할 고향 땅은 30리면
가로막히고
무주공산(無主空山)의 적막만이
천만 근 나의 가슴을 억누르는데

살아서는 너희가 나와
미움으로 맺혔건만
이제는 오히려 너희의
풀지 못한 원한이
나의 바람 속에 깃들어 있도다.

손에 닿을 듯한 봄 하늘에
구름은 무심히도
북으로 흘러가고
어디서 울려오는 포성(砲聲) 몇 발
나는 그만 이 은원(恩怨)의 무덤 앞에
목놓아 버린다.

이것은 1953년 휴전 직후 친구가 지휘하는 어느 포병부대를 찾아갔다가 목격한 사실의 그 감동을 시화(詩化)한 것으로, 여기서 적군은 본시가 적일 수 없는 북한 공산군을 가리킨다.

　이 시는 나의 동란 시집 《초토의 시》에 수록된 작품으로 이데올로기 전쟁으로 인한 동족의 희생을 반문해 본 것이다. 즉 공방전이 끝나고 나서 그 마당에 시체로 뒹구는 것은 적병도 우군도 한갖 다를 바 없는 한 핏줄의 무고(無辜)한 생명이요, 또 이데올로기의 차이야 여하간 분단 없는 국토 속에서 통일된 민족으로 고르게 잘살아 보려는 염원이나 목표가 죽음으로 말미암아 방법의 대립이 시간 속에서 말소되었을 때 그 죽음 자체는 우군(友軍)의 죽음과 다를 바 없는 비애를 자아냈던 것이다.

그리스도 폴의 강

나는 시골집이 낙동강변 왜관(倭館)에 있고 서울에서도 여의도에 살아 날마다 한강을 마주한다. 이런 나의 생활을 보고 연전에 진주(晉州)의 시인 설창수(薛昌洙) 형이 '관수제(觀水齋)'란 현판을 만들어 보내 주어 시골집 서재 마루 위에 걸어 놓고 있다. 한문으로 물[水]은 마음[心]과 한뜻의 글자여서 나의 서재에는 똑떨어진 이름이다.

내가 지난 60년대에 연작시(連作詩) 〈밭 일기(日記)〉 1백 편을 끝내고 70년대 들어 새 연작의 소재로 택한 것이 바로 '강'인데, 그새 20여 편을 발표하고 그 동안 3년여나 외지생활을 하느라고 중단했다가 요새 다시 조금씩 해 나가고 있다.

그런데 이렇듯 내가 강을 나의 상념(想念)의 집중처로 삼게 된 데는 '그리스도 폴'이라는 전설적 성인(聖人)의 다음과 같은 일화가 크게 작용하고 있다.

옛날 서양 어느 더운 지방에 날 때부터 굉장히 힘이 센 젊은 이가 있었다. 그는 일찍이 고향을 떠나 각 지방을 방랑하면서 힘겨루기를 하며 자기보다 힘이 센 장사를 만나기가 소원이었다. 그러다가 만난 것이 마귀(깡패)였다. 그래서 그는 마귀를 두목으로 삼고 온갖 악행과 행락을 일삼으며 세상을 돌아다니던 중 어느 날 황혼 강가에 다다랐다. 그들은 그날 밤 그 강변의 어떤 은수자(隱修者)의 움막에서 묵게 되는데 그의 두목은 그 움막 벽에 걸린 십자가상을 보더니 그만 벌벌 떨면서,

"나는 저자한테는 당해 낼 수가 없다."

고 실토하고 당장 뺑소니를 치고 마는 것이었다. 그리하여 새로운 강자(?)를 알게 된 그는 이제 오로지 그 실물 '예수'를 만나는 것이 유일의 소원이 되었다. 은수자의 권고대로 그 이튿날부터 세상을 다 끊어버리고 강을 왕래하는 사람들을 업어 건너 주는 것을 자신의 소임과 수덕(修德)의 길로 삼은 그였지만, 달이 가고 해가 가도 그의 새 두목이 될 예수는 그 모습을 좀체로 나타내 주지를 않았다. 이렇듯 일념의 세월이 흐르고 흘러 그도 그만 늙어 버린 어느 날 밤, 그 밤은 날씨까지 궂은 밤이었는데 이슥해서 누가 찾길래 나가 보니 남루한 차림의 한 어린 소년이 강을 건너게 해 달라고 청했다. 그는 군말 없이 등을 돌려대 소년을 업고 물에 들어갔다.

그런데 물살이 센 강 복판에 이르렀을 때부터 등은 차차 무거워져서 그만 소년의 무게로 그가 물속에 고꾸라질 지경이었다. 마치 온 세계의 무게를 자기 등에다 얹은 듯한 느낌에 허덕이면서 간신히 대안(對岸)에 닿은 그는 소년을 떨어뜨리듯 내려놓고 휙 돌아섰다. 그 찰나 놀라운 일이었다. 거기 모래사장에는 그가 그렇듯 몽매에도 그리던 예수가 찬란한 후광에 싸여 미소하고 있지 않은가!

그 출생지와 연대도 자상치 않지만 그 성인을 모신 성당이 서기 452년 칼케돈(Chalkedon)에 섰다니 아마 초대교회 시대의 인물이라고 짐작된다.

저러한 그리스도 폴의 전반(前半) 생애와 그 삶이 어쩌면 비슷한

나는 '강'을 저와 같은 회심(回心)의 일터로 삼고 시를 쓸 작정이었던 것이다. 그러나 세사(世事)와 속정(俗情)의 밧줄에 칭칭 감겨 있는 나에게 훌륭한 '강'이 써질 리 만무다. 어쨌거나 〈강〉을 1백 편 써내려면 아직 몇 년이 걸릴지 모른다. 오직 그리스도 폴의 단순·소박한 회심과 수덕을 본받아 나가노라면, 아니 항상 머리에 떠올리기라도 하면서 시를 써 나가노라면 내 시도 그 어느 날 구원의 빛을 보지 않을까 믿고 바라며 해 나가 볼 뿐이다. 다음에 근작의 소곡(小曲) 하나를 덧붙인다.

그리스도 폴의 강 36

내가 이 강에다
종이배처럼 띄워 보내는
이 그리움과 염원은
그 어디서고 만날 것이다.
그 어느 때고 이뤄질 것이다.

저 망망한 바다 한복판일는지
저 허허한 하늘 속일는지
다시 이 지구로 돌아와 설는지
그 신령한 조화(造化) 속이사 알 바 없으나

생명의 영원한 동산 속의
불변하는 한 모습이 되어

내가 이 강에다

종이배처럼 띄워 보내는

이 그리움과 염원은

그 어디서고 만날 것이다.

그 어느 때고 이루어질 것이다.

뿌리의 공덕(功德)

벌써 한겨울에 접어들었다.

이제 산천초목은 마지막 잎새마저 떨구고 앙상하게 서 있거나 말라 뻗어져 누워 있다. 저런 죽고 썩은 모습 속에서 오는 봄의 그 눈부실 소생을 생각하면 신비롭기 한량없다.

그런데 우리는 저 초목들의 눈에 보이는 지상(地上)의 영위에만 감탄하여 그 소생 뒤에 숨어 삼동(三冬) 내 땅 속에서 그 초목의 생명을 지탱하고 확충하고 있는 뿌리의, 눈에 보이지 않는 공덕을 잊고 있기가 쉽다. 너무나 자명(自明)한 얘기지만 봄에 싹이 나고 여름에 꽃이 피고 가을에 열매를 맺기 위해서, 아니 그러한 땅 위에 생성이 정지된 이 겨울에도 땅 밑의 뿌리가 말라 죽고, 썩어 죽고, 얼어 죽어서야 부활의 신비를 누릴 수 없을 게 아닌가?

이러한 나의 상념을 펼쳐 본 졸시(拙詩) 〈겨울 과수원에서〉를 여기다 옮겨 보면,

흰 눈이 소금처럼 뿌려진
과수원에
한 그루 매화의 굵고 검은 가지가
승리의 V자를 지었고
그 언저리를 부활의 화관(花冠)인 듯
꽃이 만발하다.

'보라! 나의 안에 생명을 둔 자
죽어도 죽지 않으리니
보이지 않는 실재(實在)를
너희는 의심치 말라'

까치가 한 마리 이 가지 저 가지를
해롱대며 날아다닌다.

*

폐(肺)의 공동(空洞)처럼 뻥 뚫린 구덩이 옆에
한 그루 아름드리 사과나무가
송장처럼 뻐드러져 있다.

그림자처럼 어두운 사내가
지게를 지고 와서
도끼로 마른 가지를 쳐 내고
몸뚱이를 패서 지고 간다.

'보라! 형벌의 불아궁 속으로 던져질
망자(亡者)의 몰골을,
그러므로 너희는 현존(現存)의 뿌리를
병들지 않도록 삼가라'

얼어붙은 하늘에 까마귀가
까옥까옥 날아간다.

하였듯이 결국 모든 생명은 그 뿌리의 생명에 달려 있다.

일반적 비유로 하면 뿌리는 줄기의 권력과 같은 위엄도 없고, 잎새와 같이 풍성한 재력(財力)이나, 꽃과 같은 영화나, 열매와 같은 공명을 가지지 않을 뿐 아니라 바라지도 않으며 오직 땅 밑에서 묵묵히 자연의 자양(滋養)을 쉼 없는 노력으로 흡수하여 이를 아무 바람도 없이 땅 위의 자신에게 공급한다.

그리고 뿌리는 땅 위의 마른 가지나 떡잎새나 병충이 꽂이나 쭉정이 열매를 원망도 저주도 않고, 오직 계절의 경과를 기다릴 뿐이며, 또한 잎이 지고 꽃이 시들며 열매가 떨어지는 것도 미련이 없이 또 다시 재생을 위하여 자기의 생명 충실에만 혼신하고 있는 것이다. 이렇듯, 뿌리는 은수자(隱修者)의 겸허와 공덕을 갖추고 있다 하겠다.

이제 좀 비약적이긴 하지만 우리 대한민국이라는 나무를 연상할 때, 한마디로 말하여 싹이 되려는 사람, 줄기가 되려는 사람, 잎새가 되려는 사람, 꽃이 되려는 사람, 열매가 되려는 사람은 하도 많고 또 자기를 싹이나, 줄기나, 잎새나, 꽃이나, 열매로 자처·자부하는 사람은 허다하지만 뿌리가 되려는 사람, 또한 뿌리로 만족하려는 사람은 드물기 짝이 없다.

그야 초목의 각 부문이 자연의 이치대로 제 소임을 다하듯 사람도 제 나름의 능력과 소임에 따라 권력과 금력과 공명과 영화를 누리는 것도 당연하지만 그러나 모두가 하나같이 눈에 보이는 성과와 성공만을 거둘 수는 없지 않은가?

오히려 이 사회에 자기를 땅 밑에 숨겨서 뿌리가 되어 오늘의 눈 앞에서는 그 존재가 나타나지 않더라도 이 나라, 이 사회의 참다운 생명력을 확충·확대하려고 하는 숨은 공로자들이 많이 나와야 그 기분이 굳어질 것이 아닌가?

물론 뿌리가 되는 것은 현세적인 권세나 부귀와 공명과 등지는 길이며, 땅 속으로 땅 속으로 매몰되는 길이며, 고독과 인욕(忍辱)의 길이기도 하다.

그러나 역시 누군가가 우리 무궁화의 뿌리가 되어 3천리 강토 전역에 생명을 쭉 뻗어야 우리 자유 대한은 불사신이 될 것이며 우리 무궁화나무는 문자 그대로 무궁토록 번성할 것이다. 실상 이 길만이 진정한 애족애국의 길이며, 승리의 길이기도 하다. 그리고 모든 거죽의 무상한 것은 다 잃어도 조국의 운명만은 항상 그와 함께 있을 것이다.

인간 삶의 바탕

각설(却說), 이때에 저들도
황금의 송아지를 만들어 섬겼다.

믿음이나 진실, 사랑과 같은
인간살이의 막중한 필수품들은
낡은 지팡이나 헌신짝처럼 버려지고
서로 다투어 사람의 탈만 쓴
짐승들이 되어 갔다.

세상은 아론[1]의 무리들이 판을 치고
이에 노예근성이 꼬리를 쳤다.

그 속에서도 시나이 산에서 내려올
모세를 믿고 기다리는 사람들이
외롭지만 있었다.

자유의 젖과 꿀이 흐르는
가나안!

---

1) 구약성서 〈출애굽기〉에 나오는 인물로 황금 송아지 우상을 만드는 데 앞장을 섬.

　후유, 멀고 험하기도 하다.

　이상은 〈출애급기 별장(出埃及記 別章)〉이라는 졸시(拙詩)로서 널리 알려진바 고대 이스라엘 백성들이 노예 생활을 하던 이집트에서 빠져나오다가 그 지도자 모세가 신탁(神託)을 받으러 시나이 산에 올라간 새 그들은 눈에 보이는 우상, 즉 황금 송아지를 만들어 섬겼다는 고사를 오늘날 우리의 세상살이—물질과 기능 위주, 황금만능 풍조—에 비유해 쓴 것이다.

　실상 오늘날 우리의 세상살이 역시 모두 눈에 보이고 손에 잡히는 감각적인 것만을 소중해하고 소유하고 즐기고 누리려 들 뿐 눈에 보이지 않는 삶의 참된 보람이나 기쁨엔 모두가 눈멀어 있다고 해도 과언이 아니다. 그러나 인간의 삶은 눈에 보이는 것만으론 영위되지 않는다. 오히려 눈에 안 보이는 삶의 필수품들을 인간은 먼저 갖춰야 한다.

　저 금세기 초반 프랑스의 비행기 조종사이며 작가였던 생텍쥐페리의 유명한 동화 〈어린 왕자〉의 마지막 대목, "별의 왕자가 지구에 내려와 친해진 여우와 작별을 하는데, 여우는 자신이 간직한 소중한 비밀을 털어놓는다"면서 "세상 사물이 본질적인 것은 육안으론 안 보여. 마음의 눈으로 보아야지"라고 일러 준다.

　실상 저 여우의 지혜대로 사물의 본질, 즉 사리나 도리에 속하는 것은 심안(心眼)으로 헤아리고 깨우쳐야 한다. 그런데 오늘날 우리는 바로 이 마음의 눈이 멀어 있다고 하겠다.

　가령 우리 인간사회를 유지하는 데 있어 불가결한 법이라는 것도 그 눈에 보이는 조문이 눈에 안 보이는 인간의 사리나 도리를 바탕으로 제정되고 또 집행되지 않으면 그것은 약육강식이나 권세가의 허울 좋은 올가미에 불과하다. 그래서 저 미국의 신자유주의 제창자인 본 하이에크 교수는 "법은 본래 있는 것이지 만드는 것이 아니다. 우리는 그것을 찾아내야 한다"라고 갈파한다.

그리고 덧붙여 설명하기를 "법을 인간이 임의로 만든다는 생각을 하게 된 것은 의회제도의 선진국인 영국에서 의회가 자체적으로 결정한 것을 법률이라고 부른 우연에 그 출발이 있었는데, 이러한 국회의 다수결로 만들어지는 법률에는 편의의 범주에 속하는 것이 많기 때문에 이것을 일률적으로 법이라고 부르는 데서 현대의 법률의식의 혼란이 왔다"고 그는 주장한다.

말하자면 그가 말하려는바 엄정한 의미의 법이란 인간의 사리나 도리 중 사회규범에 속하는 것으로 이것을 찾아내어 성문화(成文化)하는 것이지 어떤 특정의 편의를 충족시키기 위하여 만들어지는 법률, 가령 권세유지의 목적과 같은 강제기능에다 수속상 만족만 채운다면 그것은 형식상 법이지 본질적 법이 아니라는 것이다.

이렇게 볼 때 우리의 오늘날까지의 법률 제정이나 그 개정이 저러한 진정한 법에 얼마나 부합하는지 성찰이 되며, 또한 현재도 서로가 자파의 편의대로 법의 개정과 그 집행의 시비 속에 있다는 그 자체가 저러한 인간의 사리나 도리에 어긋나고 있음을 반증한다고나 하겠다. 이러한 우리의 상태나 상황은 결국 국민들에게 준법의식의 저하와 혼미를 일으켜 법은 '있으나 마나'의 무법과 불법에 나아가게 한다. 그리고 모든 범죄와 정죄(定罪)가 그저 '운수가 사나워서'·'재수가 없어서' 그리 된 것으로 되고 만다.

이와 마찬가지로 우리가 모두 그렇듯 추구하고 찬미하는 자유라는 것도 역시 저 인간의 사리나 도리의 이행이 전제되지 않으면 그것은 본능적·동물적 충동에 치닫고 방자(放恣)에 떨어져 그 자신은 물론이려니와 그 사회의 파탄을 가져온다.

우리의 오늘날 저러한 자유의 남용이 이 사회의 혼란과 문란을 얼마나 야기시키고 있는가를 실제 체험으로 겪고 아는 바다.

되풀이가 되지만 인간의 삶은 눈에 보이는 물질만으로 영위되는 것이 아니라 육안으로는 안 보이는 인간의 사리나 도리의 이행이 이를 지탱해 주어야 한다. 그럼에도 불구하고 오늘날 우리는 저 고대 이스라엘 백성들처럼 인간 삶의 바탕인 사리나 도리는 낡은 지팡이나 헌신짝처럼 팽개쳐 버리고 황금 송아지, 즉 황금만능 풍조에 침몰해 있는 것이다. 그래서 온갖 부정과 불법, 비리와 비행이 판을 쳐서 아주 예사로울 정도인데, 그러나 한편 어떤 예기치 못할 사회적 참변이 들이닥칠지 모른다는 불안에 국민 모두가 떨고 있다.

그렇다면 이 현상을 회생 치유할 처방은 무엇인가. 그것은 별다른 게 아니라 저 구약성서의 모세가 시나이 산에서 하느님에게 윤리강령(십계명)을 받아 그것이 새겨진 십계판으로 황금 송아지를 내리쳐 부쉈듯 우리 역시도 각자가 인륜을 깨우치고 국민윤리 생활을 확립하는 길 외에 딴 길이 없다.

그런데 이러한 국민의 윤리나 규범의식 회복을 아무리 부르짖어도, 또한 너나없이 입담으면서도 아직 국가적인 대책기구나 연구기관 하나 없는 것은 어쩐 일일까. 그저 '범죄와의 전쟁' 선포로 이를 물리적 힘으로 퇴치하면 된다고 믿고 있는 것일까. 그것 역시 눈에 보이는 현상만 보는 것이지 눈에 안 보이는 그 범죄의 바탕에는 눈먼 탓이리라. 하지만 이제라도 정부는 인륜과 인문의 지도자들을 모아 이 인륜의 나락(奈落) 속에서 국민을 구출할 대책을 세우라.

잠 못 이루는 밤에

　나는 바로 해방 전 해, 그러니까 1944년 봄, 폐결핵의 첫 발병으로 함경남도와 평안남도 사이를 가로지른 마식령산맥의 고개 너머 밑인 마전리(馬轉里)에 있는 가톨릭 수도원 산장에 가서 요양을 하였다.

　그 고장은 이름에도 나타나듯이 말이 가파로운 고개를 오르다 숨이 차서 굴러 떨어진다는, 말하자면 분지(盆地) 부락으로 약 1백 호 가량이나 될까 말까 한 두메산골이었다. 산장엔 조그만 성당도 붙여 지어져 있었지만 상주하는 신부가 계신 게 아니고 1년에 한 번 판공성사(辦功聖事 : 가톨릭의 정기적인 신앙 검열) 때나 오시며 그 외에는 수도자들 중 누가 간혹 정양으로나 오는 곳이었다.

　내가 수도원의 특별한 호의로 가 있을 때는 아무도 딴 사람은 없었고 나 혼자 산장지기 늙은 내외의 시중을 받으며 약 10개월을 거기서 지냈다.

　당시 폐결핵은 중경(重輕)을 막론하고 거의 불치의 병으로 인식되던 터인데 그 선고를 받고 부랴사랴 간지라, 첫째 투병에 대한 지식도 결의도 없었을 뿐 아니라 해방 전 들고 간 결핵약이라야 양약이나 한방이 모두 영양제나 보원기(補元氣)하는 정도고, 그저 덮어놓고 숨 쉬는 시체처럼 누워 있는 안정(安靜)과 맑은 공기, 맑은 물을 갈아 마시면서 기약도 없는 나날을 보내는 것이 요양이었다. 나는 그때 직업으로서는 화려한 신문기자를 하다가 돌연 이런 선고를 받았고, 더욱이나 아직 납채(納采)나 납폐(納幣)는 안 했지만 지금의 아내인 여의사(女醫師)와 약혼이 이미 이루어진 속에서 이 지경이 된 것이었다. 이 같은 정황 속에서 아무리 산 좋고 물 좋고 또 갖추어진 산장이라 해도 그 속에 누워 있는다는 것은 가시방석이 아닐 수 없었다. 등에서 좀이 쑤셔 오고 노상 심기(心氣)에서부터 열기가 치솟아 매일 미열이 계속되는 것이었으며 삶에 대한 절망과 죽음에 대한 공포, 또 약혼녀에게 대한 미안감과 그것에 반비례하는 애모(愛慕), 소태처럼 쓰디쓴 소외감과 고독, 그것은 지금 생각해도 도저히 감당키 어려운 시련이었다.

이러한 나에게 밤에 잠이 올 리가 없었다. 뜬눈으로 꼬박 지새는 밤이 거듭되었다. 그런 잠 못 이루는 밤에 상상적 '이미지'로서가 아니라 실제 체험적 '이미지'로 쓴 것이 나의 시집 《구상(具常)》에 있는 〈소야곡(小夜曲)〉이다.

1악장 백야(白夜)

묘석(墓石)인 듯 싸느랗게
질린 종이 위에
이 밤도 달빛을 갈아
나의 비명(碑銘)을 새기노라.

2악장 빙야(氷夜)

비너스도 얼어 떠는 밤.
추억의 화로(火爐)와 마주앉아
숯불모양 스러져 가는

나의 가슴을 부채질하다.

3악장 애야(哀夜)

보고(寶庫)의 열두 문을 열어
황국(黃菊)처럼 시들은 연서(戀書)를 꺼내 안고
내사 말라가기
병든 학(鶴)이러라.

4악장 흑야(黑夜)

묘소(墓所)에선 망령(亡靈)들이
육괴(肉塊)를 찾아 지새는 밤
하루살이들이 검은 제의(祭衣)를 두르고
레퀴엠을 불러 행렬 짓다.

5악장 서야(署夜)

살인무(殺人舞)의 벽화 아래서
광동(狂童) 한 녀석
부서진 꿈 조각과 회한만을 지니고
망아지마냥 맴돌아.

6악장 고야(苦夜)

피땀으로 노래하는 이 초당(草堂)

겟세마네의 언덕 같고

삐뚤어진 성상(聖像) 밑으로

요물(妖物)들의 찬가(讚歌)가 흐른다.

(하략)

이제 돌이켜 생각하면 저러한 시작(詩作)이 나의 열(熱)된 심신을 진정시키고 평정을 얻게 하는 계기가 되었던 것이다. 왜냐하면 시는 역시 자기의 심정을 쏟아 놓음으로써 후련하게 하고 진통을 겪고 난 후에 창작의 기쁨 같은 것을 맛보게 함으로써 어느 정도 자기 위안을 가져 왔었던 것이다.

또한 그때 숨기지 못할 일은 나의 약혼녀가 결혼 사절의 글발에도 불구하고 그곳까지 찾아왔었는데 마침 장마철이라 트럭이 안 다녀(버스는 없었다) 60리 그 높은 고개를 하이힐을 벗어 들고 이틀을 걸어서 찾아왔다는 사실이 나에게 새로운 투병의 의지를 불어넣었다.

지난 1965년 수술의 성공으로 폐결핵과는 작별한 오늘, 또 해방이 되고 쓰레기 같은 시나마 40년을 써서 소위 '필자 · 시인' 노릇을 하고 있는 지금은 연령과 더불어 또 달리 잠 못 이루는 밤이 많지만 그때 삶의 절망 속에서 바치던 시에 향한 순수한 그 정열만은 되살아나지 않아 안타까울 뿐이다.

꽃과 주사약

나는 폐결핵에 오래 시달렸다. 해방 전 23세 때 발병하여 지난 1965년 일본에 가서 두 번에 걸친 공동절개수술(空洞切開手術)에 성공하기까지는 몇 해에 한 번씩은 각혈을 하고 병원에 입원을 해서 죽네, 사네 하고 통소문을 놓으며 주변을 걱정시켰다. 연전에 내가 미국에 갈 때 남들은 '엑스레이' 사진 하나로 공항 검역소를 통과하는데 나는 무려 45매를 들고 갔다면 내 병력(病歷)이 짐작되리라.

이러한 나인지라 그 병상생활을 에워싼 사연은 하도 많으며, 시도 병상을 소재나 주제로 한 것이 상당수가 된다. 개중 병과 가난에 가장 몰렸던 1948년 두 번째 발병 때 이야기와 시를 소개해 보기로 한다.

1947년 따로따로지만 맨손으로 탈출, 월남한 우리 내외는 내가 신문사에 직장은 얻었으나 그 살림이란 말이 아니어서 밀가루 수제비로 끼니를 잇고, 헝겊이 없어서 시멘트 포대로 기운 이불을 덮고 사는 생활을 하였다. 본시 약골인 나는 이런 생활 1년 만에 덜컥 폐병이 재발하였던 것이다. 우선 다급한 대로 여의전 병원(女醫專: 현 고려대 부속 우석병원)에 입원을 하였으나 입원비 · 치료비 등 앞길이 막연하였다.

여기서 아내는 한 방법을 안출해 냈으니 그것이 곧 '마산(馬山) 요양원'에의 취직이었다. 말하자면 자기는 의사로 가고 나는 환자로 입원을 시키려는 계획인데 쉽사리 이루어지지는 않았지만 사면 팔방 달려 다닌 끝에 아내는 교통부 요양원에 취업이 되었다. 그런 데 문제는 누적된 입원비의 청산이었다.

밀린 입원비로 침대에 누워서도 가시방석에 앉은 것처럼 안절부 절못하던 어느 날, 정말 뜻밖에도 진주에서 낯선 사람이 하나 찾아 와 상당 액수의 위문금을 내놓았다. 그리고 그분의 설명인즉 진주(晉州) 민족진영의 기둥인 설창수(薛昌洙)라는 시인이 발기를 해서 모금을 했다면서 그 취지문과 갹출자 명단을 함께 주었다.

도대체 설창수 시인은 당자 자체를 '청년문학가협회' 결성식에서가 한 번 만나 인사를 나눈 정도인데 발기는 무슨 발기며 거기에 호응한 분들은 어떤 분들인가?

그 흰 두루마리 종이에 쓴 취지문을 펴 보니,

"해당화 피는 원산에서 시를 쓰다가 공산당들에게 박해를 받고 월남하여 해당화 같은 붉은 피를 쏟으며 고독하게 쓰러진 시인을 구출하자"는 황송한 내용으로 갹출자들은 진주 민족진영 문학인을 비롯한 각계의 인사였다.

나는 이 예기치도 못한 선물을 접하고 난생 처음 동지애라는 것을 깊이 맛보고 울었다. 이것을 인연으로 파성(巴城) 설창수 형과 나와는 결의형제가 되었으며 진주는 나의 제2의 고향처럼 되었다.

이렇게 해서 시작된 마산의 요양생활은 나에게 있어 치병의 안 정을 주었다. 그러나 결핵 치료란 하루 이틀 누웠다 일어나는 게 아니어서 1, 2년씩 누워 있으려면 신경이 예민해져서 스스로가 스 스로를 볶기 마련이다.

가령, 위문객이 와서 "아주 얼굴이 좋아졌는데" 하면 '하나도 병 세는 호전이 안 되었는데 빈말만 하는군' 하고 야속한 마음이 들거 나 고까운 생각을 갖게도 되고 "이거 왜 이렇게 그릇되었어?" 하면

'옳지 이제 아주 나를 송장 취급을 하는구나' 하고 노여움을 품기가 일쑤다. 이러한 병적 심리와 감정 기미(幾微)를 그린 이 시기의 작품으로 〈꽃과 주사약(注射藥)〉이란 산문시가 있다.

"화자(花子)가 그러는데 지가 가꾸던 꽃이 시드는 것이 하도 안타까워 얼김에 손에 쥐었던 캄풀 한 대를 깨뜨려 부었더니 며칠을 도로 싱싱해지더래요."
나의 팔에 칼슘을 놓던 아내는 웃으며 이런 이야기를 하였다. 나도 그 당장은 하 신기하길래 따라 웃었다.

그 이튿날부터 나는 주사를 놓으려는 아내에게
—시들던 꽃도 주사 바람에 싱싱해지더라는데
하면서 팔을 쑥 내미는 것이었다.
그러나 주사가 끝나면 아내 몰래 나는
—며칠만 더 가더라는데
중얼거리며 쓰디쓴 웃음을 풍기는 것이다.

화자는 아내가 일하는 병원의 간호사. 나는 화자가 꽃에 칼슘을 뿌려보지 않고 캄풀을 부었음에 대한 또한 남모르는 안타까움이 있다.

그러나 위의 시처럼 이렇듯 자기감정을 객관화하면 그때는 이미 벌써 자기를 이기고 억제할 수 있는 때다.
결핵과 같은 긴 병을 이겨내려면 첫째 '고무줄 신경'이 되어야 하고 숨 쉬는 시체가 되어 '죽은 듯이 사는 공부'를 해야 한다. 그래서 결핵을 썩 잘만 앓고 나면 섣부른 참선(參禪)보다 인생을 체득하게 된다.

나는 그런 때마다의 병상 생활을 와선(臥禪)이라고 불렀는데 요즈음 와서는 그 별칭이 타락하여 나의 낮잠 자는 것도 와선삼매(臥禪三昧)에 든다고 한다.

실향(失鄉) 바다 이야기

장마도 걷히고 더위가 한창이라 조금이라도 시원하게시리 바다 이야기, 그것도 우리나라의 첫손 꼽히는 해수욕장인 원산의 송도원(松濤園)과 명사십리(明沙十里) 이야기나 해 볼까 한다.

송도원(松濤園)

남빛 바다에 뜬
하늘을 타고 헤엄치다
푸성귀마냥 퍼래져서
찰싹이는 파도 이랑을 넘어
베폭처럼 펼쳐진 모래밭에 올라가
지글거리는 태양을 깔고 덮고 뒹굴다가
해당화(海棠花) 붉은 울타리 넘어
제물 차일(遮日)의 솔숲으로 들어서
그 푸른 그늘 아래
왕성한 식욕(食慾)을 채운다.
나의 실향(失鄉), 나의 실낙원(失樂園),
원산 송도원(松濤園)!

연전에 망향(望鄉)에 못 이겨 끄적여 본 것이지만 나의 무딘 붓으론 그 실경(實景)을 나타낼 수가 없다. 마냥 짙푸르고 마냥 싱싱한 동해의 그 해방감과 생명감! 그 이글거리는 태양이 내려쬐는 백사장의 순수한 열기와 낭만! 거기다가 청정(淸淨)한 안식을 주는 솔숲의 그늘과 바람! 특히 그 솔숲의 아름다움은 비할 바가 없다. 그래서 지중해 열사(熱砂)의 바다를 실존(實存)의 피안(彼岸)으로 표현하는 알베르 카뮈에게 쓴 나의 글발 형식의 시 구절에,

> (전략)
> 짐짓 우리 본향(本鄕) 실존(實存)의 마을엔
> 솔숲, 내 원산(元山) 바다와 같은
> 솔숲을 두어야만 쓰느니,
> 그리고 가끔 죽음과 같은
> 서늘한 그늘 아래 쉬어야만 하느니,
> 친구여! 서양(西洋) 친구여!

라고마저 적어 넣었던 것이다. 다음 시는,

명사십리(明沙十里)

> 파란 스커트를 걸친
> 명주빛 젖무덤에다
> 흰 타올을 두른
> 용광로(鎔鑛爐) 가슴이
> 황금(黃金)빛 정열을 퍼부어
> 천지(天地)가 눈부시다.

거친 모래들은 모두 체로 쳐서 버린 듯 보드랍고 고운 설탕 같은 모래만이 장장(長長) 10여리나 깔려 있고 그 언저리에는 해당화가 붉게 피어 있는 명사십리(明沙十里) 그 풍광 속에 들면 천지가 그채로 황홀했다.

금강산(金剛山)과 더불어 일찍부터 외국에까지 널리 알려진 이두 해수욕장은 지금 공산당들의 휴양소인가 뭔가로 쓰여서 일반에겐 폐쇄상태인 모양이나 해방 전만 해도 서울서 여름에 피서나 해수욕을 간다면 으레 쳐드는 곳이었다.

바로 그 고장에서 청소년 시절의 아롱진 꿈을 안고 뒹굴던 나로서는 그 바다·그 모래밭·그 솔숲·그 탈의장·테니스장·베이비 골프장·식당·여관…… 어느 한 군데 눈에 선한 추억을 안 담은 곳이 없다.

붉은 두 줄이 간 백미터 수영모를 쓰고 물에 뛰어들던 보통학교(초등학교)시절, 몽키 플레이와 모래 조각을 만들며 승강이를 치던 중학생 때의 모습, 일본 동경 유학생으로 인생과 예술과 사회를 논하던 대학 시절, 신문기자로 일제 아래서나마 조그마한 자유를 누리는 듯 으쓱대고 다니던 시절의 모습, 그런가 하면 사회적 암울과 신병(身病)으로 오뇌에 싸여 홀로 빈 바다를 찾아와 흐느끼던 모습, 어릴 때부터의 벗과 이 바다에서 사귄 남녀 친구들, 또 저명한 인사들의 모습들이 천연색 필름처럼 내 뇌리를 스쳐 간다.

회상여행(回想旅行)이 여기에 이르면 해안통 어물시장을 빼놓을 수가 없다.

아마 지금은 고등어 철이리라! 산더미처럼 쌓이는 고기, 고기, 고기! 청어·정어리·가자미·명태·대구·멸치·짤대·도루묵…… 철 따라 이것은 잡아 왔다기보다 고기 밭(?)에서 그대로 퍼오는 광경이다. 나의 어렸을 때는 정어리나 도루묵은 1전에도 몇

두름이며 10전이면 한 함지 수북이었다. 그래서 들어오는 고깃배마다 몰려드는 함지장사 아낙네들의 그 건강하고 생기찬 모습과 그들의 싱그러운 말씨들이 또 하나의 특유한 풍정이다.

사람이 사는 것 같다고나 할까! 다른 도시의 거리나 시장에서 일어나는 장사치들의 소란과 아귀다툼이 발악같이 들린다면 여기 어시장의 소음에는 삶의 환희와 희망과 거기서 오는 여유의 농정(弄情)이 분명 깃들여 있었다.

아 이제 현실로 돌아온다. 선풍기마저 더운 바람을 내는 나의 서재에서 눈에 비치는 것은 막막한 활자(活字)의 바다다. 나의 잃어버린 고향 바다. 비잔티움엔 언제나 돌아가려나?

■《우주인과 하모니카》(1977)

하와이 풍정(風情)

이 연재를 하다 보니 나의 인생편력이 이렁저렁 다 씌어지는 것 같기에 그런 마당에선 빼놓지 못할, 내가 1970년부터 3년 반 동안이나 지내고 온 하와이의 소묘시초(素描詩抄) 중 한두 편을 음미해 볼까 한다.

선머슴의 크레용 그림마냥
붉은 고슴도치 해
함박웃음의 달
떠가는 바위 구름
색동 무지개
그리고 잠자리 비행기가
한 하늘에 다 있다.

나도 그 아래선
마음 놓고
대낮에 꿈꾸는 짐승이 된다.

3백60일 태양이 안 뜨는 날이 없으면서도 무시로 내리는 소나기와 가랑비 때문에 하와이에선 저런 동심(童心)의 하늘을 때마다 실경(實景)으로 볼 수가 있다. 더욱이나 내가 가 있던 하와이 대학은 호놀룰루의 마노아 계곡을 뒤로 하고 있어 와이키키 앞바다엔 햇볕이 쨍쨍한 때도 비구름이 산 너머로 한두 차례씩 여우비를 뿌리고 스쳐가며 노상 무지개, 그것도 쌍무지개가 피고 진다. 풍문대로 하와이는 아름다운 곳이다. 푸른 하늘 · 옥색 바다 · 맑은 공기 · 따스한 기후 · 특히 사시사철 물기를 머금어 염미(艶美)를 발산하는 상록(常綠)에 피어 있는, 그 이름도 모를 수많은 꽃들의 아름다움은 도저히 상상만으론 못 미칠 정도다.

그러나 이보다도 더 아름답고 더욱 감명을 주는 것은 그 속에 동서(東西)의 각색 인종들이 잘들 어울려서 사는 모습이다. 백인종 · 황인종 · 흑인종 각 나라 각색각양의 인종들이 서로 자기네들의 고유성도 간직하면서 아무런 트러블을 일으키지 않고 지낼 뿐 아니라 선후진의 우월감이나 자격지심이 없이 살아간다.

그래서 각 인종끼리의 혼혼(混婚)이 예사여서 하와이에서는 혼혈이 흉이나 부끄러움이 아니라 하나의 자랑거리로 자기소개에 '3국간의 혼혈'이니 심지어는 '7 · 8개국의 혼혈'이니 하고 나서는 것이 보통이다.

이러한 하와이의 순후한 인정 풍속에는 원주민인 '하와이언'들의 독특한 알로하 정신이 크게 작용하였다고 보아야 한다. '알로하'란 하와이의 두루두루 쓰이는 축복의 인사말로서 그 어원은 사랑에서 나왔다고 하며, 이 말 속에는 타인에게 향한 겸손과 친절과 관용이 깃들어져 있다. 저와 같은 하와이언들의 고유정신이 어디서 발생하였는가 하는 것이 요즈음 식자간에 연구 · 토의되고 있는데 거기서 사권 원주민 출신 조지 카나헤레 박사의 주장을 빌면,

'옛날 한 추장(酋長) 밑에 대가족으로 공동생활을 해온 그들이 지녔던 협동심 · 개방성 · 관대성, 타인에게 대한 자기 인내와 헌신 등이 여러 민족과의 동화(同化)의 과정에서도 발휘되었고 또한 이

러한 개방과 수용과 관용은 이주해 온 모든 타민족들에게도 공동적으로 계승됨으로써 하와이의 오늘을 이룬 것이다.'
라고 말한다. 여하간 저러한 하와이 주민들의 화목과 선량한 친절 등을 별칭하여 '알로하 하와이'라고 말하고 있고, 현재도 '알로하 주간'은 연중 가장 큰 명절로서 각종 토속(土俗) 행사가 벌어지며 매주 금요일 소위 '알로하 프라이데이'에는 전 시민이 민속의상, 즉 남자는 알로하 셔츠, 여자는 무무 등을 걸치는 것이 관례다.

인류애에 대한 불신(不信) 속에서 '우리는 서로 사랑하지 않으면 멸망뿐이다'라는 자신의 명시구(名詩句)를 그 시집에서 삭제해 버린 W. H. 오든도 하와이에 가서 한번 살았더라면 그는 다시 시구를 살렸을 것이라고 나는 생각한다. 왜냐하면 내 자신이 거기 가서 '인류는 한 가족'이라는 희망과 확신을 더욱 굳게 하였기 때문이다.

> 색색(色色)의 꽃도 사람도
> 어울려 피어 있다.
>
> 나도 모래 위에다
> 그 서양(西洋) 친구처럼
> '인류는 서로가 사랑해야……'라고
> 썼다가는 지운다.
>
> 아니 지웠다가는
> 또 쓴다.

수치심(羞恥心)이라는 명제

동물원
철책(鐵柵)과 철망(鐵網) 속을 기웃거리며
부끄러움을 아는
동물을 찾고 있다.

여보, 원정(園丁)!
행여나 원숭이의
그 빨간 엉덩짝에
무슨 조짐이라도 없소?

혹시는 곰의 연신 핥는
발바닥에나
물개의 수염에나
아니면 잉꼬 암놈 부리에나
무슨 징후라도 없소?

이 도성(都城) 시민에게선
이미 퇴화(退化)된
부끄러움을
동물원에 와서 찾고 있다.

이 시는 올 정월에 써서 《문학사상(文學思想)》 3월 호에 그 해설까지 붙여 발표한 것으로 지금 나의 시대관·사회관, 또는 인간관 같은 것을 단적(端的)으로 나타내고 있다. 그러나 이 시의 소재라든가 또 주제가 되고 있는 '수치(羞恥)'가 나의 존재론적 명제(命題)가 된 것은 퍽 오래 전 일이다.

그 내력을 적어 보면 아직도 공비(共匪)들이 출몰할 무렵, 그러니까 1952~1953년께 지리산 지구엘 고 마해송(馬海松) 선생과 소설가 박영준(朴榮濬) 씨랑 함께 시찰을 간 적이 있었다. 이곳저곳을 돌다가 함양 전투경찰대에서 귀순한 여자 공비를 만났다.

산에서는 '빨치산'의 선전서기(宣傳書記) 노릇을 하였다던가, 갓 스물밖에 안 된 소녀였다. 우리 문인 일행은 호기심과 약간의 풍정도 섞여,

"산에서는 왜 내려왔지?"

"산 생활이 어떻던가?"

"아가씨, 귀순 동기는 애정 갈등에서지?"

라는 등 실없으리만큼 연달아 물어댔으나 그 소녀는 얼굴만 점점 다홍빛으로 물들일 뿐 고개를 숙인 채 대답이 없었다.

그래서 나도 한마디 한다는 소리가,

"산에서도 그렇게 부끄러워했나?"

하였더니 뜻밖에도 그녀는 아픔에 찼다고 형용할 수밖에 없는 목소리로,

"산에서야 뭐 그들에게 부끄러움이 있나요—."

하는 것이었다. 그때 나도 일행도 그만 말문이 막혔다.

실상 그 소녀의 표백(表白)대로 공산당, 더욱이나 빨치산의 짐승 같은 생활에서야 수치심이 있을 턱이 없다.

부끄러움이 없다는 것은 인간의 증표인 양심이 잔다는 것이요, 이와 반대로 부끄러움을 안다는 것은 양심이 깨어남이요, 곧 인간으로서의 회복을 의미하는 것이리라.

저렇게 나는 지리산 속의 어느 여자 공비의 참다운 인간 귀순을 목격하고 와서부터는 도시(都市)라는 인간림(人間林) 도처에서 횡행하는 법비(法匪)들을 만날 때마다 저 소녀의,

"그들에게 부끄러움이 있나요."

하는 외마디 소리가 가슴 한구석에 전령(電鈴)을 매단 듯 울리곤 하였다.

그러던 중 1959년 나는 '이승만 독재'의 옥고(獄苦)를 치르면서 전후 프랑스 문예사상가들에게 접목(接木)된 실존주의 작가들의 이론과 작품을 정독할 기회를 갖게 되었다. 그때 홀연히랄까, 아니 저와 같은 지리산 여자 공비를 통한 현실 체험의 소치랄까?

'인간의 실존의 사다리는 불안이 아니라 수치'

라는 명제를 감득하게 되었다.

특히 나는 알베르 까뮈의 희곡 《오해(誤解)》를 보고 그들 주인공의 실존적 진실에서 빠진 것이 있다면 그것은 바로 수치심이라는 확신을 명백히 하였다. 그래서 나는 수치심이야말로,

"인간 최초의 것이요, 본연의 것이요, 인간 구제(救濟)의 가능성이요, 모든 규범(規範)의 시원(始源)이다."

라는 인식에 도달했다. 나는 흥분하였다. 그러나 그렇듯 내 머리에 명료히 구성되었던 인식과 논리는 출옥하자 세상살이 속에서 차차 둔화되어 그 형성과 전개를 보지 못한 채 실은 오늘에까지 이른다.

오직 그 사상의 구상화(具象化)의 시도로서 희곡 〈수치(羞恥)〉 한 편을 완성하여 1965년 극단 '드라마센터'에 의해 공연을 보았으나 그것도 얼토당토않게 용공극(容共劇)이라고 상연이 중지되는 소동

을 빚기까지 하였다.

저러한 나의 사상의 미숙성(未熟性)의 명제가 때마다의 현실 체험 속에서 고개를 들어 이런 우화적(寓話的) 표현의 시도 써진 것이다.

삶의 명암과 고락

사람은 어느 누구나 나날의 삶 속에서 밝음과 어둠에 마주치고 괴로움과 즐거움을 맛보며 그 엇갈림 속에 살고 있다.

이것을 구체적으로 제시하기 위하여 이즈막 나의 '어느 하루'를 예로 들면,

●나쁘고 언짢던 일로는,

1. 고향 소싯적 친구의 부음(訃音)을 받음.

2. 집에서 기르는 금화조의 암컷이 병들었는지 풀기가 없이 새장 밑바닥에 웅크리고 있음.

3. 아파트 이웃 63빌딩 내 우체국에 가다가 그 현관 돌림문을 들어서는데 맞은편에서 너무 급하고 세게 밀어 그 문틈에 끼여 어깨와 팔을 다쳐서 종일 결리고 아픔.

4. 며칠 전부터 아파트 화장실 천장에 위층에서 물이 새 떨어져 두 번이나 얘기를 했는데 오늘도 수선을 하는 낌새가 없음.

5. 나의 대담기사가 실린 어느 잡지를 받았는데 오기(誤記)와 와전(訛傳)이 너무나 많음. 가령 나의 성 '其' 도 '貝' 로 쓰고 '詩禪不二' 도 '詩善不二' 라고 씌어 있는 정도임.

●좋고 기쁘던 일로는,

1. 《현대시》의 연재 원고를 수월하게 써서 넘겼음.

2. 할마씨(아내)의 요통이 시인 김해석(金海錫, 한의사) 씨의 침을

맞고 훨씬 수월해졌다고 함.

3. 전신불수 상태까지 갔던 시인 김광균(金光均) 형이 퍽이나 좋아졌는지 글월과 함께 자기가 읽고 난 일본 작가 이노우에 야스시〔井上靖〕의 소설 《공자(孔子)》를 보내옴.

4. 지난주에 주례를 선 제자 내외가 제주도로 신혼여행을 갔다가 사 왔다면서 한라산 자연생 영지(靈芝)를 들고 인사를 왔음.

5. 나의 다섯 살짜리 귀염둥이 외손녀와 전화 통화를 함.

이외에도 그날 신문이나 방송의 보도를 통한 어둡고 쓰라린 간접적인 사회 경험이나, 또한 나의 하루를 지탱하는 데 있어 가족의 보살핌과 파출부의 수고와 이웃들의 친절 등 나의 마음을 밝게 하고 기쁘게 한 일들이 헤아릴 수 없이 많다. 그래서 나의 〈근황(近況) 2〉란 시에는,

　　　　　닭장 같은 아파트살이지만
　　　　　디오게네스의 통집보다야
　　　　　상등(上等)이 아니리까?

　　　　　좀체 달과 별이야 못 보지만
　　　　　그런대로 햇빛은 넉넉하고
　　　　　내 뜰이 없어도
　　　　　창밖은 철따라
　　　　　제 빛을 갖춥니다.

　　　　　이해(利害)와는 먼 삶인데도
　　　　　하루에도 몇 차례씩이나

걸리고 넘어지고 차이고

하지만, 반가운 얼굴과

따스한 손길과

고마운 인정도 있어

살만하답니다.

(하략)

라고 되어 있다.

시에서도 밝혔듯 나의 삶은 이해와는 먼 삶이라고 할 수 있는데 이것은 내가 초탈해서가 아니라 문필생활 자체가 그렇거니와 늙음에서 오는 세파와의 거리라 하겠다. 그런데도 나의 하루는 앞에서 보듯이 밝음과 어둠, 괴로움과 즐거움으로 점철되어 있는 것이다. 물론 일반이 보면 아주 사소한 것이지만 저러한 나의 명암과 고락 속에도 우리의 사회적 상황에서 오는 구조적 면도 없지 않지만 좀 더 깊이 통찰하면 이것이 인간의 유한성에서 오는 것으로 인간은 어느 누구도 충만한 다행을 결코 누릴 수가 없고, 앞서도 말했듯 명암과 고락의 교차 속에 살기 마련인 것이다.

만일 인간이 유한하지 않고 절대적 존재라면 생로병사나 천재 지변과 같은 물리악(物理惡)이나 물리고(物理苦)가 없을 것이고 또 인간의 자유의지에서 오는 과실과 죄악, 그리고 양심의 가책과 법률적 형벌과 같은 윤리악(倫理惡)이나 윤리고(倫理苦)도 없을 것이다.

이러한 인식을 전제로 할 때 삶의 명암이나 고락이란 바로 삶의 리듬으로서 삶의 어둠이나 괴로움이 오히려 자기 삶의 발전과 구현과 성취를 위한 필수요건이라 하겠다. 가령 아무 걱정도 없고 장애도 없는 무사 안일한 삶이란 그 삶 자체의 의욕이나 노력이나 희망을 상실케 할 뿐 아니라 삶의 보람과 기쁨을 찾아내지 못할 것이다.

그런데 흔히 모든 사람들은 나날의 삶 속에서 마주하는 어둠과 괴로움을 인간의 여건으로 받아들이고 이것을 극복함으로써 삶의 보람을 찾기보다 그 쓰라림과 아픔에 마음을 쓰고 사로잡히기 일쑤요, 한편 우리의 삶 속에 깃들인 밝고 즐거운 면에는 눈멀기가 쉽다. 그러므로 우리는 일상 속에서 걸리고 넘어지고 차이는 일만을 되씹으며 분해하고 억울해하고 비탄만 할 것이 아니라 반가운 얼굴, 따스한 손길, 고마운 인정 등이 언제나 함께함을 깊이 깨닫고 감사함으로써 삶의 용기와 희망과 그 보람과 기쁨을 맛보자는 것이다.

흔히 인생의 모든 달인들이 긍정적 인생관을 가르치고 또 장수하는 이들 역시 그 비결로 낙천적인 생활자세를 권하는데, 이것은 바로 내가 위에서 말한 바와 같은 맥락에서라 하겠다.

그리고 더구나 우리가 조금만 세심하게 살피면 우리의 삶 자체와 그 하루하루가 얼마나 경이로운 신비에 감싸여 있는지, 또는 뭇 인간의 협동과 그 사랑 속에서 영위되는지를 깨우칠 것이요, 또한 조금만 마음의 눈을 뜨면 우리의 일상 속의 아주 사소한 사물이나 사상(事象)이나 사리 속에서 얼마든지 삶의 기쁨에 나아갈 수가 있다. 이제 여기서 다시 한 번 나의 근작시 〈꽃자리〉의 한 절을 덧붙이며 붓을 놓는다.

앉은 자리가 꽃자리니라!

네가 시방 가시방석처럼 여기는
너의 앉은 그 자리가

바로 꽃자리니라.

■《우리 삶, 마음의 눈이 떠야》(1995)

■《우리 삶, 마음의 눈이 떠야》(1995)

참된 행복

오늘날 우리는 풍요한 물질의 시대 속에 살고 있다. 물론 이 속에서도 그 물질의 결핍, 즉 가난에 시달리는 많은 사람들이 살고 있고 그들은 이른바 상대적인 절망 속에 빠져 있음은 누구나 다 아는 바다. 이렇듯 오늘의 물질의 풍요 속에는 객관적으로 남과의 비교에서 계량되는 면과 또 하나는 그런 외적으로 잴 수 없는 주관적, 심리적인 면이 있다 하겠다. 그래서 아무리 남 보기에는 수입도 좋고 갖출 것은 다 갖추고 살고 있으면서도 항상 욕구불만 속에 있는 사람이 있는가 하면 그저 최소한도의 의식주를 유지할 뿐 현대식 생활용구도 갖추지 못한 살림 속에서도 마음의 평정과 가정의 단란을 누리는 이들이 있다.

좀더 구체적으로 말하면 현대 가정생활의 필수용품이라는 가스레인지, 컬러텔레비전, 냉장고, 청소기, 세탁기, 건조기, 전자레인지 등은 물론 나아가서는 스테레오, 테이프 레코더, 에어컨, 자가용까지 완비되어 있어도 그것을 쓰고 사는 가족들의 단란이 그것을 못 갖추고 사는 가정이나 또 그런 문명의 이기가 없던 옛날 가정보다 나아졌느냐 하면 결코 그렇지 못한 경우가 많다.

가령 텔레비전만 하여도 그것 때문에 가족 간의 대화나 통정(通情)이 소홀해지고 전기기구 때문에 주부들의 음식 마련이나 가사 처리에 정성이 빠지는 경향이 없지 않다. 즉 물질의 풍요 속에 마음의 빈곤 현상이 나타나는 것이다.

저러한 마음의 빈곤 증세는 어떤가 하면 첫째, 생활의 공허감이나 허망감이다. 이것은 결국 그런 물질의 휘둘림에서 오는 자기상실이요, 그 결핍감이다. 그래서 흔히 사람들은 저러한 마음의 결핍감마저 그것을 물질의 결핍이나 부족으로 착각하고 그 물질의 소유를 무한량 추구하기에 혈안이 된다.

여기서 우리의 실제적 생활의 한 면을 살펴보면, 자기 자신에게 있어서나 가정에게 있어서나 가장 중요한 저녁 시간에, 앞에서도 말했다시피 그저 텔레비전의 채널을 돌려놓음으로써 뉴스와 노래와 코미디와 드라마 등으로 시간을 채우고 잠자리에 들고 나면 어떻게 자신의 삶이나 가족들의 삶을 생각하고 알 시간이 있겠는가?

자신이나 가족이 오직 텔레비전의 화면이나 영상을 쫓음으로써 정작 가족들이 가슴을 헤치고 서로 돕고 해야 할 것에 대해서는 귀먹고 눈감고 마는 격이 된다. 더구나 종일 남들 속에 휘말려 지내다가 그래도 자신을 돌이켜 볼 시간을 이렇게 보내고 나면 '될 대로 되라!'라는 일종의 자기포기 상태에 이르고 만다.

인생이란 드라마는 어쩌면 자기 스스로가 각본을 쓰고, 자기 스스로가 연출을 하며 자기 스스로가 연기를 해야 하는데 그런 주역들이 TV극장의 배역들 흉내만을 내며 살고 또 살려고 드는 게 오늘의 우리들의 모습이라면 과언일까? 이렇듯 남의 생각 속의 남들과 비슷한 규격품처럼 살고서야 어찌 자기의 삶을 유일한 존재로서 독자적 삶이라 하겠는가?

참된 삶이라는 것과 그 행복이라는 것은 이상 살펴본 비물질적 조건이나 그 객관적 척도가 아니라 어디까지나 실존적 삶과 그 감정에 속하는 것이다. 어쩌면 물질적인 것에서 쾌락을 얻어 낼지 모르지만 결코 행복을 차지하지는 못한다. 왜냐하면 쾌락은 육체적이고 관능적인 것이지만 행복은 육신과 아주 관계없다고는 말할 수 없으나 정신적인 것이요, 전인격적인 것이기 때문이다. 좀더 구체적으로 말하면 쾌락은 육체의 그 어느 부분으로 감지되는 것으로서 가령 맛은 혀로써 알고, 냄새는 코로 맡는다든가, 배가 부른 것은 위나 장으로 알고, 소리의 아름다움은 귀로써 헤아리는 등 따위다.

그러나 행복이란 이렇게 육신의 감관만으로써는 잴 수가 없는 것으로서 실제 머리만이 행복하다든가 배만이 행복하다고 할 수가 없지 않은가? 그리고 저러한 물질로 해결되는 육신적 쾌락을 행복으로 착각하고 있는 것의 하나로 기타와 비어와 섹스로 상징되는 요새 젊은이들의 기호와 이와 함께 성의 문란이나 마약 복용이 범람하고 있음은 다 아는 사실이다. 그래서 오늘의 물질적 풍요 속에서 사람들은 행복, 즉 삶의 보람과 기쁨을 맛보기는커녕 오히려 자아의 본질적 부분에 의식하거나 못하거나 결핍감과 공허감을 느낀다고 하겠다.

그러면 어떻게 하면 우리는 이 마음의 빈곤에서 벗어날 수 있을까? 나는 먼저 각자의 진정한 삶이란 남과의 비교에서, 특히나 물질적 소유의 가늠으로 이루어지지 않는다는 사실을 명확히 깨달아야 한다고 생각한다. 그래서 지금 영위되고 있는 자신의 삶이 자신의 의지나 그 결단으로 영위되고 있느냐 없느냐에 대한 점검과 그 확인이 필요하다. 자신의 일을 즐겁게 하는 사람은 물론, 자신의 뜻과 그 의지에서 하는 사람과 그렇지 못한 사람과는 그 수입이나 지위가 똑같아도 그 삶의 생동감부터가 다르다.

그러나 흔히들 행복을 자기와 다른 사람과의 물질적 소유의 많고 적음에다 가늠하려고들 든다. 즉 자기가 남보다 더 많이 지녔다는 것에서 행복감을 맛보려 드는 것이다. 즉 남자들은 수입이나 지위, 입학이나 입사시험의 성적 순위, 자가용의 유무와 운전자격 면

허의 취득 여하, 테니스나 골프의 진도나 그 우열 등에다 행복감을 지니려 들고 여자들은 가옥 건물의 대소, 가구 집기의 호화도, 의상의 사치도, 고가 보석이나 장식품의 유무 등에서 행복감을 맛보려 드는데 이 얼마나 어리석은 일인가? 실상 삶의 보람이나 그 기쁨이란 그렇듯 물질적 소유나 누구나 욕망하는 그런 소유의 패턴에 다다르는 데 있지 않고 한 사람 한 사람이 서로가 다른 독자적이요, 독창적인 삶을 찾아내고 노력하고 성취하는 데 있는 것이다. 또한 어떤 사람도 남과 같은, 또 함께 바라는 삶을 살려고 하여도 그런 획일적 삶이란 본질적으로 이루어지지 않는다.

그리고 특히 여성들에게 있어 행복을 수동적인 것으로 여기는 경향이 있는데 즉 자기가 추구해서 획득하는 게 아니고, 남(남편)이 해 주는 거요, 남에게 달려 있다고 생각하는 것이다. 그래서 이런 이들은 행복을 남편이 잘 보살펴 주고 자신의 욕구를 잘 받아 주고 채워 주는 데 있다고 믿고 그것을 바란다.

그러나 행복은 그렇듯 수동적인 것이 아니라 어디까지나 능동적이요, 헌신적인 것으로 이 헌신은 물질적이기보다 오히려 정신적인 것이다. 좀 깊이 생각하면 산다는 것은 자기와 관련이 있는 모든 인연(남이나 타 존재)에 대한 응답이라고 하겠는데, 그 응답의 성실성 여하가 그 삶을 풍요롭게도 하고 빈곤하게도 한다. 그리고 이러한 응답, 즉 상대방에게 바친 것은 자기에게 되돌아오기 마련인 것이다. 왜냐하면 이것은 받기 위해 준 것이 아니라 주는 그 자체가 한량없는 기쁨을 보상 받고 있기 때문이다.

이러한 소식을 저 프로이드 파의 한 사람인 프롬은, "진실로 줄 때에는 그는 반대로 자기에게 주어지는 것을 아니 받을 수 없다. 왜냐하면 남에게 주는 일은 또한 그 상대를 주는 사람으로 만들며, 이 두 사람은 생명이 가까워진 기쁨을 함께 누리게 된다는 것을 의미한다"라고 말한다. 이것은 가정에서부터 실천해야 할 자기만이 지니는 삶의 정신적 연모인 것이다.

이제 마금으로 우리가 마음의 빈곤을 극복하고 참다운 삶의 보람과 그 기쁨을 맛보기에 내가 권하는 것은 저러한 물질적, 물리적(출세나 권력), 정신적(인기나 명예) 소유에서보다 존재 그 자체가 혜여(惠與)하는 무한량한 보화에다 눈을 돌리라고 말하고 싶다. 이로(理路)를 거두고 함께 미국 시인 에이브러헴 L. 그루버의 시 한 편을 음미하자.

옆집의 장미

내 옆집 덩굴 위의 붉은 장미는
내 옆집 사람의 소유지만
또한 나의 것이기도 하다.

그는 돈을 들이고 수고를 해서
기쁨을 차지하지만
그 아름다움을 즐기는 것은
또한 나도 마찬가지다.

장미는 나를 위해서도 피었다.
정성을 들인 사람에게 아름다운 만큼
나에게도 아름다우니 말이다.

그래서 나는 부자다.
모든 이웃들의 눈을 즐겁게 해 주는

장미덩굴을 가꾼 착한 이웃 덕분에.

(하략)

실상 우리가 마음의 눈을 뜨고 조금만 세심하게 살피면 우리의 삶 자체가 참으로 경이로운 신비에 감싸여 있음을, 또한 저 '옆집의 장미'와 같은 자연만에서가 아니라 뭇 인간의 협동과 그 인정 속에서 우리의 삶이 영위되고 있음을, 그리고 사소한 사물이나 사상(事象)이나 사리(事理) 속에서도 얼마든지 삶의 기쁨과 보람을 맛볼 수 있음을 깨달을 수 있을 것이다.

가령 우리가 소유의 세계에서만 생각한다면 저 이웃집 장미는 자기네 것이 아니기 때문에 그 아름다움도 맛볼 수가 없을 것이다. 이렇듯 오늘날 우리는 모든 것을 물질과 그 소유에서 찾고 있기 때문에 이 세상에 언제나 충만하다고 할 진·선·미를 맛보지 못한다고나 하겠다.

■《우리 삶, 마음의 눈이 떠야》(1995)

결혼생활의 비결

나이도 들고 돼지 꼬리만 한 허명(虛名)에다 강단(講壇)에도 오래 서고 하니 일 년이면 최소한 10여 쌍의 혼인식의 주례를 서게 된다.

내 자신 결코 유복하지도 유덕(有德)하지도 않지만 이런 소임을 청해 오는 데는 어떤 인간적인 줄이 있기 마련이어서 그때마다 면 구스럽기 짝이 없지만, 끌려 나가는데 오직 스스로가 자위하는 게 있다면 소위 조강지처와 해로하고 있다는 그 사실 하나뿐이다.

그래서 결혼식 집전을 하자면 으레 주례사라는 것을 하게 되는 데 이번 잡지사의 성화 같은 원고 청탁에 상념이나 제재(題材)를 성숙시킬 만한 여유가 없어 바로 내가 신혼부부들에게 즐겨 들려 주는 그 얘기의 골자를 좀더 보충해 글로 써서 혼기를 앞둔, 또는 이미 결혼생활을 하고 있는 젊은이들의 삶에 참고거리로 제공하고 자 한다.

첫째, 우리는 예로부터 남녀 두 사람의 결합을 천정배필 또는 천 생배필이라고 해서 '하늘이 배우자를 마련해 주었다'는 사상이 있 고 불교에서는 삼세(三世)의 인연이라고 해서 '한 남자와 한 여자 가 결합이 되는 것은 현세의 만남에서가 아니라 전생에서부터 맺 어져 있고 또 내세에 가도 소멸할 수 없는 인연'이라고 말하며 또 저 서양에서도 심지어 '전해 내려오는 속담에는 틀리는 것이 없네. 교수(絞首:사형을 받는 일)와 결혼은 운명대로 된다네' (셰익스피어의 〈베니스의 상인〉 중에서)라고 하며 기독교에서는 '하느님의 섭리 또는 그 은총'이라고 한다.

저러한 동서의 결혼관이 모두 무엇을 뜻하느냐 하면 어떤 남녀의 만남과 맺음이란 것이 한낱 두 사람의 뜻이나 힘, 또는 그 주위의 찬성과 같은 인위적인 것만으로 이루어지는 것이 결코 아니라 인간의 뜻이나 힘을 넘는 초자연적인 뜻과 힘과 그 배려임을 단적으로 표시하고 있다 하겠다.

이러한 결혼의 신비성을 아주 잘 나타낸 이야기 하나를 소개하자면, 금세기 자유중국의 학자로 법철학의 세계적 권위자였던 오경웅(吳經熊) 박사의 명저 《동서의 피안(*Beyond East and West*)》의 한 대목으로,

"열일곱 살에 결혼한 아내와 나는 혼례식 전에는 서로 본 적도 없다. 둘이 다 겨우 다섯 살 때에 약혼을 하였는데 그것은 우리 양편의 부모님들이었다. 현대의 서양 사람들은 이런 고대 중국의 혼인제도가 납득이 안 갈 것이다. 그래서 나의 서양 친구들은 우리 부부의 결혼 이야기를 듣고서 도무지 믿어지지 않는다고 하며 '어떻게 그럴 수가 있을까요?' 하고 놀라며 우스워한다. 나로서는 그들이 놀라는 것이 우습고 또 그들이 우스워하는 것이 놀라웠다. 그래서 나는 이렇게 반문을 하곤 한다. '그럼 당신들은 당신의 부모님이나 형제자매를 스스로 고르셨나요? 당신이 고르지 않고도 그들을 사랑하시지요?' 라고."

그리고 그 글에는 이어서,

"창세기의 아담이 이브만을 주시고 선택할 다른 여성이 없었다고(또는 이브는 다른 남성이 없었다고—필자 삽입) 하느님을 섭섭히 생각했었는가?"라고 유머러스한 반문이 덧붙여져 있다.

이 얼마나 이성 간의 결합이 초자연적인 힘, 즉 신의 섭리라는 명확한 인지(認知)며 또 그것에 대한 전폭적인 순종 사상이랴! 이러

한 신념 속에서야 혼인의 파경이나 이혼이 있을 수가 없다.

물론 여기서 남녀의 결합이 이러한 동양의 고대 풍습처럼 반드시 부모님에 의한 정혼일 필요는 없다.

그것이 중매에 의한 것이든, 자유연애에 의한 것이든 상관할 바가 없다. 오직 그들이 결혼에 나아갔다는 그 사실 자체를 비의(秘義)로 보아야 된다는 말이다.

그래서 가령 어떤 결혼한 남녀가 저러한 비의를 파괴한다면 그것은 오직 상대방에 대한 배반만이 아니요, 그 결혼을 축복하고 공증해 준 일가친척과 모든 이웃과 사회에 대한 배신이요, 나아가서는 하늘·진리·하느님이라고 불리는 초자연적인 뜻과 그 신령한 힘에 대한 배역(背逆)이 되는 것이다.

그러므로 이렇듯 진리나 그 신령한 힘에 반역을 저지르고서 그 인생의 참된 성취를 바랄 수 없는 것은 자명한 일이 아니겠는가?

둘째, 두 사람이 만나서 맺음에 이르는 것은 상대방이 마음에 들어서이기 때문이다. 그런데 막상 결혼생활이란 상대방의 마음에 드는 점, 쪼개서 말하면 장점이나 미덕하고만 사는 게 아니라 오히려 이제부터는 마음에 들지 않는 점, 즉 이제까지 발견하지 못한 단점이나 결함과 더 많이 함께 살아야 한다는 사실을 인지해야 한다.

좀더 본질적으로 파고들어서 말한다면 흔히들 이성 간이나 부부 간의 사랑을 상대방과의 일치로 여기고 또 그것을 바라는 사람들이 많지만 그것은 착각이다. 그래서 연애시절에 서로 상대방의 장점이나 미덕만에 반해서 결혼에 골인한 젊은이들이 막상 가정을 이루고 그 공서(共棲)생활 속에서 발견되는 상대방의 단점이나 결함에 실망하여 '결혼은 연애의 무덤' 즉 사랑의 종결이라고 뇌까리기도 하고 또 그런 파탄이나 체념 상태에 들기가 일쑤다.

그런데 저러한 착각과 그 결론에 도달하지 않으려면 우리는 먼저 모든 존재와 존재 사이에는 결코 일치할 수 없는 본질적인 거리가 있음을 인지해야 한다. 저 김소월의 시 〈산유화〉에,

라고 하였듯이, 자연적 존재가 그러하듯 인간끼리도 아무리 일치할래야 일치할 수 없는 단절과 측량할 수 없는 거리가 있기 마련인 것이다. 절친한 친구 사이, 어버이와 자식 사이, 아니 한 몸을 이루었다는 부부 사이라도 결코 존재 자체에서 오는 고절감(孤絶感)을 메울 수 없고 이것은 삶의 경험으로서보다 이 시처럼 삶의 여건으로서 받아들여야 하는 것이다.

만일 존재와 존재가 일치한다면 그것은 그 중 한 존재의 말소로서 가령 이것을 인간의 경우에다 상정해 본다면 일치란, 상대방의 인격이나 그 개성의 말살을 의미하게 된다. 이것은 인간의 또 하나의 측면인 '더불어'서의 삶을 부정하는 것이 아니라 인간에게는 결코 서로가 뛰어넘을 수 없는 '홀로서'의 또 하나의 측면이 있음을 간과해서는 안 된다는 말이다.

저러한 인간존재의 본질에 대한 간파 위에서 프랑스의 여류 철학자 시몬느 베이유는,

"순수하게 사랑한다는 것은 그 간격을 받아들이는 것이다. 자기 자신과 자기가 사랑하는 것 사이의 거리를 더없이 사랑하는 것을 말한다."

라고 갈파한다. 실상 우리는 남을 진실로 사랑하자면 먼저 상대방의 성격이나 능력이나 그 장단(長短)이나 여건을 명백히 아는 것이 중요하다. 그렇지 않고선 그 사랑이 맹목적이 되고 일시적이 되고 독선적이 되기가 쉽다.

또 한편 자기가 인식하는 상대방의 긍정적인 면만이 아니라 오히려 부정적인 면, 즉 그 단점이나 결함 속에 그가 미덕이나 장점으로 발휘할 능력의 씨앗이 깃들어 있다는 사실에 주목해야 한다.

가령 경솔하다는 어떤 사람에게 있어서 그 단점, 즉 그 특성을 잘 발휘하면 곧 민첩한 사람이 되는 것이고, 또 가령 이와 반대로 점잖고 침착하다는 사람이 그 장점, 즉 그의 특성을 잘못 쓰고 잘 발휘하지 못하면 둔하고 미련한 사람이 되는 것이다.

그러므로 참된 사랑이란 상대방의 장점만의 발견과 그것에 대한 애착이 아니라 저러한 부족과 결핍에 대한 이해요, 협력이요, 보완이요, 그 헌신에서 오는 보람이요, 즐거움인 것이다. 그러나 이것은 반드시 목적적이고 의식적이어야 하는 것은 아니고 또한 인고와 희생만을 의미하지도 않는다.

그저 서로가 자기의 약동하는 생명 안의 재산, 즉 자기의 개성·지식·재능·흥미·기쁨이나 슬픔까지를 상대방에게 주고 나눔으로써 서로의 삶을 강화 확대하고 풍족하게 하는 것이다. 또한 이와 더불어 상대방에 자기가 바친 것은 되돌아오기 마련이다. 이러한 소식을 프로이드 학파의 한 사람인 프롬은, "진실로 줄 때에는 그는 반대로 자기에게 주어지는 것을 아니 받을 수 없다. 왜냐하면 남에게 주는 일은 또한 그 상대를 주는 사람으로 만들며, 이 두 사람은 생명이 가까워진 기쁨을 함께 누리게 된다는 것을 의미한다"고 말한다.

셋째는 흔히 결혼생활에 있어 부부의 사랑을 순탄이나 행운 속에다만 설정하는 경향들이 많은데 이것 역시 큰 착오인 것이다.

가령 우리가 일상 속에서 항용 듣는 얘기로서 '좀더 살림 형편만 나아지면 나도 남보다 더 당신을 사랑할 수가 있다', '우리집도 돈만 있으면 말썽이 있을 턱이 없다'든가 하는 소리를 듣는데 모르긴 몰라도 저런 부부는 살림 형세가 는다고 그 사랑이 늘리는 만무고, 또 저런 가정에 돈이 생긴다면 오히려 분쟁이 더 일어날 가능성이 짙다 하겠다. 왜냐하면 사랑이란 어디까지나 능력이지 어떤 상대적 조건에 종속되는 것이 아니기 때문이다.

그리고 우리의 삶 자체가 언제나 한결같이 순탄과 행운 속에만 있을 수가 없고 또 어떤 고난이나 역경도 무한정일 수는 없는 것이어서 말하자면 그 명암의 엇갈림 속에 살고 있으며 바로 이것이 삶의 리듬이기도 하다.

그런데도 많은 사람들은 사랑에 취한 신혼 시절이 지나면 사랑의 발휘를 부담스럽게 여기거나 태만에 빠지고 특히 고난이나 역경에 처하면 그것을 이유로 애정의 냉각상태와 포기상태에 들어가고 마는 것이다.

하지만 삶의 행·불행이 그 여건 속에 있지 않고 그 삶 자체의 본질적 추구나 그 감응에 있듯이, 사랑 역시 철학적 용어를 빌리자면 소유의 세계에서가 아니라 존재의 세계에서 그 보람을 찾고 지녀야 하는 것이다. 한 주부 시인의 시를 여기에 인용하면,

    햇살 고운 한낮
    구부리고 앉아
    나분대며 쏟아지는 수돗물의
    수다를 듣는다.

피곤이 모인 셔츠 목 언저리
아가의 내음이 남은 작은 저고리

한줌 한줌
물에 적시고 꺼내는 손놀림은
때론 눈먼 내 나태한 여자의 이름을
불러 일깨우고

여자의 가장 맑은 얼굴을 보는 자리,
아낙의 어진 정성이
뽀얗게 피는 시간

소담스러이 빠짐없이
나의 빨래를 건져내어 힘주어 짜며
햇살에 빛나며 날리는
내 일월을 보리.
　　　－정두리(鄭斗理)의 〈빨래〉 전문

라고 씌어 있다.

　우리는 여기서 만일 소유의 면에서만 생각한다면 저렇듯 손빨래를 하기보다는 전기세탁기를 사용하는 것이 훨씬 수고도 덜고 능률도 오를 것이며 보다 행복한 조건 상황이라 할 수가 있을 것이다. 또한 그런 관점에서라면 가족에게 향한 애정의 농도도 이것보다 더 짙고 직접적인 것이 얼마든지 있을 것이다.

　그러나 이른바 존재론적으로 본다면 그녀에게 있어 이러한 손빨래는 그 수고라든가 능률이라든가와 같은 조건의 호오(好惡)를 넘어서 생활의 충족감을 주고 있을 뿐 아니라 오히려 남편이나 어린 것에게 향한 애정에 있어서도 그 밀도를 더하게 하고 승화시키고 있음을 넉넉히 엿볼 수가 있다.

그래서 사랑의 보람이란 결코 그 소유 즉, 생활의 조건에서가 아니라 존재, 즉 사랑 자체가 지니는 신비하고 무한한 감성 속에서 좌우되는 것이다.

그러므로 사랑의 발휘나 그 보람을 삶의 순탄이나 행운 속에다 설정하지 말고 오히려 고난과 역경 속에서 더욱 강화하고 그 보람을 맛보기를 당부하는 바이다.

■《우리 삶, 마음의 눈이 떠야》(1995)

사람다운 삶

홀로와 더불어

너무나 유명한 시이기 때문에 나의 애송시라고 쳐들고 나서기가 쑥스러울 정도이지만 한국시 중 가장 사랑하는 '인생시(人生詩)'를 꼽는다면 나는 〈산유화(山有花)〉를 우리나라뿐 아니라 동서시(東西詩) 중에서도 보기 드물게 월등한 '인생시'라고 여기기에 여기에다 나답게 음미를 해 보이려는 것이다.

이 시는 먼저 인간과 자연을 한 차원에서 보는 동양적 사유를 전제로 하고 음미해야지, 그렇지 않고 오직 표현된 자연의 서경(敍景)으로만 해석한다면 "산에 계절마다 꽃이 피고 진다는 것이 무슨 새삼스러운 감동이냐"고 반문을 자아낼 것이다. 그래서 한번 이 시에서 자연의 장소로 지정된 산을 '세상'으로, 자연적 존재로 등장된 꽃이나 새를 '사람'으로 바꿔 보면,

　　세상에는 사람이 태어나네
　　사람이 태어나네.
　　갈 봄 여름 없이
　　사람이 태어나네.

　　세상에
　　이 세상에
　　사는 사람은

저만치 혼자서 사네.

이렇듯 말이다. 그리고,

　　세상에
　　이 세상에
　　사는 사람은
　　저만치 혼자서 사네.

라는 구절에 주목해 보자. 한국어에서 ‘만큼’은 양을 가리키는 낱말이고 ‘만치’는 거리를 가리키는 낱말인데 여기서 ‘저’라는 지시대명사는 부사로 사용되어 불확정 수치를 나타낸 것이다. 즉 자연이나 인간이나 존재와 존재 사이엔 측량할 수 없는 거리가 있음을 이 시는 지적하고 있다.

　자연적 존재가 그렇듯이 인간끼리도 아무리 일치를 구해 보았자, 그것은 도로(徒勞)에 불과한 것이다. 절친한 친구 사이, 어버이와 자식 사이, 아니 한 몸을 이뤘다는 부부 사이라도 결코 저 존재 자체에서 오는 고절감(孤絕感)을 메울 수는 없고, 이것은 삶의 경험으로서가 아니라 이 시처럼 삶의 여건으로서 인식하고 받아들여야 한다. 그래서 여류 사상가 시몬느 베이유는,

　“순수하게 사랑한다는 것은 그 간격을 받아들이는 것이다. 자기 자신과 자기가 사랑하는 것 사이의 거리를 더없이 사랑하는 것이다.”

라고 갈파하고 있다. 흔히 사랑한다는 것을 상대방과 한 몸이 된다든가 그 완전일치로 착각하는 이들이 많지만, 만일 그런 일치가 성취된다면 어느 쪽 한 인간의 인격과 개성이 말살당하는 결말 이외

에는 딴 것이 아니다.

그런데 〈산유화〉는 저렇듯 인간의 '홀로'의 측면을 명시해 놓고는 그 다음 연에서는,

세상에 사는 어느 사람아!
(너는 세상에 왜 사느냐?)
그는(대답하기를) 사람이 좋아
세상에 사노라네.

이 연에서 괄호 안의 사연은 시에서의 생략을 내가 기입해 넣은 것이다. 이렇게 이 시는 '작은 새'라는 세상에 함께 사는 미미한 존재 하나에서 '우는'이라는 표현으로 그 삶의 역능(役能)과 보람을 묻고서는, 그 답으로서 사람이 좋아 산다는 증언을 시키고 있다. 여기서 '사람이 좋아'라는 구절은 곧 '사랑'을 뜻한다고 보아도 무방할 것이다.

"타자(他者)가 있다는 자체가 지옥이다"(사르트르)라고 극언하고 나서는 사람도 있기는 하지만 결국 자연이나 인간 존재는 서로가 완전히 단절되어 있으면서 또 한편 타 존재와의 연대와 협동 없이는 삶 자체가 성립되지 않을 뿐 아니라, 그 삶의 의미나 보람을 성취할 수가 없는 것이다.

그러므로 〈산유화〉는 저 두 구절로 존재의 홀로〔單獨〕서의 면과, 더불어〔連帶〕 사는 면을 간명하게 교시(敎示)하고 있다고 하겠다.

오늘날 흔히 서양의 무신론적 실존주의자들은 인간의 단독자적인 면만을 너무나 강조해서 그 고독과 소외에 절망하고 있다. 또 공산당이나 히피족들은 인간의 공동적 유의식(類意識)의 면만을 강조해서 후자는 그 성(性)의 공유까지를 이상으로 하는 집단생활

을 주창하고 있다. 그러나 이것은 양자가 모두 인간의 일면에만 너무나 절망과 희망을 갖기 때문에서 오는 오류라고 나는 생각한다.

그리 오래되지 않은 화제이다. 영국의 시인으로 미국에 귀화한 오든은,

"우리는 서로 사랑하지 않으면 멸망뿐이다(We must love another or die)."

라는 그의 시 한 구절이 유명해져서 영국의 수상이던 맥밀런은 그의 연설에까지 사용했었다. 그런데 그 후 그는 그의 시집 출판에서 이 1행을 삭제해 버려 또 한 번 평판을 자아냈었다.

아마 그는 오늘의 세계를 생각하고 또 생각한 끝에 '인류가 서로 사랑하지 않으면 파멸을 가져 올 것'이라고 강하게 느껴서 저 한 구절을 썼겠지만 그는 그 후 더욱 곰곰이 생각한 결과 '인류 모두가 서로 사랑한다'는 것에 회의를 느끼게 되었고, 마침내는 그 불가능을 확인하고 시 구절을 삭제하는 행동에 나아갔을 것이라고 생각한다. 그래서 그는 그 시행(詩行) 삭제에 대한 이유 질문에,

"어떻든 우리는 죽음으로 가기 때문에(Because we are going to die anyway)"라고 답했다고 한다.

결국 그는 좋지 않게 평하던 '니힐'에 떨어졌다 할 것이고, 좋게 평하면 '산유화'가 지닌 동양적인 무상(無常)에 귀착했다고 하겠다. 즉 〈산유화〉는 앞에서 음미한 대로 먼저 존재의 단절과 거리를 지적한 다음, 한편 인간의 공동의식을 제시하고 나서는, 다시,

세상에는 사람이 죽네
사람이 죽네
갈 봄 여름 없이
사람이 죽네.

하고 노래의 끝을 맺음으로써 모든 존재의 무상한 귀의(歸依)를 설파(說破)하는 것이다.

물론 이렇게 시를 주제나 내용면에서만 분석하고 음미할 수는 없다. 우리는 어쩌면 아니, 작가 김소월 자신도 이렇듯 의식하고 썼으리라고는 여겨지지 않고, 저러한 구체적 분석과 이해 없이도 얼마든지 이 시의 미적 정서만으로도 이 시를 충분히 즐길 수 있고 또 즐기고 있으리라고 믿는다.

그러나 또 한편 이 시의 표현 안에 담긴 저러한 동양적 사유의 바탕이 없다면, 또 공감이 없다면 우리의 미적 정서나 그 감동도 이 시는 불러일으키지 못했을 것이라고 나는 생각한다.

삶의 보람

인간은 누구나 삶의 보람을 찾고 있다. 그러나 이 삶의 보람이라는 것이 그리 쉽사리 손에 잡히지 않고 또 그 실체도 단순치 않아 한마디로 쳐들어 보이기는 실상 어려운 것이다.

훌륭한 사회적 지위에 있고 또 원만한 가정을 지니고 있다는, 소위 자타가 공인하는 사람이, 이성으로서는 자신의 삶이 다행스럽다는 것을 인정하면서도 마음속으로는 삶의 보람을 느끼지 못해서 괴로워하는 예가 얼마든지 있다.

이렇게 볼 때 삶의 보람에 대해 가장 정직한 것은 감정인 듯싶다. 가령 마음속으로부터 삶의 힘차고도 싱싱한 기쁨을 맛볼 수 있다면 이것이야말로 보람의 가장 소박한 모습이 아니겠는가.

이러한 기쁨은 어떤 때 예상치도 않던 경우에 일어나 그 자신마저 놀라게 되는 수가 있는데, 그때 자기 삶의 보람이 무엇이었느냐 하는 그 실체를 비로소 깨닫기도 한다. 그래서 어떤 사람에게 '참된 기쁨'을 가져다주는 것이 삶의 보람이라고 말할 수 있겠다.

그러면 인간 활동 속에서 '참된 기쁨'을 가져다주는 것은 어떤 것일까. 이 문제에 대하여 대체로 학자들은 목적 · 효용 · 필요 · 이유 등과 관계없이 '그것 자체를 위한 활동'이라고 말한다. 확실히 어떤 이익이나 효과를 목표로 하는 활동보다는 '그저 하고 싶어서 하는 일'이 인간에게 싱싱한 기쁨을 주는 게 사실이다. 좀더 구체적으로 말하면 사람들은 돈을 버는 것을 목적으로 어떤 일을 하기보다는 돈 때문이 아닌 일, 돈이 되지 않는 일을 하기를 더욱 즐겨한다.

실례를 들면, 가령 취미로 돌을 주우러 다니는 사람에게는 돌을 찾아 산천계곡을 헤매는 것이 즐거움이요, 그 피로도 하나의 흥겨움이지만 똑같은 돌 줍기를 장사로 하는 사람에게는 그것이 고역이 되고 싫증을 일으키게 한다.

그래서 아주 어려서는 몰라도 어른이 되어서는 목적이나 효용이라는 것을 일체 떠난 활동과 그 순수한 기쁨을 맛본다는 것은 어렵고, 또 있다 해도 점점 줄어지는 게 실제의 인생살이라 하겠다.

그런데 이런 어른에게 있어서도 삶의 순수하고 가장 깊은 기쁨을 선명하게 맛보는 것은 첫 아기를 낳은 직후의 어머니들이다.

아가의 머리맡에 햇빛이 앉아 놉니다
햇빛은 아가의 손님입니다

아가가 세상에 온 후론
비단결 같은 매일이었습니다
아직 눈도 아니 뵈는
죄그만 우리 아가

아가는 진종일 고이 잡니다
잠은 아가의 요람
아가는 잠에 안겨 자라납니다

아가는 평화의 동산
지줄대는 기쁨의 시내입니다

아가는 엄마의 등불입니다
아가 함께 있으면
훤히 밝아오는 마음이 있습니다

　이 시는 김남조의 〈아가에게〉라는 시의 전반부로서, 참으로 이런 존재의 밑뿌리로부터 솟구치듯 하는 기쁨은 여성의 특권적 삶의 보람 중의 보람을 반증해 주는 것이라 하겠다.
　그러나 이러한 모성으로서의 기쁨은 보다 생물학적인 것이라 하겠지만 이와는 달리 정신적 인식이나 정서적 감동으로서 맛보는 순수한 기쁨도 없지 않다.

이제사 나는 탕아(蕩兒)가 아버지 품에
되돌아온 심회로
세상 만물을 바라본다.

저 창밖으로 보이는
6월의 젖빛 하늘도
싱그러운 신록 위에 튀는 햇발도
지절대며 날아다니는 참새 떼들도
베란다 화분에 흐드러진 페튜니아도
새롭고 놀랍고 신기하기 그지없다.

한편 아파트 거실을 휘저으며
나불대며 씩씩거리는 손주놈도
돋보기를 쓰고 베갯모 수를 놓는 아내도
앞 행길을 제각기의 모습으로 오가는 이웃도

새삼 사랑스럽고 미쁘고 소중하다.
오오, 곳간의 재물과는 비할 바 없는
신령하고 무한량한 소유!
정녕, 하늘에 계신 아버지 것이
모두 다 내 것이로구나.

  이 시는 나의 〈신령한 소유〉라는 시로서, 좋게 말하면 신령한 것
에 대한 눈뜸이랄까. 모든 만물 만상에서 창조주의 그 크신 혜여(惠
與)를 느낌으로써 거기에 따르는 감동과 기쁨을 서투르게나마 표
현해 본 것이다.
  그러나 이것은 오랜 방황과 오뇌 끝에 도달하여 얻어진 기쁨의
세계로서, 요즘 발간한 《말씀의 실상(實相)》이라는 내 시집에 이 시
와 함께 수록된 〈하루〉라는 작품을 보면,

  오늘도 신비의 샘인 하루를
  구정물로 살았다.

  오물과 폐수로 찬 나의 암거(暗渠) 속에서
  그 청렬(淸冽)한 수정(水精)들은
  거품을 물고 죽어 갔다.

  진창 반죽이 된 시간의 무덤!
  한 가닥 눈물만이 하수구를 빠져나와
  이 또한 연탄빛 강에 합류한다.

  일월(日月)도 제 빛을 잃고

은총의 꽃을 피운 사물들도
이지러진 모습으로 조응(照應)한다.

나의 현존(現存)과 그 의미가
저 바다에 흘러들어
영원한 푸르름을 되찾을
그날은 언제일까?

똑같은 여건 속에서 또한 같은 사람이 이렇듯 어둡고 괴로운 절망에 빠지기도 하고 앞에서처럼 삶의 충만감 속에 놓이기도 하는 것이다.

그러므로 나의 앞 시에서 보는 바처럼 이러한 삶의 충만에의 도달은 어린이들의 기쁨이나 아기 엄마의 기쁨처럼 단순한 생물적인 것이 아니라 이것은 좀더 정신적인 차원의 것임을 알 수가 있다. 그리고 이러한 인식이나 감동은 심각한 사색의 추구나 핍진한 체험의 결과에서 우러나오는 것이다. 이런 면에서 루소는 그의 유명한 〈에밀〉의 서두에서,

"가장 오래 살았다는 것은 그 수명이 길었던 것을 말하는 것이 아니라 삶을 가장 풍부하게 산 사람을 가리키는 것이다."
라고 말한다.

그러나 삶을 가장 풍부하게 산다는 것은 매일매일의 시간의 내용이 꽉 차 있어 그것에 매달려 사는 것이 아니라 시간의 흐름에 저항감을 지녀야 한다. 왜냐하면 너무나 쉽사리 흘러가는 시간은 우리의 의식 속에 거의 자국을 남기지 않기 때문이다.

그래서 참으로 살고 있다는 느낌을 갖기에는 삶의 흐름이 너무 순탄한 것보다 다소의 저항감을 필요로 한다.

이것은 달리 말하면 살아가는 데 있어 노력을 필요로 하는 시간, 살아가는 데 있어 고통스러운 시간 쪽이 쉬고 노는 시간보다 오히려 삶의 충실감을 강화해 준다는 뜻이 된다. 물론 이럴 때 그 시간은 미래를 향해서 열려 있지 않으면 안 된다. 왜냐하면 사람은 자기가 무엇인가를 향해 앞으로 나아가고 있다는 느낌을 지닐 때만 그 노력이나 고통을 자기 목표에 대한 한 과정으로 받아들이기 때문이다.

그래서 사람들은 별로 생활상의 필요에 몰려 있지 않더라도 자진해서 수고로운 일을 맡고 그 어떤 목표를 향해서 나아가려고 든다. 이러한 예로는 정년으로 퇴직한 이들이 경제적 면에서 그리 곤란이 없는 사람도 그 시간의 공허감을 무엇보다도 호소하고 있는 경우를 우리는 흔히 보게 된다.

이렇게 볼 때 인간은 항상 전도에다 목표를 두고 나아갈 때만이 삶의 최소한의 보람 속에 산다고 하겠다. 이것은 앞에서 말한 무목적·무보상의 기쁨과 모순이 되지 않는다.

왜냐하면 인간은 별로 남에게서 부탁받지 않더라도 스스로가 여러 가지 목표를 세우는데, 이것을 엄격히 객관적으로만 따지면 그 목표가 달성되지 않을지도 모르지만 그 목표의 성취 여부는 문제가 아니라, 오직 인간은 모두가 그 스스로 형성한 이러한 삶의 구조 속에서 살아가는 것이 필요한 따름인 것이다.

그러한 증거로는, 가령 하나의 목표에 도달되고 나거나 또는 그 도달이 허무하다 해도 인간은 그야말로 목적 없는 공허감에 떨어질까 봐 서둘러서 다음의 목표를 설정하는 것이 일반적 인간의 속성이기 때문이다. 이러한 인간의 모습을 칼 붓세는 너무나도 유명한 〈저 산 너머〉에서,

저 산 너머 멀리

행복이 산다고들 하기에

아아 나도 남들과 함께 찾아갔다가

눈물만 머금고 돌아왔네

저 산 너머 멀리 저 멀리에는

행복이 산다고들 말하지만.

이라고 읊고 있는 것이다. 결국 인간은 무한한 저 편, 저 산 너머의
목표를 쫓는 존재라고나 하겠다.

한편 수고가 없고 괴로움이 없는 삶에서보다 고생 끝에, 고통 끝
에 도달하거나 획득하는 삶이 큰 보람을 안겨 준다는 것은 하나의
공식이다. 이즈음 널리 알려진 버스 안내양을 하면서 대학에 합격
한 여학생의 기쁨이나 그녀가 분망한 일과의 틈바구니에서 정진하
는 학습의 즐거움은, 순탄한 가정에서 자라나 어쩌면 하기 싫은 공
부를 마지못해 하는 학생들로서는 도저히 상상할 수도, 맛볼 수도
없을 것이다. 이러한 삶의 보람은 희생적 헌신 속에서 더욱더 크게
맛볼 수가 있는데 희랍의 시인 소포클레스가 그린 '안티고네'의 숭
고한 모습을 비롯해 이러한 헌신적 사랑에다 삶의 보람을 찾아낸
문학작품들은 동서고금 이루 헤아리지 못할 만큼 많으며 특히 여
성이 대부분 그 주인공이 되고 있는 것은 주목할 일이다.

헌신이란 말이 나왔으니 말이지, 자칫 잘못하면 그 고통 자체가
쾌감으로 여겨지는 줄 오해하기 쉬우나 그것은 매저키즘적인 착각
으로서, 가령 자기의 고유의 욕망이나 자유를 희생하며 이에 따른
고통을 감수하는 것은 어디까지나 자기가 사랑하는 상대방의 안전
이나 평화나 그 기쁨을 위해서이기 때문에 거기서 구하는 것은 자
기의 쾌락이 아닌 것이다.

이외에 미래에다 어떤 시간적 기대를 걸고 있기 때문에 사람들은 현재의 고통스러운 삶을 참고 살기도 한다. 이런 경우 현실적 나날은 미래에 연결되어 있다는 그 희망에서 의미를 찾는다고 하겠다. 가령 중병을 앓고 누워서 매일 고통에 시달리면서도 그 속에서 적극적 삶의 보람을 느낄 수도 있고, 한 걸음 더 나아가 종교적이거나 철학적 인생관으로, 세상을 버리고 금욕적인 수도를 하는 것은 소극적·수동적 자세가 아니라 삶의 보람을 찾는 적극적 태도인 것이다.

그러면 이제 여기서 잠시 삶의 보람이라는 것과 행복이라는 것, 또 쾌락이라는 것과의 차이를 살펴보기로 하자. 대체적으로 말하면 삶의 보람이라는 것은 행복감의 일종으로 그 중에서도 가장 큰 것이라고 말할 수가 있다. 그러나 이 양자 속에는 약간의 뉘앙스의 차이가 없지 않으니, 가령 현재의 생활이 아무리 암담하더라도, 즉 행복에서 벗어나 있더라도 밝은 희망이나 목표가 있을 때에는 삶의 보람을 느낄 수가 있다. 하지만 아무리 현재가 행복하다 해도 그 행복감 속에서 자신의 사명감 같은 것을 찾아내지 못할 때는 그는 자아의 본질적 부분에 오히려 고통을 느끼는 수도 있는 것이다.

적십자사를 창설한 백의의 천사 나이팅게일도 젊었을 때는 오히려 상류사회의 딸로서 무엇 하나 부족함이 없는 화려한 생활을 하면서도 자신의 사명감을 찾고자 암중모색하는 그 불안감을 다음과 같이 일기에 적어 넣고 있다.

"—내가 지금 떠올리고 있는 생각이나 느낌은 여섯 살 때부터라고 기억한다. 어떤 하나의 직업이나 일, 또는 그것에 필요한 기술, 나의 전 능력을 다 쏟아서 나를 채워 주는 것, 그것만이 바로 나에게 본질적으로 필요한 것이라고 생각해 왔고, 또한 언제나 그것을 동경해 왔다. 그런데 나에게는 외국 여행, 친절한 벗들, 훌륭한 배필감, 또 무엇무엇…… 다 쓸데없다. 그런 것이 나에게 무슨 필요가 있담…… 서른한 살이 된 지금, 나는 죽음 이외에 다른 것을 바랄 게 없구나—”

이상에서 보듯 행복보다 삶의 보람이 더욱 자아의 본질을 좌우하고 있음을 알 수가 있다. 실상 행복감에는 자아의 일부나 말초적인 것만으로 충족되는 경우가 없지 않다. 그러나 많은 남성들에게 있어 가정생활의 행복이 삶의 전면적 보람을 안겨 준다고는 말할 수는 없다. 하지만 남성들은 사회생활 속에서 여러 가지 괴로움을 겪으면서도 이것은 자기가 아니면 안 된다는 자랑스러운 느낌을 가질 때 삶의 보람을 전적으로 느끼는 경우가 많다. 그래서 삶의 보람에는 의식적이거나 무의식적이거나 가치의 인식이 또한 포함되어 있다고 하겠다.

한편 쾌락은 저 행복감 속에서도 극히 말초적인 것이다. 즉 쾌락은 육체적인 것이요, 관능적인 것이요, 일시적인 것으로 그것은 한 번 충족되면 곧 시들해지며 물리고 만다. 그래서 육체적 쾌락을 행복감으로 알거나 더구나 삶의 보람으로 알고 쫓다가는 허망밖에 남지 않음을 우리는 체험을 통해서도 잘 알고 있다.

물론 관능적 고취도 생명력의 한 발현임에는 틀림이 없지만 그것과 정신적·인격적인 분리로는 찰나적일 뿐 아니라 삶의 보람과는 동떨어진 결과만을 낳게 된다.

그러면 이제 삶의 참된 보람이란 무엇이며 어떤 것일까. 이상에서도 살펴본 대로 삶의 보람이란 소박한 모습으로는 생명의 기반, 그것에 밀착되어 있으므로 고작 삶의 기쁨이나 그 충실감으로밖에는 의식되지 않는다. 그래서 오히려 누가 어떤 사람에게 “당신은 무엇을 삶의 보람으로 삼고 있는가”라고 묻는다면 당장 대답에 궁해지는 것이 보통이다.

흔히 젊었을 때는 삶의 보람을 맹렬히 찾아 헤매던 사람도 어른이 되어서는 아주 잊어버리고 태연하게 사는 사람들이 많이 있다. 즉 남성들은 대체로 웬만큼 괜찮은 직업을 얻고 안정된 가정을 이루고 살면 자기 생활은 살 만한 값어치가 있다고 여기게 되며, 여자들은 한층 더 소박하게 출가를 하여 어린애를 낳고 어느 정도 살림을 꾸려 나가기만 하면 자기의 존재의 보람을 십이분 느끼는 듯 보인다. 그래서 이러한 최소한 인간생존의 욕구나 그 역할이 이루어지면 삶의 보람이란 따로 있지 않다고 자인하게까지 된다. 그러나 이런 삶의 안이한 자족감(自足感)이 결코 계속되지 않는 데 문제가 있다. 사람은 이따금 스스로 의식해서 생각을 꺼내지 않더라도 '나의 삶이 이대로 좋은가' 하는 반문이 일어나고, '이것이 참으로 산다는 것일까' 하는 의문이 존재 내면에서부터 솟구쳐 와서 가슴에 회오리가 일고 구멍이 뻥뻥 뚫리기도 한다.

이 같은 근원적 질문에 응답할 수 있는 삶의 보람이란 없는 것일까. 그것에 대해서 내가 감히 그 해답을 시험해 본다면, 삶의 보람이란 결코 어떤 목표의 높고 낮음이나 그 성과의 많고 적음에서 얻어지지 않고, 또 주어진 삶의 행·불행한 여건 속에 있지 않고, 그 삶 자체의 본질적 추구나 그 감응에 있다고나 하겠다.

즉 철학에서 말하는 소유의 세계에서가 아니라 존재의 세계에서 삶의 보람을 찾고 지녀야 한다는 이야기가 된다. 여기서 한 주부 시인의 시 하나를 소개하면,

> 햇살 고운 한낮
> 구부리고 앉아
> 나분대며 쏟아지는 수돗물의
> 수다를 듣는다.

피곤이 모인 셔츠 목 언저리
아가의 내음이 남은 작은 저고리

한줌 한줌
물에 적시고 꺼내는 손놀림은
때론 눈먼 내 나태한 여자의 이름을
불러 일깨우고

여자의 가장 맑은 얼굴을 보는 자리,
아낙의 어진 정성이
뽀얗게 피는 시간

소담스러이 빠짐없이
나의 빨래를 건져내어 힘주어 짜며
햇살에 빛나며 날리는
내 일월을 보리.
　　　　－정두리의 〈빨래〉 전문

라고 씌어 있다.

　우리는 여기서 가령 소유의 세계, 즉 물질의 세계에서 생각한다
면 저렇듯 손빨래를 하기보다는 전기세탁기를 사용하는 것이 훨씬
수고도 덜고 능률도 오를 것이다. 또한 소유의 세계에서 가족에게
향한 애정의 농도도 이것보다 더 짙고 직접적인 것이 얼마든지 있
을 것이다.

　그러나 존재론적으로 본다면 그녀에게 있어 이러한 손빨래는 그
수고라든가 능률이라든가의 문제를 넘어 생활의 충족감을 주고 있

고 오히려 남편이나 어린것에게 향한 애정에 있어서도 그 밀도를 더하게 하고 승화시키고 있음을 넉넉히 엿볼 수가 있다. 그래서 삶의 보람이란 결코 소유에서거나 그 소유가 지니는 기술에서가 아니라 존재와 그 존재가 지니는 신비하고 무한한 감각 속에서 좌우되는 것이라 하겠다.

다음 이야기는 20세기의 철학자 중 '존재와 소유' 문제에 가장 깊은 통찰을 보여 준 가브리엘 마르셀 선생이 지난 1966년 일본을 방문하였을 때 나는 마침 그곳에 체제 중이었는데, 그분이 일본 철학자들과 '악(여기서는 윤리악이 아니라 자연적인 물리악)은 극복될 수 있는가'라는 토론회 석상에서 다음과 같은 예를 들어 이를 설명하는 것을 나는 텔레비전을 통해 보고 들은 일이 있었다.

"—앞날이 유망한 젊은이 하나가 병원에서 돌연 암이라는 진단을 받고 그 수명도 얼마 남지 않았다는 선고를 받았다고 하자. 그럴 때 이 젊은이는 자기에게 부딪친 그 악을 어떻게 하면 극복할 수가 있겠는가. 그는 의사에게서 완전히 버림을 받았으니 소유의 세계에서는 억만의 돈을 쌓아도 그 악을 벗어날 수가 없고 또한 소유의 세계인 어떤 기술로도 이제는 도저히 이 악을 물리칠 길이 없다. 그렇다면 그 청년에게는 악에 대한 완전한 패배와 절망의 길밖에는 없는 것인가.

아니다! 그가 이 악을 극복하는 길은 소유와 기술에서가 아니라 존재와 그 비의(秘義:신령함)에서 찾을 수가 있다. 가령 이 젊은이가 이 세상을 희생과 고통 속에서 떠난 이들의 죽음을 떠올려 그들의 인내와 용기를 본받아 자기 죽음에 대처할 수도 있고, 또한 신앙으로 존재가 지니는 그 신령한 세계 속에서 절대자와 만나 죽음을 영원한 새 출발로 삼아 기쁨으로 맞을 수까지 있는 것이다. 즉 신앙인의 실존적 확신인 사랑으로써 이 죽음의 고통을 이겨낼 수 있을 뿐 아니라 사랑은 죽음보다 강하다는 자기희생으로까지 승화시킬 수 있는 길이 있다."
라고 설파하고 있었다.

내가 마르셀 선생의 말씀을 잘 전했는지는 모르지만 어쨌건 삶의 진정한 보람과 그 영속성을 찾는 길은 소유에서가 아니라 존재에서 찾을 수밖에 없다는 것을 저 비유는 간명하게 가르치고 있다고 하겠다.

이제 나는 여기서 결론 대신 유한한 인간의 삶 속에서 영원한 삶의 보람을 찾아내는 그 본보기로, 미국 현대시의 어머니라고 불리는 에밀리 디킨슨의 〈내가 만일 한 마음의 아픔을 멎게 할 수 있다면〉이라는 시 한 편을 소개하고자 한다.

> 내가 만일 한 마음의 아픔을 멎게 할 수 있다면
> 나의 삶은 헛되지 않을 것이다.
> 내가 만일 한 생명의 고통을 덜게 할 수 있다면
> 또는 그 오뇌를 식힐 수가 있다면
> 혹시 내가 할딱거리는 한 마리 로빈새를 도와서
> 그 보금자리에 다시 돌아가 살게 한다면
> 나의 삶은 정녕 헛되지 않을 것이다.

생각하는 삶

17세기 프랑스의 과학자요, 사상가였던 파스칼이,

"인간은 한 포기 갈대다. 자연 속에서도 가장 가녀린 존재다. 그러나 생각하는 갈대다."

라고 하였듯이 사람은 태어날 적부터 누구나 생각하는 자질을 갖추고 있다. 실상 오늘의 인간이 이 지구 속에서 차지한 지위나 쌓아 올린 문명이나 문화는 그 모두가 바로 그 생각하는 능력과 그것의 발전에서 온 것으로, 우주과학시대인 오늘을 움직이고 있는 것도 실은 인간의 생각의 발전소요, 저장소인 머리의 힘인 것이다.

이렇듯 인간의 생각은 그것이 개인적인 것이든 집단적인 것이든 무한하다고 하리만큼 엄청난 능력을 지니고 있다. 대개 우리들과 같은 보통인간은 우리 스스로가 지닌 두뇌의 능력을 100분의 3밖에 못 쓴다고 한다.

하기야 우리들도 누구나 어느 정도 머리를 쓰면서 살고 있는 것이다. 즉 삶의 필요에 따라서, 또한 호기심을 좇아서, 또는 이익을 얻으려고, 또는 권력을 잡으려고, 또는 명예를 위하여 자기 나름의 머리를 쓰고 있다. 그리고 그 머리를 얼마만큼 잘 쓰느냐에 따라서 그 삶도 비례해서 풍부해진다고 하겠다.

그런데 사람의 머리란 기계와 달라서 천차만별, 일정할 수가 없고 또 어느 정도 천부적인 면이 있어서 인위적인 연마만으론 어쩔 수 없는 점도 있다. 그러니 너무 성급히 자기에게 실망하지 말고 자기가 지닌 머리의 특성을 발견하여 잘 살려서 쓰도록 하는 것이 현명한 방법이다.

우리는 자기의 직접체험이나 딴 사람을 통한 간접체험에서 알 수 있듯이, 어떤 일이나 어떤 분야에 대해서는 머리가 잘 돌지도 않고 아주 하찮은 생각밖에 못 해내는 사람이 반면, 다른 방면에 대해서는 아주 머리가 민첩하게 돌아가고 또 치밀한 생각을 해내는 경우를 보게 된다. 이와 함께 어떤 것에는 아주 무심하고 둔한 한 사람이 다른 것에는 아주 흥미를 갖고 깊이 파고드는 경우도 본다.

이런 것이 각 사람이 지닌 소위 머리의 특성인 것이다. 구체적으로 예를 들면 어떤 사람에게는 예술적인 성향이 있어 다른 사람에게는 예사로 여겨지는 사물에서 깊이 감동을 받는다든가, 어떤 사람에는 이재(理財)의 머리가 밝아서, 남은 평생을 먹고 살기에 허덕허덕하는 데 반해 수월하게 돈을 벌어 떵떵거리고 산다든가, 또 어떤 사람은 기계를 다루고 만드는 데 재주가 있어 텔레비전도 제 손으로 해체해서 도로 맞춰 놓는가 하면, 전문적인 교육을 안 받고도 발명특허를 몇 개씩 가지고 있는 사람도 있다. 그러면서 재미있는 것은 어떤 방면에 머리가 비상할수록 오히려 딴 방면에 대해서는 일반적인 머리보다도 저능함을 나타낸다는 사실이다.

그래서 때로는 올 마이티, 즉 만능의 소유자라는 사람도 없지 않으나 대체로 인간은 공평한 머리를 갖고 태어났다고 하겠고, 앞서 말한다면 자기의 머리의 특성을 얼마나 잘 살려서 쓰느냐에 달렸다고 하겠는데, 이것은 한마디로 자기 머리의 연마와 훈련에 달렸다고 하겠다.

그런데 실제 우리의 삶은 인습적인 틀이나 그 타성에서, 또는 현대가 지니는 오르가니즘이나 매카니즘에서 오는 수동적 상태에서 머리의 연마와 훈련은커녕 거의 자기 머리, 즉 생각의 포기상태에서 살고 있다. 이렇듯 자기 생각이 빠진 타력적 상태에서야 어찌 삶의 보람을 획득하며 그 삶의 진정한 기쁨을 누릴 수가 있겠는가.

파스칼의 말대로 하자면 사람에게서 생각을 뺀다는 것은 곧 인간상실을 의미한다. 그러므로 오늘의 상실된 인간의 회복이란 뭐 별다른 것이 아니라 생각하는 삶인 것이다. 그러면 어떻게 하면 오늘의 인습적이요, 수동적이요, 타성적인 삶을 생각하는 삶으로 바꾸느냐, 그 생각을 연마·훈련하기 위해서는 어떻게 할 것인가 하는 것을 함께 살펴보려는 것이 이 글의 지향이다. 나는 '사색의 기술'을 개진해 보일 능력은 없고 오직 '사색의 요소'랄까를, 이것도 학문적 어떤 체계를 세운다든가, 빌려서가 아니라 그저 내 나름대로 이야기해 가며 함께 생각해 보려고 하는 것이다.

먼저 생각하는 삶을 시작하기에는 이제까지보다 더 사물에 대한 예민한 관찰을 필요로 한다. 우리가 일상생활에 있어 접하는 자연이나 사람이나 물건이나, 나아가서는 세상에 대해서 그저 일반적인 통념(通念)만을 지니고 또 그런 인식 속에서 처리하고 산다는 것은 다른 말로 하자면, 그 자연, 그 사람, 그 물건, 그 세상의 참된 모습이나 그 진가를 모르고 산다는 이야기가 된다. 즉 사물에 대한 세심하고도 예민한 관찰로서만이 그 사물이 지닌 특성을 구별하고 그것에 흥미를 느끼게 되고 나아가서는 애정을 가질 수가 있게 되는 것이다. 이러한 존재에 대한 관찰, 즉 인식의 중요성을 아주 썩 잘 표현한 시를 하나 소개하면,

> 내가 그의 이름을 불러 주기 전에는
> 그는 다만

하나의 몸짓에 지나지 않았다.

내가 그의 이름을 불러 주었을 때
그는 나에게로 와서
꽃이 되었다.

내가 그의 이름을 불러 준 것처럼
나의 이 빛깔과 향기에 알맞은
누가 나의 이름을 불러다오.
그에게로 가서 나도
그의 꽃이 되고 싶다.

우리들은 모두
무엇이 되고 싶다.
너는 나에게, 나는 너에게
잊혀지지 않는 하나의 눈짓이 되고 싶다.

이 시는 우리시단의 큰 봉우리의 하나인 김춘수(金春洙)의 〈꽃〉의 전문이다. 이 시에서 '이름을 불러 준다'는 것은 말할 것도 없이 관심을 갖고 주의를 기울이는 관찰을 뜻하고, 그러한 사물에 대한 인식작용이 없다면 그 사물은 있어도 없는 것이나 마찬가지란 말이다.

그래서 역시 프랑스의 16세기 철학자요, 수학자인 데카르트의 저 유명한 말 "나는 생각한다. 그러므로 내가 있다"가 성립되는 것이다. 거듭 말하자면 자기인식이 없이는 존재는 있어도, 있지 않기 때문이다.

그리고 그러한 사물에 대한 무관심상태나 방심상태 속에서는 사물에 대한 흥미나 애정이 우러나오지가 않는다. 손쉬운 예를 하나 들자면 나는 아파트살이를 하는지라 닭이나 개 같은 가축은 못 기르고 몇 종류의 새를 기르고 있는데 일시적으로 나를 방문한 사람들에게는 그것이 그것 같아서 십자매나 금화조, 또는 카나리아 등 같은 종류끼리의 암수의 구별을 지을 수도 없고, 또 그들 하나하나의 특성을 알 바가 없어 그저, "그 영감이 별것을 다 길러가며 낙이라고 삼고 있구나" 하겠지만 나에게는 그 새 기르기에서 얻고 있는 것이 결코 그런 정도가 아니다.

아파트 거실에다
새 세 쌍을 기른다.

십자매, 금화조, 카나리아,

저들이 재잘거려서
집안이 노상 숲속이다.

사람이 모두 저마다 다르듯
저들도 생김새나 그 성정(性情)이
제가끔 또렷하다.

연치질 부리를 한 금화조는
솔방울만 한 것이 은방울 소리를 내는데
암컷은 새침데기, 수컷은 덤벙이다.

카나리아는 양인(洋人) 모양 껑충하고
노랑 고수에다 피콜로 가락을 내지만
수쪽이 사나워 암쪽은 풀기가 없다.

십자매는 까치 새끼 같은 모습에
고작 쓰르라미 소리밖엔 못 내나
수편이 살뜰해서 금슬이 좋다.

때마다 저들이 합창을 하면
소문난 이 겨울도 봄동산인데
나는 이 속에서 까마귀로 우짖고 산다.

이 시는 내가 나의 생활 실경을 소묘한 〈나는 이 속에서〉라는 시로서 내가 새 기르기를 하면서 관찰하는 그들 각각의 특성의 구별과 그들에게서 받는 위안과 또 나의 그들에게 향한 애정을 소박하게 엿볼 수 있으리라 믿는다.

그래서 생각하는 삶의 첫걸음은 사물이나 사상(事象)이나 사리(事理)에 대한 예민한 관찰로부터 시작해야 한다. 그러나 그 관찰은 아무것이나 눈에 뜨이는 것이면 모조리 하라는 것은 아니라 자신에게 필요한 사실, 또는 희망하는 방향을 선택하여 소위 집중적으로 이뤄지는 것이 바람직하다. 즉 우리가 어떤 일을 보람되게 성취하고 달성하려면, 또 어떤 문제의 적합한 해결을 얻으려면, 그 사물이나 사상이나 사리의 구체적이고도 치밀한 파악 위에 서야 하기 때문이다.

이것을 실제적인 삶에다 적용해서 말하면 가령 물가의 변동이나 물건의 수요에 대한 세밀한 관찰이 없이 장사를 잘 할 수 없고, 인간관계나 사회조직에 대한 통찰 없이 사회생활을 원만히 할 수 없고 자연이나 인정에 대한 세심한 감촉 없이 정서생활을 윤택하게 할 수가 없음과 같이 사물의 관찰이 곧 삶의 지혜의 기본적 자료가 되는 것이다.

우리 인간은 현재에만 살고 있지 않다. 우리는 기억을 통하여 직접 또는 간접 체험에 의한 과거와 이어져 살고 또한 동시에 우리는 과거와 현실을 발판으로 하여 아직도 미체험의 세계인 미래를 상상하고 그것을 향해서 살고 있다. 그래서 기억은 과거 실제 일어난 일에 한정되지만 상상은 아직 일어나지 않은 일을 추리하는 것이기 때문에 제한이 없고 자유롭다. 그래서 상상은 앞으로 일어날 일뿐 아니라 결코 일어나지 않을 일이라도 마음대로 나래를 펼 수가 있다. 저렇듯 상상에는 이지적인 면, 즉 과학적인 면이 있는가 하면 또 감정적인 면이랄까 소위 공상적인 면, 즉 예술적인 면이 있다. 흔히들 상상의 이 두 면을 대립시켜서 서로가 서로를 배척하기도 하나 나보고 말하라면 이것은 인간이 이성적 동물인 동시에 감정적 동물이듯이, 또한 공상이 과학을 낳고 과학이 새로운 공상을 낳듯이 인간의 상상력의 상호작용이라 하겠다.

그야 여하간 우리의 일상 속에서도 저러한 상상력의 두 면의 발휘가 없이는 삶의 진보가 있을 수 없고 삶의 윤택을 기할 수가 없다. 왜냐하면 삶 속에 새로운 설계가 없고 꿈이 없다면 그것이야말로 타성적 삶 이외에 다른 것이 아니기 때문이다.

아주 실제적인 이야기로, 가령 의상 디자이너가 아름다운 의상을 만들기 위해서도 상상력을 필요로 하고, 또 장사하는 사람이 보다 많은 손님을 끌기 위해서도 상상력을 필요로 하고, 심지어는 군인이 작전계획을 짜는 데도 상상력이 있어야 가상의 적의 침공에 완전하게 대비할 수가 있는 것이다.

더욱이나 상상력이 없이 모든 예술이나 과학은 꽃을 피울 수 없을뿐더러 오늘의 문명이나 문화는 있을 수가 없는 것이다.

> 현재라는 시간은 과거라는 시간과 함께
> 미래의 시간에 존재하고
> 미래의 시간은 과거의 시간에 포함된다.
> 모든 시간이 끊임없이 현존한다면
> 모든 시간은 되돌릴 수 없을 것이다.
> 있을 수 있었던 일은 하나의 추상으로서
> 오직 사색의 세계에서만
> 영원한 가능성으로 남는 것이다.
> 있을 수 있었던 일과 있은 일은
> 똑같이 한 끝을 가리키며 그 끝은 언제나 현존한다.

20세기 시인 엘리엇의 유명한 장시 〈네 개의 사중주〉의 첫머리로서 조금 어렵게 여겨질지 모르나 한마디로 하면 인간에게 있어 영원한 가능성으로 남는 것은 오직 사색, 즉 상상의 세계라는 것이다.

그런데 앞에서 말한 인간 생명의 꽃인 상상력을 우리는 효과적으로, 생산적으로 잘 써야지, 이것을 잘못 쓸 경우에는 인간 심성의 부조화를 일으켜서 우리를 불안이나 초조나 혼미나 절망상태에 몰아넣기도 한다. 즉 정신의 이상 현상이 바로 그것이다. 그래서 우리의 상상력을 난파(難破)시키지 않기 위해서는 우리의 상상력을 창조적인 데 연결시켜야 한다.

그런데 흔히 창조라면 그 어떤 천부적인 특수한 능력으로 치부하고 일반은 손쉽게 단념하는 경향이 있다. 물론 나도 그 어떤 특출한 능력이나 그 위대한 성과들을 부정하지는 않지만 한편 우리 평범한 인간이나 그 생활 속에서도 얼마든지 창조력을 발견할 수가 있다. 그렇다는 것은 아무리 평범한 사람이라도 그가 병적인 부전(不全)상태에 있지 않다면 남이 창작한 문학도 미술도 음악도 연극도 영화도 감상할 수가 있고, 또 모든 과학적 소산인 기계제품도 사용할 수가 있다는 것이다. 또 그렇듯 천차만별의 개성과 각양각색 타 직업에 종사하는 사람이나, 나아가서는 이방인과 사귐을 나눌 수 있다는 사실 자체가 바로 창조력의 반증이라 하겠다.

그리고 실제로는 저러한 교류나 교감이란 이미 우리가 남의 창조의 수동상태 속에 있지만 않고 한편 자기 자신도 창조의 능동적 상태에 있어서 남과 주고받고 있음을 말해 주는 것이며 이것이 바로 인생의 모습이다. 오직 여기서 지적되어야 할 것은 자기의 창조적 생활이 소극적이냐 적극적이냐 하는 문제뿐이다.

흔히 우리는 우리의 삶의 많은 부분을 어떤 인습적이고 모방적인 기성의 틀에 맞추어 살고 있고 또 이것을 편리하게 여기고 있다. 그러나 우리는 그런 틀 속에서도 각 사람의 개성처럼 자기가 의식하든 안 하든 미소하지만 독자성을 지니고 있다. 가령 남녀의 애정이나 가정 풍속 하나만을 자세히 들여다봐도 모두가 다 다른 것을 발견할 수 있을 것이다.

그래서 우리는 우리의 기계적인 생활이 기성품을 사 입는 것 같은 생각에서 우리 삶의 독자성을 좀더 강화하는 것이 바로 창조적 생활이라 하겠다.

그러면 어떻게 하면 우리의 삶이 창조적이 될 수 있겠는가. 첫째 우리는 너무나 눈앞의 현실에만 쏠리지 말고 좀더 사물 전체의 진수를 파악하려 듦으로써 새로운 삶을 시도해야 한다. 물론 저러한 현실에 대한 인식은 그것을 변화시키려는 창조의 지향과는 충돌을 일으키게 된다. 그러나 이러한 충돌 없이, 즉 무사안일만을 일삼고는 생활의 발전이란 있을 수가 없다. 물론 나는 우리의 삶에서 현실을 도외시하라는 이야기가 아니라 그 현실에만 사로잡히지 말고, 즉 꿈(이상)을 잃지 않음으로써 자기의 삶을 향상시키고 정체된 삶을 갱신시킬 것을 권하는 것이다.

> 당신은 미래입니다.
> 영원의 광야에서 떠오르는
> 위대한 서광(曙光)입니다.
> 시간의 어둔 밤을 깨우는 수탉의 울음입니다.
> 흰 이슬이요, 아침의 '미사'요, 숫처녀요,
> 미지의 세계입니다.
> 그리고 어머니요, 죽음입니다.
>
> 당신은 얼마든지 여러 가지로 변신할 수 있는
> 정신입니다.
> 그리고 홀로 운명에서 고독하게
> 우뚝 서 있습니다.
> 당신은 그다지 사람의 환호를 받지도 않았고
> 또 그다지 비난을 받지도 않았고
> 또 세상에 널리 알려지지도 않았습니다.
> 당신은 원시림과 같습니다.
>
> 당신은 모든 것의 총화입니다.

그러나 당신은 아직도 당신의 본질로
최후의 말을 이야기하지 않았습니다.
그래서 다른 사람들에게 언제나
다른 모습을 보이고 있습니다.
가령 배에게는 기슭으로, 한편
기슭에게는 배로.

이 시는 릴케의 〈당신은 미래입니다〉라는 시의 의역이다. 어쨌거나 릴케 자신의 자화상이라고 보여지는 이 시는 우리의 삶에 많은 성찰과 시사를 준다.

실상 우리는 자신의 삶이 오늘날 성취되었거나 종결된 상태가 아니라 무한한 가능 속에 놓여 있다는 사실을 깨우쳐야 하고 모든 것을 총화, 즉 소우주인 자기의 본질을 발휘해야 하겠다. 이것이 바로 삶의 창조 행위인 것이다.

이상으로 우리가 사색의 요소들을 살펴보고 자명해지는 것은 저러한 요소들, 즉 관찰과 상상과 창조가 서로 개별적인 것이 아니라 유기적으로 작용해서 한 사람의 생각을 좌우하고 그 생각이 우리의 삶 자체를 결정한다는 사실이다.

그런데 인간의 생각한다는 행위 속에서 그것이 실제의 삶에서거나 또는 이상을 성취하기 위해서거나 여러 가지 종류와 방향이 있다. 그 중에서도 우리가 가장 중요하게 여기고 무엇보다도, 어느 때나 생각해야 할 것은 바로 자기 자신인 것이다. 그래서 앞서도 이야기한 파스칼은 그의 명상록에서,

"인간은 명백히 생각하기 위하여 만들어졌다. 생각한다는 것은 그 사람의 전 품위요, 가치다. 그러므로 인간의 의무는 바르게 생

각하는 데 있다. 그런데 생각의 순서는 자신에서 비롯하여 자기의 창조주와 자기의 목적에서부터 시작해야 한다.”
라고 갈파한다. 그러면 자기 자신의 무엇을 생각할 것인가.

흔히들 자기 자신을 생각하라면 자신의 현실적 이해만으로 여겨 “자기를 생각하지 않는 사람이 누가 있느냐”고 반문할지 모르지만 이 현실적 이해, 즉 소유만으로는 인간이 참된 삶이나 그 보람에 도달할 수 없다.

> 나는 살고 있다.
> 그러나 나의 목숨의 길이를 모른다.
> 나는 죽는다.
> 그러나 그것이 언제인지 모른다.
> 나는 가고 있다.
> 그러나 어디로 가는지 모른다.
> 그러면서도 스스로가 태평 속에 있는 것에
> 스스로가 놀란다.

독일의 옛 민요인 이 노래는 우리 삶의 제일의적 생각의 과제를 잘 나타내고 있다고 하겠다.

물론 우리의 둘레에는 저러한 문제들에 대한 성현들을 비롯한 인문사상가 또는 문학자들의 해답이 많이 있다. 어찌 보면 우리는 그러한 해답들을 앵무새처럼 되뇌까리며 자기의 해답으로 착각하고 있기도 하다. 그러나 진리란 영원하고 절대적이고 유일한 것이어서 시간과 공간을 초월한 것이지만 그것을 자기 스스로가 체득하기에는 자기의 실존적인 삶, 즉 시간과 공간의 제약 속에서 자신의 해답을 얻지 않고선 그것은 헛것인 것이다.

  그래서 우리는 저러한 간접적인 해답에 인도되면서도 끊임없이 그 해답과 정면대결을 해야 한다. 이러한 회의와 대결이야말로 생각하는 행위의 첫걸음이요, 거기서 비로소 인간의 ‘새 삶이 시작’되고 삶의 참된 보람과 기쁨을 맛볼 수 있을 것이다.

삶의 리듬

이해(利害)와는 먼 삶인데도
하루에도 몇 차례씩이나
걸리고 넘어지고 차이고
하지만, 반가운 얼굴과
따스한 손길과
고마운 인정도 있어
살만하답니다.

위의 시는 나의 〈근황(近況)〉의 일절이다. 내가 왜 이렇듯 자기의 허접스러운 일상생활을 그린 변변치 못한 시 구절을 먼저 쳐드느냐 하면 사람은 어느 누구나가 다 일상적인 삶 속에서 괴로움과 쓰라림을 맛보아야 하는가 하면 한편, 즐거움과 기쁨을 맛보며 그 교차 속에서 살고 있다는 것을 손쉽게 밝히기 위해서이다.

이것을 좀더 구체적으로 제시하기 위하여 바로 나의 '어제'란 하루를 되새겨 보면,

괴롭고 쓰라린 일로는,

1. 둘째 놈 X-Ray 촬영 결과 결핵이 더욱 악화되었다고 전해 옴.
2. 집에서 기르는 십자매가 알을 깠는데 두 새끼 중 한 마리가 죽음.

3. 아파트 행길을 가다 중국음식점 배달부 자전거가 옆구리를 건드려 넘어지는 바람에 아직도 허리께와 손목 등이 저림.

4. 서재의 책꽂이를 만들다가 부속품 불량으로 일손을 중단한 목수가 돈을 다 받고서도 나흘째나 요 핑계 조 핑계를 하면서 미룸.

5. 옛 제자가 약속을 자기가 해 놓고도 오지 않음.

즐겁고 기쁜 일로는,

1. 《주부생활》의 원고 50매를 마저 다 썼음.

2. 《시문학》지의 연재시를 찾으러 온 그 잡지 주간 김규화 여사(여류 시인임)가 양주 한 병을 들고 와 환담하고 감.

3. 대학에서 학생집체훈련으로 내주 강의가 없다는 통보가 옴(휴강을 기뻐하는 것은 교수로선 부끄러운 일이겠지만).

4. 아파트 이웃의 여섯 살짜리 꼬마 계집애가 초콜릿 한 개를 할아버지(나) 잡수라고 가지고 찾아옴.

5. 진주에 사는 의형제 시인 설창수 형으로부터 안부 편지와 더불어 휘호가 옴.

이외에도 나의 하루를 지탱케 한 가족들의 보살핌이나 가정부 아주머니의 수고와 이웃들의 친절 등, 나의 마음을 밝게 하고 환하게 한 일들이 많았지만 이만 줄이기로 한다.

그리고 이상 쳐든 것은 그것이 좋은 일이든 궂은일이든 나의 신변사에 지나지 않지만 신문이나 방송, 또는 직·간접으로 체험하는 사회적 사건으로 인한 희로애락을 나 역시 피할 수가 없는 것이다.

시에도 밝혔듯이 나는 비교적, 현실적 이해관계와는 먼 삶을 영위하고 있는데 이것은 뭐 초탈해서가 아니라 연령에서 오는 것이다.

그야 어쨌든 그런데도 나의 하루는 저렇듯 괴로움과 즐거움, 쓰라림과 기쁨으로 점철되고 있다. 물론 나의 개인적, 사회적 괴로움이나 쓰라림 중에는 우리의 상황에서 오는 면도 없지 않지만 그것은 어디까지나 일부분에 지나지 않고 그러한 괴로움이나 쓰라림을 피할 수 없는 것이 인간이 본질적으로 지닌 여건인 것이다. 즉 인간은 유한한 존재이기 때문에 다행한 충만을 누릴 수가 없고 희비와 고락의 교차 속에 살게 마련이요, 이렇게 볼 때 그 고락과 희비는 삶의 리듬이라 하겠다.

그래서 결과적으로 말하면 삶이 지니는 쓰라리고 괴로운 면이란 자기발전과 구현 성취를 위한 필수요건으로서 가령 아무 걱정도 없고 불안도 없는 무사안온한 삶이란, 그 삶 자체의 의욕이나 투지를 감소 · 퇴화시킬 뿐 아니라 삶의 보람과 기쁨, 즉 충족감을 찾아내지 못할 것이다.

그런데 흔히 모든 사람은 나날의 삶 속에서 마주하는 신산과 고초에서 그러한 대결의식이나 보람을 찾기보다 걸리고 넘어지고 차이는 면에만, 그 아픔에 사로잡혀서 스스로에 삶의 균형을 잃고 암울 속에 빠지거나 실의에 휩싸이기 쉽다.

그래서 모든 인생론자들은 긍정적인 인생관을 가르치고, 또 장수하는 이들 거의가 그 비결로 낙관적 자세를 권장하고 있다. 나 역시 이 글에서 권하려는 것은 저러한 지침들과 맥락을 함께하면서 저러한 긍정적이고 낙관적 인생관을 지니기에는 삶의 리듬이라고 할 명암 중 어두운 면보다 좀더 밝은 면을 자기 삶 속에서 적극적으로 찾아내려는 습관을 길들여 보자는 이야기이다.

즉 여러분은 여러분의 일상 속에서 걸리고 넘어지고 차이는 일만을 되씹으며 억울해하고 분해하고 비탄만 하지 말고, 반가운 얼굴, 따스한 손길, 고마운 인정 등이 함께 있음을 되새김으로써 삶의 용기와 보람과 기쁨을 맛보라는 것이다.

실상 우리가 조금만 세심하게 살피면 우리의 삶 자체의 하루가 얼마나 경이로운 신비에 감싸여 있는지, 또는 뭇 인간의 협력과 사랑 속에서 영위되는지 스스로 놀랄 것이다. 또한 조금만 마음의 눈을 뜨면 우리의 일상 속의 아주 사소한 사물이나, 사상(事象)이나, 사리에서 얼마든지 큰 기쁨과 보람을 맛볼 수가 있다 하겠다.

내 옆집 덩굴 위의 붉은 장미는
내 옆집 사람 것이지만
또한 내 것이다.
그는 돈을 들이고 수고도 해서
기쁨을 차지했지만
그 아름다움을 바라보는 즐거움은
나에게도 있다.

장미는 나를 위해서 피었다.
정성을 들인 옆집 사람에게
아름다운만큼
나를 위해서도 아름답다

그래서 나는 부자다.
모든 이웃들의 눈을 즐겁게 해 준
장미덩굴을 가꾼 착한 이웃 덕분에.
(하략)

시인 에브러험 그루버의 〈옆집의 장미〉라는 시이다. 뭐 설명할 것도 없이 이렇듯 우리는 만물·만사·만상에서 삶의 기쁨과 즐거움, 보람과 충족을 맛볼 수가 있고 또 그것에 감사하는 생활에 나아갈 수가 있다.

이야기는 좀 색달라지지만 중국의 문예비평가인 김성탄(金聖嘆)은 유명한 희곡 〈서상기(西廂記)〉의 주석에서 33가지의 '유쾌한 순간'이라는 것을 열거했는데 그 중 몇 가지를 현대인이 알아듣기 쉽게 고쳐서 소개해 보면,

— 10년이나 격조했던 친구가 저녁 때 찾아왔다. 그를 맞아들이고 그가 기차로 왔는지 고속버스로 왔는지도 묻기 전에 안방으로 가서 아내에게 머뭇거리며 "술상 좀 차려 주지 않으려오" 하니 아내는 상냥한 표정으로 "결혼반지를 잡혀서라도 푸짐히 차려 드릴게 걱정 마세요" 하는 것이 아닌가! 이 어찌 유쾌하지 않을손가.

— 아무도 없는 방에 앉아서 책을 읽는데 방 한구석에서 바스락바스락 쥐 발자욱 소리가 난다. 저것들이 무슨 저지래를 하려는가 하고 어떻게 할까 망설이는 참인데 어느 새 집 고양이가 꽁지를 세우고 눈을 째리며 나타나는 게 아닌가! 그러자 쥐들은 바람같이 사라져서 기척이 없다. 이 얼마나 유쾌한 일인가.

— 나는 성인군자가 아니어서 나쁜 짓을 종종 저지른다. 그리고선 그 자책감에 시달린다. 그러나 이럴 때 옛 친구나 아니 잘 알지 못하는 사람이라도 만나서 자기의 행위를 털어놓는다. 그러면 마음이 후련해진다. 이 아니 유쾌한 일인가.

이외에 모든 사람의 범상한 일상 속에도 제 나름의 흥겹고 재미있는, 마음이 환해지고 밝아지는 순간들이 얼마든지 있다.

영국의 대시인 바이런은 죽기 전 친구에게 "나의 전 생애 중 유쾌한 시간은 세 시간밖에 없었다"고 술회하였다지만 이것은 시인의 과장이거나 또는 병적인 정신의 불균형에서 나온 말이라고 하겠다. 그러므로 우리는 삶이 본질적으로 지닌 명암을 한쪽으로 치우쳐 생각지 말고 균형 있는 자기조명 속에서 영위하기를 바라는 것이다.

신령한 새싹을 가꾸며

나는 어렸을 때부터 종교적인 분위기에서 자라 세속적 탐욕이라는 것을 비교적 억제하며 살아올 수가 있었다.

그러나 성정(性情)으로 치자면 꿈이 앞서고 허영도 많고 또 반지빠르게 분별력은 있어 불만도 많은 나에게 직접적으로 제동을 걸어온 것은 가톨릭의 신부였던 형님이 준 좌우명이었다.

"하느님께서 너에게 내려 주신 모든 은혜를 도로 거두어 도둑들에게 나누어 주신다면 하느님께서는 진정한 감사를 받으시리라."

이것은 아시시 프란체스코 성인의 말씀으로 내가 일본서 대학 시절 정신적인 청춘의 홍역을 치르고 있을 때 형님이 편지 속에 적어 보내 준 것이다.

실토하면 그때 당장은 망국민(亡國民)의 비탄을 비롯해 인간의 실존적 오뇌와 신에게 대한 회의 등 마치 온 인류와 세계의 고민을 혼자 몽땅 안고 있는 듯 착각하고 있던 터라 형님이 보내 준 프란체스코 성인의 말씀이 가슴에 와 닿을 리가 없었다.

그러다가 세상에 발을 내딛은 후 험준과 격동의 세월 속에서 죽을 고비를 몇 번이나 넘기면서도 용케 살아남았을 뿐 아니라 의식 주도 우리사회에서 문학인으로는 비교적 순조로운 편이었고, 또 허약한 체질로 예순을 넘겨 살게 되니 그야말로 하느님의 그 신령한 은혜가 과분함을 몸소 뼈저리게 체험해 왔다고나 하겠다.

더구나 저 말씀을 내게 준 형님은 일찍 해방되자 이듬해 북한 땅에서 공산당에게 납치당해 그 생사를 모르는데 그 너무나 선량했던 형님의 저런 무고(無辜)한 희생이 나의 오늘을 지탱하고 있는 느낌이어서 만과(晩課:가톨릭의 저녁기도) 때마다 형님의 영혼의 안식을 빌 때는 가슴이 메어 온다.

이렇게 지족안분(知足安分), 즉 자기 삶의 여건에 대한 생투정은 안 하게 되었다지만, 나의 나날이 그러한 신령한 은혜에 대응되리만큼 보람차고 맑은 것은 아니다.

> 오늘도 신비의 샘인 하루를
> 구정물로 살았다.
>
> 오물과 폐수로 찬 나의 암거(暗渠) 속에서
> 그 청렬(淸冽)한 수정(水精)들은
> 거품을 물고 죽어 갔다.
>
> 진창 반죽이 된 시간의 무덤!
> ―졸시 〈하루〉의 일절

저렇듯 그야말로 신비에 찬 시간들을 헛되이 그리고 더럽히며 사는 날이 많다. 그리고 그런 뉘우침 속에 늘상 지낸다. 더구나 앞으로 평균수명도 누릴지 말지 한 불안한 건강을 지니고서 말이다.

그러나 한편 다음과 같은 다짐과 지향 속에 있는 것도 또한 사실이다.

> 이제 초목의 잎새나 꽃처럼
> 계절마다 피고 스러지던

무상(無常)한 꿈에서 깨어나

죽음을 넘어 피안(彼岸)에다 피울
찬란하고도 불멸하는 꿈을 껴안고
백금(白金)같이 빛나는 노년(老年)을 살자.
―졸시 〈노경(老境)〉의 일절

오늘서부터 영원을

아파트 뜰에 며칠 전만 해도 가지마다 푸른 잎새로 수북이 덮여 있던 나무들이 한 잎 두 잎 그 잎새를 떨구고 있다. 나에게 있어 이 계절이면 머리에 떠오르는 것은 20세기 초 미국의 명단편 작가 오 헨리의 〈마지막 잎새〉다.

어떤 아파트에 중병이 든 젊은 홀여인네와 늙고 고적한 무명의 화가가 이웃하여 살고 있었는데, 그 여인은 자기 목숨이 창밖에 있는 나무의 잎이 다 떨어짐과 함께 숨질 것으로 믿고 있다. 어느 비바람이 휘몰아치는 늦가을 밤, 여인네의 그러한 절망적인 심정을 알고 있는 늙은 화가는 나뭇잎이 그 밤에 모두 떨어질 것이 두려워 자기가 잎새 하나를 그려서 철사로 꿰어가지고 나무에 매달아 놓고는 도리어 화가 자신은 기력이 다하여 죽고 만다는 이야기다.

50년 전 학생 때 읽은 소설이라 여기에 옮겨 놓고도 이제는 그 줄거리가 알쏭달쏭하나 이 소설을 읽으며 나는 일본 도쿄의 하숙방에서 감동에 차서 찔끔찔끔 울었던 기억이 난다.

나는 나도 그 무명 화가처럼 세상에 알려지지 않아도 좋으니 그가 빈 나뭇가지에 그려서 매단 잎새처럼 나의 시도 나의 목숨의 최고의 성실로 차서 한 목숨이나 한 영혼의 위로이기를 바라고 다짐했었다. 그러나 나의 오늘은 이와 반대로 도야지 꼬리만 한 허명(虛名)만이 남고 나의 시는 멀지 않아 나의 인생의 회귀와 함께 저 마당에 떨어져 쌓이는 낙엽처럼 쓰레기통에 버려지게 되었구나 생각하니 회오(悔悟)와 수치와 공허감이 엄습한다.

아니 저러한 현세적 성취의 부실보다도 신앙인인 나에게 있어서는 영혼의 창고가 텅 비어 있음에 소스라치게 놀라며 겨울처럼 닥쳐올 내세가 두렵고 당황스럽다.

가랑잎 떼굴떼굴
어디로 굴러가오.
발가벗은 이 몸이
춥고 추워서
따뜻한 아궁 속을
찾아갑니다.

작사자는 그 누군지도 모르나 홍난파(洪蘭坡) 작곡으로서 반세기도 넘은 동요이지만, 나는 소싯적부터 취기만 있으면 이것을 불러서 마치 나의 지정곡처럼 되어 있는 노래인데, 우리 목숨의 덧없고 가련함이 여실히 나타나 있다고 하겠다.

그러나 이 목숨의 종말을 객관적 사실로만 파악하고 넘기기에는 그 죽음이 너무나 내 앞에 다가와 있는 것이다.

오늘도 친구의 부음을 받았다.
모두들 앞서거니 뒤서거니
어차피 가는구나.

나도 머지않지 싶다.

그런데 죽음이 이리 불안한 것은

그 죽기까지의 고통이 무서워설까?
하다면 안락사(安樂死)도 있지 않은가?

하지만 그래도 두려운 것은
죽은 뒤가 문제로다.
저 세상 길흉이 문제로다.

이렇듯 내세를 떠올리면
오늘의 나의 삶은
너무나 잘못되어 있다.

내세를 진정 걱정한다면
오늘서부터 내세를,
아니 영원을
살아야 하지 않겠는가!

나의 〈오늘서부터 영원을〉이라는 시다.

누구나 쉽게 이해하겠지만 몇 마디 덧붙여 설명을 하자면 일반
적으로 누구에게나 죽음은 공포와 불안의 대상이다. 그런데 이 공
포심을 좀더 분석해 보면, 첫째는 죽음에 이르는 고통에 대한 두려
움이요, 둘째는 죽은 후에 올 미지의 세계에 대한 불안이라 하겠
다. 하지만 이상한 것은 첫째 번의 죽음에 이르는 고통에 대한 공
포는 왕왕 우리의 삶 속에서 육신적으로나 정신적으로 그 고통이
너무나 심하면 오히려 죽음의 안식을 더 바랄 때가 있다.

나의 직접 경험한 바로서도 해방 후 북한에서 필화(筆禍)사건으
로 공산당의 결정서를 받고 탈출하다가 체포되었는데, 때마침 겨

울이라 불기 하나 없는 유치장에서 얼어드는 추위와 피곤과 절망
에 휩싸여 오직 죽음만이 그리운 시간을 보낸 적이 있다.

이것은 내가 육신적 또는 심정적 고통을 손쉽게 예로 든 것뿐이
지 우리 삶 속에는 정신적 시달림이나 고통 속에서도 죽음의 안식
이 간절해지는 때가 얼마든지 있다. 그래서 개인이나 집단의 자살
이 감행되는 것이다. 그러나 문제는 그 바라는 '죽음의 안식'이 그
렇듯 뜻대로 와지느냐가 문제다.

그야 우리 영혼의 불멸이나 내세가 없이 육신의 죽음으로 완전
종말을 짓고 만다면 불안이고 공포고 있을 것이 무엇인가? 죽을 때
고통이야 약품으로 안락사를 도모할 수도 있지 않은가.

이렇게 따져볼 때 죽음에 대한 불안과 공포의 정체는 내세에 직
결되어 있음을 깨달을 수가 있다. 그런데 그 내세를, 즉 믿는다는
나는 왜 죽음이 불안하고 두려워지는 것인가? 이것은 한마디로 말
해 내가 신앙을 가졌으면서도 행복한 내세에 대한 확신이 없기 때
문이다. 즉 이 세상 삶의 인과응보로 판가름 날 내세의 길흉, 그것
에 대해 인간은 전율하는 것이다. 만일 누구에게 저승에서의 행복
이 확보되어 있다면 못 가본 외국 여행을 떠나듯 죽음을 맞이할 수
있지 않겠는가.

20세기 가톨릭의 대덕(大德)인 로마 교황 요한 23세는 그 임종
시에 지극히 평범한 말 "이제 나의 여행 채비는 다 되었다"고 하였
단다. 그렇다! 죽음엔 그 채비가 문제다. 저 무속신앙의 사람들도
저승의 노자(路資)를 갖추어 보내려 든다. 이렇게 저렇게 따져 볼
때 결국은 죽음에 대한 불안의 정체가 내세의 길흉에 달려 있음을
알 수가 있다.

사람은 누구나 죽음을 껴안고 산다. 이 때문에 오히려 인간은 무
한을 자기 안에 품고 있다. 그리고 이 무한 속에서의 길흉의 가능

성을 이 세상에서 자기 스스로가 선택하고 결정하고 마련해야 하기 때문에 인간은 죽음 앞에서 불안과 공포를 느끼며 전율하는 것이다.

기독교적 표현을 빌리면 하나는 영원한 삶, 즉 천당행이요, 또 하나는 영원한 죽음, 즉 지옥행인 것이다. 이 갈림길과 벼랑 앞에서 불안과 공포와 전율이 없다면 오히려 거짓말이다.

더욱이 죽음은 도둑처럼 불시에 오는 것이기에 그 불안은 항시적(恒時的)이다. 그래서 우리는 오늘에만 눈에 핏발을 세우고 아귀다툼에 나날을 보낼 것이 아니라, 오늘서부터 저 내세를, 즉 영원에 부합된 삶을 살고, 그 준비를 위해 우리 서로가 자기를 살피고 새 삶을 다짐하자.

끝으로 나의 근작시인 〈삶과 죽음 1〉을 덧붙여 이 글을 마무리한다.

죽음! 너는 나와 한 탯줄에서
한날한시에 태어난 쌍둥이

너는 나에게서 언제 어디서나
떨어지지 않는 또 하나의 그림자

나는 너를 마주할 때마다
너를 어둠의 수렁으로 섬짓해하고
너를 천 길 벼랑으로 섬뜩해하고
마치 원수나처럼 외면하려 든다.

하지만 돌이켜 생각하면

나는 너로 말미암아 그나마
삶의 명암과 그 덧없음도 알게 되고
삶의 보람과 그 기쁨도 깨닫게 되고
신비하고 무한한 가능성에도 살게 되었다.

또한 나는 너와의 현존에 앞서
우리를 있게 한 실재를 우러르게 되었고
그 조화(造化) 속의 나의 불멸을 믿게 되었고
그 영원 속의 삶을 그리고 기리게 되었다.

—누가 죽음을 종말이라고 말하는가!

모든 존재의 그 표상(表象)은 변하고 변해도
영원 속에서 태어난 존재의 끝은 없고
죽음은 그 영원에의 통로요, 회귀요,
또 하나 새 삶의 시작일 뿐이다.

■ 《우리 삶, 마음의 눈이 떠야》(1995)

인간의 유한성

젊을 때 읽은 기억이지만 철학자 짐멜의 단상(斷想)에,

"인간의 가능성은 무한하다. 또한 인간의 불가능성도 무한하다. 거기에 우리의 고향이 있다."

라고 갈파되어 있었다.

설명할 것도 없이 우리 인간은 유한한 것이고 그 영위하는 일체의 것이 유한적인 것임에 틀림이 없다. 그럼에도 불구하고, 한편 우리 인간의 욕망이나 동경은 한정이 없을 뿐 아니라 유한한 어떠한 것에도 만족을 얻지 못한다.

그래서 우리 인간은 유한성과 무한성의 긴장관계 속에 사는 존재라고 하겠다. 왜냐하면 그 유한성은 인간의 경우 다른 생물들과는 달리 한낱 객관적 사실이 아니라 자각된 사실이기 때문이다. 그리고 이렇듯 유한한 것을 유한한 것으로 자각하기 위해서는 무한에 대한 자각이 있다는 것을 뜻하기도 한다.

그런데 '이 유한과 무한에의 자각'이 인간 번뇌의 씨앗이 된다. 가령 식물 같은 것은 내일 잘리어 불 속에 던져질 운명에 있으면서도 아무것도 모르는 모습으로 그때까지 살고 있고, 동물도 역시 먹을 때는 있는 것까지 다 먹고 내일 굶주림에는 아랑곳없이 살 수가 있지만 인간은 먹으면 먹는 대로 걱정하고, 일에는 일대로 근심이 떠나지 않는다. 이러한 정황을 시인 월트 휘트먼은 다음과 같이 노래한다.

나는 변신(變身)해서 짐승들과 함께 살았으면 한다.

그들은 실로 평온하고 자족(自足)해 있다.

나는 지켜서서 오래 그들을 살펴본다.

그들은 고역이 없고 저희들의 처지에 불평하지 않는다.

그들은 어둠 속에서 깨어에 울지도 않는다.

그들은 신에게 향한 의무를 논해서 나를 괴롭히지도 않는다.

어느 하나 불만인 놈도 없고 어느 하나 소유욕에 미쳐 날뛰지
도 않는다.

어느 하나 다른 놈에 대하여 또는

수천 년 전에 살았던 동류에 대하여 무릎을 꿇지도 않는다.

어느 하나가 온 세상에서 훌륭하거나 지나치게 불행하지
도 않다.

    —시 〈짐승〉의 졸역

물론 이 노래는 시인의 역설이라 액면 그대로 받아들일 바는 아
니지만 인간의 유한과 무한에 대한 자각을 마치 저주하듯 그려 놓
고 있다. 또 한편 여류시인 에밀리 디킨슨은,

내가 만일 한 마음의 아픔을 멎게 할 수 있다면

나의 삶은 헛되지 않을 것이다.

내가 만일 한 생명의 고통을 덜게 할 수 있다면

또는 그 오뇌를 식힐 수가 있다면

혹시 내가 할딱거리는 한 마리 로빈새를 도와서

그 보금자리에 다시 돌아가 살게 한다면

나의 삶은 정녕 헛되지 않을 것이다.

    —시 〈내가 만일 한 마음의 아픔을 멎게 할 수 있다면〉의 졸역

인간의 저러한 자각을 긍정적으로 정겹게 노래하고 있기도 하다.

저렇듯 인간은 유한과 무한에의 자각이 어떻게 이해되고 조화되느냐에 따라서 그 삶이 건전해지기도 하고 파탄도 일으킨다. 즉 인간은 월트 휘트먼의 시처럼 인간의 저러한 본질적 여건의 양면을 고정시켜서 대립시킬 것이 아니라 에밀리 디킨슨의 노래처럼 인간의 유한성에 무한한 모습을 발견해야 하는 것이다. 왜냐하면 인간의 유한성은 고정되고 정지된 것이 아니라 다이내믹한 것이요, 무한한 새로운 가능성에 열려 있기 때문이다. 이것은 기독교에서는 신이 인간을 당신의 무한한 모습으로 만들었다고 하며 그래서 신은 우리 인간을 항상 더 완전한 자기성취로 이끌어 간다고 한다.

그러므로 인간의 참된 삶이란 자신의 유한성 속에 열려 있는 그 새롭고 무한한 모습과 가능성에 헌신하는 것을 의미한다. 그래서 아우구스티누스는 그 《참회록》에서,

"신이여! 당신은 우리를 당신께로 향하게 만드셨습니다."

하고 탄식하듯 고백하기에 이르는 것이다.

소외와 불안

소외(疏外)란 말이 유행어처럼 씌어지고 있다. 그 어원을 라틴어에서 찾아보면 타인화(他人化) 현상을 뜻한다고 한다. 즉 한 인간을 타인을 가지고도 대체할 수 있는 존재로 보는 것이다.

그래서 우리가 상식적으로 다 아는 이야기지만 인간이 스스로의 생활 향상을 위해 만들고 기록한 기계나, 이념이나, 제도나, 조직이 거꾸로 인간생활을 지배하기에 이르러 도리어 인간을 그 도구나 예속물로 만들어 버리려는 인간현상을 소외라고 한다.

그런데 여기서 나는 저러한 인간의 정신이나 정서와 그 과학과 기술의 균형 상실에서 오는 소외현상보다 인간이 근원적 차원에서 지니는 소외의식을 좀 살펴볼까 한다.

시인인 폴 클로델은 그의 작품 〈황금의 머리〉의 머리말에서,

"나는 여기 있다. 아무것도 모르고 허청대고 있다. 아지 못할 세계 속의 소외자, 나의 마음은 암울에 차 있다. 내가 아는 것은 아무것도 없고 또 이제 나는 아무것도 할 수가 없다. 무엇을 말할 것인가. 무엇을 행할 것인가. 힘없이 드리우고 있는 이 손을 무엇에 쓰랴. 마치 꿈 속에서처럼 움직이고 있는 이 발을 무엇에 쓰랴."

라고 적어 놓고 있다. 신비의 시인, 은총(恩寵)의 시인이라고 불리는 그의 실존적 체험의 고백이 저 정도일진대, 우리도 한번 자기 자신을 정직과 성실로 살펴볼 때 저보다 더 당황하지 않을 수 없을 것이다.

우리가 무심한 일상 속에서 겪는 경험만으로도 가끔 거울을 들여다보다가 그 거울 속에 비추인 자기 얼굴이 낯설어지는 경우가 있으며, 기계 톱니바퀴처럼 휘말려 돌아가다가 어쩌다 멈춰 자기 생활을 돌아볼 제 그 삶의 맹목성에 놀라는 경우도 있으며, 또는 병이나 죽음에 다다를 때 자기가 이제까지 피땀으로 이룩한 생활이나, 자기 것으로 만들었다는 물심(物心)의 소유가 모두 다 허망한 것으로 여기게 되기도 한다.

실상 인간의 삶을 인간의 지능으로만 따져 소위 그 신비성을 무(無)로 돌릴 때 인간은 그 삶의 맹목감 속에서 소외감을 느끼지 않을 수 없고 또 거기에 따른 불안을 피할 길이 없다.

이 불안이란 말 역시 라틴어의 어원으로는 원인 모를 가슴앓이로서 그 불명상태가 불안의 본질이라 하겠다. 그래서 불안을 한갓 개인적 괴로움으로 이해한다면 그것은 아직 불안의 본질을 포착하지 못한 천박한 생각이다. 즉 불안이 어떤 개인적인 근심이나 걱정일 때 거기에는 자기 위안과 희망이 따르기 마련이다. 가령 어떤 횡액을 당하면 또 그와 반대의 횡재도 꿈꿔 보고, 또 암 같은 중병 환자가 체념을 입담으면서도 한편으로는 혹시나 하는 희망을 갖는 등이다.

그러므로 인간의 본질적 불안은 저러한 개인적인 것보다 존재 자체의 맹목감에서 오는 보편적인 것이다.

게르만 민족의 신화를 그린 미드가르드의 그림, 지평선 저쪽의 땅덩이를 큰 뱀이 휘감고 있고 그 뱀의 또아리 속에 우리 인간이 감겨서 죄어 있는 그림을 볼 때, 우리는 어떤 흉물스러운 힘 속에 저도 모르게 칭칭 감겨 있으면서도 멋도 모르고 살고 있구나 하는 공포가 저절로 일어난다.

이러한 인간의 근본적 소외와 불안을 릴케는 다음과 같이 시로써 형상화해 놓고 있다.

> 우리는 일체가 될 수 없다.
> 철새가 그렇듯이.
> 우리들은 깨우치고 있지 않다.
> 뒤에 처지고 늦어 있음을.
> 우리들은 바람에 억지로 몸을 맡기고 차가운 연못 위에 떨어
> 지려 한다.
> 개화와 조락을 동시에 우리는 의식한다.
> 그리고 어디선가 사자는 아직 걸으며 그들은 당당한 동안 무
> 력을 모른다.

즉 우리 인간은 철새처럼 고향도 피안(彼岸)도 없이 방황하고 있으며 더욱이 그 속에서도 본능이 쇠퇴될 철새처럼 계절에 뒤져 있는 것도 모르고 날고 있다. 그래서 찬바람처럼 우리를 거부하고 괴롭히는 소외와 불안 속에 떨면서 안식처를 구해 보아도 얼어붙은 연못처럼 나래를 펼 곳이 없다. 그러나 이와 반대로 동물인 사자는 오히려 자기의 무력을 모른다는 것이다.

그러면 왜 현대 인간들에게 저러한 인간 존재의 불안과 소외, 즉 실존적 자각이 일게 되었는가. 여기서 단적으로 그 결론만을 이야기하면 절대적 진리, 즉 신(神)의 상실과 거역에서 연유한다. 즉 인간은 신을 잃음으로써 고아가 되고 탕아가 되고 고향 상실자가 되고 만 것이다.

이러한 정황을 도스토예프스키는 〈카라마조프가의 형제들〉에서 이반이라는 무신론적 인물로 하여금 "모든 것이 허용되어 있기 때문에 인간은 인간에게 불안을 느낀다"고 하고, 사르트르는 그의 희

곡 〈잠겨진 문〉에서 오로지 충돌하고 괴로워하고 권력과 그 물욕을 위해서 맹목적으로 싸우는 허무적 인간상을 제시하게 된다.

흔히 요즘 인간회복이 모든 이에게서 입담아지지만 필경은 저 성서의 '탕아의 귀가(歸家)'가 이루어져 신령한 것에 대한 외경심을 회복하지 않고서는 인간의 소외나 불안감은 치유되지 않을 것이라고 나는 믿는다.

존재의 신비

아파트살이 내 서재 창가에는 몇 안 되는 화분에 끼어 잡초의 화반(花盤)이 하나 놓여 있다.

저 이름모를 들풀들은 지지난 해, 봄 국화가 진 자리에 제풀에 싹을 터서 제김에 자라 스러지고 나고 하며 오늘에 이른 것으로 때마다 풀들이 이것저것 바뀌는 것으로 보아서는 제자리 흙에 묻혀 온 것도 있지만 바람을 타고 날아 들어온 씨앗의 싹도 더러 트는 성싶다.

나는 난초보다도 또 어느 화분보다도 이 화분을 아끼는데 저 잡초들을 바라보고 있노라면 마치 고향의 들길이나 산기슭이나 바닷가를 거니는 느낌이어서 한동안이나마 자신이나 세상살이의 번잡에서 해방되며 또 그 조그맣고 가녀린 꽃들을 바라볼 때는 그야말로 '솔로몬의 영화(榮華)'보다도 소중하고 진실하고 아름답다는 실감을 지닌다.

더욱이나 저 무명초(無名草)들이 서울에서도 여의도, 콘크리트 숲 속 이 닭장 같은 아파트 4층에 기생(寄生)하기까지의 사연을 떠올려 나가 보노라면 내가 이곳에 기류(寄留)하기까지의 삶의 하고 많은 곡절과 매한가지려니 하는 생각에 다다르게 되며 그 들풀들이나 나의, 똑같은 존재의 신비에 놀라게 되고 또 그것들과 나와의 만남의 신비에 일종의 경건한 마음까지 든다.

실상 조금만 마음을 순수하게 하고 우리의 삶의 둘레를 살펴보면 존재, 즉 사물(事物)과 사상(事象)과 사리(事理)들이 신비스럽지 않은 게 없다. 하늘에 태양이 빛나고 있는 것도, 새들이 날며 지저귀는 것도, 땅에 산천초목이 우거지고 짐승들이 깃들며 바다에 물고기들이 노닐고 있는 것도, 아니 그 중에도 우리 인간들이 삶의 보람을 찾으며 산다는 사실에도 새삼 놀라움과 감탄을 금할 바가 없다.

어디 그뿐인가! 제 몸에 지니고 있는 이목구비와 사지수족(四肢手足) 하나하나도 얼마나 놀라움인가? 손가락이 열 개인 것도, 그 관절이 셋이 있어 자유롭게 쥐고 펼 수 있다는 사실도 그 얼마나 감격인가?

흔히들 사람들은 이 손에다 많은 돈을 쥐려고 하고 또 값비싼 보석을 장식하려고만 생각하지만 실은 그 손에 쥐어지는 돈이나 보석보다 그것을 쥐는 손의 소중함이나 감사함을 모른다. 즉 이 손이 붓을 잡아야 글씨를 쓰고 그림을 그리고, 이 손이 바늘을 쥐어야 재봉을 하고, 이 손이 도마와 칼을 잡아야 요리를 만들고 이 손이 괭이와 삽을 잡아야 야채와 곡식을 가꾸고, 이 손이 망치와 톱을 쥐어야 집과 기계를 만들어 내는 것이다.

이러한 존재의 신비성에 대한 경이(驚異)와 감복을 기독교적 입장에서 표현한 나의 시 하나를 소개하면,

영혼의 눈에 끼었던
무명(無明)의 백태가 벗겨지며
나를 에워싼 만유일체가
말씀임을 깨닫습니다.

노상 무심히 보아 오던

손가락이 열 개인 것도
이적(異蹟)에나 접하듯
새삼 놀라웁고

창밖 울타리 한 구석
새로 피는 개나리 꽃도
부활의 시범(示範)을 보듯
사뭇 황홀합니다.

창창한 우주, 허막(虛漠)의 바다에
모래알보다도 작은 내가
말씀의 신령한 그 은혜로
이렇게 오물거리고 있음을

상상도 아니요, 상징도 아닌
실상(實相)으로 깨닫습니다.
— 〈말씀의 실상〉 전문

라고 되어 있다. 이것은 내가 이제 회귀(回歸)에 든 연륜과 더불어 존재의 비의(秘義)에 눈떠 가는 표백일 뿐이지만 실상 앞에서도 말했듯이 조금만 마음을 순수하게 하고, 즉 탐욕에서 벗어나면 온통 이 세계가 신비 속에, 그 신령한 힘 속에 감싸여 있음을 알고 느낄 수가 있다 하겠다.

  이렇게 볼 때 여의도 어떤 종교집회 때 공중에 십자가가 나타났다고 야단들이고 또 기독교 각 교파들을 비롯해 각 종교 단체들이 이적(異蹟)을 행하고 또 이것을 체험하려고 열을 올리지만, 또 이것을 비난할 바는 못 되지만, 오직 그것이 청순한 마음에서 우러나와야지 감각적 욕구에 치우쳐 있다면 역시 그것은 오늘의 물질주의와 더불은 현상이라고 말하겠다.

왜냐하면 '나자렛 예수'가 친히 말하듯 '마음이 청순한 사람'은 만물과 그 일체 현상에서 이적보다도 더욱 확연히 하느님과 그 신령한 힘을 넉넉히 보고도 남겠기 때문이다.

사람다운 삶

오늘날 우리 한국 사회에 미만하고 있는 물질주의나 기술 위주, 또는 황금만능에 의한 국민의식의 타락, 규범정신의 퇴폐, 메마른 마음 등을 한번 살펴보자는 뜻으로 붓을 듭니다.

그리고 오늘의 물질주의나 황금만능 사상에서 오는 병폐현상은 우리의 삶 전반에 침투되고 있다고 나는 보면서 그런 구체적 사례들을 열거한 졸시(拙詩) 〈내가 모세의 선지(先知)와 진노(震怒)를 빌려서〉를 먼저 인용 제시합니다.

　　내가 모세의 선지(先知)와 진노(震怒)를 빌려서 말하노니
　　너희가 사람다운 삶을 되찾으려면
　　너희가 지금 우러러 섬기고 있는 황금송아지를
　　먼저 몰아내야 한다.

　　너희가 너희 식탁에서 유해식품을 사라지게 하려면
　　너희는 먼저 그 황금송아지를 몰아내야 하고
　　너희가 너희 고장에서 매연(煤煙)을 없애려면
　　너희는 먼저 그 황금송아지를 몰아내야 하고
　　너희가 너희 집안에서 단란(團欒)을 누리려면
　　너희는 먼저 그 황금송아지를 몰아내야 하고
　　너희가 너희 형제나 이웃과 화목(和睦)을 이루려면

너희는 먼저 그 황금송아지를 몰아내야 하고

너희가 너희 어린것들을 역사(轢死)에서 구해 내려면

너희는 먼저 그 황금송아지를 몰아내야 하고

너희가 너희 지아비와 아내의 정조(貞操)를 지키려면

너희는 먼저 그 황금송아지를 몰아내야 하고

너희가 백주(白晝)에 살인강도를 만나지 않으려면

너희는 먼저 그 황금송아지를 몰아내야 하고

너희가 뭍에서 바다에서 떼죽음을 면하려면

너희는 먼저 그 황금송아지를 몰아내야 하고

너희가 학원(學園)에서 불변(不變)의 진리를 가르치고 배우
려면

너희는 먼저 그 황금송아지를 몰아내야 하고

너희가 병원에서 인술로 병을 고치려면

너희는 먼저 그 황금송아지를 몰아내야 하고

너희가 법의 공정한 보호를 받으려면

너희는 먼저 그 황금송아지를 몰아내야 하고

너희가 가진 자와 못 가진 자의 간격(間隔)을 메우려면

너희는 먼저 그 황금송아지를 몰아내야 하고

너희가 서로 비정(非情)과 소외(疎外) 속에서 벗어나려면

너희는 먼저 그 황금송아지를 몰아내야 하고

너희가 저 6·25의 참화(慘禍)를 다시 겪지 않으려면

너희는 먼저 그 황금송아지를 몰아내야 하고

그리고 너희가 영원이나 믿음이나 사랑과 같은

보이지 않는 힘과 삶의 보람들을 되받들어

마음의 평정(平定) 속에서 꿈과 일을 일치시키려면

너희는 먼저 그 황금송아지를 몰아내야 한다.

내가 모세의 선지(先知)와 진노(震怒)를 빌려서 말하노니
너희가 밝고 떳떳한 삶을 이룩하려면
너희가 지금 우러러 섬기고 있는 황금송아지를
먼저 몰아내야 한다.

이상의 시에서 표상(表象)된 황금송아지는 널리 알려지다시피 구약성서 〈출애굽기〉에 나오는 것으로 이집트를 빠져 나오던 이스라엘 백성들이 모세가 하느님의 계명을 받기 위하여 시나이 산으로 올라간 사이 타락하여 눈에 보이는 감각적인 우상(偶像)을 만들어 섬겼던 것처럼 오늘날 우리 사회도 마치 저들처럼 눈에 보이는 물질적인 것, 즉 돈만을 섬기는 풍조에다 비유한 것입니다.

눈에 보이는 것이란 말이 나오면 나는 저 프랑스의 항공소설가 생텍쥐페리가 지은 유명한 동화 〈어린 왕자〉를 떠올리게 됩니다. 그 마지막 대목, 별의 왕자가 여우와 작별하는 장면인데 여우는 자기가 간직하고 있는 비밀을 털어놓는다면서, "세상일은 마음으로 보아야 잘 보인단 말이야. 눈으로는 본질적인 것은 안 보여"라고 일러 줍니다.

실상 저 여우의 지혜대로 세상의 사물과 사리(事理)의 본질이나 정의·믿음·사랑과 같은 인간의 도리(道理)에 속하는 것들은 우리의 육안(肉眼)으로 보이지 않고 심안(心眼)으로 헤아리고 깨우쳐야 합니다. 그뿐만 아니라 우리 인간사회를 유지하는 데 불가결한 법이라는 것도 눈에 안 보이는 인간의 도리를 바탕으로 하지 않으면 약육강식(弱肉强食)의 허울 좋은 올가미에 불과하고, 또 우리가 그렇듯 구가(謳歌)하는 자유라는 것도 저 인간도리의 이행이 전제되지 않으면 그것은 방자(放恣)에 떨어져 서로가 동물적·본능적 충동에 치달아 그 사회는 파탄을 면하지 못할 것입니다.

한마디로 말해 인간의 삶은 보이는 물질만으로 영위되는 것이 아니라 눈에 안 보이는 정신이 이를 지탱해 주어야 한다는 말입니다. 이러한 정신과 물질의 문제의식을 이번에 신약성서에서 찾아보면 나자렛 예수가 광야에 나가 사십 주야를 단식기도하고 났을 때 악마가 와서 유혹을 하는 장면인데 그 구절을 옮기면,

> 유혹하는 자가 와서 "당신이 하느님의 아들이거든 이 돌더러 빵이 되라고 해 보시오" 하고 말하였다.
> 예수께서는 "성서(구약)에 사람이 빵으로만 사는 것이 아니라 하느님의 입에서 나오는 모든 말씀으로 살리라고 하지 않았느냐" 하고 대답하셨다.

라고 되어 있습니다. 여기서 우리는 예수의 심전(心戰)의 표상 속에 제1차적으로 제기된 것이 인간 구원에 있어 '빵이냐? 진리냐? 물질이냐? 정신이냐?'였음을 알 수가 있습니다.

이 양분(兩分)된 명제는 시대를 초월해서 제기되는 문제로서 세상에는 정신보다 물질적 해결에다 기대를 거는 사상이나 주의가 언제나 횡행합니다.

그래서 예수도 이 인간의 물질적 불행을 개선하는 문제에 결코 무관심할 수는 없었겠지만 보다 먼저 모든 사람이 진리에 살게 되어야 물질적 문제도 해결된다는 신념에 도달함으로써 빵으로 상징되는 물질위주(物質爲主)의 방법을 물리치는 것입니다.

그런데 요새 사람들은 물질적이고, 감각적인 것에서 쾌락은 얻어 낼지 모르지만 결코 행복을 찾아낼 수는 없습니다. 왜냐하면 쾌락은 육체적이요 관능적이지만, 행복은 육체와 아주 관계가 없다고 말할 수는 없으나 정신적인 것이요 전인격적(全人格的)인 것이

기 때문입니다.

좀더 구체적으로 말하면 쾌락은 육체의 그 어느 부분으로 감지되는 것으로서 가령 맛은 혀로써 알고 냄새는 코로 맡는다든가 배가 부른 것은 위나 장으로 알고 소리의 아름다움은 귀로써 헤아리는 따위입니다.

그러나 행복이란 결코 이렇게 육신의 감관(感官)만으로써는 잴 수가 없는 것으로서 실제 머리만이 행복하다든가 배만이 행복하다고 말할 수는 없지 않습니까?

그리고 저러한 육신적 쾌락은 일시적인 것으로 그것이 채워지면 곧 물리고 시들해지고 맙니다.

이러한 육신적 쾌락을 행복으로 착각하고 있는 것이 '청바지와 기타와 비어'로 상징되는 요새 젊은이들의 기호이며 여기서 성(性)의 문란이나 마리화나 등 환각제의 사용이 옵니다.

그렇다면 일시적이 아니고 항구적이면서도 참다운 인간의 행복이란 어떤 것일까? 모두 의견들이 각각이겠지만 나는 사물이나 인간, 즉 타 존재와 깊이 만나는 것이라고 생각합니다. 이 깊이 만남을 철학자 가브리엘 마르셀은 하나의 비의(秘義), 즉 신비사(神秘事)로 보았고 앞서 말한 생텍쥐페리는 〈어린 왕자〉에서 '길들인다'로 표현합니다.

즉, 별의 왕자가 지구에 와서 여우를 만나 함께 놀자고 말을 붙인즉, 여우는 "난 너하고 놀 수가 없단다. 왜냐하면 난 길들여지지 않았거든."
하고 대답합니다. 그래서 왕자가 다시 만나 그 길들인다는 뜻의 설명을 구한즉,

넌 아직까지 나에게는 다른 수많은 꼬마들과 똑같은 꼬마에

불과해. 그러니 나에겐 네가 필요 없겠지. 네 입장에서는 내가 다른 수많은 여우와 똑같은 여우에 지나지 않을 테니까. 그러나 만일 네가 나를 길들이면 우린 서로를 필요로 하게 돼. 나에게 는 네가 세상에 하나밖에 없는 것이 될 거구, 너에게는 내가 세 상에 하나밖에 없는 것이 될 거야.

하고 덧붙이기를,

> 네가 날 길들이면 여느 사람의 발자국 소리는 나를 굴 속으로 몰아넣지만 너의 발자국 소리는 음악처럼 나를 굴 밖으로 불러 낼 거야. 그리고 저기 밀밭이 보이지?
> 그러나 나는 빵을 먹지 않으니까 보통 때는 밀밭을 봐도 떠오 르는 게 없어. 하지만 네가 날 길들이면 네 머리가 금발이고 밀 밭도 금빛이니 그때는 밀밭을 보면 네 생각을 하게 될 거야.

라고 말합니다. 저 여우의 길들인다는 말은 결국 인간이나, 짐승이 나, 초목이나, 사물과 친숙해져서 타 존재의 특성을 헤아리고 그것 을 서로 사랑하는 것을 뜻합니다. 그래서 저 여우는 또 말하기를 "누구든지 자기가 길들인 것밖에 알 수가 없는 거야. 그런데 사람 들은 이제 무엇을 알 시간조차 갖고 있지 못해. 그들은 상점에서 다 만들어 놓은 것만 사거든. 하지만 친구를 파는 상점은 없으니까 사람들은 친구가 없지"라고 합니다.
　우리는 저 말 속에서 우리의 오늘 즉 물질주의, 기술위주, 황금만 능 사상에서 오는 비극적 오늘을 깨우치고 거기서 벗어나야 할 것 입니다.

들풀과 선물

들풀과 더불어

나의 집, 여의도 아파트 11층 앞뒤 베란다에는 10여 개나 되는 들풀, 즉 잡초의 화분과 화반이 놓여 있다. 이 들풀들은 5, 6년 전 어느 철인가 봄국화가 시들어 버린 화분에 제풀에 싹이 돋아 꽃도 피우고 스러져 죽고 또 새로 돋아나는 것을 더러 갈라 옮겨 놓은 것도 있지만, 낡은 화분이나 내버려진 통이나 양푼을 주워다 흙을 담아 놓으면 그 흙에 묻혀 있었거나 바람에 날려온 씨앗들이 싹을 틔운 것들이다.

그런데 이 들풀들을 가꾸다 보면 오히려 난이니 장미니 국화니 튤립이니 페튜니아니 하는 이름난 화초들보다 훨씬 더 친근감이 가고 더구나 이것들을 바라보고 있노라면 콘크리트 숲 속 닭장 같은 아파트 11층 구석방에 앉아서도 고향의 들길이나 산기슭을 거니는 느낌이 든다. 그리고 그들 들풀이 피우는 조그맣고 가냘픈 꽃들을 바라볼 때는 저 기독교 성서의 비유대로 솔로몬 왕의 치레 옷이 이에 비할 바 아님을 눈물겹도록 실감한다. 이런 어느 날 끄적거려 본 시 한 편을 소개하면,

아파트 베란다
난초가 죽고 난 화분에

잡초가 제풀에 돋아서
흰 고물 같은 꽃을 피웠다.

저 미미한 풀 한 포기가
영원 속의 이 시간을 차지하여
무한 속의 이 공간을 차지하여
한 떨기 꽃을 피웠다는 사실이
생각하면 생각할수록
신기하기 그지없다.

하기사 나란 존재가 역시
영원 속의 이 시간을 차지하며
무한 속의 이 공간을 차지하며
저 풀꽃과 마주한다는 사실도
생각하면 생각할수록
오묘하기 그지없다.

곰곰 그 일들을 생각하다 나는
그만 나란 존재에서 벗어나
그 풀꽃과 더불어

영원과 무한의 한 표현으로
영원과 무한의 한 부분으로
영원과 무한의 한 사랑으로

이제 여기 존재한다.

　　　　　　　　ー〈풀꽃과 더불어〉

라는 것이다. 그래서 요즘 친구들에게서 안부 전화를 받으면,

　"들풀들하고 그렁성 지내지!"

하고 답하기가 일쑤인데 상대방은 그것을 오해하여,

　"여의도는 모두 중산층인데 잡초는 왜 잡초야?"

하면서 나를 위로하려고 들어 고소를 금치 못한다.

　그런 일화로 여기다 덧붙일 이야기는 재작년 여름 어느 날, 내가 하와이 대학에 가 있을 때 사귄 미국인 W교수가 서울에 왔다가 내 서재에 들러 갔는데, 그 얼마 뒤 W교수를 내 집에 안내했던 그의 한국인 제자가 짐차에다 각종 고급 화분 7, 8개나 싣고 와서 내 서재에 들여놓고선 하는 얘기가,

　"W교수가 돌아가서 일백 불을 부쳐 왔어요. 선생님 댁에 화분을 꼭 사다드리라고요."

하는 것이었다. 나는 그저 고맙다면서 수굿이 받았지만 그를 보내고 나서는 그야말로 웃음보를 터뜨렸다. 말하자면 W교수 눈에는 잡초뿐 화분 하나 변변한 것이 없는 나의 서재가 자못 살풍경해 보였던 것이리라. 그러나 나의 취향에는 그 외국 친구의 극진한 우애의 선물이 요란하고 현란해서, 또 질리고 버거워서 얼마 안 가 어느 수녀원에 몽땅 실어 보내고 말았던 것이다.

어느 영적 선물

　지난 4월 나는 인천에 있는 가톨릭의 신체장애자들의 모임인 '엠마우스회'라는 데 강연을 갔다가 그중 문학을 좋아한다는 반신불수의 어느 젊은이와 잠시지만 얘기도 나누고 사진을 찍은 일이

있었다. 그 치과기공 기술을 익혀서 자립생활을 한다는 H군으로부터 그 뒤 사진과 함께 글발을 받았는데,

"선생님의 강연 중에 특히 폴 클로델의 말을 인용하시면서 하신 말씀, '기독교적 인간이라는 것은 십자가 위의 나자렛 예수가 겪으신 고통, 즉 사지가 찢어지는 아픔을 끝까지 잘 견디고 이기는 사람을 말하는 것이다. 좀더 구체적으로 설명하면 우리의 마음속에서는 육신과 영혼, 선과 악, 사랑과 미움, 이성과 감성이 끊임없이 서로 물어뜯고 서로 잡아당기며 싸우는데 그 심전(心戰)에서 잘 견디고 이기는 사람만이 예수의 참된 제자요, 그 부활의 승리를 함께 누릴 것이다'라는 말씀이 실로 감명 깊었습니다. 저도 세례를 받고 오늘날까지 신앙생활을 충실히 하려고 노력은 했는데 그 어떤 해탈도 없어 스스로 실망하고 있던 차에 그 말씀을 들으니 크게 위안이 되었습니다. 그런 말씀을 해 주신 선생님을 만난 기쁨을 감사하는 뜻에서 로사리오(묵주기도)를 일백 번 바치겠습니다."
라는 것이었다.

이 희귀한 선물을 받고서 영적 생활이 부실한 나는 그에게 화답이 될 만한 기도를 못 하고 있었는데 며칠 전,

"지난번 제가 서면으로 약속드렸던 로사리오 기도를 날마다 한 번씩 드려서 어제로 백 번을 채웠습니다. 선생님 영육 간 평안하십시오"
라는 글발이 왔다.

나는 역시 아직도 그에게 영적으로나 또는 현실적으로나 답례를 못 하고 있으니 이렇게 되면 누가 심신의 장애자인가. 그러면서도 그의 저 이타적(利他的)인 기도 자체가 하느님의 보응(報應)을 받으리라는 염치없는 믿음 속에 있다. 그리고 찌는 듯한 혹서와 세상살이의 번열 속에서 시달리다가도 그 영적 선물을 떠올리면 마음

의 더위가 가셔지곤 한다.

■ 《우리 삶, 마음의 눈이 떠야》(1995)

고미술품과 현대시

　나는 고미술에 대한 식견도 없고 또 자랑할 만한 수장품도 가지고 있지 못하다. 그런데 이렇듯 분수 외의 자리에 그것도 강권하다시피 초대를 하니 생각다 못하여 내가 기억하고 있는 고미술품에 대한 우리 현대시인의 작품을 몇 편 소개해 볼까 한다. 그러나 현대시인이라 해도 나와 동 연대인 60대 중반의 시인들의 작품으로서 첫째는 지금 미국 필라델피아에 이민 가서 사는 박남수(朴南秀)의 〈백자(白磁) 접시〉를 음미해 보자.

> 눈도 코도 없는
> 살빛만이 부드러운 접시 한 장이
> 허허로이 비어 있다.
> 안타까운 팔을 벌리고
> 간절히 기다리는 시간은
> 이렇게 조용한 것인가.
> 등불의 부신 과일이
> 깊은 성숙을 뿜어 올리던
> 지난 가을에는
> 접시는 다만 그릇에 지나지 않았다.
> 지금, 비인 육신을 뉘고
> 눈도 코도 없는

살빛만 부드러운 접시 한 장이
스스로의 빛을 뿜어 올리고 있다.

　펙이나 존재론적인 모럴을 여러모로 제시한 시로서 백자 접시가
과일이라는 물건의 용구로 쓰일 때보다 오히려 그 존재 자체 그대
로일 때 더욱 아릅답고, 또 많은 의미를 생각케 한다는 것으로 현대
의 실용주의와 기능주의에 대한 비판이 함축되어 있다고 하겠다.
　이 작품을 시의 전문적 입장에서 볼 때도 성공한 작품으로서 그
논리적이면서도 시각적인 심상이 조형의 묘를 얻었다 하겠다.
　다음은 우리 시조시단의 대가의 한 분인 정완영(鄭椀永)의 〈석굴
암대불(石窟庵大佛)〉인데,

어느 돌 어느 바위가
잠든 부처 아니런가.

무심한 신라의 손길이
드신 잠을 깊이 깨워

한 천 년 자욱한 숨결을
대불(大佛)로나 앉히셨나.

눈 감고 귀 기울이면
한 장 동해는 한 장 연(蓮)잎

일고 지는 푸른 창파야
가부좌로 누르시고

먼 수천(水天) 보내 논 백구나
마음하고 계시었다.

〈석굴암대불〉은 월탄(月灘) 박종화(朴鐘和) 선생을 비롯 여러 시
인들이 노래하였지만 모두가 그 형상의 오묘나 아름다움을 상탄하
고 묘사하였을 뿐 신라의 신앙과 예술이 혼연일치가 된 그 대불의
내면적인 미, 즉 그 부처님의 마음을 이렇듯 드높고 드맑게 노래한
시를 나는 모른다.
　마금으로 〈석등(石燈)〉을 노래한 변변치 못한 나의 시인데,

석등은 우리 마음의
뿌리를 비춘다.

아득한 과거와
아스라한 미래를
보이지 않는 불꽃으로 밝혀

일상 속에서
무한의 시공을
열어 준다.

명암이 지니는 비의(秘義)를
스스로 깨닫고 있어
점화와 소멸이 없이
우리의 산란을 진정시키고

침묵의 염원으로
사랑의 유토피아를
낮에도 꿈꾸게 한다.

그러나 석등은 알라딘의
램프가 아니다.

석등은 꺼지지 않는
우리 영혼의 등불이다.

　이것은 절이나 고궁의 석등을 모델로 쓴 것이 아니라 지금은 깨져서 없지만 내 서재에 놓여 있던 인조석의 소형 모조품을 노래한 것이다. 실용적인 면에서는 하나도 쓸모가 없던 물건이지만 가끔 일손을 놓고 바라보노라면 시에 쓴 대로 보이지 않는 불꽃이 나의 마음을 밝혀 주기도 하고, 그 침묵의 염원이 나를 합장하게도 하였다. 그런 회상을 스케치해 보면서 저 알라딘의 램프(아라비안 나이트 설화에 나오는 어떤 욕망이나 염원을 다 채워 준다는 램프)를 기리는 서양보다 석등 같은 동양의 예지에 나는 감복했던 것이다.

■ 《우리 삶, 마음의 눈이 떠야》(1995)

이 참변 속에서

뒷북을 치는 느낌이 없지 않지만 소위 세정춘추(世情春秋)라는 이름 아래 붓을 들고 있으면서 온 세상이 뒤끓고 있는 KAL기 사건을 그저 흘려넘길 수도 없지 않은가. 그러나 이제 사건의 진상은 샅샅이 밝혀졌을 뿐 아니라 그 분석도 국내외의 각계 전문가들이 이모저모로 파헤쳤고 또 무고하게 희생된 2백 69명의 원혼의 위령제도 끝낸 이 마당에 내가 입을 연들 무슨 말을 할 수 있겠는가.

아무리 언성을 높여 소련의 만행을 규탄해 본들 무엇하며 아무리 감정을 써서 그 유족들의 비탄을 함께한들 그 무슨 소용이 있겠는가. 아니 이제서가 아니라 이 참변의 시발부터 당사자인 우리를 더욱 비참하게 하는 것은 우리 자신의 무력이다. 그래도 공동으로 희생자를 낸 미국이나 일본 등 우방들이 앞장을 서서 UN 안전보장이사회 등을 열어 소련의 만행을 규탄하고 나서고, 미온적이기는 하나 소련에 대한 응징 조치와 대응의 움직임이 확대되어 가고 있는 사실이 한 가닥 희망이요 위안이라 하겠다.

그러나 저러한 소련에 대한 단죄(斷罪)의 한계라는 것이 또한 환히 예측되어서 우리는 더욱 서글퍼지는 것이다. 소련은 이미 그 계산 위에서 자기네 잔학행동에 대한 시인은커녕 KAL기의 자국 내 영공침범은 미국의 사전계획에 의한 민간기를 이용한 첩보활동이라고 생떼를 쓰면서 그 탑승객들의 희생은 워싱턴의 군사(무력)주의가 빚어낸 것이라고 실로 적반하장 격으로 나오고 있는 게 아닌가.

이러한 소련의 철면피한 태도는 오늘 하루 이틀에 시작된 것이 아니지만 저들의 저러한 악마적 행위를 자행케 하는 것은 저들이 보유하고 있는 강대한 힘을 믿고서임은 말할 것도 없다. 저들의 핵무기의 보유력도 미국에 맞서려니와 어떤 면에서는 군사력이 앞서 있다는 저들이라, 막말로 '내가 어떤 짓을 한들 누가 감히 내 배 건드릴 것이냐' 하는 불령한 배포가 저들로 하여금 세계 도처에서 공공연한 횡포와 행패를 눈 하나 깜짝 안 하고 태연히 저지르게 하는 것이다.

실상 이에 대하여 미국을 비롯한 서방측은 오직 '인류의 파멸'을 방지한다는 그 이유 하나만으로 저러한 소련의 거조를 울며 겨자먹기식으로 감수해 오고 있고 또 앞으로도 감수해야 하니 이 일을 어찌하면 좋단 말인가. 가령 세계 제1차대전의 발단이 오스트리아 황태자 한 사람의 살해에서 연유한 상황에서 보면 자국민의 희생도 60여 명이나 되는 미국이 이번 사건을 이렇게 미온적으로 대응을 하고 있겠는가. 도처에서의 항의시위 군중들이 역정에 치받쳐 외쳐대듯 '소련이나 그 종족을 이 지구상에서 말살'시키거나 해야 풀릴 분노들을 모두 삼키고 있는 것이 아니겠는가.

그러면 저러한 소련의 그 무도한 잔학행위를 그저 도의적인 단죄와 규탄만을 되풀이하면서 언제까지나 견디고 묵과해야 하는 것인가. 아니 저들의 악마적인 행위가 이에서 그치는 것이 아니라 점점 더 노골화해서 우발적이거나 필연적이거나 전쟁을 일으켰을 때 인류의 미래는 어떻게 될 것인가 하는 회의가 일어나며 우리를 절망에 빠지게 한다. 그리고 미·소 양국이 때마다 입에 올리는 군축운운도 구두선(口頭禪)으로 돌리고 심지어는 '이번의 비극을 채찍으로 삼아 우리 민족의 자존과 국민의 안녕이 보장되는 나라, 힘있는 나라를 건설하자'는 국민적 다짐도 공허하게 들려온다. 상념이 여기에 이르면 나는 탈진상태에 빠지고 만다.

　이 엄연한 현실을 놓고 이러한 나의 실의는 나 혼자만의 것이요, 부질없는 것이요, 무책임한 것일까. 물론 나도 한편 인류의 명랑한 미래를 꿈꾸고 그려 보고 있기도 하다. 명색이 시인이기에, 또한 현실이 불행하고 비참할수록 오히려 행복된 나라의 시인보다도 한 층 더 그 갈구나 비원이 절실하다고 하겠다.

　이제 저러한 암담한 화제를 바꿔 내가 그리는 인류의 새 모상을 그려 보도록 하겠다.

제미니 6호를 타고
랑데부를 마친 후
돌아오는 참엔

저녁때, 들에서
목동들이 소를 타고
버들피리 불며
마을로 들어서듯

비프스테이크를 한 입 덜 먹고
몸무게를 줄여
팔 포켓에 숨겨 가지고 간
하모니카를 꺼내
풍팡 풍팡 불면서
아내와 어린것이 기다리는
지구로 내렸다.
　－졸시 〈귀가〉의 전문

이 시의 소재는 연전 제미니 6호의 우주비행사 쉴러 대령이 한국에 왔을 때 기자회견에서 술회한 사실을 내가 조금 윤색한 것뿐이다. 시에 밝혀져 있는 내용의 되풀이가 되지만 쉴러 대령은 지구를 떠날 때 비프스테이크를 조금 덜 먹고 자신의 몸무게를 줄인 다음 몰래 팔 포켓에다 하모니카를 한 개 숨겨 넣어 가지고 우주여행에 나섰다가 임무를 마치고 돌아올 때 그것을 꺼내 불었다는 것이다.

나는 그 술회를 듣고 얼마나 감동했는지 모른다. 한 번 인공위성이 발사될 때면 그 기술조작에 연 인원 30만 명이 매어달린다는 어마어마한 과학의 최첨단 속에서 그 중에서도 그 우주선에 탄 장본인이 인간의 정서적 욕구를 저렇게 소박하게 충족시켰다는 사실이 눈물겹도록 흥그러웠던 것이다.

그 후 아폴로 11호가 달에 착륙하고 돌아왔을 때도 그 선장 암스트롱 부인이 "그의 인간 자체가 하나도 변하지 않아서 안심했다"고 말했듯이 아무리 과학만능과 기술위주의 시대 속에서도 인간의 자연양심이나 그 정서의 상실이 있어서는 그야말로 인간의 멸망이라 하겠다.

그리고 더욱 우리를 주목하게 하고 흥그럽게 하는 것은 쉴러 대령이 지구로 내려오면서 하모니카를 불었다는 사실로서 내가 시에서 저녁때 들에서 일손을 끝낸 목동이 소를 타고 피리를 불면서 마을로 돌아오는 풍경에다 대조했듯이 우리 인간은 이제부터 우주를 무한대한 농장으로 삼을 수 있다는 뿌듯한 희망을 안겨 준다 하겠다.

또한 저 우주인들의 체험은 자기가 사는 이 지구를 한 마을이나 집으로 여기게 되어서 인류는 참말로 한 이웃이요, 한 가족이라는 실감에 나아가게 될 것이라는 낙관이 나의 가슴을 부풀게 하는 것이다. 그래서 우주개발은 오늘의 모든 민족적, 국가적, 사상적 장벽과 그 갈등을 해소하고 해결해 주는 계기가 되리라는 바람을 갖는 것이다.

그렇게 될 때 무엇보다 오늘날 이 지구상에 있는 민족과 국가 간의 분쟁의 씨앗인 소유권 개념의 의미내용도 우주적 무한대에서는 근본적 변경을 가져오고 지역적 물질 분포에다 근거를 둔 현재의 경제적 가치체계도 대폭 변화할 것이요, 사상이나 인간관계에 있어서도 범세계주의적인 사상과 인간관이 싹틀 것이라고 나는 기대를 거는 것이다. 그리하여 테야르 드 샤르댕의 말처럼 과학문명에 병행하는 인간 영성(靈性)의 진화로서 신의 창조의 완성을 인류가 지상에서도 누리리라는 바람과 믿음을 갖는 것이다.

그렇다. 과학문명에 병행하는 영성의 눈이 떠야 한다. 저 소련에서는 인간의 본래적 양심의 눈부터가 떠야 한다. 그것을 이루기 위해서는 물리적 힘보다 신령한 힘에 대한 믿음과 염원을 앞세워야 한다. 그래서 나는 이 글을 기도하는 마음과 그 자세로 쓰는 것이다. 또한 이것을 이번 희생된 원혼들의 진혼축(鎭魂祝)으로 쓰고 있다. 언젠가 다른 글에서도 말했지만 진실로 고민하는 자는 절망할 수가 없기 때문이다.

■ 《한 촛불이라도 켜는 것이》(1985)

나의 시의 좌표

나는 왜 문학을 하는가?

이와 비슷한 제목의 글을 여러 번 쓴 바 있어 되풀이가 되지만 시를 쓰게 된 동기를 회상해 보면 나는 보통학교(지금의 초등학교) 1·2학년 시절부터 글짓기나 이야기 시간(당시엔 화법시간이라는 정규 과목이 따로 있었다)에 곧잘 엉뚱한 소리를 늘어놓아 담임선생이나 동급생 애들의 웃음을 사기가 일쑤였다.

가령 '사람이 공기나 물만 마시고 산다면 얼마나 편할까?', '돈이란 것을 없애고 온 세상이 내 것 네 것 없이 골고루 잘살 수는 없을까?' 라든가, '잠자리는 날 때부터 안경을 썼다', '염소의 뱃속에는 검정 콩알 같은 똥을 만드는 장치가 되어 있다'라는 등 어린이들이면 누구나 다 가지는 의문이나 공상이지만, 나는 이런 생각들을 수월하게 현실화하여 너무나 천진하게 써내기도 하고 이야길 만들어 발표도 하였기 때문에 조롱의 대상이 되었던 것이다.

그런데 그러한 어린 생각이나 느낌이 다른 사람들과의 위화감이 차츰 나로 하여금 사물에 대한 인식이나 그 감동에는 독자적 진실이 따로 있다는 것을 하나의 신념으로까지 키우게 되었던 것이다.

그래서 사물에 대한 자기진실에의 욕구가 오늘날까지 나로 하여금 자기 자질에 대한 실망을 되씹으면서도 시를 붙잡고 있는, 시를 쓰게 하는 이유라 하겠다. 저렇듯 나 자신의 욕구를 충족시킨다는 면에서 볼 때 "작가에게 있어 쓴다는 동사는 자동사"라고 저 프랑스의 비평가 롤랑 바르트가 말했듯이 시를 쓴다는 것에 '무엇을 위하여' 라는 목적은 따로 있지 않다.

그러나 이상의 이야기는 문학을 존재적인 면에서 보고 개인적 심리적 경험만을 살려서 하는 이야기요, 나라고 시를 쓰면서 문학의 현상적 기능과 그 효용의 면을 모르거나 무시하고 있는 것은 결코 아니다. 그래서 때로 나도 '나의 문학이 무엇을 할 수 있는가?', '나는 무엇을 위하여 문학을 할 것인가?' 하는 자문과 회의를 거듭해 왔다.

그리고 1964년 장 폴 사르트르가 그의 명저 《말》을 출판한 후 《르몽드》지와의 인터뷰에서,

"작가들은 오늘날 굶주린 20억의 인간 편에 서지 않아서는 안 된다. 그것을 위해서는 문학을 일시 포기한들 어떠하랴?"

는 화제의 발언이 충격적으로 내 마음을 휘어잡으면서,

"이 인간의 불행, 특히 우리(나라와 겨레)의 비참한 현실에 비켜서서 문학은 무슨 문학이냐? 그것은 자독 행위지!"

하는 자기혐오에 빠지기도 한다.

이러저러한 자문자답의 40년 가까운 되풀이에서 이즈음에 도달한 터득이랄까 결론은, 문학과 문학인은 결국 문학의 존재적인 측면과 문학의 효용적 측면 이 두 가지 속성의 분리 속에 존재하는 것이 아니라 그 통합 위에 존재하고 또 그래야만 한다는 것이다.

《닥터 지바고》의 작가인 파스테르나크에게 어떤 노동자가,

"우리를 올바로 지도해 주시기 바랍니다."

하고 청했을 때 그는 말하기를,

"그것 참 무리한 주문인데요. 나는 누구를 이끌어 본다는 생각을 해 본 적이 없는 걸요. 시인이란 바람에 나부껴 잎새들이 속삭이는 나무 같아서 누구를 지도할 힘을 갖고 있지 않단 말입니다!"

하였다는 얘기는 저러한 문학이나 문학가의 실존적 입장을 뜻함이

요, 또 저 사르트르의,

"작가들은 오늘날 굶주린 20억의 인간 편에 서지 않아서는 안 된
다. 이것을 위해서는 문학을 일시 포기한들 어떠하랴?"
라는 말은 문학과 문학인의 현실적 기능과 효용에 대한 사회적 역
할을 강조하는 것에 불과하다고 하겠다.

그렇다는 것이 저러한 사르트르 자신도 "소위 사회 참여의 문학
이라 하여도, 그 사회 참가 자체가 어느 경우에도 문학에서 이탈하
여서는 안 된다"느니,

"나는 오랫동안 나의 붓을 잘 드는 칼[利劍]로 알았다. 지금 나는
그 붓의 무력함을 안다. 그러나 나는 책을 쓰고 있고 또 장차도 쓸
작정이다. 그것은 필요하다. 어쨌든 그것은 사회에 보탬이 된
다……."
등의 술회를 보아도 우리는 그의 진의를 파악할 수 있을 것이다.

그러므로 참된 문학이라면 저러한 문학의 실존적 모습 속에 또
한 저러한 문학의 기능적 절실한 요청이 깃들어서 성립된다고 하
겠고, 이것을 풀이해 말하면 '문학은 나와 남을 위하여 함께 있는
것'이 된다.

■《우리 삶, 마음의 눈이 떠야》(1995)

왜 시를 쓰는가?
— 사물에 대한 자기 진실에의 욕구

"작가에게 있어 쓴다는 동사는 자동사(自動詞)다"라고 저 프랑스의 비평가 롤랑 바르트가 말했듯이 나에게도 시를 쓴다는 것에 왜?라는 목적이 따로 있지 않다.

그러나 편집자의 설문에 그런대로 소박한 대답이나마 보내기 위해서 내가 시를 쓰게 된 동기 같은 것을 회상해 보고 아울러 요즘 시작(詩作)의 경위 등을 꾸밈없이 적어볼까 한다.

기억을 더듬으면 나는 보통학교(초등학교) 1, 2학년 시절부터 글짓기나, 이야기시간(당시엔 화법시간이라는 정규과목시간이 따로 있었다)에 곧잘 엉뚱한 소리를 늘어놓아 담임선생이나 동급생 애들의 웃음을 사기가 일쑤였다.

가령 "사람이 공기나 물만 마시고 산다면 얼마나 편할까?", "돈이란 것은 없애고 온 세상이 네 것, 내 것 없이 골고루 잘 살 수는 없을까?"라든가 "잠자리는 왜 날 때부터 안경을 썼는가?", "염소의 뱃속엔 어떤 장치가 되었기에 검정 콩알 같은 똥을 누는가?"라는 등 어린이들이면 누구나 다 가지는 의문이나 공상이지만 나는 이 공상을 수월하게 현실화하여 너무나 천진하게 써내기도 하고 이야기로 만들어 발표도 하였기 때문에 조롱의 대상이 되었던 것이다.

그런데 저러한 나의 어린 생각이나 느낌의 다른 사람들과의 위화감이 차츰 나로 하여금 사물에 대한 인식이나 그 감동에는 독자적 진실이 따로 있다는 것을 하나의 신념으로까지 키우게 하였던 것이다.

그래서 사물에 대한 자기 진실에 대한 욕구가 오늘날까지 나로 하여금 자기 자질에 대한 실망을 되씹으면서도 시를 붙잡고 있는, 즉 시를 쓰는 이유라 하겠다.

그러나 저 이야기는 나의 시작(詩作) 전반에 대한 개괄적인 동기나 이유일 것이요, 어쩌면 시인 공통의 소이연일 것이지만 실제 낱낱의 시작에 있어서는 천차만별의 동기나 이유나 목적이 개재된다. 그래서 어떤 시는 소재부터가 촉발생심(觸發生心)의 자연적 동기도 있지만 어떤 시는 의식적 주제로 쓰는 경우도 있으며 또 어떤 시는 주문받은 주제와 소재를 가지고 쓰는 때도 있다.

올해 들어 나의 시작의 경위만 하여도 첫째 새해 〈한국일보〉에 쓴 〈우리 모두 삶의 정상에 올라〉라는 시는 말할 것도 없이 신문사 요청에 의한 원단(元旦)용이다. 흔히들 우리시인들은 이런 시를 행사시라고 하여 시인의 외도나 아니면 퇴물시인의 작업으로 경시하는 경향마저 없지 않으나 나는 오히려 이런 시작에다 전문시지나 문예지의 시보다 더욱 긴장하고 더욱 힘을 기울인다. 마치 경쟁이 심한 수험생이나 백일장에 나선 초심자의 불안과 두근거림을 갖는 것이다. 왜냐하면 이런 시작에는 수십만의 독자를 의식 안 할래야 안 할 수가 없고 또 시의 효용적 기능에 대해서도 고려를 안 할 수가 없기 때문이다. 그리고 그 주제와 소재에 있어서도 자연발생적인 상태에서보다 훨씬 제약이 많기 때문에 성공하기가 퍽이나 힘들다. 또 부수되는 경작심, 즉 같은 시제를 남보다 잘 써 보려는 마음도 없지 않다. 이렇게 말하면 소위 순수시인들은 무슨 '불순'으로나 여기겠지만 이것은 시심의 '사무사(思無邪)'와는 무관하고 오히려 일에 활기를 부여한다.

둘째 내가 쓴 〈까마귀〉는 작금년에 내가 쓰고 있는 번호도 안 붙인 연작시로서 이야말로 내가 그 주제(主題)를 의식적으로 다루고 있는 예다. 이것은 나의 시인적 생태가 까마귀의 생태와 흡사한 것을 발견하고 나를 까마귀로 의물화하여 오늘의 물질, 기술, 속도위주의 시대상황에 도전(예언, 경보)을 해 보는 것이다. 즉 까마귀 소리는 잉꼬나 꾀꼬리처럼 흥겹지도 못하고 참새 떼들처럼 귀에 익지도 않으며, 오히려 불길하게 들리리만큼 악성(惡聲)이지만 이것을 들으면 사람들은 그날의 자기 행신을 불안해도 하고, 자기 삶의 모습을 살피기도 하고, 죽음을 떠올려도 보고, 더러는 영원이라는 것도 생각들을 해 보는 것이 전승된 우리 풍속이라 나의 시도 저 까마귀처럼 악성이지만 저러한 영신적 예지와 경보의 사명을 다했으면 하는 염원에서 이 연작(連作)을 쓰고 있다.

다음 한편 현재 쓰고 있는 것은 〈겨울묘지에서〉인데 순여 전(旬餘前) 대구엘 갔다가 친구의 9순(旬)을 넘긴 부친상에 그 묘소까지 따랐었는데 그때 정경에서 얻은 나의 심상을 다루고 있는 것이다.

이상 내가 토로한 나의 시작의 동기나 이유나 목적이야 어떠했거나 시의 생명은 결국 시로서 어떻게 형상화되었느냐 하는 데 달려 있음은 말할 것도 없다.

■ 《현대시학》(1978. 4.)

나의 문학적 자화상

다른 시인, 작가들의 이 제목의 글을 읽으면서 그분들이 지닌 자기 인생과 문학에 대한 안심입명(安心立命)과 그 화해에 대한 부러움과 함께 스스로의 부끄러움을 금할 바 없었다. 그것은 내가 문학에 대한 경모(輕侮)가 아니라 내가 살아온 인생과 내가 끄적여 온 문학에 대한 의혹과 외겁(畏怯)인 것이다.

그야 나도 문학, 특히 시야말로 사내대장부가 전심치지(專心致志) 일생을 걸어 바쳐야 하고 또 바쳐서 후회 없을 가장 존귀한 소업(所業)인 줄 이제는 알게도 되었고, 또 나의 삶의 최고의 성실이 시 이외에 없음을 깨닫고 있기도 하다. 그러나 이렇게 말하면서도 내 가슴 어느 한구석에선,

> 너 아둔한 친구 요한[2]아!
> 가령, 네가 설날 아침의 햇발 같은 눈부신 시를 써서 온 세상에 빛난다 해도 너의 안에 온전한 기쁨이 없다는 것을 아직도 깨우치지 못하느냐.
> —졸시 〈요한에게〉의 첫 연

하고 힐거(詰拒)해 온다.

---

2) 필자의 세례명.

　내가 살아온 인생을 솔직이 술회한다면 자화상을 그리는 어느 글에서도 밝힌 바와 같이 내 일찍 열다섯 살에 가톨릭 사제가 될 것을 지망하고 수도원 신학교에 들어갔다가 3년 만에 환속하였는데 이렇듯 인생을 결론부터 출발하였다가 실패하였다는 것은 탕아의 비극—즉 끊임없는 방황을 운명과 약속함이나 다름이 없었다고나 할까—

　그래서 인생의 제2의 출발로 대치시킨 것이 문학이었지만 대학 입학 때만 해도 문예과와 종교학과 두 곳엘 합격했는데 나는 후자를 택했었고 또 어지간히나 세상의 하수구를 꼴딱꼴딱 헤엄쳐 오면서도 나의 본향(本鄕)은 맑은 샘이거니 하는 갈원(渴願)과 몽환 속에 살아, 결국 이 날까지도 승(僧)도 속(俗)도 못 되고 마치 항상 변통(便桶) 위에 앉은 엉거주춤한 상태에서 살고 있다.

　이런 나이기에 좀 외람된 말이지만 무종교의 문학자나 예술인들의 고민이 무엇일까 하고 궁금히 여길 적이 많다. 그들은 신에 대한 무감각, 내세에 대한 무감각 속에서 고민의 소재가 무엇일까. 현존의 삶이 여의치 않아서일까. 그렇다면 이 삶의 고달픔에 허덕이지 말고 안락사를 택하는 게 낫지 않을까. 아니 그들이 신주 모시듯 하는 문학의 소재나 그 표현(형상화)만에 그토록 안달을 하고 있단 말인가. 제기랄! 이것은 역시 나의 심술에서 오는 망발이렷다. 신의 손에서 또 내세 앞에서 증발해 버릴 수 있는 인간은 아무도 없다. 그가 진실로 자기의 존재를 인식하는 사람이면 그가 신을 거부하고 배격하는 사람이라도 그가 내세를 불가지(不可知)와 사멸로, 신념하고 주장하더라도 한 번은 아니 끊임없이 저것(신·내세)과 대결을 면치 못할 것이다. 그러니까 나의 인생은 언제나 문학에서 미흡을 느끼고 문학도 나의 인생에다 그런 초월은 무모하고 불감당의 것이라고 저항한다.

저러한 소식을 한마디로 율(律)한다면 내가 '아직 한 번도 확신이 있는 삶'을 살지 못한 데서 연유한다. 내가 가톨릭 신앙을 가졌다지만 그 교리와 의식에 익숙할 뿐이지 엄밀히 따진다면 신앙을 안 가진 사람이나 그 삶과 다를 바 없고, 글을 쓴다지만 자기로의 사상이나 달관이 없이 천박한 지식이나, 일시적 느낌이나, 투철한 직관이 아니라 감상만에 의지하여 원고지를 메워 가고 있는 자기를 살필 때 나의 인생과 문학의 공허를 안 느낄 수 없다.

그렇지만 나는 저 '허무의 수렁'엔 빠지지 않는다. 왜냐하면 나도 프랜시스 톰슨의 경우처럼 〈하늘의 사냥개〉(시 제목)에게 쫓기고 있기 때문이다.

> 나는 그로부터 도망쳤다.
> 밤이나 낮이나, 몇 해를 두고
> 그로부터 도망쳤다.
> 내 마음의 얽히고설킨 미로에서
> 그를 피하였다.
> (중략)
> 그러나 서둘지 않고 침착한 걸음걸이로
> 신중하고도 위엄 있게 뒤쫓는
> 그 발자국 소리보다도 더 절박하게
> 하나의 목소리가 울려온다.
> 나를 배반한 너는 모든 것에게
> 배반당하리라—고.
> (하략)

마치 저런 신의 목소리가 항상 나의 귓전에서 그야말로 하늘의 사냥개처럼 컹컹 짖어대기 때문이다.

이런 나는 때마다 나만이 특별히 저주받은 영혼이 아닐까 하는 지독한 절망에 빠지는 수가 많다. 그래서 결국은 나의 인생이 나의 문학이 비의(秘義)에나 접하지 않고선 아무런 해결도 못 얻고 공전(空轉)과 도로(徒勞)에 끝나리라는 불안과 외겁 속에 산다.

그런데 '성서에 씌어진 것보다도 더 뚜렷이 신비를 체험했다'는 20세기의 시성(詩聖) 폴 클로델이,

"너희가 신을 알았을 때 신은 너희를 한시도 그대로 놓아두지 않을 것이다."

한 것으로 미루어서 신비의 체험이 결코 안온(安穩)을 의미하지 않는다는 것은 짐작할 수 있고, 또 중국의 시인 소동파(蘇東坡)가 견성(見性)한 뒤,

깨치고 보아야 별것이 아닐세
노산은 (여전히) 안개로 덮이고
절강은 (여전히) 파도가 치네
(到得歸來無別事 盧山烟雨浙江潮)

라고 하더란 것으로 미루어도 오도(悟道)란 것이 결코 내가 바라듯 삶의 근본 변경이 아님을 나의 어리석음으로서도 살필 수 있다.

그러니 오히려 내가 '비의에다 접하지 않고선!' 하는 것도 허세요, 우스꽝스럽고 부자연스러운 것이리라.

이런 용렬 인생과 부실(不實) 문학을 그나마 위로받고 지탱하는 나 나름의 비방을 털어놓으라면,

"하느님께서 내게 주신 모든 은혜를 거두어 도둑들에게 나누어 주셨던들 하느님은 진정 감사를 받으실 것을!"

한 아시시 프란체스코 성인의 말씀을 섬기고 있는 덕분이라고 하
겠다.

시집 《응향(凝香)》 필화사건 전말기(顚末記)

이제는 27년 전 일이라 기억도 정확지 않지만 해방된 이듬해 그러니까 1946년 초쯤인가, 북한 원산의 문학예술인들은 북로당의 지시 아래 그런대로 단일 조직을 형성하기에 이르렀는데 그 산하에 소위 원산 문학가동맹도 발족을 보았다.

나는 해방 전 〈북선매일신문〉 기자를 하면서 지방지에 작품 발표나 동인 활동을 하고 있었으므로 자동적으로 그 '문맹'의 일원이 되긴 했으나 그때 이미 내가 가담해 있던 북한 민족진영의 결집체인 '건국준비위원회'가 해체를 당하고 북조선 공산당 즉 북로당의 독재 체제가 이루어진 터라 그들의 조직사업에 일체 외면하고 있었으므로 시집 《응향(凝香)》의 발간 계획이나 그 과정엔 직접 참여를 안 했었다.

오직 그 무렵 '원산 문예총'의 위원장인 박경수로부터 신문이나 방송 등 어용(御用)(?)에는 동원 안 할 터이니 시집 발간에 작품만은 제출해 달라는 간곡한 청탁을 받았던 것이다.

내가 '간곡한 청탁'이란 표현을 썼듯 박경수라는 인물은 공산주의자치고서도 특이한 인격자로서, 공산당 이론뿐 아니라 우리 한국 역사나 전승문화 전반에 해박한 조예를 지닌 인물로 나와는 인간적으로 숙친한 사이였다.

나는 그때 원산여자사범에서 강습과의 교육사조와 국문(國文)을 강의하고 있었는데 아무리 공산당 치하지만 해방 후 첫 시집에 참

가한다는 의의와 문학동인들과의 우애도 있고 해서 작품을 제출하
기로 결정하였다.

대체로 그 시집의 편집 체제는 나와 함께 사범학교에서 국어 강
좌를 담당하고 있던 해방 전 《노방초》라는 시집을 낸 강홍운 씨
(1·4후퇴 때 월남하여 현재 경남 남지여중 교장으로 계심)와, 시와 아동
문학으로 이미 중앙문단에도 알려진 노량근과 나를 소위 기성 대
접을 하여 권두에 자선 수편(自選數篇)씩을 싣고 일반회원들은 각
한 편씩을 게재하기로 되었는데, 작품집이 나온 후 안 일이지만 그
가 시를 쓰는 줄도 모두 몰랐던 앞서 말한 박경수가 〈눈〔雪〕〉이라
는 연작시를 약 5편 말미에 장식하고 있었다.

실상 그 시집의 책제(冊題)를 '응향(凝香)'이라고 유식하게 붙인
것도 박경수였으며 그 책의 체제를 한지(韓紙)를 써 고풍하게 꾸민
것도 그의 취향이며 장정(裝幀)은 이중섭이 맡아 〈유희하는 군동상
(群童像)〉이 표지에 그려졌다.

그때 내가 내놓은 작품은 네 편인가 다섯 편이었는데 지금은 그
제목마저 일일이 기억 못하고 나의 첫 시집 《구상》에 수록되어 남
은 것은 다음의 두 작품으로서 가장 문제된 작품 역시 그것들이라
여기에 하나씩 소개해 가며 당시의 논란들을 회상해 보고자 한다.

여명도(黎明圖)

동이 트는 하늘에
까마귀 날아

밤과 새벽이 갈릴 무렵이면
카스바마냥 수상한 이 거리는

기인 그림자 배회하는 무서운
골목…….

이윽고
북이 울자
원한에 이끼 낀 성문이 뻐개지고
구렁이 잔등같이 독이 서린 한길 위를
횃불을 든 시빌[3]이
깨어라!
외치며 백마(白馬)를 달려.

말굽소리
말굽소리

창칼 부닥치어
살기(殺氣)를 띠고
백성들의 아우성
또한 처연(凄然)한데

떠오는 태양 함께
피 토하고
죽어 가는 사나이의 미소가
고웁다.

---

3) 시빌 : 희랍어, 선지자

이 시는 그 제목이 명시하듯 일제하의 암흑시대가 가고 광복의 여명을 맞은 당시의 우리 상황을 나대로 그린 작품인데, 지금 새삼 보아도 소련군이 덮쳐 있고 공산당이 지배하는 그 북한 속에서 스스로 용케도 썼구나 하는 아슬한 생각이 들며, 그러한 무서움도 자기회피도 모르던 순수한 시적 정열이 오히려 그리워지기까지 한다.

솔직히 말해 당시 남북을 막론하고 시인들은 해방찬가(解放讚歌)에 취해 있을 때 나의 시인적 예지랄까 감촉은 그 여명이 결코 단순한 축복이 아니라 여러 가지 불길한 조짐(兆朕)과 그 시련으로 차 있다는 실감이 나로 하여금,

동이 트는 하늘에
까마귀 날아

라는 시구(詩句)를 낳게 했던 것이요, 또 직접적인 북한 현실의 실사(實寫)로서,

밤과 새벽이 갈릴 무렵이면
카스바마냥 수상한 이 거리는
기인 그림자 배회하는 무서운
골목…….

이라고 토파(吐破)케 했던 것이다. 특히 마감 절(節)에

말굽소리
말굽소리

창칼 부닥치어
살기(殺氣)를 띠고
백성들의 아우성
또한 처연(凄然)한데

떠오는 태양 함께
피 토하고
죽어 가는 사나이의 미소가
고웁다.

에 이르러는 마치 자기 시를 자화자찬하여 해설하는 것 같아 쑥스
럽고 또 내가 남북동란을 이미 예견했다고까지는 말할 수 없으나,
여하간 북한의 이 새로운 암흑사태를 구출하는 길은 어떤 또 하나
의 새 힘이 나타나야 할 것이고, 그런 대광복(大光復)의 날을 위하
여 자신은 희생자가 되리라는 그러한 염원에 의해 씌어졌던 것만
은 사실이다.

　저러한 나의 현실저항적 발상과 그 울혈적(鬱血的) 표현이 결과
적으론 그들에게 정확히 인식되었다고나 할까! 이 시집에 대한 평
양에 있는 '북한 문예총'의 결정서와 함께 발표된 그들의 어용 평
론가 백인준의 악담(惡談) 저주와 같은 논평을 빌면, 나의 저러한
시 감각(詩感覺) 자체가 퇴폐주의적이요, 악마주의적이요, 부르조
아적이요, 반역사적이요, 반인민적이요, 또 무슨 주의적인 도합 일
곱 개의 관사에 해당하는 것이었다. 그리고 다음에 문제된 〈길〉은
나의 해방 전의 작품으로서 그 주제를 한마디로 설명하면 시인, 즉
자화상이었다.

길

이름 모를 귀양길 위에
운명의 청춘이
눈물겨웁다.

보행(步行)의 산술(算術)도
통곡에도……
피곤하고

역우(役牛)의
줄기찬 고행(苦行)만이

슬프게
좋다.

찬연(燦然)한 계절이
유혹한다손

이제사
역행(逆行)의 역마(驛馬)를
삿 낼 용기는 없다.

지혜(智慧)의 열매로
간선(揀選)받은 입술에

식기(食器)만을 권(勸)함은
예양(禮讓)이 아니고

노정(路程)이
변방(邊方)에 이르면

안개를 생식(生食)하는
짐승이 된다.

뭇 사람이 돈을 따르듯
불운(不運)과 고뇌(苦惱)에 홀리어

표석(標石)도 없는
운명의 청춘을
가쁘게 가다.

　이 시야말로 지금 여기서 보면 너무나 소박한 상념의 소산이지만 유물사관(唯物史觀)을 바탕으로 한 공산주의 지배사회에서의 사고로서는 지극히 유신적(有神的)이고 유심적(唯心的)인 반역사상이요, 그 사회에서 뿌리 뽑아야 할 독소를 지닌 작품이 아닐 수 없다. 그래서 그들은 이 시의,

지혜(智慧)의 열매로
간선(揀選)받은 입술에

식기(食器)만을 권(勸)함은

예양(禮讓)이 아니고

노정(路程)이
변방(邊方)에 이르면

안개를 생식(生食)하는
짐승이 된다.

라는 구절을 특히 들어 '사람이 빵 없이 안개를 마시고 산다' 함은
그 자체가 얼마나 비과학적이요, 관념적이요, 환상적이며 비현실
적이냐고 힐난했다.

여하간 저러한 나의 반동적 시편(詩篇)들이 수록된 시집 《응향》
이 출간된 것은 그해 1946년 9월경이라고 기억된다.

그래서 당시 북한의 정황 속에서는 가장 문화적 생산을 한 셈이
어서(그 시집의 외장만으로 치면 현재 서울 출판계에 내놓아도 호화 속에
든다) 동인들 중에는 서창훈과 같은 공산당 간부도 있었고 정율이
라는 우리 2세 소련군 장교도 있었으나 이 시집의 출간을 자랑으로
여기고 있던 판인데 얼마 안 가서 평양에서 날벼락이 떨어졌던 것
이다.

그것은 아마 그 이듬해, 그러니까 1947년 정초 어느 날 북한 내
전체 신문은 그 일면 톱에다 '북조선 문학예술총동맹 상임위원회'
의 시집 《응향》에 대한 규탄 결정서를 게재하는 동시에 이와 함께
전 북한 내 각 지방 동맹의 총체적인 검열사업을 벌일 것을 통고하
였다.

참으로 어마어마한 거동이어서 처음엔 시(詩) 몇 개들이 이렇게
온 천지를 뒤흔든다는 실감이 안 날 정도였다. 총책임자인 박경수

도 앞으로의 귀추가 전연 예측이 안 선다면서 오직 평양서 검열원들이 파견되어 오기를 기다릴 수밖에 없다고 하였으며, 특히 나의 신변에 대하여 무척 걱정을 해 주었다.

그것은 말하자면 공산당원들에게는 '자아비판'이라는 면죄부(免罪符)가 있으나 필자 중 유일한 비공산당원이요, 또 나의 시나 현실적 입지나, 인간 성격으로 보아 도저히 굴복을 권할 수도 없고 또 그런다고 해소될 문제가 아니었기 때문이다.

나는 박경수를 비롯한 과거로부터의 친교가 있던 공산당과 그 여타 기관의 책임자들의 난감해하는 태도나 '문맹' 내외의 냉랭해진 공기를 엿보고는 내색은 안 했지만 이미 남하를 결심하고 시급히 주변정리를 끝마쳤다.

드디어 정월 하순 그 어느 날 평양서 검열원들이 도착하였다는 전갈이 왔다. 나는 태연을 가장하고 그 소집에 우선 응하여 첫 모임에 나아갔다.

원산 현장에 온 검열원들은 당시 북한 문단의 거물들로서 최명익, 김사량, 송영, 그리고 1·4후퇴에 월남하여 나의 친구가 되었다가 작고한 김리석 씨(그가 별세하기 전까지 나는 이 사실을 발설하지 않았다) 이렇게 4명이었는데 그 첫 모임에서는 송영이 살기(殺氣) 등등한 어조로 '북조선 문예총'이 시집 《응향》을 단죄하게 된 소위 보고연설이 있었다.

나는 그 자리에 모멸감과 불안에 휩싸여 앉았다가 일단 휴게로 들어가자 계속 모임부터 각 필자들의 자아비판이 행해진다는 얘기를 듣고는 절체절명의 상태라는 느낌에서 그만 뺑소니를 치고 말았다. 그날 내가 원산 거리와 골목을 지향 없이 헤매며 치르던 남모르는 정신적 고통과 신음은 영원히 잊을 수가 없다.

우선 그날 밤은 처가에 가서 은신해 자고 다음 날 죽마지우인 모기관의 책임자로부터 신변이 위급하다는 정보를 입수한 다음 그의 도움으로 위조 출장 증명서 등을 갖추어 가지고는 검열이 계속 중인 사흘째 되는 새벽, 서울을 향하여 떠났던 것이다. 그러나 38경계선 연천에 와서 보안서원에게 체포되고 말았다. 거기서 기적적 탈출이 이루어진 것은 본고(本稿)에서 생략하거니와 하여간 문자 그대로 구사일생, 1947년 2월 중순 서울에 닿았다.

이렇게 내가 넘어온 지 한 달 남짓, 아직 그 여독(餘毒)과 흥분도 가시지 않은 판에 그 '응향' 사건은 나를 뒤쫓아와 남로당계 문학가 동맹 기관지 《문학》(제3호)에 대서특필 전재(全載)되었던 것이다.

이러한 '문맹'의 평양 호응이 있자 민족진영 문단에서 이를 항의 논박(抗議論駁)하고 나서게 되었으니 즉 김동리 씨의 〈문학과 자유의 옹호〉(《백민》지)를 비롯한 조연현, 곽종원, 임긍재 제씨 등의 반론이었다.

이렇게 되자 나는 해방 전부터 친교가 있는 최태응 형이 편집하던 《해동공론》지에 〈북조선문학 여담〉이라는 제하의 사건 경위를 발표하게 되었고 이로써 서울 민족진영 문단에 소위 입참(入參)을 하게 된 것이다.

여기서 저러한 결정서나 논쟁들의 자료를 나 자신은 하나도 갖지 못하고 있고 조연현 씨가 〈한국신문학고〉에 정리·요약해 놓은 것을 옮겨 놓음으로써 사건 전말의 좀더 구체적인 것을 엿보이기로 한다.

★ 북조선 문학예술 총동맹 중앙 상임위원회 결정서(요약)

1. 시집 《응향》은 북조선 현실에 대한 회의적·공상적·퇴폐적·도피적·절망적·반동적 경향을 가졌다(이에 관한 구체적 증언으로서 작품 하나하나를 분석·비평했다. 괄호 안의

주는 조연현 씨가 붙인 것임).

2. 원산 문학가동맹은 이단적인 유파를 조직적으로 형성하면
   서 있다. 실로 북조선 예술운동을 좀먹는 것이며 아직 약
   체인 인민대중에게 악기류를 유포시켰다.

3. 북조선 문예총은 즉시 《응향》의 판매를 금지시킬 것.

4. 북조선 문예총은 이 문제의 비판과 시정을 위하여 검열원
   을 전국 각지에 파견하는 동시 북조선 문학동맹에 다음과
   같은 과업을 위임한다.

   가. 현지(원산)에 검열원을 파견하여 시집 《응향》이 편집
       발행되기까지의 경위를 상세히 조사할 것.

   나. 시집 《응향》의 편집자와 작가들과의 연합회의를 개최
       하고 작품의 검토·비판과 작자의 자기비판을 가지게
       할 것.

   다. 원산 문학가동맹의 사상검토와 비판을 행한 후 책임
       자 또는 간부의 경질과 그 동맹을 바른 궤도에 세울
       적당한 방법을 강구할 것.

   라. 시집 《응향》의 원고 검열 전말을 조사할 것.

★ 남한 민족진영 문단의 반박 논문들의 요지

1. 시집 《응향》에 수록된 시편들은 북한의 현실적 문제를 제
   재로 하였다기보다는 각자 개인의 정서 표현이므로 국가
   권력이 이에 개입하는 것은 부당하다.

2. 설사 그것이 현실적 문제를 제재로 한 것일지라도 권력적
   개입은 문학을 유린하는 행위다.

3. 그 시편들을 회의적·공상적·퇴폐적·도피적·반동적
   으로 해석하는 것은 인간의 정서나 정신에 관한 모독이며

설사 그러한 해석이 되더라도 그것은 범죄적인 것이 아니
요, 정치적으로 결부시킬 성질의 것은 더욱 아니다.

4. 북조선 문예총의 결정은 그 조직 스스로가 반문학적 · 반
예술적인 단체인 것을 반증(反證)해 준다.

5. 북조선 문예총의 결정은 예술에 대한 가장 독재적 · 독선
적 야만행위다.

이상에서 훑어본바 시집 《응향》의 필화사건은 북한 사회를 공산
당이 지배하는 초기 과정에서 일으킨 문화적인 유일의 큰 사건이
었을 뿐 아니라 북한의 모든 비극적 정치사건 중 공식적으로 표면
화시킨 최초의 사건으로서 그들의 진보적 민주주의를 가장한 공산
주의 독재 이념의 정체와 야만적 방법과 수단을 그대로 탄로시킨
사건이라 하겠다. 한편 이것이 해방 직후 남북문단 또는 범문화예
술계에 경악과 충격을 불러일으키고 여러 가지 논쟁과 파문을 던
짐으로써 남한 민족문화진영의 결속을 공고히 하게 하였다고도 말
할 수 있다.

또한 나 개인적으로는 인간적 신념이나 그 운명의 결단에 대한
시련을 일찌감치 치름으로써 문학적 이념이나 그 자세에 있어 대
사회적(對社會的)인 모순과 갈등을 딛고서라도 문학본령(文學本領)
으로 일관해 보겠다는 지향을 갖게 해 주었다고 하겠다.

나의 시의 정진도(精進道)

소위 '시인'이란 영광된 칭호를 뻔뻔스레 30년을 누려 온다. 만일 이대로 내 삶이 끝난다면 나는 일생을 가짜나 사기로 산 것밖에 안 된다. 나에게 있어 이보다 더 끔찍한 사건이 있을까?

신문 잡지에 쓰는 잡문 따위 끝에 '필자', '시인'이란 꼬리표를 비롯해 일반 사회생활에서 수인사(修人事)를 할 때마저도 "시인 구상 씨를 모르십니까?" 하는 정도의 낯 뜨거운 소개를 받는다.

이런 나를 스스로 돌이켜 볼 때 과연 나는 그 칭호에 얼마나 부응(副應)할 일과 생활을 해 왔는가? 우선 질적인 면은 고사하고 시 쓰기 30년에 전체 작품량이 고작 3백 편 남짓이다. 이것을 연월로 쪼개 보면 10년에 백 편, 1년에 열 편, 한 달에 한 편도 안 되는 숫자다. 물귀신처럼 끌고 들어간다면 나의 연대에서 몇몇을 빼놓고는 태반의 우리시인들이 이런 계산이 나오리라! 이 세상에서 아마 나를 포함한 한국의 시인이란 명목의 인간만큼 게으름뱅이는 없을 것이다. 머리로 생각한다는 구실과 영감이 떠올라와야 한다는 핑계 속에 우리는 얼마나 안일과 방념 속에 서성거렸는가!

솔직히 말해 내가 20대 습작기와 연전에 연작시(連作詩) 〈밭 일기〉 1백 편을 쓰던 1년간을 제외하고는 거의 일과를 시에 집중시켜 본 적이 없고 또 R. M. 릴케가 말한 '필연성에 따른 생활의 수립'도 없이 오늘에 이르른 것이다. 오직 가물에 콩 나기 격으로 자연적 충동이나 청고(請稿)를 받고 나서 겨우 저장된 감흥을 불러일으켜 가며 그것을 메꿔 왔을 뿐이다.

이러고서야 한 직능인으로서도 떳떳이 살아왔다고는 말할 수 없다. 저 돌산에 비지땀을 흘려가며 정을 쪼는 석공(石工)들이나 운동선수의 열중한 연습이나, 아니 저 시장 상인들의 불이 튀는 경매(競賣)에다 비추어도 자신의 오늘까지의 나날이 시와 시인의 생활을 했다고 할 수는 도저히 없다. 이야기가 났으니 말이지 경주 석굴암에 가서 그 부조(浮彫)된 불상들을 보고, 나부터 천의무봉(天衣無縫)이니 우리 예술의 정화(精華)니 하고 침이 마르도록 칭찬하고, 그 후손인 우리들의 오늘의 빈약함을 자탄하지만 만약 오늘날이라도 어떤 조각가가 하루 다섯 시간씩 30년만 돌을 쪼아 간다면! 화강석이 아니라 대리석이라도 떡가루 주무르듯이 수월해질 것이 아니겠는가. 그리고 나서야 '뮤즈'도 내려앉고 영감도 달라붙지, 덮어놓고 강짜로 '신장대' 잡듯 예술을 붙잡고 신이 내려 떨기만 기다리는 격이었으니 이 어찌 황당무계(荒唐無稽)가 아니었으랴.

핑계 없는 무덤이 없듯이 이런 나에게도 이유야 없지 않다. 즉 시로서는 생활은커녕 생존을 지탱할 수가 없으니 신문기자니 대학교수니 하며 직장생활을 해 오느라고 시를 등한히 했고, 또 하도 격동하는 시대와 사회의 그 절박 속에서 시에 전심하기에는 너무나 어려운 처지였다고 말할 수 있으리라. 그러나 엄격히 따져 보면 이런 생활이나 시대나 사회가 나의 시와 그 작업을 장해하였다는 것은 나의 시인으로서의 부실을 말하는 것 외에 아무것도 아니다. 왜냐하면 진정한 예술이나 그 작가란 무엇 때문에 못 이루는 것도 아니고, 무엇 때문에 이루어지는 것도 아닌 것으로 생활의 파탄이나 시대적 불운이 그 예술의 정채(精彩)를 한결 더한 작품이나 작가의 예를 우리는 얼마든지 알고 있기 때문이다.

이런 나의 이제까지의 작품들이 후세(後世)는커녕 현실에서도 회자되지 않음은 당연한 소치요, 독자(獨自)의 일가(一家)를 이루기커녕 그 한 편 한 편도 정혼(精魂)이 깃들지 않았으니 엄밀히 말하자면 나는 아직 한 편의 시도 쓰지도 갖지도 못한 셈이다. 나의 이미 발표된 3백여 편의 시란 명목의 토막극들은 W. H. 데이비스의 말대로 바로 흉악(凶惡) 그것이다.

나는 시인 윌리엄 데이비스,
낯도 안 붉히고 눈도 깜짝 않고
죄를 짓노니
나는 먹기 위해 사는 한 사나이,

얼굴은 크고 입술은 두텁고
살결은 거칠어 빛도 거의 검건만
내 시는 보다 더 흉악스러운 것
내 영혼이 어둡고 눈먼 것을 증명하누나!

고마워라! 그대 나와 결혼 안 한 것
시커먼 사악(邪惡)으로 가득 찬 시인과
나의 저주받은 영혼을 지배하려면
불타는 여러 악마를 괴롭히리니.
　　　　　　－이하윤(異河潤) 역 〈나는 시인 윌리엄 데이비스〉

　이 시는 물론 그의 역설이겠으나 나에게는 그대로 부합되는 고백이 된다. 내가 맨 처음 글에서 시인이란 칭호를 30년 '들어 왔다'고 안 쓰고 '누려 왔다'고 쓴 데는 그럴만한 이유가 있다. 왜냐하면 이 시인이란 '명색' 때문에 실은 나의 생활의 나태와 불성실과 허랑과 방종이 사회적으로 어느 정도 용인되고 합리화되고 심지어는 가장으로서의 무능력과 부실마저도 한결 '카무플라주' 되어 온 느낌이기 때문이다.

이제 나는 50의 마루턱에서 머리에 흰 서리를 이고, 어쩌면 가짜와 사기로 살아온 나의 반생을 감당 못할 수치와 뼈저린 후회로 돌이켜 보고 있다. 그리고 이제라도 시를 단념하고 내팽개치고 싶은 낙망에 빠져 떨고 있다. 그러나 내가 명기(名器)가 아닌 줄 너무나 잘 알면서도 자신의 열된 생명을 시 이외에 달리는 조율할 수 없음을 함께 깨닫는다. 또 시야말로 사내대장부가 일생을 걸어 전심전령(全心全靈)을 바쳐야 하고 또 바치기에 가장 존귀한 일인 줄 이제야 알게 되었고, 나의 삶의 최고의 성실이 시 이외에 없음도 알게 되었다.

> 술병 어둠 속의 무식자(無識者)의 설움
> 수레바퀴를 깎는 목수(木手)의 조바심과 설렘
> 밑 깊은 독 속의 금화(金貨)의 꾸러미
>
> 철상(鐵床)으로 된 쪽배 속에서
> 외로운 시인은 보았다.
>
> 연못수렁을 가는 큰 외바퀴의
> 손수레를!
> ─졸역, Renè Ghar의 〈시인(詩人)들〉

그러나 나의 경우는 연못수렁의 외바퀴 손수레 정도가 아니다. 그래서 나의 '노트'의 낙서는 다음처럼 적혀 있다.

> 물에 빠진 자는 헤엄을 잘 친다든가 못 친다든가는 문제가 아

니다. 어찌해서든지 헤엄쳐 살아 나와야 한다. 저 각오, 저 결심
으로 나는 남은 생애 시를 써야 한다.

나의 시작 태도(詩作態度)

나는 왜 시를 쓰는가?

기억을 더듬어 보면 나는 당시 초등학교인 보통학교 1, 2학년 시절부터 글짓기나, 이야기시간(화법시간이란 것이 있었다)에 엉뚱한 소리를 늘어놓아 담임선생이나 동급생 아이들의 웃음을 샀었습니다.

가령 "사람이 공기만 마시고 산다면", "돈이란 것은 없애고 온 세상이 네 것, 내 것 없이 살 수는 없을까"라든가 "염소의 뱃속엔 어떤 장치가 되었기에 그 똥이 검정 콩알처럼 동글동글하게 만들어져서 나오는가?", "잠자리는 날 때부터 안경을 쓴 눈을 가지고 있다"는 등 어린이들이면 누구나 다 가지는 공상이지만 나는 그 공상을 너무나 천진하게 쓰거나 말했기 때문에 남들의 조롱의 대상이 되었던 것입니다.

그런데 저러한 나의 어린 생각이나 느낌의 다른 사람들과의 위화감이 차츰 나로 하여금 사물에 대한 인식이나 그 감동에는 독자적 진실이 따로 있다는 것을 하나의 신념으로까지 키우게 하였던 것입니다. 그래서 저러한 사물에 대한 자기진실에의 욕구가 오늘날까지 자기 자질에 대한 실망을 되씹으며 또 정혼(精魂)을 기울이지 못하면서도 시를 붙잡고 있는, 즉 내가 시를 쓰는 이유라 하겠습니다.

나는 어떻게 시를 쓰는가?

어디서 주워읽은 얘기지만 음악에 있어 모차르트와 베토벤은 그 작곡 과정이 아주 대조적이었다고 합니다. 즉 모차르트는 어느 때 어느 곳에서나 악상이 떠오르면 그것을 즉석에서 보표로 옮겨만 놓으면 훌륭한 음악이 되었고 베토벤은 어떤 테마가 떠오르면 그 것을 메모해 놓고는 몇 달이고 몇 년이고 걸려 가며 완성했다고 합니다. 그래서 그의 작품의 최초의 착상 메모를 후일 발견한 연구가들은 그 미숙하고 졸렬까지 한 최초의 발상 속에서 어떻게 그렇듯 훌륭한 기적적 결과가 나왔을까 하고 놀란다는 것입니다.

저러한 천재들에게다 자기를 비교하려는 게 아니라 그 타입만 빌어 말하자면 나는 모차르트 경우처럼 누에고치에서 실을 뽑아내듯 대번에 시가 써진 일은 거의 없고 인스피레이션이라 할까 막연한 어떤 아이디어나 방향감각, 또는 시의 한 구나 한 절이 떠오르면 이것을 익히고 다루고 언어로 질서지우기까지에는 한정도 없는 시간이 걸립니다. 말하자면 베토벤 타입인데 이것은 결국 나의 머리의 불투명, 상념의 혼잡, 의지의 박약을 말해 주는 것이기도 합니다.

나는 어떤 시를 쓰는가?

시의 우열(優劣)은 별개 문제로 하고 그 작자가 진실된, 아니 진실하려는 인간이라면 그의 작품에는 그 자신이 부각되지 않을 수 없다고 나는 생각합니다. 이런 의미에서 나의 시가 개성적이라고 말할 수 있고 또 그리 많지 않은 나의 독자들도 이 점을 인정해 주고 있는 줄 압니다. 그러나 이것은 나의 시가 나의 퍼스낼리티를 완전히 발휘하고 나의 완벽한 세계를 구축하고 있다는 말은 아니요 그저 스티븐 스펜서의 말대로 "나의 사랑하는 세계는 완전하고 또 어처구니없음을 함께 갖추고 있다"는 얘기로 알아주기 바랍니다. 좀더 구체적으로 말하면 남과 다른 사물의 인식과 상상의 세계를 지니고 있는 것만은 확실하고 또 이것을 정확히 끄집어내려고 노력하지만 아직도 항상 그 인식이나 상상이 불투명하고 불안한 상태로서 그 어떤 인식이나 상상의 안정된 논리나 감각의 자기 방법을 갖지 못하고 있습니다. 정직히 말하면 소위 일가(一家)를 이루지 못한 시인입니다.

　여하간 그런대로 내가 즐겨 써 온 주제와 제재(題材)들을 개괄하면 자연에 대한 서정이나 서경(敍景)보다도 인간이나 현실에 대한 실존(實存)이나 실재(實在)의 추구와 그 감개(感慨) 같은 것으로 일관되어 있습니다. 이것은 자연 서정으로 만발하던 아니 시에선 인간이나 세사(世事, 즉 현실)를 진개시(塵芥視)하던 우리시단 풍토 속에서 내가 출발할 당초부터의 시(詩) 의식이었습니다. 나는 너무나 너무나 인간적이었다고나 할까.

　저러한 나의 시는 자연히 그 존재론적 인식 때문에 관념적인 면이 있는 동시에 또 한편 그 강렬한 역사의식으로 말미암아 현실비평적이기도 합니다. 그렇다고 나의 존재론적 의식이 어떤 신앙적 도그마에 빠지거나 또는 나의 역사의식이 어떤 현실적 당위성에 영합과 추종을 일삼지는 않았고 최소한 그런 것을 가장 두려워하고 경계해 왔음만은 확연히 말할 수가 있습니다. 아마 이쯤에서 편집자의 요구대로 자작시를 들어 저러한 나의 시의 양면을 제시해 보는 것이 무방할 것 같습니다. 다음의 예시(例詩)는 연작시 〈그리스도 폴의 강〉에서 뽑았습니다.

그리스도 폴의 강 10

저 산골짜기 이 산골짜기에다
육신의 허물을 벗어
흙 한 줌으로 남겨 놓고
사자(死者)들이 여기 흐른다.

그래서 강은 뭇 인간의
갈원(渴願)과 오열(嗚咽)을 안으로 안고
흐른다.

나도 머지않아 여기를 흘러가며
지금 내 옆에 앉아
낚시를 드리고 있는 이 막내애의
그 아들이나 아니면 그 손주놈의
무심한 눈빛과 마주치겠지?

그리고 어느 날 이 자리에
또 다시 내가 찬미(讚美)만의 모습으로
앉아 있겠지.

그리스도 폴의 강 8

5월 숲에서 솟아난
그 맑은 샘이
여기 이제 연탄빛 강으로 흐른다.

일월(日月)도 구름도
제 빛을 잃고
신록(新綠)의 숲과 산은
묵화(墨畵)의 절벽이다.

암거(暗渠)를 빠져나온
탐욕(貪慾)의 분뇨(糞尿)들이
거품을 물고 둥둥 뜬 물 위에
기름처럼 번득이는 음란(淫亂)!

우리의 강이 푸른 바다로
흘러들 그 날은 언제일까?

연민(憐憫)의 꽃 한 송이
수련(睡憐)으로 떠 있다.

　이상의 시만 읽고도 현명한 독자는 나에게 찬란한 언어감각이나 그 조탁력이 빈곤함을 짐작할 것입니다. 물론 이것은 앞서 말한 나의 머리의 불투명이나 의지의 약함 등에서 연유하는 것으로 사고와 표현을 이원적으로 분리해서 말하는 것은 아닙니다. 그런데 저와는 달리 내가 의식적으로 시에서 비유를 피하고 평면적 서술을 택하는 일면도 있습니다. 그것은 나의 시의 주제가 지니는 관념이나 비평이 그 내면적 진실을 순수하게 전달하기에는 기경적(奇驚的) 비유가 오히려 배격되고 또 현란한 이미지의 조형을 피해야 하기 때문입니다. 결국 시란 그 전체가 주제를 복합적이고 종합적으로 비유한 것이요, 또 자기의 궁극적 본질이 독자들에게 받아들여져야 한다고 생각하고 있기 때문입니다. 그래서 나는 시에 있어서 아어(雅語)나 비유의 습관적 사용은 물론 시의 한 구, 한 절에다 그것이 직유든 은유든 아날로지를 담뿍 늘어놓는 시를 별로 좋아하지 않습니다. 이것은 한시(漢詩)에서의 영향인지도 모르겠고 또 나의 시에 동양적(애매하고 일반적인 말이지만) 아니 묵화적(墨畵的) 풍격이 있다면 나의 내적 취향을 말함일 것입니다.

나는 왜 연작시를 쓰는가?

아마 내가 한국에서 연작시를 시도한 효시의 사람일 것입니다. 1950년대 〈초토(焦土)의 시〉를 비롯해 1960년대 〈밭 일기〉 100편, 〈모과(木瓜) 옹두리에도 사연이〉 그리고 1970년대에 들어와 손대고 있는 〈그리스도 폴의 강〉 등이 있습니다. 여기에는 두 가지 이유가 있는데 머리가 지둔(遲鈍)한데다 끈기마저 없는 사람은 촉발생심(觸發生心)이나 응시소매(應時小賣) 격으로 시를 써 가지고선 도저히 자기 세계를 나타낼 수가 없기 때문이요, 또 사물의 실재나 실존을 파악하는 데도 한 편의 시로 끝을 맺고 나면 그 존재의 무한한 다면성(多面性)이나 내면적 복합성을 인식하고 조명해 내지 못하기 때문에 한 주제에다 한 소재를 가지고 응시를 거듭함으로써 관입실재(觀入實在) 해 보려는 의도에서입니다. 또 이러한 한 사물에 대한 주의집중에서 오는 투시는 곧 모든 사물에 대한 투시 능력을 획득할 수 있으리라는 열망에서라 하겠고 어느 정도 이의 실천에서 자기 나름의 성과를 거두고 있다고 생각합니다.

그리고 마감으로, 내가 다른 시화(詩話)에서도 술회했지만 나는 때마다 시를 단념하고 내팽겨쳐 버리고 싶은 낙망에 빠지며 또 스스로가 명기(名器)가 아님을 잘 알면서도 자신의 생명을 달리는 조율(調律)할 수가 없기 때문에 마치 물에 빠진 자에게는 그가 헤엄을 잘 치든 못 치든 문제가 아니라 어찌해서라도 헤어서 살아나가야 하는 저 꼴, 저 느낌으로 시를 쓰고 있고 또 저 각오라는 것을 덧붙여 둡니다.

■ 《실존적 확신을 위하여》(1982)

나의 시의 좌표

누구나가 다 하는 얘기지만 오늘날 시가 대중들에게 읽히지 않는다고들 말합니다. 지난번 어느 신문의 불란서 특파원이 보도한 것을 보면 불란서에서도 현대시의 독자는 80퍼센트가 시인 자신들이라고 전합니다.

이렇듯 현대시가 안 읽히는 원인을 대별하면 두 가지로서 그 하나는 시를 읽어도 무슨 이야기를 하는지 알아낼 수가 없기 때문이요, 또 하나는 시가 어느 정도 이해되어도 그 내용이 현실적 삶에서 치우치게 동떨어져 있기 때문입니다.

그런데 먼저 현대시의 난해성은 근대시가 예술적 필연성으로 치르고 물려준 상징주의나 초현실주의의 유전적 체질이 지니는 하나의 특성으로서 현대시가 그 예술적 형상성(形象性)에 가치를 구하고 있는 이상 어쩔 수 없는 진실로서 난해를 면치 못하는 면이 없지 않습니다.

그런 면에서 볼 때 현대시의 난해성은 시인 자체의 문제만을 제기할 뿐만 아니라 한편 독자들의 감수(感受) 능력이 문제로 등장됩니다. 시가 예술이요 오락이 아닌 이상 이것을 음미·감상한다는 것은 일종의 예술창조 행위에의 참가로서 시인의 어떤 노작(勞作)을 진정으로 이해하고 맛보기 위해서는 작가에게 뒤지지 않는 지적인 인식이나 정서적인 감응력에 대한 노력과 훈련을 필요로 합니다. 즉, 시라는 것을 통속적 문학의 읽을거리처럼 읽으면 즉시 즐거울 수 있어야 한다는 안이한 생각에서는 벗어나야 합니다.

그런데 한편 현대시가 주제, 즉 표현 목적이 인간 삶의 방향성이 없이 형상성 그 자체만을 목적으로 하여 표현을 위한 표현을 일삼게 될 때 예술이 지니는 흥미와 유희적 속성에만 편중함으로써 결국 독자들의 공감을 불러일으키지 못하게 되는 것입니다.

즉 예술적 표상이 방법이 아니고 목적으로 되었을 때 그 표상 자체는 한 소재로서의 객관성을 잃게 됩니다. 여기에서 객관성이란 작품과 독자와의 심적인 상호연관성을 뜻합니다. 그러므로 그 시의 표상이 어디까지나 개적(個的)이요, 심적 상호연관성을 지니지 않을 때 그 시는 집합(集合) 표상이나 사회 표상이 되지 못합니다. 말할 것도 없이 개인의식은 개인표상의 연속체요, 사회의식은 집합표상의 연속체로서 개인의식을 사회의식까지 고양시키기 위하여는 개인의식에 대한 의식적 비평이 요구됩니다. 그래서 시 작품의 경우 표출대상에 대한 자기비평 없이는 독자와의 심적 상호작용, 즉 공감을 불러일으킬 수가 없습니다. 즉 표상에 대한 의식적 거리와 비평이 없이는 시를 사회적 존재로 만들기는 불가능합니다.

저러한 소식을 역설적이긴 하지만 한국 표현주의의 거장이라고 할 김춘수 씨의 〈왜 시를 쓰는가〉(《현대시학》 5월호 설문의 답)라는 글이 이를 더없이 정직하게 나타내 줍니다.

직장에서 시외전화를 하게 되면 교환양이 으레 묻는다. 공용인가 사용인가고. 공용인 때는 부탁하는 쪽은 매우 떳떳해한다. 그러나 사용인 때는 어딘가 좀 위축되는 느낌이다. 떳떳하지가 않은 기분이 된다. 시를 쓰는 경우도 이와 같다고나 할까?

민족을 위하여, 민중을 위하여, 계급을 위하여 메시지를 가지고 있고, 그것을 시의 형식으로 표시하고자 하는 사람은 어딘가 떳떳해지는 느낌일는지 모른다. 그런 때는 공용으로 직장 전화를 사용하는 때의 느낌과 통하고 있다. 언어를 공용으로 쓰고 있다는 어떤 자부, 또는 자존도 있다. 그러나 직장 전화를 사용으로 쓰는 사람은 어딘가 미안한 느낌이 된다. 교환양이 물어보기도 전에 전화료는 이쪽 부담임은 물론이고 사용으로 썼기 때문에 혹 상부로부터 책망이 있을 경우의 책임은 이쪽이 모두 지겠다는 맹세를 하게도 된다. 자연히 음성도 부탁조가 되기도 한다. 공용의 경우처럼 당당하지도 시위조가 되지도 못한다.

그러나 사용의 경우가 더욱 그 당자에게는 절실할 것일 때가 있다. 상황을 같이해 본 경험이 없는 제3자가 볼 때는 아무런 흥미도 없는 내용이지만 말이다. 나는 시를 이렇게…… 즉 직장에서 전화를 사용으로 쓰고 있는 모양으로 쓰고 있다. 나 혼자만 간절해하고 있는지도 모른다. 상대방이라고 해야 겨우 한 사람뿐인데 그것도 어느 정도의 반응을 보일는지 알 수 없는 노릇이다. 말하자면 나는 누군가 한 사람쯤을 상대로 시외전화를 걸듯이 시를 쓰고 있다. 그것도 직장에서 그곳의 전화를 빌어서 말이다. 상당히 위축되는 기분으로써 말이다.

시를 왜 쓰느냐? 하는 데 대한 떳떳한 대답을 하고 싶지만 그렇게 잘 되어지지가 않는다. 나는 시를 하나의 장난(game)이라고 생각하는 사람이다. (하략)

이상 김춘수 씨의 표백으로서도 표현주의의 시의 표상이 어디까지나 개인적 표상에 머무르며 심적 상호연관성을 지닌 사회적 표상에 나아가고 있지 않음을 단적으로 제시해 주고 예술이 지니는 유희적인 일부 속성에 몰입해 있음을 밝혀 줍니다.

그러나 나는 저러한 표현주의의 시나 그러한 예술적 형상작업을 무시하거나 부정하려는 것이 결코 아니요, 앞서 내세운바 현대시가 대중들에게 읽히지 않고 공감을 안 준다는 문제의식을 놓고서 그 타당성 여부를 분별해 보고 있는 것입니다.

그리고 또 나는 김춘수 씨가 그의 시작 태도와 대치시킨 '민족을 위하여나 민중을 위하여'와 같이 소위 예술사적 역정을 거치지 않은 자연주의적 현실주의나 '계급을 위하여'와 같이 정치적 이념에다 시를 종속시키는 사회주의적 현실주의의 시나 시작 태도를 동조하거나 지지하고 있는 것도 아닙니다. 이것은 내가 이론으로서만이 아니라 동란 속에서 쓴 〈초토의 시〉나 새마을 사업도 일어나기 근 10년 전에 쓴 〈밭 일기〉 등의 연작 시편들이 불러들이고 있는 '현실'이란 것과 또 오늘의 나의 작업이 저러한 두 가지 현실과 판이하다는 것과 그래서 한국의 소위 참여시에서도 제외되고 있다는 사실로서도 수긍이 갈 것입니다.

즉 내가 주장하는바 시적 현실의 현실과의 연결은 단순 소박한 시와 현실과의 평면적 연결을 의미하는 것이 아니라 작가와 표상과의 거리를 유지하고 지적(비평) 작용을 통하여 시적 현실에다 인간성·사회성·역사성·영원성을 부여하고 우리의 삶의 실재나 실체와 유리되지 않는 것을 뜻합니다.

그래서 표현주의가 갖는 예술적 표상을 부인하거나 또는 소박한 사회성이나 정치적 경사(傾斜)를 찬동하는 것이 아니라 오직 표현주의의 그 내부 영상의 심층적 표현이나 시각적 회화성이나 다각적 입체감을 어디까지나 개인 표상에 머무르게 한다든가 탐미적인 유희성에 끝나게 하지 말고 인간과 사회와 역사와 영원성을 회복하여 그 비평을 시의 중핵(中核)으로 삼고자 하는 것입니다.

흔히 시와 현실이라면 그 현실이라는 것을 정치적 현실로 받아들여 계급성이나, 경제기구나, 정치형태에다 도식적으로 연결시키고 이것을 소위 '참여시'라고 부르고 불리는 경향이 있는데 이것은 우리시와 우리 문학의 통념이 지니는 오류로서 시적 현실이란 가시적·감각적·외재적인 것뿐 아니라 불가시적·사고적·내재적인 것을 통틀어 현존과 실재의 내면과 외부를 막론한 것이요, 또한 시적 현실이란 저러한 객관적 현실성 그 자체가 아니라 이것을 주관적으로 재구성한 표현적 현실을 말함입니다. 그래서 피에르 르베르디는,

"시는 정신과 현실과의 비등(沸騰)하는 교섭 끝에 침전하여 생겨진 결정(結晶)이다."

라고 말합니다. 여기의 정신과 현실과의 비등하는 교섭이란 정신과 현실과의 전적인 융합이나 일치가 아니라 오히려 주체적 정신의 저항과 갈등과 분석과 해체에 의해서 재구성된 즉 지적 조작으로 비평이 행해진 현실인 것입니다.

다시 말하면 외재적인 현실성과 내재적인 현존성을 분리하지 않고 통합을 이룩하는 것입니다. 그러나 여기서 통합이란 구조상의 논리일 뿐이지 표상의 궁극적 목적에 있어서는 완전한 융합을 뜻합니다.

이것을 좀더 이로(理路)적으로 캐 들어가 보면 내재적 현존성이 외재적 현실과 맺어져 표현을 요구할 때 그것은 이미 영원성이나 역사나 사회나 인간 존재가 투영하는바 의미와 연결되고 있습니다. 이러한 연결을 거치기 이전, 즉 내재적 현존성이 오직 그것만으로 존재할 때 그것은 표현을 요구하지 않습니다. 그러므로 내재적 현존성이 외재적 현실과 결합하고 표현되었다는 것은 역사적·사회적·영성적(靈性的) 인간표상을 그 어느 견지에서나 또는 어느 각도에서나 결정한 것으로서 그 형상화의 단계에서 주지적인 사고의 밑받침을 받고 있습니다. 이러한 비평은 필연적으로 구상

적(具象的)이요, 그 표상은 복합적입니다.

왜냐하면 시적 현실의 비평이란 인간에 대한 뜨거운 애정과 신뢰 즉 휴머니티에 입각해 있어야 하므로 그 비평은 자연히 추상적이기보다 구상적인 것에 기울어지고 그 대상이 비록 내재적인 것이나 무형적인 것이라 하여도 그것이 명확한 구상적 대상으로 방법화되기까지 즉 명석하게 질서 지워질 때까지는 그 비평을 멈추지 않기 때문입니다.

이상의 나의 주장들은 대체로 구미(歐美)의 네오 리얼리즘이나 일본의 신현실주의파 시인들의 시론이나 실작(實作)과 영원성에의 연결이라는 과제를 제외한다면 궤도를 함께한다고 보아도 무방합니다.

그런데 내가 왜 근업(近業)의 시작 몇 편을 내놓으면서 쑥스럽기까지 한 자기 시의 변호 같은 것을 꺼내 놓는가 하면 우리시단이 지니는 문제의식들을 현상적(現象的)인 면에서가 아니라 본질적인 면에서 나 나름대로 정리해 보려는 의도와 한편 나의 시나 근업에 대한 평자들이나 독자들의 의문에 응답해 보기 위해서입니다.

여기서 나의 시에 대한 의문의 극단적인 예를 하나 들어 보면, 《현대시학》(1978년 6, 7, 8월호)에 장장 200매의 〈구상론(具常論)〉을 고맙게도 연재해 준 김윤식(金允植) 교수의 그 결론 부분인데,

> 그를 논의하는 좌표축은 실상은 종래 한국시를 논의하는 버릇에서 벗어난 곳에 놓여 있다. 그것은 시인과 일상인과 신앙인을 분리하지 않고 한꺼번에 온몸으로 밀고 나가는 전인적(全人的) 실존으로서의 시인을 바라보는 좌표축을 필요로 한다. (중략) 이러한 좌표축을 그 자신이 방법으로 제시해 놓지도 않았기에 시를 논의하는 한국적 관습들이 그의 시를 비시적(非詩的)인

것으로 인식하는 것은 극히 당연한 일이다.

이에 대해 구상은 조금도 당황하거나 초조해하지도 않고 자기 식으로 시작하고 있을 뿐이다. 그가 극소수의 사람만이 듣는 먼 어떤 목소리(역사 너머에서 속삭이는 목소리)에 발을 맞추고 있기 때문인지도 모른다. 그 목소리를 우리가 다만 아직도 못 듣고 있는지도 모른다. 혹은 그 목소리를 듣기 위해서는 특별한 청각이 요청되는지도 모를 일이다. (중략)

그는 아마도 신현실주의가 주장하는바 초현실주의가 치른 말초신경적 내부 이미지까지 채 도달해 보지도 못했고 동시에 사회주의적 현실주의에까지 도달되지도 않은 자리에서 두 가지를 미리 통합해 버린 형국으로 우리에겐 보이는 것이다. 아마도 그는 일부러 그런 태도를 취하는 것처럼 보인다. 철저히 기교를 거부함으로써 사람들로 하여금 '비시적이다'라는 외침이 도처에서 들려오기를 고대하고 있는 것처럼 우리에겐 보인다. 마치 그것은 온갖 기교를 사용하여 비시적이고자 했던 이상의 경우만큼 장관이라면 장관이라고 할 것이다. (하략)

이렇듯 애정에 어려 있으나 부정적이라면 아주 부정적인 나의 시에 대한 비평 중에서 그가 요구하는바 나의 시의 좌표는 이미 제시한 바이고 먼저 시를 논의하는 한국적 관습(이것은 한국에 국한시킬 것이 아니라 시에 대한 전통적 개념이나 현대시에 대한 통념)이라는 점을 해명해 보면 그가 말한 대로 나의 시는 전통적 시들이 가지는 운문적(verse) 운율도 갖추지 않았고 또 '현대시 곧 메타포'라는 뜻에서의 비유나 이미지를 갖추지 않고 있습니다. 이것에 대해 나는 앞서의 〈나의 시작 태도(詩作態度)〉에서도 언급한 바가 있습니다.

저러한 취의(趣意)에서 또한 앞서 제시한 현대시의 문제의식을

놓고 내가 최근 읽은 시 한 편을 그 우열은 별개로 하고 음미해 보
기로 합니다.

풍금(風琴)

반짝이는
오랑캐꽃에서 서울까지
반짝이는
흰 옷고름에서 서울까지

한 길이면서 두 주의(主義)로 뻗은
칼끝처럼 반짝이는
무쇠가 닳아진 웃음 위로
불의 바퀴는 굴렀다.

터널을 빠지자
늙은 사상가의 지줄거림
목쉰 기적은 눈물을 털고

내가
가방을 들고 내린 아침
파도로 지은 역사(驛舍)는
바다에 떠 있는 풍금.

　　이 시를 논란하기 전 우리는 먼저 〈정치적 백치〉라고 소제목이
붙은 자작시 해설을 보면,

금년 정초였다. 저녁 시간에 한창 웃음판 코미디가 텔레비전 프로그램으로 벌어졌다. 잘 알려진 코미디언이 주인공이 되어 열연을 벌이고 있는 코미디의 내용은, 남쪽으로 왔던 아들이 이북의 어머니를 찾아가 만나는 장면이었다.

두 사람의 만남은 우스꽝스러운 표정·대사·동작으로 한바탕 웃음을 터뜨려 놓았다. 그러나 코미디가 중간쯤에 들어서자 코미디언은 어머니, 어머니 몇 번을 부르더니 그만 그 동안의 우스꽝스러운 열연은 포기하고 각본에 없는 눈물을 흘리고 마는 것이 아닌가!

코미디는 중단되고 관중 속에서 터지던 웃음소리도 멎었다. 코미디언이 우는 동안 숙연한 몇 십 초가 지나고 코미디는 흐지부지 끝나버렸다. 물론 저녁식사를 하면서 텔레비전을 들여다보고 있던 나 역시 누선의 자극을 받지 않을 수 없었다.

내 육체 안에 남북분단시대의 눈물방울이 살아 있는 것을 새삼 확인했다. 수준 낮은 코미디를 우리들은 흔히 바보놀이라고 말한다. 그런데 내 자신이 어떤 의미에서 정치적 백치상태에 있는 것이 아닐까?

작자의 산문이 또 하나의 비유나 심상의 서술이 아니라면 저 〈풍금〉이란 시는 말하자면 저러한 사건을 소재로 해서 남북 분단 현실의 종식에 대한 순수한 염원(눈물)을 주제로 한 것이 틀림없는데 그 해설 중 군데군데 삽입된 낱말들을 보고는 그러한 분위기를 느낄 수는 있으나 가령 저 〈풍금〉이란 제목과 저 시만을 접하고 작가의 주제가 독자에게 궁극적으로 이해될 수 있고 전달될 수 있을는지 나는 의문을 갖는 사람입니다.

그야 '작자의 주제나 표상이야 어떻든 독자 마음대로 받아들이

면 되고 또 그런 것이 시다'라고 말한다면 더 할 말이 없고 또 그것
은 나의 '시적 심미안(審美眼)의 부실에서 오는 것'인지 모르나 나
는 이러한 비유나 심상의 과잉과 탐닉을 몹시 경계합니다.

　도대체 나는 '이미지가 없는 것은 시가 아니다'라든가 '시는 메
타포다'라는 통념부터를 배격하는 사람입니다. 가령 현대시의 만형
쯤으로 여기는 T. S. 엘리엇의 유명한 장시 〈네 개의 사중주(四重
奏)〉 첫머리를 펼치면,

　　　　현재라는 시간은 과거라는 시간과 함께
　　　　미래의 시간에 존재하고
　　　　미래의 시간도 과거의 시간에 포함된다.
　　　　모든 시간이 끊임없이 현존한다면
　　　　모든 시간은 되돌릴 수 없을 것이다.
　　　　있을 수 있었던 일은 하나의 추상으로서
　　　　오직 사색의 세계에서만
　　　　영원한 가능성으로 남는 것이다.
　　　　있을 수 있었던 일과 있은 일은
　　　　똑같이 한 끝을 가리키며 그 끝은 언제나 현존한다.

라고 되어 있는데 저 속에 이미지가 하나도 없고 스테이트먼트만
있다고 하여 시가 아니라고 말할 것인가? 시는 이미지로 감각에 호
소하기도 하지만 이처럼 추상적인 것을 이성에 직접 호소할 수도
얼마든지 있는 것입니다.

　오히려 이미지는 대체적으로 모든 시인들이 만들 수 있지만 그
런 이미지 없이 뜻깊은 스테이트먼트를 발하는 시란 좀체 쓰기가
힘들다 하겠습니다. 오늘의 이미지 과잉 시대에 있어서는 더욱 그

렇습니다.

그러나 내가 앞에서도 여러 번 다짐했듯이 시에 있어서 이미지나 비유를 전적으로 배격하는 것은 아닙니다. 이미지와 스테이트먼트란 그 어느 하나가 절대적인 것이 아니고 어디까지나 상대적인 것으로 시를 쓴다는 행위는 이것을 합한, 즉 감각적인 것과 지성면과 나아가서는 오성적(悟性的) 면마저 함께 발동시켜야 합니다. 그래서 나는 전신적·전인적 시작 태도를 주장하며 그럼으로써만이 존재의 다양한 외적 다면성(多面性)이나 심층적인 내면적 복합성을 인식하고 조명해 낼 수 있다고 생각합니다.

물론 이러한 시에 대한 지향이나 좌표가 나의 작품에서 성취되고 있고 또 예술적으로 성공하고 있느냐 하는 것은 별도의 문제라 하겠습니다. 오직 나는 저 브레히트가 말한 대로,

"우리는 훌륭한 옛 것이 아니라 좋지 못한 것이라도 새 것에 매달아야 한다."

는 의미에서 우리의 현대시가 지니고 있는 문제의식을 나의 시에서 해결을 해 본다는 지향에서 현재 나는 시를 쓰고 있을 따름입니다.

이제 마감으로 한 가지 첨가해야 할 사실은 김윤식 교수가 나의 시에 대하여 지적한 또 한 가지 점 즉,

한국적 관습에 익숙한 평자(독자)들이 그의 시를 거의 비시적(非詩的)인 것으로 인식하는 것은 극히 당연한 일로 된다. 이에 대해 (중략) 그가 극소수의 사람만이 듣는 어떤 목소리(역사 너머에서 속삭이는 소리)에 발을 맞추고 있는지 모른다. (중략) 그의 목소리를 듣기 위해서는 특별한 청각이 요청되고 있는지 모른다.

라고 하였는데 그의 말대로 한국적 관습이나 현대시의 유형에 익

숙한 평자들이나 시인들이 나의 시를 비시적으로 인식하는지도 모르고 또 그럴 법하다고 생각되나, 그가 괄호를 한 일반독자들은 나의 시를 비시적으로 여기지는 결코 않고 또 나의 시를 수용하는 독자들은 오히려 저러한 유형적인 현대시보다는 월등 대다수라는 사실입니다.

이것은 내가 자홀(自惚)에서거나 과대망상에서가 아니라 나의 올해 작업만 보아도 시 전문지나 문예지에 실린 작품은 8편에 불과한데 신문, 일반 잡지, 각 단체의 기관지, 직장의 친목지나 상업 선전지, 종교지, 학교 교지 등에 실린 작품은 20편도 더 넘는다는 사실로도 반증될 것입니다. 더욱이 이것들은 거의가 행사시·축시·기념시·생활시 등으로 거의 다 주제가 정해져 있어 강렬한 메시지를 요구하는 것들로서 나의 시는 이런 의미에서 광범한 민중과 그 생활전선에 연결을 갖고 있다고 자부할 수 있습니다.

얘기가 객쩍은 데까지 흘렀지만 나는 현대시의 유형과 그 통념에서 벗어남으로 말미암아 현대시의 문제점인 시에서 유리된 현대인의 마음을 붙잡는다든가 그 전달 방법에 제 나름의 성과를 거두고 있다고 생각합니다.

이러한 나의 시에 대한 지향이나 좌표는 나의 시를 어떤 목적이나 방법에 종속시켜서가 아니라 시가 본래적으로 지니고 있고 또 오늘의 이 시대가 요구하는바 강렬한 휴머니티의 연소 이외에 다른 것이 아니며 새로운 시대정신을 적극적으로 탐구하고 영원 속의 현존을 추구·파악하려는 자세 이외에 별것이 아닙니다.

옥중모일(獄中某日)

마침내 모반자(謀反者)의 낙인과 아울러 15년의 구형이 내린다.

신명(身命)의 밑바닥으로부터 스며들며 휘둘러 오는 것은 불안도 아니고, 공포도 아니고, 절망도 아니고, 오직 지독한 치욕감이다. 구약에 원죄를 짓고 난 아담과 이브의 부끄러움이 이랬을까!

나는 고개를 외로 꼬아 법정 창밖을 우러르며 확확 다는 이 심기를 식히려 든다. 매몰스런 가을 하늘에 회오리 일며 낙엽을 휘뿌리고 있다.

윙윙 울려오는 변론(辯論)들을 귓등에 흘리며 상념(想念)을 가까스로 고답(高踏)하게 모은다.

아담과 이브가 동산 숲 그늘 속에 몸을 숨김도 여호와의 음성에 마지못해 알몸 사추리를 풀잎으로 가리고 나섬도 절망이나 공포나 불안이 아니라 이 수치심의 발로(發露)였으리라.

왜냐하면 범명 직후(犯命直後) 그들은 아직도 여호와로부터 실락(失樂)의 저주를 받기 전이었으므로 죽음의 절망이나, 생고(生苦)의 공포나, 산고의 불안을 느끼지도 알지도 못하였을 것이다. 다만 선악과(善惡果)를 따먹음으로써 명백해진 것은 알몸의 부끄러움뿐이었다.

이 수치야말로 인간 최초의 것이요, 본연(실존)의 것이요, 또한 구제의 가능성이요, 모든 규범(規範)의 시원(始源)이기도 하다.

오늘날 실존철학의 풍성한 접목 중 한스 립스(Hans Lips)가 독창적으로 전개하는 수치(Der Scham)도 이 소식이리라!
또 다시, "구상!" 하고 재판장이 불러 세운다. 최후진술이다.

내가 만일
조국을 팔았다면
그 앞잡이가 되었다면
또 그 손에 놀아났다면
재판장님!
징역이 아니라
사형을 내려 주십시오.

조국을 모반한 치욕을 쓰고
15년이 아니라 단 하루라도
목숨을 구차히 이어 가느니보다
죽음이 차라리 편안합니다.

저기, 저 창 밖에
일진광풍이 채 물들지도 못한
낙엽을 지움을 좀 보아 주십시오.

재판장님!
무죄가 아니면
진정, 사형을 내려 주십시오.
　　　　　　—1959년 10월 21일

매시득주(賣詩得酒)

경주에 가 사시는 노성악가 권태호(權泰浩) 선생을 홀연 춘일모혼(春日暮昏)에 대폿집에서 만났다.

전배(前杯)가 이미 어지간하신 모양이어서 예의 풍발자담(諷發刺談)인데, 다짜고짜 탁주 한 되 값 백 원을 내면 전고미문(前古未聞)의 명시를 혜사(惠賜)하시겠다는 것이다.

그대로 순응하니 어느 신문지 일 편을 내보이시는데,

> 검은 대지는 마시다
> 수목들은 대지를 마시고
> 바다는 간들바람을 마시고
> 해는 대지를 마시고
> 달은…… 또한 해를 마시다
> 그러니 벗이여!
> 그대는 어찌 나를 나무랄 수 있겠나
> 내가 술을 마신다고 해서

아나크레온이라는 희랍 고대 시인의 〈술〉이라는 시였다. 나는 권 선생의 작희(作戲)와 이 시를 읽고 웃지도 못 하는데,

"구상! 이제사 우리 술할배(할아버지)의 유전보물(遺傳寶物)을 찾았네. 이 시편만 팔면 종신 술값 걱정 없게 되었네."

사뭇 대견한 표정이시더니 지우(知友) R 대령이 들어오자 또 다시 시상(詩商)을 개시하신다.

이러다가 권 선생은 창밖에 지나가는 호궁(향금통)을 옆에 낀 노걸객을 맞아들이셨다.

"앵 앵 앵 앵."

향금이 울고 노성악가와 거리의 노악사는 눈물이 날 지경의 권주와 대화가 왕래하였다.

"앵 앵 앵 앵 어찌다 요 모양 요 꼴이 되었노 앵 앵 앵."

얼마 만엔가 노악사는 작별을 고하는데 지폐 한 장을 내미신다.

"안녕히 가시우."

"안녕히 계시오, 저 고향 가 또 만납시다."

저 고향 가 또 만나!

두 분의 저 고향은 망우리의 해후일 것이 분명하다.

나는 이 애절한 광경을 목도하면서 생각나는 분은 이 향토에 연고 깊은 공초(空超) 오상순(吳相淳) 선생이었다.

이러한 예술가들의 애절한 노후를 양로보중(養老保重)함으로써 우리의 이 막혀 오는 숨구멍은 터질 것이라고—

그분들이 이 거리를 명정(酩酊)하여 교통사고를 좀 일으키고 다녀야 먼지만 나고 각박(刻薄)한 이 거리는 물기를 얻을 것이며 일시라도 묵상에 잠기게 할 것이다.

시세장(時世粧)대로 황혼의 예술가 권태호 선생은 그 늙으신 목청으로, 그 후 독창회도 더러 가지셨다.

여백의 계절

이 계절이면 머리에 떠오르는 것은 오 헨리의 명단편 〈마지막 잎새〉이다.

어떤 아파트에 늙고 외로운 무명 화가와 중병이 든 여인이 함께 살았는데 그 여인은 자기 생명이 창밖에 있는 나뭇잎새가 떨어짐과 함께 진(盡)할 것으로 믿고 있다. 어느 폭풍우가 이는 밤 여인의 이런 절망적인 심정을 알고 있는 늙은 화가는 잎새가 다 떨어질 것을 두려워하여 자기가 그려서 만든 잎사귀를 남몰래 나무에 올라가 매달아 놓는다. 그리고 나서 화가 자신은 기력이 다하여 죽고 만다.

30년 전 학생 시절에 읽은 소설이라 여기 그 줄거리마저 자신이 없으나 이 소설을 읽고 일본 동경 하숙방에서 어찌나 감격했던지 찔끔찔끔 울었던 기억이 난다.

나는 그때 나도 그 무명 화가처럼 세상에 알려지지 않아도 좋으니 그가 그려서 빈 나뭇가지에 매단 잎새처럼 나의 시작(詩作)도 나의 삶의 최고 성실로 차서 한 생명이나 한 영혼의 위로이기를 바라고 또 다짐했었다. 그러나 나의 오늘은 이와 반대로 허명(虛名)만이 남고, 나의 시는 나의 인생의 계절과 함께 아궁이 속에 불 지펴질 가랑잎이 되고 말았다.

이렇듯 중년 고비에 이르러 회귀에 들고 보면 이 계절이 가져다 주는 의미가 절실해진다. 저 소년 시절의 아롱진 동경과 청춘의 백열하던 낭만, 애증과 환락, 웅비와 전락, 갈원(渴願)과 절망 등이 회오와 수치로 대치되며, 이제 이룬 것이라곤 하나도 없는 공허감이 엄습한다. 더욱이나 신앙인인 나로서는 영혼의 창고가 텅 비어 있음을 살피게 되고, 겨울처럼 닥쳐올 내세가 두려워지기까지 한다.

은(銀)싸라기를 뿌린 아침 밭에
이 또한 머리에 흰 서리를 인
사나이가 우두커니 서 있다.

기름진 나날과
달디 단 꿈을 엮고 나선 게 아니라
괴롭고 긴 밤을
몹시 시달리고 난 모습이다.

겹치는 재변(災變)에다
일손마저 굼떴던지
추수(秋收)도 못한 이 밭은
빈 나락과 마른풀만이 엉켜 뒹굴고
때 아닌 곳에 푸성귀 몇 포기
그의 철모르는 자식들처럼
한구석 푸르게 자라고 있다.

금은(金銀)빛 햇발을 받아
얼어붙었던 대지는

사내의 가슴처럼
한(恨) 서린 입김을 내뿜는데

초동(初冬)의 매몰스런 바람 한 오라기
밭머리 고목(古木)가지의
마지막 잎새를 흔들고 지나가며
사내의 눈에다
찬 이슬을 맺혀 놓았다.

나의 연작시 〈밭 일기〉의 하나로서 밭도 사내도 나의 오늘의 '더블 이미지'라 하겠다. 그러나 이러한 감상과 우수 속의 침전이 결코 인간을 무기력하게 함도 아니요, 실의(失意)만에 머무르지 않게 하는 데 이 계절의 특성이 있다.

즉 우리의 사색이나 상념을 봄이나 여름처럼 외향(外向) 세계로 약동시키거나 줄달음질치게 하지 않고, 그 시점(視點)을 내부로 향하게 함으로써 자기 삶을 향한 새로운 점검과 시도를 갖게 하는 것이다.

아침저녁 된서리가 내리고 세찬 바람이 휘몰아치며 흰 눈이 천지를 덮게 되면, 우리의 몸과 마음속의 열기와 타성도 새로 한 번 가셔지고, 새로운 생명의 환기와 생활의 쇄신을 가져다 준다. 이것은 봄에 맛보는 훈훈한 생기나 신선이 아니라 모든 고난과 신산(辛酸) 끝에 열기를 뿜고 난 후에 오는 좀더 드높은 청렬(淸冽)인 것이다. 여기서 비로소 우리의 인생 관조의 눈은 떠가는 것이다.

그리고 우리는 옛 화인들이 즐겨 그린 서리 핀 아침 고목가지에 펼쳐진 그 여백의 드맑음 속에서 가장 찬란한 계절을 감각할 것이다.

새해와 새 삶

새해 새 아침을 맞았다.

아이들의 세배도 받고 떡국도 끓여 먹고 친척이나 이웃들과 세문안(歲問安)을 나누며 '새해 복 많이 받으라'고도 한다.

그러면서도 이러한 새해 새 아침의 선의의 축복이 실감이 안 나는 것은 어인 일일까? 나이의 탓일까? 더욱이나 한 뭉텅이 원단지(元旦紙)의 신문을 펴고 각계 지도자들의 기념사와 명사들이 새해에 부치는 소망을 읽으면서 공허감에 빠지는 것은 어인 일일까? 마치 저들이 지난해도 지지난 해도 내걸었던 빈 구호를 되풀이할 구실을 세월에다 장만하려 드는 것만 같다면 초하루부터 지나친 험담일까?

실상 글줄이나 쓰고 사는 나 같은 사람이야 세월에다 걸어 볼 큰 포부나 계획이 있을 리 없다.

그러나 이렇게 말하지만 마음 한구석 곰곰이 살펴보면 한 번 자기도 이 아침의 새벽빛같이 찬란하고 힘찬 시를 써서 그 시를 읽는 이마다 자기의 본명(本命)을 살피게 하고, 삶의 꿈과 용기와 보람과 그 의지를 지탱케 하고, 그로 말미암아 이 사회 이 나라에는 정의의 질서 아래 꿀벌 같은 단합을 이루고, 나아가서는 온 세상의 평화에 기여하고 싶은 간절한 염원이 없을 수 없다. 이것은 말하자면 나의 삶의 의지요, 그 증거다. 이렇게 미루어볼 때 이것은 나에게 한한 것이 아니라 그 유형은 다르나 내가 서두에 부정적으로 표현한 모든 이들의 새해 축의(祝意)에 잠재한 공통적인 것이리라.

그런데 결국 내가 저러한 황금의 시를 쓰자면 나의 삶이 어제와 같은 맹목과 방황과 그 타성 속에 있어서야 아무리 그런 염원을 가져 본들 소용이 없고, 나의 삶의 근원적 쇄신, 즉 종교적 용어를 빌면 '거듭 나거나', '대오(大悟)'에 나아가지 않아서는 공염불(空念佛)에 지나지 않을 것이다.

내가 새로워지지 않으면
새해를 새해로 맞을 수 없다.

내가 새로워져서 인사를 하면
이웃도 새로워진 얼굴을 하고

새로운 내가 되어 거리를 가면
거리도 새로운 모습을 한다.

이것은 내가 연전에 썼던 어느 신년 시의 첫 절로서 저렇듯 새해를 맞는다는 것은 자신의 삶 자체의 새로움으로 비롯되어야 하고, 그러한 각자의 삶의 쇄신은 가정생활의 새 삶을 불러일으킬 것이요, 이 사회, 이 나라, 나아가서는 온 세상 전 인류에게 파급되어 진정한 새해가 되는 것이다.

모두가 입담다시피 올해는 국내적으로나 국외적으로나, 정치적으로나 경제적으로 미증유의 시련과 도전에 부닥치리라 한다.

이러한 난국 앞에서 그야말로 전 국민의 '대오일번(大悟一番)'의 변신과 전환이 없이 그것을 극복해 내지 못할 것은 그야말로 명약관화이다.

그러면 이러한 새해에 우리가 새로운 사회를 이룩할 가장 필수적 요건은 무엇이며 그 방법은 무엇이겠는가? 나와 같은 인문종사자(人文從事者)로서 또 그런 측면에서 제시해 보라면 그것은 국내외를 막론하고 물질과 기술 만능주의의 탈피다. 물론 우리 민족의 그 오래고 쓰라린, 막말로 원수 같은 가난 속에서 오늘날 보릿고개 없는 국민생활과 괄목한 경제건설을 이룩한 그 다행과 공적을 누가 부인하겠는가? 또 전체 인류사회만 해도 지상의 과학적 혜택은 물론, 우주 탐험에까지 나서게 된 오늘의 과학문명의 발전을 그 누가 몰가치하게 여기겠는가?

그러나 또 한편 우리나라의 경제 제일주의가 우리 국민의 윤리관을 비롯하여 우리 사회의 정신적 기강과 가치관의 파괴를 가져온 사실이나, 오늘의 인류의 문명이 인간을 제도나 생산의 부분품화하고, 나아가서는 그 과학적 성과가 인류의 파멸마저 우려케 하는 사실에 대하여도 우리는 정직히 인정해야 할 것이다.

흔히 인용되는 우화지만 생텍쥐페리의 〈어린 왕자〉에 나오는 여우는 왕자와 작별하면서 아주 소중한 비밀이라며 말하기를 "세상의 모든 사물과 사리는(이상은 필자의 첨언) 마음으로 보아야 잘 보이지 눈으로는 안 보여! 인간의 가장 본질적인 것은 눈에 안 보여"라고 말한다.

실제로 오늘의 세상은, 특히 우리 사회는 인간의 진실이나 믿음이나 사랑과 같은 인간이 인간으로 살기 위하여 필요 불가결의 필수품들은 보이지 않는다는, 즉 감각적으로 확인할 수 없다는 그 이유로 헌신짝같이 내버려지고 있고 또한 출애급기에 나오는 이스라엘 백성들처럼 황금의 송아지를 만들어 섬기며, 서로 다투어 사람의 탈만 쓴 짐승들이 되어 가고 있는 형상이다.

그러므로 앞서도 말했듯이 우리는 각자 스스로부터가 배금과 기

술만능의 우상에서 탈피하여야 하며, 그 파괴로부터 새 삶이 시작
되어야 한다고 나는 본다.

좀더 구체적으로 설명하면 개인이나 가정이나 사회가 가지는 오
늘의 상승의 의지가 물질이 목표가 되지 않고, 난관 속에서도 떳떳
이 제 소임을 다하는 정신적 상승이 목표요, 자랑이 되어야 이 사
회는 새해를 맞는 보람을 찾을 것이요, 또 이 해가 지니는 모든 현
실적 난관도 극복해 낼 것이다.

저러한 나의 이로(理路)는 인류세계에도 마찬가지이다. 요새 흔
히 사회과학이나 자연과학에 종사하는 미래학자들 중에는 그들의
정밀한 컴퓨터의 분석과 통계에 의하면 폭발하는 인구증가와 식량
을 비롯한 자연고갈과 환경위생의 악화로 인류는 불과 수십 년도
지탱할 수 없으리라는 절망론들이 대두하고 있다.

그러나 이것은 인간 생명의 내부세계에 대한 지혜와 과학과 기
술이 주는 물질적 외부세계에 대한 지식이 그 균형을 잃고 있다는
반증(反證)으로서, 우리 인간은 이제 자연과학에 비례한, 아니 보
다 우선적이며 우위여야 할 인간 정신세계 개발에, 나아가서는 저
테야르 드 샤르댕이 말하는 초자연적 영성(靈性) 발전에 힘을 쓰고
또 희망을 굳게 가져야 할 줄로 안다.

마지막으로 앞에서 쳐든 졸시의 막음연을 적고 붓을 놓는다.

이제 새로운 내가
서슴없이 맞는 새해
나의 생애(生涯), 최고의 성실로써
꽃피울 새해여!

강, 나의 회심의 일터

　나는 어렸을 때부터 산보다 강을 더 좋아한 것 같다. 내가 자란 원산시 외곽에 있는 덕원이란 고장은 산수가 모두 수려한 곳이다. 더욱이나 내 집에서 가까운 가톨릭 베네딕도 수도원 뒷산은 숲을 잘 가꿨을 뿐만 아니라 명상의 산책길을 산허리를 둘러가며 마루까지 닦아 놓아 마치 선경이었건만 나는 어쩐지 그 속에 들면 수도원 울안에 봉쇄된 느낌이어서 답답했다.

　그 대신 마을 앞 들판을 마식령산맥으로부터 유유히 흘러와 맞닿은 송도원 바다로 흘러가는 적전강(赤田江)을 바라보면 마음이 후련해지고 해방감을 맛보곤 했다. 아마 나는 어려서부터 인자(仁者)가 될 싹수가 없었던 모양이다.

　그런데 저런 내가 장성해 가면서 일반적인 경색(景色)이나 풍정(風情)으로서의 강보다 인식의 대상으로서 강을 바라보게 된 것은 그리스도 폴이라는 가톨릭 성인의 전설과 헤르만 헤세의 소설 《싯다르타》를 접하게 된 영향이다.

　너무나 유명한 설화와 소설이라, 그 줄거리를 생략하지만 여하간 거기 주인공들은 강을 회심의 수도장으로 삼고 있는 것이 공통점이다.

　저러한 강에 대한 상념이 마침내 나로 하여금 50을 넘긴 1970년대에 들어 강을 연작시의 소재로 삼게 하였다. 여기에는 물론 내가 여의도에 살아 날마다 한강을 마주하고 있고 시골집도 왜관이라

낙동강을 자주 접하는 데서 오는 친근감이 작용하였을 것으로 보인다.

그러나 그보다 내가 1960년대에 〈밭 일기〉 1백 편을 쓰며 그 생성과 소멸이 번다한 밭에다 역사에 대한 나의 당위의 세계를 담아 보았기 때문에 이번에는 생성과 소멸이 표면화되지 않는 강에다 존재의 세계나 실재에 대한 인식을 더욱 추구해 보려는 의도에서인 것이다.

다음에다 몇 편 나의 〈그리스도 폴의 강〉을 옮겨 함께 음미해 보자.

4
바람도 없는 강이
몹시도 설렌다.

고요한 시간에
마음의 밑뿌리부터가
흔들려 온다.

무상도 우리를 울리지만
안온도 이렇듯 역겨운 것인가?

우리가 사는 게
이미 파문이듯이
강은 크고 작은
물살을 짓는다.

이것은 설명할 것도 없는 심회의 한 가락이지만 그러나 실제의
강을 오래 관찰한 데서 오는 소위 관입실재(觀入實在)의 소산이라
하겠다. 시의 우열은 고사하고 일반적인 조망으로는 강의 저러한
정중동(靜中動)을 포착하지 못하고 또 그것을 우리의 심층 심리와
부합시킬 수 없기 때문이다.

8

5월의 숲에서 솟아난
그 맑은 샘이
여기 이제 연탄빛 강으로 흐른다.

일월도 구름도
제 빛을 잃고
신록의 숲과 산도
묵화의 절벽이다.

암거를 빠져 나온
탐욕의 분뇨(糞尿)들이
거품을 물고 둥둥 뜬 물 위에
기름처럼 번득이는 음란!

우리의 강이 푸른 바다로
흘러들 그날은 언제일까?

연민의 꽃 한 송이
수련으로 떠 있다.

어쩌면 매서운 현실고발의 시이다. 그러나 나의 상념은 강을 통하여 역사에 대한 낙관을 획득한다. 즉 우리의 오늘의 삶이 아무리 연탄빛 강으로 흐르고 그 오염이 징그럽게 번득이더라도 언젠가는 푸른 바다에 흘러들어 맑아질 그 날이 있을 것을 나는 믿고 바라는 것이다. 그래서 오히려 오늘의 저 눈 뒤집힌 삶이 가엾기까지 한 것이다.

10

저 산골짜기 이 산골짜기에다
육신의 허물을 벗어
흙 한 줌으로 남겨 놓고
사자(死者)들이 여기 흐른다.

그래서 강은 뭇 인간의
갈원과 오열을 안으로 안고
흐른다.

나도 머지않아 여기를 흘러가며
지금 내 옆에 앉아
낚시를 드리고 있는 이 막내애의
그 아들이나 아니면 그 손주놈의
무심한 눈빛과 마주치겠지?

그리고 어느 날 이 자리에
또 다시 내가 찬미만의 모습으로
앉아 있겠지!

실상 우리가 죽어 묻힌 뒤 그 시체의 수분은 다 빠져 무덤 밑을 스며 나와 강으로 흘러내릴 것이다. 그리고 거기서 증화한 수분은 전생(轉生)을 거듭하는 것일 것이다. 이렇게 생각할 때 강은 단순한 물일 수가 없다. 나는 기독교적 부활의 그 날도 강을 놓고 이렇게 그려 보는 것이다.

그러나 내가 그리스도 폴이나 싯다르타처럼 강에서 구원의 빛을 보겠는지는 미지에 속한다. 오직 양적 목표인 〈그리스도 폴의 강〉 1백 편을 완성하려고 해도 앞으로 몇 년이 더 걸릴지 모르겠다. 어쨌거나 나는 이제 강을 만년의 회심의 일터로 삼고 있는 것만은 사실이다.

한가위 어버이 생각

어머니
마지막 하직할 때
당신의 연세보다도
이제 불초 제가 나이를 더 먹고
아버지 돌아가실 무렵보다도
머리와 수염이 더 세었답니다.

어머니
신부형⁴⁾이 공산당에게 납치된 뒤는
대녀⁵⁾ 요안나 집에 의탁하고 계시다
세상을 떠나셨다는데
관에나 모셨는지, 무덤이나 지었는지
산소도 헤아릴 길 없으매
더더욱 애절탑니다.

어머니

---

4) 신부형 : 나의 친형 구대준(具大浚)은 가톨릭의 신부임.
5) 대녀(代女) : 가톨릭에서는 세례 때 공증인이 된 사람을 대부(代父), 대모(代母)라 하고
    그 당사자를 대자(代子), 대녀(代女)라고 함.

오늘은 중추 한가위

성묘를 간다고 백만 시민이

서울을 비우고 떠났다는데

일본서 중국서 성묘단이 왔다는데

저는 아침에 연미사[6]만을 드리곤

이렇듯 서재 창가에 멍하니 앉아서

북으로 흘러가는 구름만 쳐다봅니다.

어머니

어머니

　　－〈한가위〉

　위의 시는 지지난해 한가위의 나의 정황과 심회를 읊은 것인데 올해 한가위인 바로 어제도 이를 되풀이했을 뿐이다.

　그래서 오늘은 어쭙잖게 세상살이를 들먹이기보다는 저 시의 정황과 심회에 담긴 사실들을 좀더 소박히 구체적으로 적어 볼까 한다. 먼저 시에 나타난 대로 추석이니 명절이니 하는 이름 있는 날에는 이웃이나 거리가 모두 성묘를 간다든가, 귀향을 한다든가 하고 부산할 양이면 실향의 설움과 함께 벌초마저 해 줄 이 없는 황폐한 부모님 산소가 눈에 어른거리며 가슴이 멘다.

　그야말로 무주고혼! 그러나 은근히 속으로 '아무리 공산당이라지만 죽마지우 아무개나 이웃 그 아저씨가 사셨다면 자기네 산소 갔다 오는 길에 그저 지나치기야 할라구' 하는 희망을 갖는다. 하지만 요행 그렇다 해도 어머니의 경우는 이 산소라는 게 막연한

────────────

6) 연미사(煉彌撒):가톨릭의 제사를 미사라 하고 죽은 이를 위한 제례를 연미사라고 함.

애기다.

아버지는 일찍 내 열아홉에 여의어 당시 교회묘지에 모셨으니 시방도 그 무덤이 눈에 선하지만 어머니는 내가 월남 후 천주교 신부이던 가형(家兄)이 모셨는데, 그 형이 그만 공산당에게 납치되어 가자 시에 썼듯 대녀(代女) 집에 의탁하고 계시다가 돌아가셨다는 풍문이지만 그야말로 그 시신을 관으로나 모셨는지 무덤이나 지었는지 상상으로나마 붙잡을 길이 없다.

단 두 형제. 맏아들은 공산당에게 끌려가고 둘째 아들은 공산당의 결정서를 받고 38선 너머로 튀고 당신의 유일한 의지처인 교회마저 폐쇄당하고 거기서 칠순 노구를 남의 집에 덧붙여 사시면서 최후 운명 때까지 받으셨을 두 아들에 대한 그리움과 아픔과 쓰라림 등 그 기막힌 정경을 상상하면 모두의 비극이라고 하나 내 불효가 두려워져 저승에 가서도 뵐 낯이 없다.

말이 났으니 말이지 나는 부모님 평생에 애물 노릇만 하다가 그 채로 끝나고 말았다. 아버지가 쉰, 어머니가 마흔넷에 나를 보셨는데 여러 남매를 다 잃고 형 하나뿐이었던 집안에 희한한 경사가 아닐 수 없었고 이 만득(晩得)이의 출현은 노부모들의 사랑을 쏟을 대로 부어 쏟을 대상일 수밖에 없었다.

가령 여름에라도 옷을 갈아입을—아니 입히는 것이다—때면 어머니는 러닝셔츠나 팬티를 반드시 아랫목 보료에 묻었다가 냉기를 가시고야 내줬으며, 찌개 같은 음식물은 한여름에도 꼭 화로째 팔팔 끓는 것을 옆에서 시중해 가며 먹이셨다.

이러한 나에게 있어 유별나기까지 한 노부모님의 사랑이 지금 회상으로 임할 때는 막중한 것이고, 비할 바 없는 것이고, 그립기 짝이 없는 것이지만 마치 너무나 흔한 공기와 빛과 물처럼 다 커서까지도 그 고마움을 몰랐을 뿐 아니라 오히려 주체하기 겨운, 외람된 말이지만 짜증나는 것이었다. 그래서 나는 동화에 나오는 개구리 새끼의 화신처럼 엇가기를 일삼았으니 부모님 속이 얼마나 썩으셨으랴.

거기다가 중학 때부터 문학에 탐닉하여 17, 18세에는 이미 '서울집(우리집 택호) 아들은 주의자(?)가 되었다' 는 통소문과 더불어 불령선인(不逞鮮人 : 반일 한국인)의 레테르가 붙었다. 멀지 않아 중학교도 그만두고 노동판에 뛰어도 들고, 일본을 밀항하는 등 나의 열띤 청춘의 반역과 방랑은 부모님들에게 끊임없는 불안과 걷잡을 수 없는 상심만을 안겨 드렸다. 이와 함께 대학 시절부터는 유치장과 헌병대 출입을 하고 집에는 경찰에서 행방 확인이 있을 때마다 부모님의 가슴은 철렁하고 떨어지는 변을 당하셨을 것이다.

이 불량치도 않은 자식의 불량성에 대하여 부모님들은 말년에 각각 이런 유훈을 남기신다. 즉 중풍으로 4년 동안이나 자리보전을 하시다가 돌아가신 아버지는 그 운명하시기 전날 이 아들을 불러 앉혀 놓고 "너는 매사에 기승(氣勝)을 말라. 아무리 의롭고 바른 일이라도 너무 기승하면 해를 입느니라"고 말씀하시고는 《채근담》을 펼쳐서 "감성일푼편초탈일푼(減省一分便超脱一分 : 조금 자기를 줄이면 곧 조금 초탈하는 것이니라)"이라는 대목을 짚어 보이셨다.

그리고 어머니는 "상아! 나는 네가 세상에서 잘났다는 소리를 듣느니보다 오히려 못났다는 소리를 듣는 것이 훨씬 마음이 편하다. 그저 수굿이 세상을 살아 주는 게 나의 소원이다"라고 애원하시는 것이었다. 물론 이 말을 들었을 때 나는 노인들의 부질없는 기우요, 또 소극적인 인생관이라고 귀로 흘려듣고 말았는데, 그 뒤 인생과 세상살이의 험준과 격난을 어지간히 치르면서 아버지의 그 간곡하신 분부가 나의 성정과 전정(前程)을 통찰하신 예언적 훈계임을 깨달았으며 어머니의 저 소박한 염원도 나에게 어느 명언보다도 실감을 갖게 하였다.

　　어버이 살아신 제 섬길일랑 다하여라
　　지나간 후면 애닯다 어찌하리
　　평생에 고쳐 못할 일 이뿐인가 하노라.

　송강 정철(鄭澈)의 옛시조처럼 이제 부모님에게 효는커녕 불효
막심했던 것을 뉘우치고 한탄하지만 뒤늦었으니 어찌하랴.

■ 《우리 삶, 마음의 눈이 떠야》(1995)

시의 허구(虛構)와 진실

현대시와 난해(難解)

> 시 작품은 두 가지로 구별할 수 있다. 무정란(無精卵)과 수정란(受精卵)으로—말재주만으로 씌어진 무정란의 시는 그 자체가 이미 생명력을 잃고 있지만, 정혼(精魂)을 기울여 쓴 수정란의 시는 우열은 차치하고라도 그 나름대로 독자들에게 새 생명을 부화(孵化)시켜 간다.

먼저 생각나는 것은 '제(齊)' 나라 왕과 화공(畵工)과의 문답 이야기다.

"무엇이 가장 그리기 어려운가?"

"말이나 소 따위입니다."

"그러면 무엇이 가장 그리기 쉬운가?"

"도깨비 그리기올시다."

"그건 어째서?"

"말이나 소는 뭇사람이 저마다 잘 보아 알고 있으므로 그 형상을 잘 그려 내기란 힘드는 바요, 도깨비란 일정한 형체가 없으므로 제멋대로 그려 내도 되는 까닭입니다."

이 우화(寓話)를 우리는 웃어만 넘길 수 없는 것이 오늘날 우리시단에는 도깨비시를 쓰는 시인들이 창궐할 뿐 아니라 그들은 현대시의 형상이나 다양성에다 이 도깨비시를 '카무플라주'하는 증오할 교활성을 발휘하고 있기 때문이다.

그들은 데생이나 크로키의 수련과정이 없이 데포르메를 행사하려는 엉터리 화가처럼 첫째 자기가 쓰려는 시의 주제 자체에 대해서도 명료하고 구극적(究極的)인 인식이 없이 마치 '막연하고 붙잡을 바 없는 것이 시요', '현대시는 이렇듯 파악할 수 없는 것'이라는 듯 자신의 상념(想念)의 불분명이나 기술의 미숙을 엄폐하고 있다.

이러한 그들의 풍조(風潮)의 근원을 캐어보면 근대시가 치러온 상징주의나 초현실주의의 유전으로서 난해한 표현과정을 밟고 있는 현대시를 마치 '몽롱하고 애매한 것이 시적이라'고 생각하거나 '비논리적이고 무의미한 것이 시적이라'고 여기는 천박한 시관(詩觀)에 있으며, 상징주의나 초현실주의를 시 정신의 과제로서 계승하는 것이 아니라 현대시와 시인의 한갓 '포즈'나 '스타일'로서 받아들이는 데 그들의 맹점(盲點)이 있다.

그래서 이러한 시인들의 게으름과 무책임과 교활성이 만들어 낸 난해한(?) 시들이 일종의 유행이 되어서 시의 초심자들에게마저 '난해한 글이 현대시'라는 엄청난 착각을 갖게 하고, 독자들에겐 '시란 모를 글'이라는 외면상태를 자아내고 있는 것이다.

물론 나는 "시인이 순수하게 되려면 그럴수록 그들은 대중에게서 멀어진다"(엘리엇)는 탄식을 모르지 않고 시의 난해성은 시의 원리적 현상이며, 타고난 운명임을 부정치 않는다.

즉, 시라는 비실용적 언어의 세계는 시인의 내면세계가 점차 복잡해지는 데 따라 상념의 굴절(屈折)이나 정서의 양상도 복잡미묘해지고 이와 더불어 이것을 표현하는 시의 언어 영역이 자연 확대되는 것으로서 시인이 '하이브라우드'한 정신으로 특수한 시적 세계를 지니려 하면 할수록 그 언어 세계는 일반적인 언어의 전달의 한계를 넘어서게 되는 것이다.

현대시는 이제까지 전달이 용이하던 감정의 흐름으로서의 서정적 소질을 버리고 전달이 곤란한 사상성을 불러들였으며 그 표현에 있어서도 자의식으로 한 번 분해된 정서를 다시 질서화하고 구성하게 되는데 이 재조직에 있어 표현의 방법에까지 비평, 풍자, 해학 등 지적 정신이 집중되어 일단 작품은 언뜻 논리의 집합체처럼 보이게 되고 다시 이것이 복잡한 직유(直喩)와 암유(暗喩)의 채용으로써 예술로 환원하게 된다.

이러한 복합적 과정을 거친 현대시의 작품은 종래의 노래처럼 쉽사리 독자의 감성만으로 공감을 얻을 수 없게 된 것은 불가피한 일로서 '느끼'는 것만으로 만족하던 시가 '생각하고 알아낸 다음 느끼'는 시로 변해간 것이라 하겠다.

이상과 같이 현대시의 난해성은 역사가 시에게 지워 준 하나의 숙명으로서 현대시가 현대에 대하여, 아니 시 본질에 대하여 가장 성실하고 예민하게 그 가치를 구하고 사명을 다하기 위하여는 '어쩔 수 없는 진실'로서 난해를 면치 못하는 면이 있다.

> 내 마음속 우리 님의 고운 눈썹을
>
> 즈믄 밤의 꿈으로 맑게 씻어서
>
> 하늘에다 옮기어 심어 놨더니
>
> 동지 섣달 날으는 매서운 새가
>
> 그걸 알고 시늉하며 비끼어 가네
>
> ─ 서정주 〈동천〉 전문

이 시를 누가 어려워서 못 읽겠다고 하랴? 또 이 시를 누가 쉽사리 알겠다고 하랴? 언어세계에 있어서 상대방 사이에 과거 유사성(類似性)이 없이는 그 전달기능이 발생하지 않는다. 즉 〈동천〉의 불교적 윤회사상과 그 유심(唯心)적 은유(隱喩)의 세계를 모르고는 이 시는 이해 안 된다. 이와 마찬가지로 현대 시인들은 그들의 내면세계의 복합과 인식의 높이〔次元〕 때문에 독자와의 유사성을 극단적으로 상실시켜 온 것이다.

그러므로 이러한 현대시의 난해성은 시인 자체의 문제만을 제기할 뿐 아니라 한편 독자 측의 감수(感受) 능력이 문제된다. 시는 예술이요, 오락이 아닌 이상 이것을 감상 음미한다는 것은 일종 예술의 참가로서 시인의 어떤 노작(勞作)을 진정으로 이해하고 맛보기에는 작자에게 뒤지지 않을 지적이며 정신적인 노력이 필요하다. 시라는 것을 통속적 문학의 '읽을거리'처럼 읽으면 즉시 즐거울 수 있는 것이라는 안이한 생각을 버리고 지적·정서적 인식의 훈련을 쌓아야 한다.

그러나 어떤 시인이든 표현의 난해를 간판으로 삼아서는 도저히 못 쓴다. 그래서 작품에 있어서 훌륭한 암시나 비유가 근거가 있을 때는 그 '아날로지(類似性)'로 인하여 각자의 주제와 그 인식에 접근 도달할 수 있지만 애매한 '아날로지'를 상실한 비유의 작품에서는 독자가 아무리 무엇을 얻으려 해도 허탕을 칠 뿐이다.

좀 극단적인 예지만 나는 낯선 시인의 시집을 받으면 그 시집의 작자의 서문이나 후기를 먼저 읽는 습성이 있는데 그것이 산문으로라도 문맥과 문장이 통하지 않을 때가 있다. 이런 시집일수록 시가 난해한 것은(?) 두말할 것도 없다. 무정란(無精卵)! 이것은 독자의 문제가 아니라 그 시인 자체의 예술 생명의 문제인 것이다.

시의 난해 속에는 그 속에 구성된 전적 세계의 충실성이 있어야 한다. 즉, 정확한 '이미지'와 비유와 그 지적 의미의 깊이다. 예를 들면 T. S. 엘리엇의 〈황무지〉처럼 시를 향한 독자의 단계적 고투(苦鬪)로서 풀면 풀수록, 들어가면 들어갈수록 그 가치와 맛을 주는 그런 난해 말이다.

사회참여와 우리시

오늘날 우리의 애국시나 사회시나 소위 현실 참여의 시란, 그 작자의 역사의식의 부실이나 현실감각의 천박이나 그 사상성의 빈곤과 행동 체험의 결여 때문에 시류(時流)의 안이한 영합이나 행사의 퇴색한 격문이나 소박한 염원이나 쫓기는 생활의 울부짖음을 넘지 못한다. 더욱이나 개인과 사회의 생활의식마저 견고 충실치 못하면서 이런 시를 쓰려 드니 그 작품이 비현실적 인상을 줄 뿐 아니라 반현실적 반향마저 일으킨다.

우선 참여시의 작품으로서 《현대한국문학전집》(신구문화사 발행)의 조동일의 평론 〈시와 현실참여〉에 예증돼 있는 시편들의 몇 구절을 여기서 다시 한 번 음미해 보기로 한다.

> 몸 한구석에 감출 수 없는 고민을 지니고
> 병장 이하의 계급으로 돌아다녀 보라
> 김해에서 화천까지
> 방한복 외피에 수통을 달고
> 도처철조망(到處鐵條網)
> 개유검문소(皆有檢問所)
> 그건 난해한 사랑이다
> 난해한 사랑이다
>
> — 황동규의 〈태평가〉 일절

> 한번 정정당당하게
> 붙잡혀간 소설가를 위해서
> 언론의 자유를 요구하고 월남파병에 반대하는
> 자유를 이행하지 못하고

20원을 받으러 세 번씩 네 번씩
찾아오는 야경꾼들만 증오하고 있는가
(중략)
아무래도 나는 비켜서 있다 절정 위에는 서 있지
않고 암만해도 조금쯤 옆으로 비켜서 있다.
그리고 조금쯤 옆에 서 있는 것이 조금쯤
비겁한 것이라고 알고 있다.
— 김수영의 〈어느 날 고궁을 나서며〉 일절

껍데기는 가라.
한라에서 백두까지
향그러운 흙가슴만 남고
그, 모오든 쇠붙이는 가라.
— 신동엽의 〈껍데기는 가라〉 일절

위의 작품들의 전문을 읽으면 그 시들이 예술적 형상성에 있어
서 비교적 성공한 작품들이요, 두 시인은 작고했지만 이런 참여시
에 있어서 출중하다고 인정받던 분들이요, 또 황 시인은 나부터가
촉망하는 시인이다.

그러나 여기 시들이 보여 주는 그들의 현실에 대한 감각이나 생
활철학이나 역사에 대한 인식은 실로 유치할 정도로 소박하고 빈
곤하며 천박하다 아니할 수 없다.

아무리 풍유적인 격조가 깃들였다지만 '졸병의 계급으로 방한복
에 수통까지 메고 김해에서 화천까지 돌아다녀 보며 도처에서 철
조망에 가로막히고 검문소에 걸려 보는' 위장(僞裝)의 만유(漫遊)
를 안 해 본들 우리 국토 양단의 비극과 임리(淋漓)한 그 현실을 파

악할 수 없으며, 그 감상이 '난해한 사랑이다'라고 곱씹고 말 어처
구니없는 정도의 사태일까?

또 소시민적인 생활의 자기유약이나 비굴을 반성하는 것은 좋으
나 이렇다할 사건의 상황이나 자기주장의 제시도 없이 '붙잡혀 간
소설가를 위해 항의하거나 월남 파병에 반대하지 못했다는 자탄과
자책'을 우리는 어떻게 쉽사리 공명하고 공감할 수 있으랴? 오히려
이러한 애매한 현실파악을 가지고는 섣불리 참여하느니보다 방관
하는 게 상책이다. 물론 나는 월남 파병의 찬반을 시비하는 게 아
니요, 이 시 속에는 작가의 반전(反戰) 사상이 내포돼 있는 것으로
짐작하지만 그렇다면 오늘의 세계사적 현실 속에서 자기 사상을
어떻게 형성하고 제기하고 있는가 하는 문제의식을 먼저 제기하고
해결해야 한다. 더욱이나 이 시의 제목이 된 〈어느 날 고궁을 나오
면서〉 첫 대목,

> 저 왕궁(王宮) 대신에 왕궁의 음탕 대신에
> 50원짜리 갈비가 기름덩어리만 나왔다고 분개하고
> ─ 동시(同詩)의 첫 절

시인의 발상에는 분반(噴飯)의 웃음을 짓게 한다. 아마 아무리 유
물사관의 신봉자인 사회주의자라도 저 덕수궁이나 창덕궁이 인민
의 착취의 전당이었으며 음탕의 소굴이었다고 골을 내거나 이를
헐자고 대들 사람은 현대에는 없을 것이다.

그 다음 '우리 전 국토 위에서 군대는 모조리 무장을 해제하고
그 무기는 없애 버리며 모든 군국(軍國)적 요소는 사라지라'는 염
원인데, 이 민족의 비원을 부인할 자 그 누구랴? 그러나 이런 소
박한 비원은 자칫 이 가혹한 현실 속에서 그 작자의 의도와는 달

리 비현실적 조소를 초래하거나, 반현실적 반항을 나타낼 우려가
있다.

왜냐하면 지금 현실에서 남북한의 무장 해제와 같은 구체적 사
실이 영글기에는 너무나 거리가 멀며 실제로 누가 외치고 다니는
사람이 있다면 작자부터도 아마 '그 사람 좀 돌았다'고 할 것이다.
물론 나는 시적 염원이나 이념이 그 현실성 여하로 가(可)하고 부
(否)하다는 말이 아니라 지극히 적어도 그 시대와 현실을 증언하고
추진하고 변모 발전시키려고 든다는 시인의 발상이 이렇듯 무모하
고 백일몽 같아서야 소위 현장(現場)에 사는 우리가 어떻게 공감을
갖느냐 말이다.

내가 위의 시에서 느끼고 지적한 문제의식들은 징병 기피자가
아니면 다 알 정도의 우리 현실의 긴장성이요, 신문만 읽어도 다
이해될 현실의 복합성이요, 자각된 지성, 아니 웬만한 가장이면 집
안에서 어린아이에게도 소홀히 무책임하게 입담지 않을 현실문제
들인 것이다.

그런데 우리시인들이 그 중에서도 현실참여를 내세우고 민족 시
인임을 표방하려는 시인들이 이 곤란한 시대, 이 시련의 시대와 그
현장 속에서 천치바보 같은 소리나 잠꼬대 같은 소리를 하여 일반
에게 시인은 비현실적이요, 나아가서는 백일몽의 환상가들로 인상
을 굳혀가고 있다면 이 얼마나 참여에 반대가 되는 것이랴.

나의 편의상 예를 든 몇 편의 시를, 더욱이나 작고한 분들의 시를
물고 늘어지려는 것이 아니라 이 시들은 서두(序頭)에서도 밝혔거
니와 그 현실감각이야 어떻든 시로서 비교적 우수하게 형상되어
있지만 시류(時流)에 범람하는 애국시, 생활시, 사회시들의 그 핏
대 올린 가락들은 그야말로 유치해서 읽을 수도 없고 들어서 얘기
할 바도 못 된다.

　그러나 나는 시의 현실참여 문제를 사르트르처럼 부정적으로 보려는 게 아니라 오히려 시의 주제가 시인의 전인적(全人的) 생명과 인격 속에서 더 많이 발상되고 배태되기를 주장하고 이를 실천하려는 자다. 그렇기 때문에 오히려 그 시 자체의 사회성이나 현실성에 부피를 가져오기에는 그 시인의 시민적 사회생활이나 행동이나 사상이 견고하고 강렬하여 희생적이고 창조적이기를 요구한다. 예를 들면 헤밍웨이나 앙드레 말로의 작품들이 그 체험을 바탕으로 하듯이 또 우리 한용운(韓龍雲)이나 필리핀의 호세 리잘의 시가 그의 애국적 헌신에서 우러나온 것과 같은 작품에 대한 사상과 행동의 밑받침을 말이다. 실상 희생정신이나 그 행동 없이 긍정적이든 부정적이든 참된 참여는 있을 수 없다.

　　　　잘 있거라. 남쪽 태양의 은총을 받는
　　　　나의 님이여
　　　　동방의 바다 진주!
　　　　우리의 잃어진 낙원이여!
　　　　만일 나의 생명이 더욱 빛있어
　　　　보다 더 곱고 젊었더라면
　　　　즐겁게 즐겁게 그대 위하여 바치었으리라.
　　　　(중략)
　　　　그대 만일 뒷날에 풀 우거진 내 무덤에서
　　　　떨고 있는 가련한 꽃 한 떨기 보이거든
　　　　입에 당겨 내 영혼에 꼭 입맞춤 해다오.
　　　　그러면 차디찬 흙 밑에서도
　　　　그대 더운 입김을
　　　　식어진 내 이마에 깨닫겠노라.

달빛은 내 무덤 위에

그 고요한 빛 비치게 하고

고운 새벽빛은 내 무덤에

그 찬란함을 던지게 하며

바람은 내 무덤에

그 슬픈 탄식 그치게 말라.

그리고 또 내 묘목 위에

새 한 마리 날아 앉거든

재가 된 내 뼈에

평화의 노래 지저귀게 하여라.

(하략)

ㅡ호세 리잘의 〈나의 마지막 작별〉, 변영로 역

이 옥중 절창(絕唱)에는 어디 한 군데 핏대 올린 목소리가 없다. 세상을 호령하는 교훈도 없다. 또 투정과 비탄도 없다. 마치 안락사를 하는 평화가 있다. 그러나 우리의 가슴을 저며 오는 것은 그 희생적 행동이 밑받침이 되어 우러나왔기 때문이다.

시에 있어서 내용은 이를 지탱할 작자의 사상이나 체험이 있어야 한다. 그러나 시의 내용의 체험이란 표현된 사실이 아니고 그 내용이 지니는 의미를 말한다.

시와 현대 문제의식

오늘날 우리시와 시인들에게 있어 가장 결여된 것은 현대 지성(知性)이 마땅히 지녀야 할 세계 감각이나 비평정신이다. 이것은 곧 우리시에 있어 사상의 부재를 의미할 뿐 아니라 시에서 현대인의 공감을 상실하게 한다.

우리가 다 아는 괴테, 쉴러, 하이네, 보들레르, 발레리 같은 옛 시인들이나 현대에 와서도 엘리엇이나 오든, 스펜서와 같은 저들 서양 시인들은 서정의 작가인 동시에 그 시대에 앞장선 문명 비평가요 또한 투철한 사상가다.

그래서 누구의 말이었는지는 잊었지만 "시인들은 문화의 본원적(本源的)인 의미에서의 저널리스트"인 것이다. 그러나 우리시와 시인들에게는 이런 저널리스트적인 속성이 옛부터 없었고 오늘에 와서도 그런 면이 없는 것을 시의 순수성으로까지 믿고 있다. 예나 지금이나 한국의 우수한 시들을 보면 한낱 자연의 찬가나 인간의 정한(情恨)만을 노래하고 있고, 사회적 관심을 불러일으켰다는 것이 군주에게 향한 충성이나 소박한 민족의식의 발로 이외의 것을 못 본다. 사상적인 취의(趣意)에서 우리시사(詩史) 중에 기념될 시가 있다면 공초(空超) 오상순(吳相淳)의 〈아시아의 마지막 밤 풍경〉 한 편을 나는 들 뿐이다.

이것은 우리의 한국시가 풍진세상(風塵世上) 밖의 풍류로 여겨지던 전통에 의한 것으로서 좀더 따져 들어가면 자연귀일(自然歸一)의 동양적 우주관·인생관에서 근원되는 바라 하겠다.

나에게는 이런 추억이 있다. 저 1950년대 초반 한국의 1차적 정치 파동기에 나는 대구에서 《민주고발(民主告發)》이라는 사회평론집을 내놓아 판매금지, 압수를 당하는 등 필화(筆禍)를 입고 있

었다. 이 무렵 하루는 다방에서 박목월(朴木月) 형이 나를 은근히 불러

　"시인은 아름다운 것을 보고 그것에 감동하고 또 아름다움을 추구하는 것이 시인의 소임인데 구상(具常)은 어찌 그렇듯 사회의 추악한 면만을 예민히 보고 느끼고 그려내어 공연히 사회의 오해와 물의를 일으키느냐? 앞으로 그런 속사(俗事)에서 정신이나 눈을 돌이켜서 시에 전심하는 게 좋지 않겠느냐"는 뜻의 충고를 하였다. 내가 여기서 이름을 밝혀 가면서까지 이 말을 인용하는 것은 그때 그의 말이 우정에서 우러난 호의와 위로의 말이었기 때문이요, 또한 이 말이 그 당시의 시에 합당한 우리의 전통적 시관(詩觀)을 그대로 전해 주었기 때문이다. 이처럼 오늘까지의 우리시나 시인의 거의는 그 시대나 문화조류와 긍부정(肯否定)간에 관련 없이 존재하고 있었고, 또 일반 민중의 시와 시인에 향한 통념도 오늘날까지 이 범주를 벗어나지 않는다.

　이래서 한국의 시나 시인에게는 페이소스는 있으나 비극에 내인(內因)하는 정신이 없다. 즉 호머와 같은 비장성도 니체나 보들레르 같은 깊은 수렁의 오뇌와 반역도 하이네와 같은 회의도 없다.

　　　　어둑한 얼굴로
　　　　어른들은 일만 하고
　　　　시무룩한 얼굴로
　　　　어린것들은 자라지만
　　　　종일 햇볕 바른 양지쪽에
　　　　장독대만 환했다.
　　　　(중략)
　　　　누구는 재미가 나서 사는 건가

누구는 낙을 바라고 사는 건가
살다 보니 사는 거지.
그렁저렁 사는 거지
그런 대로 해마다 장맛은
꿀보다 달다.
누가 알 건데,
그렁저렁 사는 대로 살 맛도 씀씀하고
그렁저렁 사는 대로 아이들도 쓸모 있고
종일 햇볕 바른 장독대에
장맛은 꿀보다 달다.
—박목월의 〈장맛〉

　시집 《경상도 가랑잎》에서 보여 준 그의 동양적 노성(老成)의 경지를 이 〈장맛〉이란 시는 단적(斷的)으로 설명해 준다. 그리고 우리도 그가 도달한 인생의 체념(諦念)이 용이하게 이해된다.

　거기에는 이미 삶의 초려도, 정열도, 동요도, 혼란도, 회의도, 공상도, 불안도, 동경도 없다. 거기에는 마치 자연과 같은 절대 안주의 세계가 있다. 정직한 감상을 말하면 이런 경지에 도달한(?) 그가 다시 또 무슨 부질없이 시 같은 것을 써 갈 것인가 하는 생각마저 든다.

　그러나 이런 안주의 돗자리를 펴 보인다 한들 오늘날 실존 자체가 이미 무한한 모순으로서 비극으로서 불안으로서 체험하는 현대인에게 또 펼쳐진 각박한 삶의 현장과 인류 역사의 벽과 맹점 속에서 가로막혀 있는 현대인에게, 아니 어쩌면 이와 반대로 자기나 민족과 인류의 무한한 가능성에 희망과 열정을 갖고 있는 현대인에게, 새로운 인류생활과 그 완성을 그리고 있는 현대인에게 어떻게 공감을 불러일으킬 수 있겠는가?

이러한 전통적 시의 흐름은 실상 오늘의 새로운 시를 쓴다는 시인들에게 있어서도 아무리 그가 시를 '모던'한 언어로 조직하고 상징과 추상을 표방하며 의식의 내면을 노래하더라도 현대를 문명사적으로 파악하고 회의하고 비판하고 그 발전으로서 자기 시를 성립시키려는 자각과 노력이 없는 이상 본질적으로 그들과 그들의 시는 전통적 범주를 벗어나지 못하고 오직 '제스처'로 끝난다.

그러나 이런 전통적 한국시나 시인에게 대한 불만을 털어놓기는 쉽지만, 막상 시가 현대성을 지니고 사상을 획득한다는 것은 결코 일조일석에 이루어지는 일이 아니다.

이러한 진정한 의미의 새로운 시를 쓰고자 하는(이것은 새로운 삶을 살고자 한다는 것과 동의어다) 시인들의 그 절망적 고독과 비극적 파탄을 고은(高銀)은 〈국도(國道)〉라는 시에서 이상 더할 수 없이 여실(如實)하게 그려 냈다.

지나왔다. 아무도 만난 일이 없다.
이따금 형석(螢石)빛 습기(濕氣) 속으로
젖은 개똥벌레를 만나고
먼바다에서 12음의 배들이 죽어서 불빛이 된다.
그러나 그 불빛에 다가간 일이 없다.
차라리 잠든 세상에서 잠들지 않은 절도(竊盜)가 된다.
이 밤 세 시와 네 시 사이를
마시던 술잔이 그대로 놓여 있는 술집을 찾는다.
그리고 임자가 바뀐 개량종자의 밭을 지나서
이제 나는 찾았다. 온갖 절교(絕交)의 정적(靜寂)을
(중략)

이슥고 바다가 죽은 어부들을 부른다.

새벽이다. '까' '요' '다' '요'……

나는 지친 모자를 벗어 간조(干潮)의 머리카락을 뿌린다.

새벽 배는 비어 있을 뿐

지나왔다. 배들이 죽었다.

나도 '까' '요' '다' '요'와 함께 죽으리라.

실상 우리 현대인들이 서양적인 합리정신이나 변증법적 사상을 이해하고 근대정신에서의 출발을 선언하지만, 이 '미지(未知)의 친척'과의 상봉이나 해후는 거짓 아니면 절취해서 일시 채용한 장식(裝飾)이기 쉽다. 근원적인 의미에서 동양인이 서양정신을 체득하기에는 종교적인 회향(回向)과 전신(轉身)까지 요구되는 행위다. 그러나 우리는 현실생활의 요청으로부터라도 오늘의 동서 양대 문명과 문화조류와 그 문제의식에 눈감을 수가 없다. 그래서 오늘의 우리시인들은 '개량종자(改良種子)의 밭'을 간다.

이것은 불모의 땅에서의 모험이요, 개척이요, 안주에 대한 자기 분열이요, 숙명적 방랑이기도 하다. 그러나 이것은 세계사상(世界史像)에 있어서의 자기의 존재를 규명하고 인간의 유의식(類意識)이 명하는 바 공동 이상을 달성키 위한 현대 시인의 사명이 아닐 수 없다.

가령 그 종말이 '새벽 배는 비어 있고 배들이 죽고' 이렇듯 안주 없이 '허무와의 조우(遭遇)'로 끝난다 해도 우리는 '국도'를 벗어나 '로마의 길(여기서는 가톨릭적인 의미가 아니고 세계의 길이란 뜻)'에 나설 수밖에 없다. 그럼으로써만이 우리의 시가 사상을 획득할 것이요, 오늘에 있어서 이 땅의 문화적 선구역할을 할 것이요, 나아가서는 세계시 반열(班列)에 참여할 것이다.

현대 시인은 쉽사리 전통에 멸입(滅入)해서는 안 된다. 총알처럼 목숨의 끝날까지 허막(虛漠)을 뚫어 나가야 한다.

시와 실재인식(實在認識)

외람된 말이지만 나는 우리시를 읽으면서 가끔 우리시인들의 제재(題材)의 차원(次元)을 서글프게 여길 적이 있다. 왜냐하면 시에 씌어진 것은 거의가 일상적인 경험이나 감각세계의 묘사(?)로서 실재를 밝히려는 노력이나 형이상(形而上)적 인식의 세계에 등한(等閑)하기 때문이다.

데카당스의 비조(鼻祖)라고 불리는 샤를르 보들레르의 수상록(隨想錄) 《벌거숭이의 내 마음》 13절을 보면 "우리 생활의 거의 전부는 실로 부질없는 호기심을 채우는 데 소비되고 있다. 그럼에도 불구하고 인간의 호기심을 최대한도로 자극시켜야 할 것은 이와 반대로 세상사람들의 일상생활 상태에서 판단하면 아무런 호기심도 끌지 않는가 보다."

이런 전제를 해놓고 보들레르는 다음과 같은 인생의 제일의적(第一義的) 의문들을 열거해 놓는다.

"우리들의 죽은 벗들은 어느 곳에 있을까?"

"무엇 때문에 우리는 여기 사는가?"

"우리는 어디로부터 왔는가?"

"자유는 무엇인가?"

"자유와 운명의 법칙은 일치하는 것인가?"

"영혼의 수효는 유한한가? 무한한가?"

"인간이 살 수 있는 천체(天體)의 수효는?" 등등.

인간의 본질과 목적과 그 여건(與件) 등에 철학적이요 신학적이요 또는 과학적인 문제를 제기해 놓는다.

이상과 같이 조금만 캐고 보아도 인간의 가장 크고 중요한 문제들이 보들레르의 말마따나 '허접스런 일상적 호기심' 때문에 고스란히 망각되어 그날그날의 텔레비전의 프로그램이나 스포츠의 뉴

스보다도 무관심 상태에 놓여 있으며 또 이런 방심(放心) 상태에서 우리들이 잘도 살고 있구나! 하는 차탄(嗟嘆)마저 금할 바 없다.

현대를 저런 뜻에서 '존재 망각의 밤'(하이데거)이라고 부른다면 그 속에서도 홀로 깨어 있어야 할 시인들 중 우리는 잠들어 있고 그 물음에서 비켜서 있다고 하겠다. 그러나 시를 쓴다는 것은 필경 인간이나 자연이나 사물의 본래적 모습을 밝혀 놓으려는, 즉 존재에 대한 물음인 것이다.

베르그송도 "시의 정서란 실재(實在)와의 접촉으로 인한 고조(高潮)된 감흥 상태"라고 말했듯이 시인은 실제와의 접근을 위해 시를 쓰는 것임에도 불구하고 어떤 시인들에게 있어서는 시로 말미암아 실재와 자기 사이에 점점 더 휘장을 쳐버리는 경우가 많다. 왜냐하면 그들은 실상 입으로는 본질이다 영원이다 하면서도 실제로는 시작(詩作)에 있어 저러한 제일의적인 의문 즉 본질의 추구나 자기 존재의 파악에도 맹목(盲目)하거나 회피하려고 들고 있기 때문이다.

물론 시가 결코 어떤 인생의 결론이나 목적에 의해서 씌어지는 것이 아니라 "무의식의 원천(源泉)에서 직접 출현하는 것"(피카소)이지만 여기서 밝히려는 것은 이런 시가 씌어지는 상태나 과정이 아니라 저렇듯 시의 궁극(窮極)이 철학의 궁극이나 종교와 연결되는 것이라는 것을 말하고자 함이다.

이제 여기서 얘기는 달라지지만 우리시에 나타난 사상을 한두 서양 시인들과 비교하여 살펴보기로 하자.

먼저 영국의 프랜시스 톰슨(1859~1907)이란 아편쟁이로 빈민굴을 헤매다 죽은 가톨릭 시인의 〈하늘의 사냥개〉라는 시의 첫머리만을 소개하면,

　　　나는 그로부터 도망쳤다.

　　　밤이나 낮이나, 몇 해를 두고

그로부터 도망쳤다.

내 마음의 얽히고설킨 미로(迷路)에서

그를 피하였다.

하염없이 눈물을 흘리며

웃음소리가 뒤쫓는 가운데

나는 그로부터 숨었다.

나는 희망을 바라보며 쏜살같이 치닫기도 하고

(중략)

그러나 서둘지 않고 침착한 걸음걸이로

신중하고도 위엄 있게 뒤쫓는

그 발자국소리보다 더 절박하게

하나의 목소리가 울려온다.

나를 배반한 너는 모든 것에게

배반당하리라—고.

(하략)

달아나고 숨고 뿌리쳐도 쫓아오고 따라오는 '사냥개'라고 그는 신을 저주하고 탄식하듯 노래하고 있는 것이다.

실상 서양의 시인들에게 있어 신은 이렇듯 이를 거부하거나 긍정하거나 그들의 존재의식의 초점이요, 외면(外面)할 바 없는 대상인 것이다. 그래서 그들의 무신론은 '신은 죽었다'(니이체)로서 우리처럼 샤머니즘적 외경(畏敬)이 아니면 '신이야 있거나 없거나 아랑곳 할 바 없는' 무관심 상태나 공백 상태가 아니다.

이런 우리시들 속에서 청마(靑馬) 유치환(柳致環)은 그의 〈지상(地上)은 연한 청색(靑色)〉이란 시에서 예외적인 발언을 한다.

우주 창성 이후 처음으로
저 무량광대한 금단의 영역 문전엘
잠깐 엿보고 돌아온 사나이의 증언인즉
하늘은 어둡고
지상은 연한 청색이더라고

아니나 다를까 인간은
얼마나 오랜 오류에 사로잡혀 왔는가
이 세상은 어두운 죄값의 구렁이요
하늘 어디엔 무르익는 천국(天國)이 있다고 믿어
(중략)
차라리 저 하늘 후미진 어디메에
전지전능 거룩하게 계신다고 믿기우는 사나이
존대스런 그 사나이를 이리로 오라 해서
우리와 함께 살게 할 순 없을까
할 일 없으면 손톱이나 깎으라며
(하략)

이것은 청마가 우주인들의 술회를 듣고 기독교적인 유신관(有神觀)이나 내세관(來世觀)을 정면으로 부정해 놓은 시다. 어쩌면 시정(市井)의 한 토막 대화 "우주선을 타고 하늘을 뒤져도 천당은 없더라"와 같은 이런 소박한 인식이지만, 그 풍자 속에는 그것이 유치하건 어떻건 그의 사색 속에 실체화(페르소나)되었던 신을 감득케 하며 그의 추구와 대결과 고민의 역정(歷程)이 엿보이는 것이다. 그래도 이것은 우리시의 경우로선 예외적이라 할 만큼 신에 대한 구체적 추구로서 흔히 우리시들은 이런 인식의 대결 없이 불교적인 범신세계에 젖어들고 있다.

　이런 특색은 우리시인 중에 피안감성(彼岸感性)이 가장 찬란한 서정주의 시편들이 이를 잘 나타낸다.

　　　　내가
　　　　돌이 되면

　　　　돌은
　　　　연꽃이 되고

　　　　연꽃은
　　　　호수가 되고

　　　　내가
　　　　호수가 되면

　　　　호수는
　　　　연꽃이 되고

　　　　연꽃은
　　　　돌이 되고
　　　－서정주 〈내가 돌이 되면〉 전문

　그가 〈국화(菊花) 옆에서〉를 비롯하여 귀의(歸依)해 간 범신적 세계에서 오늘에 이르는 윤회적 영교(靈交)의 경계(境界)는 이제 모든 존재에 대한 차별이나 단계(段階)를 완전히 해소하고 있다.

그런데 똑같은 범신적 세계의 시인이라도 라이너 마리아 릴케의
〈두이노의 비가(悲歌)〉를 볼 것 같으면 존재의 질서와 단계가 뚜렷
하다. 즉 그의 존재세계를 질서 짓는 것은 죽음의 의식으로서 가장
이 의식에 거리가 먼 생물은 버러지요, 그 다음은 작은 새들이요,
그 다음은 어린애들이다. 그래서 어른이 되어 죽음의 내음을 맡았
을 때 비로소 인간은 어떻게 살아야 하는가의 문제에 봉착한다. 즉
〈제8의 비가(悲歌)〉에서 노래한 새들의 세계와 인간의 세계는 그
죽음을 기조로 하는 단계가 있고 양자가 뛰어넘지 못할 선이 있는
것이다. 즉 릴케의 범신세계에는 인간이 천사도 되지 못하고 새도
될 수 없는 고독한 존재 조건이 인간에게 부여되어 있다.

천사여! 내가 설령 그대를 사랑한다 해도
그대는 나에게 오지 않으리
왜냐하면 나의 부르는 소리는
언제나 완강한 거절이기 때문에
―〈제7 비가(悲歌)〉에서

이래서 릴케의 인간은 천사와도 싸우고 자연도 굴복시키지 않으
면 안 된다.
이러한 우주의 각가지 존재 사이에 서로가 뛰어넘지 못하는 단
계와 질서를 발견하는 것은 비극적인 것이요 저 동양적(불교적) 서
정주의 무차별은 비극의 해소이기도 하지만 또 한편 인간 존재의
상실을 의미하기도 한다. 그렇기 때문에 서정주의 윤회와 영교의
세계는 미적(美的)인 열락(悅樂)뿐이지만 릴케의 범신세계는 윤리
적 고통이 따른다.

저승에 무엇을 가지고 갈 것인가?
오직 고뇌만을 가지고 가는 것이다.
눈물에 젖은 나의 얼굴은 빛나고 있다.
가난한 눈물이 꽃피는 것이다.
－제9장 〈고뇌(苦惱)의 찬가(讚歌)〉에서

여기에 우리의 시들이 지닌 범신세계나 동양적 체관(諦觀)이나 관조(觀照)에 현대적인 문제의식이 제출된다. 즉 카프카의 "〈게르게걸〉이 존재를 심미적(審美的)으로 향수(享受)하느냐, 윤리적으로 체험하느냐? 하지만 나는 이 설문에 반대다. 이것이냐 저것이냐 하는 것은 그의 머릿속에 있을 뿐이요, 실상은 '존재의 미적 향수(美的享受)'는 겸허한 윤리적 체험을 통해서만이 다다르는 것이기 때문이다"란 말이 우리시의 형이상적 인식의 과제를 정리해 주고 경고해 주는 명언이라 하겠다.

나에게 있어 최대의 고민은 인간이나 자연이나 사물을 초자연적 세계의 투영으로 받아들이느냐, 않느냐요, 이것을 살피는 것이 시의 으뜸 과제여야 한다.
－《현대시학(現代詩學)》 연재, 1969.

■《구상문학선》(1975)

오늘의 우리시와 시인
 - 현대문학지 제4회 시상식 연설
   1973년 9월 22일 서울 YMCA 친교실

격식을 차리자면 이런 자리에선 시상자나 수상자가 다 함께 시나 문학 전반에 대하여 역사적으로도 남을 만한 기념 연설을 행하는 것이 바람직한 일이나, 여기 와 주신 시우(詩友) 형제 자매들이 나의 밑천을 잘 아실 뿐 아니라 외지에서 갓 돌아와서 문자 그대로 근사한, 즉 비슷한 것이라도 준비할 겨를이 없어 이렇듯 빈손으로 나왔습니다. 그래서 그 미봉책(彌縫策)으로 내가 이즈음의 우리시와 시인들에게 품고 있는 소견과 그 소회(所懷) 같은 것을 솔직히 털어놓아 볼까 합니다.

가령 시인이라는 직분 속에 '프리스트'(사제〔司祭〕)적인 면과 '아티샨'(장인〔匠人〕)적 면의 두 가지가 있다면 내가 요새 우리시를 읽고 느끼는 것은 그 양면 중 장인적인 면만은 아주 숙련되어 가는데 사제적인 면은 아주 희박해 가고 저하되어 가는 느낌입니다.

내가 여기서 쳐드는 예술에 있어서 사제적인 면이란 어떤 것을 가리키는가 하면 그 창조자로서의 사리나 도리에 대한 치열한 추구력과 거기에서 얻는 고양(高揚)된 심혼(心魂)의 개안(開眼)을 뜻하는 것입니다. 그래서 시란 한자(漢字)는 말씀 언(言)변에 절 사(寺)를 쓰고 있습니다. 구체적인 예를 들면 내가 이 달 《현대시학》지(誌)나 새로 나온 시지(詩誌) 《심상(心象)》의 대부분의 세련된(?) 시를 읽었을 때 그 시의 기법들은 혀를 찰 만큼 능수능란들 하였지만 그 시에서 오는 감동은 정직히 말해 거의 공허하다고 할 정도였습니다. 이것에 대해 곰곰이 생각해 본 결과 나의 해석은 이렇습니다. 즉 그처럼 숙달된 기교로서 서술된 시의 내용이나 그 '메시지'가, 일반적 문제의식으로서는 아주 교묘하고도 명확하게 제시되어 있습니다만 그 문제의식의 개성적인 창조적인 확장이나 추구 발전이 이루어지지 않고 있다는 사실입니다.

좀더 작품과 밀착시켜 설명하면 특히 일부 젊은 시인들이 제재로 삼은 이 시대나 이 현실에 대한 문제의식이 아무리 은유로서 훌륭히 묘사되었다 하더라도 그 내용이나 메시지라는 것이 비명이나 절규에 그쳐 있어 일반적 체험이나 항설의 영역을 벗어나지 못한다는 것입니다. 즉 이 시대의 이 현실을 긍정적으로 보건 부정적으로 보건, 우리의 자유와 삶의 구조적인 또는 내적인 의미나, 전략적 가치로서의 타당성 여부, 나아가서는 보편적 인간으로서의 수용과 거부 등이 제시되지 않고 또한 그 뼈저린 자기 체험으로서의 신음이나 각성이 엿보이지 않는 것입니다.

한편 저러한 현실적 밀착을 피해 쏟아져 나오는 감각적 서정이나 서경 같은 것들도 봄은 따뜻하고 새순이 아롱지며, 여름은 더워 바다가 좋고, 가을은 신선하고 단풍이 지고, 겨울은 춥고 흰눈이 있다는 통념에 빠져 있다고 하겠습니다. 한 마디로 말해 저 T. S. 엘리엇의 "잔인한 4월"도 저 성삼문의 "금야숙수가(今夜宿誰家) 리요"의 '황혼'도 오늘의 우리 서정 속에선 도저히 찾아 볼 수가 없다는 것입니다.

이렇듯 독자들이 자기의 가장 평범한 경험의 세상살이와 시인들의 창작의 세계에 아무런 차이를 못 느낄 때 어찌 그들의 감동을 불러일으키겠습니까? 여기에다 그러한 창작을 하는 주인공들인 오늘의 시인들이 지니는바 개인적 품성이나 사회적 품격 역시 일반 시정인(市井人)들이나 사회인들의 행색과 행세보다 못할 때 비록 훌륭한 시를 썼대도 그 메시지가 어찌 독자들에게 먹혀들어 가 겠습니까? 시인이란 이미지가 거리의 방일자(放逸者), 아니면 생활의 탈락자로 보이는 것은 오히려 그래도 애교인 편입니다만 자기 이해나 그 선전을 위해서는 시장의 얌생이꾼들보다도 더 꼬리를 치며 염치가 없고 약 광고보다도 더 허황스러운 짓도 사양치 않는 부류들이 언제나 시단 전면에 나서고 있는 것입니다. 또 시인들의 사회적 행동이라야 한국시인협회니, 현대시인협회니, 또 한국문인협회니 하고 갈려서 때마다 소란을 피우니 우리가 무슨 민족의 단합을 외치며 정치적, 사회적 파벌을 규탄할 자격을 갖는다는 말입니까?

물론 나도 이상 범주에 속하는 사람으로서 누구를 규탄하거나 더욱 여러분을 힐난하자는 것이 결코 아니라 함께 성찰(省察)하고 함께 재출발을 하려는 자기요청이올시다. 또 물론 이것은 내가 우리시인들에게 개인생활에 있어서나, 사회생활에 있어서 도학자(道學者)적인 윤리성을 요구하는 게 아닙니다. 오히려 이런 물질 위주의 각박한 세상살이 속에서 우리시인들이야말로 진정한 풍류와 쇄락(洒落)과 탈속(脫俗)을 보여 주고 싶은 것입니다.

세상에서는 가장 아름답고 멋진 것을 보면 아직도 시적(詩的)이라고 합니다. 우리시인들은 이런 영예를 더하지는 못해도 추한 행동으로 더럽히지는 말자는 것입니다. 오늘의 시대, 특히 우리의 현실처럼 참된 시인이 요구되는 때는 없습니다. 저 휘트먼이나 우리의 공초 오상순 같은 정신적 거인(巨人)이 나와 이 물질과 기술만능의 해독으로 만신창이가 된 우리의 심혼을 치유하고 다시 불러일으켜야 하겠습니다.

이야기가 너무 길어졌나 봅니다. 오늘 이 축복된 자리의 주인공인 김선영(金善英) 여사를 비롯해 여기 모이신 여러 시인 형제 자

매들에게 이런 어쩌면 무리할 만큼의 주문을 늘어놓는 것은 결국
어느 시대나 사회든지 그 본질적 구심점은 결국 시인과 그 작품 외
에는 없다는 자부와 그 사명감이 이런 말을 나에게 시키는 것이올
시다.

현대문명 속에서의 시의 기능
– 문학사상사 주최 강연. 1974년 3월 20일 서울 YWCA 강당

이미 여러분이 들으신 바와 같이 우리시단의 영롱한 성좌들이 전문적인 문제의식과 각기 시인다운 독창적 레토릭을 가지고 유창하고 의미 깊은 메시지와 강연을 해 주셨습니다. 그런데 나는 가장 일반적인 문제의식과 또 일반적인 용어로써 오늘의 주제에 접근하는 방법을 택해 보려고 하는데 이것은 곧 나의 빈곤한 능력의 소치이기도 합니다.

먼저 얘기 하나를 끄집어내면 나의 친구 중 통칭 포대령(砲大領)이라는 이미 작고한 기인(畸人)이 하나가 있었는데 이 친구가 1954년인가 5년, 미국에 유학을 갔다가 와서 하는 말이

"김포공항엘 내리니 인분(人糞) 냄새가 쑤욱 코에 들어오는데 살 것 같더구나! 미국이란 거대한 기계 속에 갇혔다 돌아오니 우리의 미개(未開)나 자연이 얼마나 고마운지 모르겠어!"

하였습니다. 나는 이 말에서 오늘의 문명에 대한 반문명(反文明)이나 원시성을 찬미하고 나서려는 게 아니라 저 친구의 포복할 미국 기행담을 들은 지 20년 후인 오늘, 이 서울에서도 기계 속에 갇혔다는 실감을 갖기에 이르렀다는 것입니다.

실제 오늘의 세계는 그 세계 전체의 통어에서 뿐 아니라 각자의 일상적인 생활 속에서도 과학이나 그 기술은 절대적인 가치와 지배력을 지니고 있는 것이 사실입니다.

이러한 시대 속에서 시는 아까 사회자의 말대로 대문짝만 한 '에

너지 파동 보도 한 귀퉁이에 '짜깁기 모양'의 꼴을 하고 인간 실생활에는 그야말로 무관한 일부 지식인들의 정신이나 문자 유희로밖에 보여지지 않고 있는 것도 또한 부인 못할 사실입니다.

그렇다면 우선 시대의 변천에 따라 시의 창작이나 향유는 그처럼 인간생활의 본질과 무관한 것이며 무효, 무능한 것인가 하는 것을 따져볼 수밖에 없습니다. 그러기 위해서는 시의 기능의 내적·외적 양면을 살펴보아야 합니다.

가장 초보적인 이야기입니다만 시의 필수적 도구인 언어는 인간이 서로 이해와 우애로써 협동하여 인간사회를 형성하는 데 가장 중요한 것임은 누구도 부인할 수 없을 것입니다. 만일 인간에게 언어생활이 없었다면 아마 생물로서의 역사는 있어도 오늘날과 같은 인간문화의 역사는 없었을 것입니다. 그런데 이 언어 자체도 오늘의 모든 과학기계의 원형인 인간의 생활도구처럼 연마와 발전과 창조가 없이는 녹슬고 마멸하여 그 기능의 쇠퇴를 피할 수가 없는 것입니다. 인간 서로가 신선하고 탄력성 있는 생명의 교류와 교감을 해 가자면 바로 이 언어의 끊임없는 연마와 발전과 창조가 가장 필요한 것입니다.

예를 들면 여러분의 새로운 세대들이 구세대들과 흔히 '말이 통해야지! 어디' 하는 탄식은 바로 저간 소식을 말하는 것으로서 그 구세대들의 말에 생명력의 상실을 의미하는 것입니다. 그들의 말이 아무리 만고불변의 윤리성을 지녔다 하더라도 그것은 형식논리에 불과한 까닭입니다.

여러분도 조금 전 이 자리에서 비르질 게오르규 씨의 인사말을 들으셨습니다만 그 중에서 "한국인 여러분은 너무나 오래고 많은 시련을 겪으셨습니다. 그 시련 때문에 여러분은 가장 순수한 인간이 되실 수 있었고 그래서 저는 한국인을 존경합니다"와 같은 말도 역시 시적(詩的) 생명이 부어진 말이라고 생각합니다.

왜냐하면 흔히 오래고 많은 수난과 시련은 인간을 오손시키고 타락시켜 불순을 연상시키기가 쉬운데 게오르규 씨는 그리스도의 산상수훈(山上垂訓) 같은 논법으로 우리를 위로하고 우리에게 요청하고 또 나아가서는 불타는 희망을 부어 주었던 것입니다.

이렇듯 시는 말에다 생명을 부어 소생시키고 그 기능을 확대시키고 발전시킴으로써 인간사회의 유대를 끊임없이 새롭게 하고 힘차게 하는 것입니다.

이상은 시의 외적 기능에서 오는 효용성을 살펴본 바로서 이번엔 또 한편 내적인 효용성을 살펴보면 시인에 의해서 연금(鍊金)된 언어작용은 이제까지 어떤 사물이나 사리에 숨겨져 있던 의미와 그 아름다움을 캐내고 또 밝혀냅니다. 그래서 시의 창작행위는 곧 존재의미와 미의식의 영역을 확대하는 행위인 것입니다. 이 행위는 물론 직접적으론 어떤 사상적 목적이나 의의(意義)를 지니고 있지 않다 해도 의식하든 않든 인간 생명의 흐름을 풍요하게 하고 있습니다. 인간은 과학에 의하여 외계를 아는 지식을 얻고 있지만 저러한 생명적인 세계의 내면의 지혜를 과학과 그 기술론 도저히 얻지도 못하고 해결할 수도 없는 것입니다. 바로 이 세계 내면의 지혜! 이것을 시는 계발하고 또 모든 이에게 전달하고 있는 것입니다.

시는 바로 그 과학기술을 유도해 내는 원천인 인간의 무한한 꿈, 즉 상상·동경·이상·직관 같은 것을 생명에게 부여하고 있으며, 불멸이라든가 거룩함이라든가, 인간의 외로움이나 사랑, 또 인간의 한계성이나 연민 같은 지혜의 원천을 항상 샘솟게 하고 맑게 하고 있는 것입니다.

저렇듯 시가 주는 인간 생명 내부의 세계에 대한 지혜와 과학과 그 기술이 주는 물질적 외부세계에 대한 지식, 이 두 가지가 그 균

형이 잘 맞을 때 인간사회는 이상적 발달을 이루는 것입니다.

그런데 현대는 불행히도 이 두 지혜와 지식의 커다란 불균형 상태 속에 있어 이 시대의 불안이나 위기의식은 바로 저러한 불균형의 극대한(極大限)에서 예상되는 인류 파멸에 대한 예감이라 하겠습니다.

가령 오늘의 과학이 지배하는 근대 산업 자본주의나 유물사관적 전체주의의 독재가 거머쥐고 있는 오늘의 문명은 우리 인간을 그 기계와 조직의 하나의 부분품처럼 만들어 우리 인간들로부터 존엄성을 빼앗고 인간불신을 초래하여, 결국 원자력만 하여도 완전히 평화 이용에만 쓸 것이라는 인류의 자신을 상실케 함으로써 인류 미래에 불안과 공포의식을 갖게 하고 있는 것입니다. 흔히 사회과학이나 자연과학에 종사하는 미래학자들 중에는 걸핏하면 인류의 종말을 예고하는 사람들이 많습니다. 그들의 정밀한 컴퓨터의 분석과 통계에 의할진대 인류의 미래는 폭발하는 인구와 식량난과 공해와 환경위생의 악화로 불과 수십 년도 지탱할 수 없으리라는 절망론들입니다.

이러한 불길한 징조에 대하여 물론 종교나 철학이 인류의 예지에 호소하며 인류의 책임과 그 희망을 북돋우어 주고 있습니다만 시는 저러한 예지의 연마와 함께 그 사상을 좀더 효과 있게 감동적으로 또 더 많은 사람들에게 전파하고 있는 것입니다. 저 폴 발레리가 "시 속의 사상은 과실의 영양가처럼 숨겨져 있다. 한 개의 과실은 자양적인 것이지만 그 영양가보다는 일반적으로 그 맛에 의하여 모든 사람이 즐기게 된다. 이렇듯 쾌락만을 느끼는 속에 자양이 깃들어 있는 것이 시다"라고 말하듯 시의 효용은 일반 지식이나 사상과 다른 그 특성을 가지고 모든 사람에게 생명의 지혜를 부어주고 있는 것입니다.

이상에서 살펴본 대로 시란 인간과 그 생활 내외 면에 본질적 역할을 하고 있음을 알 수 있습니다. 저러한 효용성을 떠나 좀더 궁극적으로 말한다면 시란 존재에 대한 물음의 행위인 것입니다. 존재에 대한 성실하고 끊임없는 물음이 없이는 인간은 그 본래적 모습을 찾지도 유지하지도 못하는 것입니다.

오늘의 이 과학과 그 기술의 시대를 하이데거는 "존재망각(存在忘却)의 밤"이라고 표현했습니다. 결국 시의 부흥이란 다름이 아닌 인간 각자가 제도나 생산의 부분품으로 타락한 자기를 도로 찾는 그 운동이라고 말할 수 있습니다.

다행히도 우리 한국은 옛날부터 시를 숭상하는 나라로서 그 전통은 오늘날 이 각박한 사회 속에서도 맥맥이 유지되고 있습니다. 〈한국일보〉는 제1면에다 매일 시를 싣고 있으며, 대체적으로 모든 일간지들이 주간 1회의 시단을 갖고 있고 월간지들도 고정시란을 할애하고 있으며, 심지어 화장품, 약품, 광고, 잡지 같은 데서도 시를 다투어 싣고 있습니다.

이렇게 시를 예우하는 사회는 내가 알기론 세계 어느 나라에도 없습니다. 나는 이 나라 기타 다수에 속하는 시인의 한 사람이지만 이 나라의 시인된 것을 물질적인 면만을 제외하고는 행복하고 자랑스럽게 생각하는 사람입니다.

또 이러한 시의 풍성은 무엇보다도 우리나라의 장래의 희망을 갖게 하는 무엇보다도 흥그러운 조짐의 하나로 봅니다. 왜냐하면 이러한 시로서의 예지와 정서의 연마는 필경 우리사회의 오늘날 모든 폐풍, 악습과 고질적 악순환을 청산케 하고 그야말로 복지사회를 맞을 날을 기약해 주기 때문입니다.

우리시의 두 가지 통념

이야기를 시작하자면 웃지 못할 예가 있다.

> 눈물 아롱아롱
> 피리 불고 가신 님의 밟으신 길은
> 진달래 꽃비 오는 서역(西域) 삼만 리.
> ─서정주의 〈귀촉도〉 일절

소위 '모더니즘' 파의 한 시인은 이 시를 읽고서 '눈물 아롱아롱, 서역 3만 리'가 어쨌다는 소리냐고 반문하였다.

> $4\text{Km} \times 115\text{Mile} = x$
> ─김종문의 〈불안한 토요일〉 일절

어떤 서정파 시인은 이게 수학 방정식이지 무슨 시구(詩句)냐는 시비였다.

딱하기도 딱한 일이지 저 서정의 금선(琴線)이 나래 펴는 애곡(哀曲)에 귀먹은 자와 임리(淋漓)한 피의 휴전선에 눈먼 자와의 이 장벽을 어찌할 것이냐.

그러면 우리가 여기서 언뜻 간파할 수 있는 것이 오늘날 우리시와 그 시어(詩語)가 지니고 있는 향토적 자연 서정과 주지적 감각

(主知的 感覺)의 양립과 그 통념이다.

첫째 우리 관허(官許)(?)된 향토적 서정시인들의 시세계란 한마디로 말하면 자연에 향하여 몰입(沒入)하는 찬가가 아니면, 인간 세사(世事)의 무상(無常)을 위주로 노래하여 왔기 때문에 그들의 감성이란 불교적인 초연(超然)을 시인의 생리로 신조화(信條化)하였으며, 소재나 시어에 있어서도 자연과 그 자연의 비유를 유일의 것으로 알아 '구름과 나그네', '슬프다면 소쩍새', '분홍빛은 진달래', '산과 청송(靑松)과 고고(孤高)' 등 모두 다 모아 보아야 백 개도 될락말락한 특정 언어를 가지고 우아한 시라고 인지하고 있으며 영감주의(靈感主義)에 사로잡혀 있다.

이와 반대의 새로운 세대의 주지적 감각파(主知的 感覺派)들은 이러한 낡은 서정에 반기(反旗)를 높이 들고 현대문명에 향한 문제의식 속에서 그 속도나 기술, 인간 개방의 예찬이나 사상적 오르가니즘이나 메카니즘의 모순, 고민 등만을 소재로 삼고 그 시어 역시 현실적, 감각적, 즉물적(卽物的)인 것을 택함으로써 '공장과 연통', '로터리와 분수(噴水)', '전쟁과 군화', '시민의 합창', '교수와 파이프', '노동자와 자본가' 등 현대 도시민의 생활용어의 구사와 그들의 의식내용인 소위 불안과, 절망이나 물질주의적인 생활의욕, 역사 참여의식 등을 노래하고 있다.

이상과 같이 우리 한국의 시와 그 시어는 향토적 자연 서정파들의 특권적인 선민(選民)의식과 그 반동적 시민의식 속에서 시세계의 통로를 절단당한 채 혼선과 상충(相衝)을 반복하고 있는 것이다.

여기에는 그 양파(兩派) 시인들이 배출하던 그 시대적 배경이 가미(加味)되고 있으니, 즉 향토적 자연 서정파의 시인들에게는 일제의 탄압이 그들로 하여금 모든 낭만과 저항력을 탈취하여 버렸었기 때문에 인간 역사의 기복(起伏)을 진개시(塵芥視)하는 습성의 흐름을 마치 동양적인 시세계로 알고 일찍이 시를 현세에의 초연이나 초탈로서 자기 구도(求道)에 고정화시켰고 주지적 감각파 시인들에게 있어서는 8·15 이후 정치 사조(思潮)나 그 이념과 새로운 생활 가치관의 영입으로 자기의 존재론적 근거가 없는 세계사적인 고민에 함입하고 만 것이다.

말하자면 전자는 역사의식이나 세계사적인 고민을 등진 채 자연에 회귀(回歸)를 서두르고 후자는 예술사적인 고민이나 자기의 존재론적 거점이 없이 역사적인 문제의식에 대처하고 있는 것이다. 이로 말미암아 우리시와 그 정신의 태반(胎盤)은 실로 무근기(無根氣) 상태에서 일종의 자홀(自惚) 행위를 하고 있다 하겠다.

그러면 여기서 이로(理路)를 전환시켜 보기로 하자.

가장 소박한 이야기지만 생명이라는 것은, 아니 인간이라는 것은 말하자면 감성이나 감각적인 것만도 아니요, 지성적인 것만도 아니요, 오성(悟性)적인 것만도 아니라 이러한 모든 속성(屬性)을 구유(具有)한 것으로서 어떤 인간의 삶의 의식이나 그 형상(形象)이란 저러한 속성의 전일(全一)된 인식과 그 표현이지 어느 일부분만이 강조되거나 특정된 것이 될 수 없다.

여기에서 우리의 시와 시어라는 것도 저러한 생명의 충족성(充足性)이 먼저 회복되어야 한다. 물론 우리는 시어나 시형(詩型)에 있어 어떤 특출한 시인의 감성적 형상화나 그 조탁(彫琢)을 부인하지 않으며 그가 갖는 예술적 오묘와 그 열락(悅樂)을 거부치 않는다. 그러나 지극히 적어도 우리는 현대시에 있어서 형상화 이전의 그 감동 상태가 몰구상(沒具象)적일 수는 없다. 어디까지나 전일된 삶의 추구 위에서 이데아 된 미감(美感)이어야 하기 때문에 저러한 존재나 역사의 내면적 문제의식이 없는 감성이라든가 또 생경한 지성은 배격할 수밖에 없다.

이에 따라 시어 역시도 어떤 통념화된 비유라는 것은 그것이 전통적이든 현대적이든 하나의 새로운 생명의 상실을 의미한다. 오히려 우리는 모든 언어를 그 일상적인 노예 상태, 즉 조악성에서 해방시켜 그 언어가 지니는바 본래적인 순수성의 선율이나 색조나 이념 같은 속성을 다시 소생시키고 그 기능을 확대시키는 데 노력하여야 할 것이며 이것이 곧 시인의 임무이기도 한 것이다.

그러나 모든 언어의 각개 생명의 동정성(童貞性)을 찾아 주고 그 속성의 기능을 확대시킨다는 것은 그리 용이한 일이 아니요, 또 아무러한 예술사적인 탐구와 재창조의 고민이 없이 이루어질 수 없고, 한편 아무리 공인(公認)(?)된 미사여구(美辭麗句)라도 통념화된 특정 시어에 매달려 있는 한 그 시는 불원 분칠한 미라가 되고 말 것이다.

이제 신시 개척 50년, 우리시인도 몇몇 천분(天分)의 자연서정의 일품(逸品)을 내놓은 것을 자랑으로 삼을 것이 아니라 자기의 시나 그 시어의 독창성을 각자 확립해야 할 뿐 아니라 그것이 곧 인류 세계의 예지자로서 면목을 구현해야 하며 또 천분에만 의지한 영감주의(靈感主義)에서 탈피하여 피나는 노력의 결정으로 이루어지는 직인(職人)의식에 투철해야 할 것이다.

시심(詩心)이라는 것

　나는 지난 달 《현대문학》지에 연재하고 있는 '현대시창작입문'의 〈시와 사회현실〉이라는 항목에서 우리의 전통적 시의 그 주제나 제재에 있어서의 사회현실이나 현대의식의 결여, 시대상황이나 역사의식의 빈곤, 세계의식이나 실존감성과의 유리(遊離)에서 오는 공소(空疎)함이 새 세대 시인들의 불만과 반감을 불러일으켜서 반기를 쳐들게 한 것이 바로 현실참여의 시, 민중시, 현장시(근로자의 시)의 대두요 도전이요 그들의 주장이라고 설명하였다. 그리고 저러한 우리시와 시인의 사회의식의 회복과 획득은 지극히 당연한 것으로서 현대시와 시인의 필수적 조건이요 과제라고 말한 다음 그런데 시에다 저렇듯 사회현실을 불러들임에 있어서는 우리가 특히 주의하고 경계해야 할 점이 몇 가지 있는데, 즉 저 현실참여의 시나 민중시나 현장시들이 흔히 범하고 있는 ①현실감각의 천박과 비평정신의 결여 ②예술본령에서의 이탈 ③예술적 형상성의 조악 등을 지적한 바 있다.

　이에 대하여 몇몇 독자로부터 서신, 전화 등으로 민감한 반응을 보여 왔는데 그들의 이의(異議)와 반론의 취지를 요약하면 '①현실감각이나 비평정신이 생 체험을 떠나서 어찌 정확할 수 있는가? ② 예술의 본령이니 순수성이니 하는데 인간의 가장 절실한 아픔이나 요구를 노래하는 것이 왜 예술에서 벗어난단 말인가? ③형상성이니 미학이니 하는데 작자 자신이나 일부 시인만이 이해하는 시를 써야 예술적이요, 보다 많은 사람들이 함께 읽고 함께 즐기는 시는 비예술적인가?'로서 그들은 이구동성 오늘의 시대는 시에 있어서 그러한 특권의식은 버려야 할 때라고 덧붙여 강조하고 있었다. 저러한 너무나 상투적(常套的)이라고 할 항의에 대하여 내가 여기다 그 반박이나 설득을 늘어놓을 생각은 없고 좀 동문서답 같지만 과연 시를 쓰는 마음, 즉 시심(詩心)이나 시정(詩情)이나 시흥(詩興)이란 어떤 것인가? 하는 것을 살펴서 저들이 지니고 있는 시에 대한 근본적인 오류를 조명해 보고자 한다.

애기가 너무 초보적이 되지만 우리가 일상생활 속에서 '배가 고파 무엇이 먹고 싶다'든가 '일이 고되어 힘들다'든가, 또는 무엇이 '기쁘다', '슬프다', '화가 난다', '좋다', '싫다'든가 하는 심리 상태와 가령 절묘한 자연을 접했을 때 일으키는 흥취나 또는 연애를 할 때에 자기를 잊는 황홀감이나 어떤 모르는 죽음을 마주했을 때에도 일어나는 까닭도 없는 슬픔 등의 소위 시적 느낌이나 생각과 구별되는 점은 무엇일까? 곰곰 생각해 보면, 즉 앞의 일상적 심리 상태는 어디까지나 자기 자신의 이해(利害)에서 출발하고 또 그것의 충족으로 해소되는 것이지만 뒤의 것 소위 시적 감동이라는 것은 이해를 떠난 몰아적이요 무목적인 것이요, 또 스스로가 보존과 전달을 요구한다는 점이다.

물론 저처럼 자신의 이해를 떠나 대상과 하나가 되는 시적 감동 상태는 반드시 오묘한 자연의 경관이나 열애 속에서나 죽음 앞에서만 일어나는 것이 아니고 일상생활의 아무리 흔하고 사소하고 허접스러운 일이나 사건 속에서도 우연적으로 일어날 수도 있고 또는 예민한 감성이나 깊은 통찰로 이를 어느 때, 어느 곳에나 불러일으킬 수가 있다. 즉, 우리가 어떤 자연이나 인간이나 세상살이의 생성과 소멸, 부침(浮沈)과 기복(起伏) 속에서 그 사물의 본질이나 실재의 모습을 발견한다든가 이와는 반대로 무상감이나 연민을 느꼈을 때 우리는 저러한 감동상태에 드는 것이다. 바로 이런 감동이 저 폴 발레리가 말하는바 '우주적 감각'이나 '우주적 연민'(필자 첨가)에 연결되는 것이다.

그래서 우리의 모든 현실적 체험이 그 시의 모티프, 즉 저러한 시심을 불러일으키는 동기는 되지만 그 체험 자체가 바로 시가 될 수는 없다. 왜냐하면 우리의 일상적 체험은 개인이나 부분적 또는 일시적 이해에 엉켜 있어 그것은 앞에서 말한바 우주적 감각이나 연민으로 재조명해서 재구성해야 하기 때문이다. 즉, 우리들의 현실 생활이나 체험 그 자체는 시의 목적도 될 수 없을 뿐 아니라 시의 수단(방법)도 될 수가 없는 것이다. 이 점을 좀더 구체적으로 살펴보기 위하여 지난번에도 쳐들었던 고은의 근저《전원시편》에 있는 〈한식〉을 인용하면,

　　　(전략)
　　　이제 농투성이 순박하지 말어라
　　　좀 사납고
　　　뻣뻣하고
　　　생떼 단단히 쓰고
　　　여우꾀도 낼 줄 알어라
　　　면장 오면 굽신대지 말어라
　　　서울놈 오면 작대기로 쫓아 버려라
　　　그놈들한테 순박하다는 말이나 듣는 얼간망둥이 말어라
　　　백년 묵어라
　　　늑대 멧돼지 도깨비 되어라
　　　왼다리 칭칭 감아 돌려 버려라

죽고 나서도 비석 조각 하나 없는 시골 무덤의 주인공(농부)들이 그 자손들에게 내뱉듯 하는 이야기로서 말하자면 저런 조상의 원혼들이 오늘의 후손 농민들에게 의식적·투쟁적 궐기를 촉구하는 내용이다. 그 시의 표현들이 험악한 것은 시인의 새타이어(풍자)에서 왔다고 치더라도 그 시작의 동기 자체가 위에서 살펴본바 시심이나 시정이나 시흥과는 먼 정치현실적 이해와 전략적 목적에서 씌어지고 있음을 누가 봐도 알 수가 있다. 첫째 저 시에서처럼 우리의 시골 농부들의 삶은 전면적으로 부정되어야 하고, 또 그들은 저승에 가서도 모두 저렇듯 독기를 품은 원귀(冤鬼)가 되어야 하고, 후손들에게 대한 호소나 교훈도 저렇듯 악의에 차야 하고, 또 한편 서울 사람들은 그렇듯 다 죽일 놈이고, 또 오늘의 시골 농민들은 과연 저 시가 선동하는 대로 도시인에게 향한 절치부심의 증오와 반감과 저주와 투쟁에 나아가야 하는 것인가?

저러한 우리의 사회현실에 대한 괴기(怪奇)한 인식은 상식적 견식이나 휴머니티로도 이해되지 않거늘 하물며 사물에 대한 본질이나 실재, 또는 무상감이나 연민에서 찾아내고 우러나오는 시심에서는 멀다고 아니할 수 없다. 실상 시에 있어서는 어떤 현실의 사물이 부정적인 면을 지녔더라도 그것은 어디까지나 순화(醇化)의 대상이지 말살의 대상은 아닌 것이다. 그리고 저 시가 보여 주다시피 시심에서 이탈하여 어떤 주의나 목적이나 그 당위성 속에서 씌어졌을 때 그 시는 형상성에 있어서도 심미적 요소를 결한다는 사실이다. 그것은 예술적 형상화의 훈련의 미숙이나 외면에서도 그렇지만 고은 시인처럼 그 예술성의 후퇴를 가져온다는 사실도 간과해서는 안 된다.

시의 허구(虛構)와 진실

다 아는 얘기지만, 시는 허구의 소산인 동시에 진실의 소산이어야 한다. 진실성이 결여된 작품은 마치 비타민이 빠진 과일과 같아서 아무리 읽어도 영양이 되지 않고 허구가 결핍된 작품은 마치 맛이 없는 과일 같아서 읽을 흥미를 갖게 하지 않는다.

먼저 시의 유희적 면인 허구를 살펴보면, 모든 작품은 작가 자신이나 독자의 흥미나 즐거움을 위해 트릭을 사용한다. 즉, 거짓을 말하고 과장하고 놀라게 하고 흥분하게 하고 마술사와 같은 재주를 피운다. 이렇듯 사람들을 홀리게 한다는 면에서만 보면 시인들은 마치 사기꾼이나 다름이 없다.

그런데 한편 저러한 허구를 사용하는 시인의 마음이나 정신이 저러한 시의 유희성이나 그 즐거움에 사로잡혀서는 안 될 뿐 아니라 보다 참되고 보다 간절한 것이어야 한다. 즉, 시심(詩心)이나 시정신이 거짓이거나 흐려 있어서는 참된 작품이 나올 수가 없다. 그야말로 진실한 열의(熱意:모럴)에 차 있어야 하고 어린이와 같은 사무사(思無邪) 속에 비의(秘義)를 이루는 사제(司祭)의 기도 속에 있어야 한다.

그러면 시 속의 허구란 어떤 것인가? 한마디로 말하면 현실경험 속에서의 사물(事物)이나 사상(事象)이나 사리(事理)의 불분명하고 암흑적인 부분을 조명(照明)하고, 거기에다 상상력(想像力)을 첨가시켜 미경험(미래) 세계와 대결(비평)케 하여 새로운 현실세계를 창조함을 의미하는 것이다.

　여기서 이로(理路)의 명확을 기하기 위해 예를 들자면,

　이상 시의 절묘한 심상(心象), 즉 허구를 자칫 환상(幻想)과 혼동해서는 안 된다. 즉 환상이나 공상은 무책임한 동물적 충동적 상상력으로, 애초부터 비현실적이고 수동적인 현상이지만 심상, 즉 시적 허구는 어디까지나 이지에 의한 명확한 의식의 통제로서 만들어지는 능동적 표상(表象)의 창출(創出)인 것이다.

　그래서 주제, 즉 표현 목적의 명료한 인식이나 그것에 대한 성실성이 없이, 형상성 그 자체만을 목적으로 하여 표현을 위한 표현을 일삼게 되면 예술이 지니는 흥미나 유희적 속성에만 기울어져서 결국은 예술적 진실성의 결핍을 자아낸다.

　다음의 소설의 예에서도 문학적 허구가 지니는 핍진성(逼眞性)을 살펴보면,

　'어떤 여인이 현실 속에서는 자기 남편이 다른 여자와 애정에 빠졌을 경우, 그 두 사람을 증오와 저주로 임하지만, 바로 그 여인이 어떤 작품 속에서 어느 가정 있는 남자와 여자가 운명적 만남으로 애정에 빠져 고민하는 정상을 보고서는 눈물을 흘리며 동정을 보내는 예를 얼마든지 볼 수 있다.'

이것이 바로 문학적 허구가 갖는 핍진성으로 이 허구 속에는 앞서 말한바 인간현실에 대한 심층적 조명(深層的 照明)과 재구성(再構成) 속에서 그 현실이 순화(醇化)되었기 때문인 것이다. 물론 저러한 조명과 재구성의 근저(根底)에 그 작가가 지니는 정신, 즉 휴머니티의 열도(熱度)가 그 감동을 좌우함은 말할 나위도 없다.

어쩌면 자명(自明)하고도 초보적인 문학 얘기를 왜 꺼냈는고 하니 오늘의 우리시인이나 작가나 그들 작품 속에는 허구만이 승(勝)해서 그 진실성의 결핍을 느끼는 일이 많기 때문이다.

우리시에 나타난 6 · 25

　　이제 머지않아 6·25동란 35주년을 맞는다. 흔히 한마디로 이데 올로기 전쟁이라고 불리는 동란 속에서 과연 그 당사자였던 한국 국민은 어떤 생각을 했으며 어떤 고민을 했으며 어떤 기대를 가졌고 어떤 실망을 했을까 하는 것을 밝히기에는 그 어떤 경험의 세계를 가장 순수하게 밝히는 시인들의 작업에서 찾아볼 수밖에 없으리라. 그래서 나는 동란 중 한국민의 저러한 정신상황이나 심정이 일반적으로는 표백되지 못한 면을 표출해 놓은 시 몇 편을 함께 음미하여 우리민족 비극의 실체가 그 무엇이었던가를 살펴보고자 한다.

여기 망망한 동해에 다다른
후미진 한 적은 갯마을

지나 새나 푸른 파도의 근심과
외로운 세월에 씻기고 바래져

그 어느 세상부터
생긴 대로 살아온 이 서러운 삶들 위에

어제는 인공기(人共旗) 오늘은 태극기
관언할 바 없는 기폭이 나부껴 있다

앞의 시는 유치환이 동란 중 종군을 하면서 쓴 〈기(旗)의 의미〉라
는 작품으로 동해의 조그만 어촌이 남북 양군에게 번갈아 점령당
하는 모습을 그린 것이다. 이데올로기도 정치도 모르고 또 관여하
려고도 않는 주민들의 무고함이 여실하게 눈물겨운 터치로 그려져
있다.

　실상 한국의 일반 민중은 8·15해방까지 일본 군국주의의 지배
를 받으면서도 망국민으로서의 압박과 설움은 맛보았지만 이데올
로기의 정치적 경제적 질서의 차이나 그 생활에 대하여는 전혀 백
치상태였던 것이다. 그러다가 해방의 사자로 진주한 미·소 양군에
게서 거의 타력적으로 양립하는 사회체제를 구축하게 되었고 또
그들이 쥐어준 소련제 무기와 미국제 무기로 소위 이데올로기의
청부전쟁에까지 나갔던 것이다.

　　　겨누는 것은
　　　분명히 적(敵)이라는데
　　　적이 아니라
　　　그것은 나다.

　　　포탄은 터져 날아갔는데
　　　적의 심장을 뚫었다는데

　　　죽은 놈도
　　　자빠진 놈도
　　　그것은 나다.

　이 시는 역시 동란 중 안장현(安章鉉)이란 시인이 쓴 〈전쟁〉이란

작품인데 제목을 일반화하여 인간의 실존적인 전쟁의 부정으로 표
현되어 있지만 이것은 당시 총후(銃後) 사회에서 발전적 발언을 은
폐하기 위한 수단으로 짐작되며 그 의도는 앞서 말한 타력적 이데
올로기의 동족상잔에 대한 전면적 부정이라고 하겠다.

> 조국아, 심청이마냥 불쌍하기만 한 너로구나.
> 시인이 너의 이름을 부를 양이면 목이 멘다.
>
> 저기 모두 세기의 백정들,
> 도마 위에 오른 고기모양 너를 난도질하려는데.
> 하늘은 왜 이다지도 무심만 하다더냐.
>
> 조국아, 거리엔 희망도 절망도 못하는
> 백성들이 나날이 환장해만 가고
> 너의 원수와 그 원수를 기르는 벗들은
> 너를 또다시 두 동강을 내려는데
> 너는 오직 생각하며 쓰러져 가는 갈대더냐.
>
> 원혼의 나라 조국아,
> 너를 이제까지 지켜 온 것은 비명(非命)뿐이었지
> 여기 또다시 너의 마지막 맥박이듯
> 어리고 헐벗은 형제들만이
> 북으로 발을 구르는데
> 먼저 간 넋을 풀어 줄 노래 하나 없구나.
>
> 조국아, 심청이마냥 불쌍하기만 한

조국아!

　이것은 휴전협상 때 쓴 나의 〈조국아〉라는 졸시다. 가뜩이나 가난한 반도 안의 일체의 것을 재로 만들며 동족의 형제들이 서로 총칼을 겨눠 피아 300만 명의 죽음을 낸 싸움, 그 전쟁에서 총을 손수 쥐는 남북한의 젊은이들이 이데올로기나 자기 죽음에 대하여는 회의를 느끼면서도 통일이라는 순수한 민족의 비원 속에서만은 스스로가 그것을 쟁취하는 주인공이 되고 싶다는 욕망과 자기희생의 보람을 그 속에서 찾으려 들었었는데 이것마저 강대국의 의지는 저희 멋대로 짓밟는 것이다.

기중기는
망가진 케시어스 · 클레이의 철권 수만 개를
들어 올린다
흔들린다
헛기침도 않고
건달 같은 자세로
시장한 벽에
부딪친다.
압도해 오는 타이거 중전차에
거뜬히 육탄한다
나를 매달아 놓았던 내장의 사슬이 끊어진다
기중기를 벗어난 철추는
현실 밖으로 뛰쳐나간다
한 마리의 새가
포물로 날아간다

이 시는 김광림의 〈풍경 A〉란 시로서 일반적 문명비평이요, 우리의 역사적 상황을 직접적으로 표현한 것이라고는 보지 않는다. 그러나 오늘날까지의 역사적 현실이나 그 상황은 저 시대로 기중기 같은 강자, 혹은 강대국의 의지나 힘으로 형성되었다가 그들의 형편이나 편의에 의하여 또다시 임의의 자세로 돌아가는 것이 사실이다. 이 속에서 그 기중기 쇠사슬에 매달렸던 모든 약자의 비극은 수없이 되풀이되고 있는 것이다. 마치 한국에 빚어졌던 아니 한국이라는 가장 약하고 불행한 지역에다 벌여 놓았던 세계사적인 이데올로기의 대결은 그 상처와 맹점을 그대로 내던져 놓은 채 강대국끼리만 '이데올로기의 종언'(다니엘 벨)을 고하고 소위 데탕트에 나아간다.

여하간 이상 시에 나타난 한국동란을 살펴보면서 우리가 쉽게 간파할 수 있는 것은 일반적으로 이해하는 이데올로기의 무력적 대결 속에서 한국민이 치른 정신적 모순과 갈등과 고민의 실체는 아직도 충분히 밝혀지지 않고 있다는 사실이요 한 걸음 더 나아가 그 동란을 통해서 한국민의 참된 삶의 요구와 거부가 하나도 이루어 지지 못하고 있다는 사실을 알 수 있을 것이다.

저러한 비극적 체험과 부조리한 오늘의 삶을 통하여 우리 민족은 남북한을 막론하고 민족의 실존적 삶과는 배치(背馳)하는 이데올로기의 장벽을 누구도 아닌 우리의 힘으로 뚫고 헐어 나가야 하는 것임을 깨우쳐야 한다.

■ 〈명대신문(明大新聞)〉, (1985. 6. 5.)

언어의 표상과 실재

1

아직도 일반만이 아니라 우리 문단(특히 시단)의 일부 통념 속에는 생각이나 느낌과 말, 즉 사고와 표현을 별개의 것으로 알아 자기의 생각과 부합되는 말을 고르기에 부심하며 특히나 시를 마치 아름답게 화장한(꾸며진) 말로 여기고들 있다. 한마디로 말해 이런 사람들은 그 생각과 느낌이란 것이 말로써 이루어진다는 것을 모르는 사람들이라 하겠다. 구체적으로 예를 들어보면 어떤 사람이 하늘을 쳐다보고 '하늘이 젖빛 같다' 하였다가 '하늘이 잿빛 같다'로 고쳤다면 이것은 표현, 즉 말의 변화만이 아니라 그 느낌과 생각의 변화인 것이다. 아니 이렇게 말하기보다 먼저 하늘이라는 것에 대한 인식 자체가 말로써 이루어진 것이다.

그래서 금세기 독일의 철학자 하이데거(Martin Heidegger, 1889~1976)는 "언어는 존재의 집"이라고 갈파한다. 이 말은 그의 저서 《숲 속의 길》 속에 나오는 인식과 사고에 대한 유명한 말인데 "우리들은 언어를 통하지 않고선 존재와 만날 수 없을 뿐 아니라 언어는 존재를 우리에게 내어 주는 유일의 것이다"라고 하면서 설명을 덧붙이기를,

"가령 우리가 숲 속을 거닐다가 샘을 만났다고 하면 그것이 샘이란 것을 알아차릴 때 우리는 샘이란 말로 그것을 인식한다. 또한

공중의 새를 보았을 때도 그 새의 존재를 포착하는 것은 새라는 언어로써 물론 그때 새라는 말의 소리를 내지 않았더라도 그 존재를 우리의 인식 속에 가만히 포착시키는 작용을 한 것은 언어다."
라고 설파한다. 이렇듯 말이 없이는 생각이나 느낌이 없는 것이요, 말을 통한 인식이 없으면 존재는 있어도 없는 것이나 마찬가지기 때문에 말은 존재를 존재하게 한다고나 하겠다.

그리고 또한 말은 저렇듯 존재를 만나게 하는가 하면 한 걸음 더 나가서는 그 존재의 영역을 한정시키기도 한다. 즉 그 말이 지니는 한도 내에서, 다시 말하면 그 사물에 대한 인식의 깊이와 넓이에 따라 마치 등불의 강약에 비례하여 사물이 모습을 드러내듯 한다. 그래서 존재에 대한 인식의 심도(深度) 여하가, 즉 사람의 생각이나 느낌의 깊이나 넓이가 바로 그 자신의 말의 깊이나 넓이를 나타낸다 하겠다.

2

다음은 언어와 그 표상의 실재(實在), 즉 내재하는 진실의 여부 문제인데 먼저 고사(故事) 하나를 끄집어내면 저 중국의 제(齊)나라 임금과 화공(畵工)과의 문답으로,

> 임금 : 그대가 가장 그리기 어려운 것은 무엇이며 또 가장 그리기 쉬운 것은 어떤 것인가?
> 화공 : 네, 가장 그리기 힘든 것은 말이나 소 따위이옵고 가장 그리기 쉬운 것은 도깨비올시다.
> 임금 : 그것은 어째서?
> 화공 : 말이나 소는 뭇사람이 항상 보아서 저마다 그 형상을

잘 알고 있으므로 그것을 잘 그려 내기가 몹시 힘들고 도깨비는 일정한 형체가 없으므로 제멋대로 그려도 누가 뭐라고 비평할 수가 없는 까닭입니다.

하였다는 것이다. 우리는 저 우화를 웃어만 넘길 수 없는 것이 오늘날 우리시단에도 저런 도깨비 같은 시가 창궐하고 있다면 너무나 혹언일까? 아무리 시적 표상 또는 상징이라 하여도 언어가 본질적으로 지니는 남과의 커뮤니케이션을 위한 지시기능이나 의미기능에서 벗어났을 때, 소위 언어학에서 말하는 의미수여(意味授與)와 의미부여가 없고 내재하는 논리적 개념이나 지각적 개념이 없는 언어의 유희를 어찌 시라고 할 수 있겠는가 말이다.

실상 오늘날 우리 현대시가 전통적 서정들의 감정의 유로(流露)에서 벗어나 시각적 희화성이나 사물의 내면 영상, 또는 초현실적 상징이나 은유(메타포)와 같은 심층적 표현이나 다각적 입체감을 추구하는 것은 좋으나, 일부 표현주의자들이나 그 아류들이 우리의 시를 실재가 없는 표상, 즉 도깨비 그림으로 몰아가고 있는 사실을 나는 아주 경계해야 할 일이라고 생각하며 특히나 초심자들은 거기에 현혹되지 말기를 바라는 것이다.

솔직히 말해 어떤 표현주의자들에게 있어 그 언어 표상의 괴이(怪異)나 현란성은 그의 사물에 대한 인식의 천박을 호도(糊塗)하기 위한 수단에 불과하다 하겠다. 앞에서도 말했듯 언어란 존재에 대한 인식의 깊이와 넓이에 비례하는 것으로 이것을 시의 작품에서 따지면 그 언어 표상은 보이지 않는 실재의 진실이 그 생명을 결정하는 것이다.

이것은 실상 시뿐 아니라 우리의 일상적 대화에 있어서도 마찬가지로서 아무리 번드레하고 교묘하더라도 그 말에 담겨진 진실이

없으면 공감이 가지 않고 오히려 말이 서투르고 더듬더라도 진실
성이 있으면 감동을 자아낸다. 이렇듯 언어 표상의 실재인 진실은
시에 있어서도 똑같은 성능을 나타내는데, 그 진실의 깊이와 넓이
는 작자의 인식 추구의 치열성과 경험의 부피가 이를 좌우하는 것
이다.

3

　그러면 여기서 앞서 말한 표상의 실재 중 먼저 그 인식 추구의 치
열성의 본보기로 20세기 독일의 서정시인이요, 소설가였던 헤르만
헤세(Hermann Hesse, 1877~1962)의 시 〈기도〉를 쳐들어 보면,

　　　　주여! 나를 절망케 하소서.
　　　　나 자신에게.
　　　　그러나 당신에게 절망하게는 마옵소서.
　　　　그리고 나에게 혼매(昏昧)로 인한
　　　　온갖 슬픔을 맛보게 하소서.
　　　　모든 고뇌의 불꽃을 핥게 하소서.
　　　　갖가지 치욕을 맛보게 하시고
　　　　내가 자신을 가누는 것을 돕지 마시고
　　　　내가 성공하는 것을 도우지 마소서.
　　　　그러나 나의 온 자아가 파괴되었을 때는
　　　　나에게 가르쳐 주소서.
　　　　바로 당신이 나를 파괴하셨음을!
　　　　불꽃과 고뇌를 당신이 주셨음을!
　　　　왜냐하면 나는 기꺼이 멸망하고

기꺼이 죽어가겠지만

당신의 품에서 죽으려 하기 때문입니다.

라고 되어 있는데 우리는 시, 특히 종교나 그 신앙을 제재로 한 시의 경우 흔히는 그 신앙 대상에 대한 무조건 찬미나 찬양, 그렇지 않으면 온갖 인간적 기복(祈福)이 고작인데, 이 시에는 보다시피 그 신앙적 인식의 치열한 추구력으로 그 언어 표상 자체가 차원이 높고 깊은 경지를 여실히 보여 주고 있다.

　다음은 시의 언어 표상에 있어 체험의 부피가 담긴 것으로 우리 이상화(李相和, 1900~43)의 〈빼앗긴 들에도 봄은 오는가〉라는 시를 들겠는데 지면 관계로 몇 절만 옮겨 적는다.

　지금은 남의 땅—빼앗긴 들에도 봄은 오는가?

　나는 온몸에 햇살을 받고

　푸른 하늘 푸른 들이 맞붙은 곳으로,

　가르마 같은 논길을 따라 꿈속을 가듯 걸어만 간다

　입술을 다문 하늘아, 들아,

　내 맘에는 나 혼자 온 것 같지를 않구나.

　네가 끌었느냐? 누가 부르더냐?

　답답워라, 말을 해다오.

　(중략)

　나는 온몸에 풋내를 띠고

　푸른 웃음, 푸른 설움이 어우러진 사이로,

　다리를 절며 하루를 걷는다. 아마도 봄 신명이 지폈나 보다.

그러나, 지금은 들을 빼앗겨 봄조차 빼앗기겠네.

　가령 오늘의 어느 젊고 감성이 찬란한 시인이 저 일제하 망국민으로서의 온갖 고뇌와 비애를 그 관념만으로 아무리 말을 꾸며 놓아도, 또 비슷하게 만들어 놓았다 해도, 저 시가 지니는 체험의 부피에서 오는 감동을 불러일으킬 수는 도저히 없다.

　언령(言靈)이라는 한문숙어가 있는데 우리는 무속적 용어로밖에 쓰이고 있지 않지만 일본에서는 현대의 언어학, 특히 언어의 심미적, 형이상학적 고찰에서 또는 시어(詩語)의 연구에서 자주 입에 오르는 말로 즉, 말에 내재한다고 믿어지는 신령한 힘을 뜻한다. 이렇듯 언어가 신비한 생명을 지니고 신령한 힘, 즉 감동을 지니기 위해서는 거듭 말하거니와 표상의 실재가 그것을 지탱할 등가량(等價量)의 진실을 수반해야 한다.

■《우리 삶, 마음의 눈이 떠야》(1995)

동서의 명시

황진이의 〈동짓달 기나긴 밤을〉

《현대시》를 시작하면서 편집진에서는 연재 하나를 청해 왔는데 나는 지난해 겨우 《현대시학》에 3년이나 연재하던 연작시 〈동심초(童心抄)〉를 끝내서 '유치찬란'이란 책제로 연말에 펴내고 난 참이라 시는 버거운 느낌이어서 그 대신에 택한 것이 바로 이 '동서(東西)의 명시(名詩)' 감상이다.

이런 작업은 이미 여러 시인과 전문 연구가들에 의해서 이루어졌고 또 널리 보급되고 있는 줄 알고 있으나 시 창작도 그렇지만 시를 감상함에 있어서도 시가 지니는 다면적인 요소를 제가끔 자기 나름대로 음미하는 것이요, 또한 동일한 시의 감상도 그 감수 능력 여하로 진수(眞髓)나 진미(眞味)를 향유하는 것이기 때문에 10인 10색, 나에겐 나다운 감상을 해 볼 수 있으리라고 여기며 붓을 드는 바다.

그러나 이것은 어디까지나 그동안 너무나 자기 시작(詩作)에 골몰해 온 내가 남의 시를 읽으며 즐기려는 뜻이 강해서 그 감상은 연대순도 아니요, 주제별도 아니요, 그저 내 스스로가 젊어서부터 이제까지 읽어 온 동서의 시 중에 매우 감동받았던 시들을 머리에 떠오르는 대로 다시 찾아내서 재음미하려는 것임을 독자들께서는 먼저 양해해 주시기 바란다.

하지만 역시 동서(東西)라는 지역 명칭의 순차로 보나 또 옛이나 이제나 시의 나라로 꿀릴 바 없는 제 나라의 시(詩)부터가 자연스

러울 것 같아 황진이의 〈동짓달 기나긴 밤을〉을 먼저 음미해 보고
자 한다.

　이 시에 대한 나의 상탄(賞嘆)과 애착은 이번 이 감상에서 비롯된
것이 아니어서 가령 저 1970년대 내가 하와이 대학에 재직시 그곳
펜클럽이 마련한 '한국의 서정시'라는 강연회에서도 이 시를 소개
하면서,

　"영국의 누구는 셰익스피어와 인도 중 하나를 택하라면 셰익스
피어를 택하겠다고 하였지만 만일 나에게 동서의 모든 연가(戀歌)
와 이 시 한 편과 어느 것을 택하라면 주저 없이 이것을 택하겠다."
고 호언장담한 바도 있다.

　이러한 그 시에 대한 애착이 나로 하여금 1980년에는 희곡 《황진
이》를 발표하여 허규(許圭) 연출로 KBS TV에서 창극으로, 또 김
동훈(金東勳) 연출로 극단 '뿌리'가 2회를 공연한 바가 있다. 너무
서두가 길어졌고 또 한국인이면 그녀의 생애를 설화로 다 알고 있
지만 역시 그 작자를 짤막하게라도 소개하면,

　황진이는 1500년대 초엽 개성에서 상류계급의 소위 미혼모의 딸
로 태어나 재색을 겸비한 규수로 일찍부터 소문이 나 있었다. 그런
데 이 또한 복합적 운명의 장난이랄까!

　어떤 이웃 총각의 짝사랑의 대상이 되어 그 영구(靈柩)가 그녀의
집 문전에 멈춰 떠나지 않음으로써 처녀의 몸으로 머리를 풀게 되
어(미망인 격이 됨) 정상한 결혼을 못하게 되니 그만 화류계에 몸을
던지고 만다. 그러나 이러한 인간적 불행이 그녀의 예술적 천품을
발휘하는 데 오히려 플러스가 되었다고나 할까, 당시 봉건적인 폐
색된 사회 속에서 그녀는 기생이 됨으로써 자유분방과 풍류를 여
자의 신분으로도 즐기고 누릴 수 있었고 당대의 명사와 예술가, 석
학 또는 종교가와도 자유스럽게 교유하며 수많은 일화와 탁월한

작품들을 남겼다.

그런데 아깝게도 그녀의 작품으로 오늘날까지 전해지는 것은 우리시조 6수와 한시 6수만으로 그중에서도 백미(白眉)라고 할 시가 바로 이 〈동짓달 기나긴 밤을〉이다.

> 동짓달
> 기나긴 밤을
> 한 허리 둘헤 내어
> 춘풍 니불 아래
> 서리서리 너헛다가
> 어룬님
> 오신 날 밤이여드란
> 구뷔구뷔 펴리라.

설화로 미루어 보면 그녀와 계약결혼 생활마저 하였던 애인 음악가 이사종(李士宗)을 그리는 노래라고 하지만 그 실제 사실은 알 바가 없다. 또 객담이 되지만 20세기의 실존주의자 사르트르와 시몬느 보봐르가 계약결혼을 해서 그것이 현대 젊은이들의 모방의 표적이 되지만 실은 우리 황진이야말로 실존주의의 선구자로서 이미 16세기에 저렇듯 계약결혼에 나아갔던 것이다.

어쨌거나 우리나라의 음력 11월은 밤이 가장 길다. 이런 밤에 젊은 여인, 특히나 남녀의 정사(情事)의 감미로움을 샅샅이 아는 기생의 독수공방이란 그야말로 지루하고 정한(情恨)이 사무쳐올 것이다. 이런 지겹고 긴 밤을 보관해 두었다가 애인이 와서 함께 지내면 언제나 미진하고 짧게 여겨지는 밤에다 연장하고 싶다는 것이 이 시의 줄거리다.

그 테마나 제재 자체도 절묘하려니와 밤이란 '시간'을 의인화하여 마치 여성(자신)의 육체로 '공간화'한 고도한 수법이라든가, 그 비단결 같은 우리말의 구사는 혀를 차게 하고 우리를 황홀케 한다. 어쩌면 속절없고 안타까운 사랑이기에 그 그리움은 무한량하달까! 이런 연가는 동서고금에 허다하지만 황진이의 시만큼 규방의 정사를 직접적으로 묘사하여 관능적이면서 순화된 작품을 나는 모른다.

우리는 저 8세기 말 영국의 키니울프(Cynewulf)가 쓴 〈엑시터 북(*Exeter Book*)〉의 강한 성애적 노래들과 이 시를 비교할 때 그야말로 운니(雲泥)의 차를 발견할 것이다.

그리고 우리가 이 시에서 특히 주목할 것은 그 정한의 표상이다. 즉 한이란 멋과 더불어 우리나라 원시 자연종교라고나 할 풍류도(風流道)에서 유래하는 우리 겨레 고유의 심미적 정서로 오늘날 통념화된 것처럼 멋이란 한낱 흥취나 운치, 또는 세련미 등이 아니요, 또 한이란 원한이나 한탄, 또는 표현 못할 비통 등이 아니다. 즉 멋이란 사물에 대한 고차원적 인식, 즉 초연에서 오는 쇄탈(洒脫)이요, 한이란 역시 사물에 대한 심층적 인식, 즉 체념에서 오는 달관인 것이다.

좀더 구체적으로 설명하면 이 〈동짓달 기나긴 밤을〉에 있어서도 그대로 일반적 감정으로 말하자면 그 야속함과 서러움, 원망이나 한탄이 쏟아지련만 황진이는 그 어룬님, 즉 애인은 이미 자신의 낭군이 아니고 그 상봉의 기약도 없으며, 그 애정 성취의 욕구마저 포기한 채로 이런 시를 읊는 것이다.

그래서 이 정한에는 비극적 내음도 초조나 불안, 고뇌나 비탄 등이 다 사그라져 있고 오직 맑고 밝고 연한 페이소스만의 청순성, 즉 순화된 감성만이 남아 있는 것이다. 그래서 어둠도 탁함도 또 강렬함도 안으로 새겨져서 앞서 말한 대로 드높고 드맑은 달관에 도달하고 있다.

이것은 비단 그 작자 황진이가 기생이었기 때문이 아니라 우리 과거의 여인상은 한결같이 저러한 한을 지니고 있었다고나 하겠다. 그것은 사회제도나 그 속박에서라기보다 좀더 사물의 심층적 인식 즉 인간의 유한성(有限性)에서 오는 고통이나 악을 체념(불교에서는 제관이라고 함)으로써 받아들이고 한 걸음 더 나아가 달관의 쇄락성(灑落性)에 이르렀던 것이다.

우리의 저러한 멋과 한을 갖춘 높고 깊은 경지를 우리 겨레는 전통적으로 숭상하고 존중해 오며 심성을 순화하고 승화하던 정서가 오늘날 우리에게, 아니 시(예술)에마저 상실되고 소멸되어 있음은 통탄할 일이 아닐 수 없다. 그리고 모든 사물에 대한 인식이 소유와 이해의 차원에서 판별되고 추구되며 우리의 정서마저도 전략적 가치에 종속시키는 것이 일반적 추세인 것이다. 그래서 한은 가차없는 증오와 투쟁과 보복, 즉 해원(解寃)에 치닫고 있다. 더구나 시들마저 저러한 오늘을 부추기고 있음을 볼 때 저 〈동짓달 기나긴 밤을〉이 더욱 깊은 감동을 준다 하겠다.

■ 《우리 삶, 마음의 눈이 떠야》(1995)

로버트 브라우닝의 〈때는 봄〉

이번에는 서양시를 하나 감상해야지 하면서 가장 먼저 머리에 떠오른 것이 19세기 빅토리아 왕조 때의 대표적 시인의 하나인 로버트 브라우닝(Robert Browning, 1812~1899)의 〈때는 봄(*The year's at the spring*)〉이란 시다. 이것은 내가 서양시를 원어(原語)로 암송하는 유일의 시로서 봄날 자연의 아름다운 풍광에 접할 때마다 저절로 내 입에서 흘러나올 정도이기 때문이다.

이 시는 브라우닝의 초기 극시(劇詩) 〈피파 지나가다(*Pipa Passes*, 1841)〉에 나오는 노래의 하나로서 그 서경적 아름다움과 시적 묘사의 간결성으로 각 나라 중·고등학교 영어 교과서에 많이 수록되어 있다고 한다. 그리고 저 극시는 피파라는 순결한 소녀가 무심히 지나가며 부르는 바로 이 노래를 듣고 한 살인범이 자신의 범죄를 은폐하고 남에게 뒤집어씌우려는 음모를 꾸미다가 그만 자신을 뉘우치고 새 사람이 된다는 줄거리로 되어 있어 그 피파의 노래 속에서도 가장 알려지고 사랑받는 시다. 즉,

> 때는 봄
> 봄날은 아침
> 아침은 일곱 시
> 언덕에는 진주이슬
> 종달새 높이 날고

달팽이 가지에 오르고
하느님은 하늘에 계시니
세상만사 태평도 하여라.

언뜻 보면 전혀 시적 기교가 눈에 띄지 않는 오직 봄날 아침의 목가적 풍경을 소박히 읊은 듯 여겨진다. 그러나 좀더 자세히 주의 깊게 뜯어보면 첫째, 그 시간의 전개에 있어서나 다음 전원풍경의 전개에 있어서나 그 하나하나가 단계적인 리듬을 타고 제시됨으로써 그 신선한 경이와 감탄이 약동하고 있음을 원시(原詩)를 모르거나 못 보더라도 맛볼 수가 있다. 그것은 마치 겨우내 웅크리고 지내던 사람들이 봄날 아침에 햇살을 받으며 밖으로 나서는 걸음걸이의 경쾌함이랄까, 그 눈부신 자연의 풍경에 접하는 마음의 상쾌함이랄까, 거기다 조화의 신비에 눈뜸과 함께 오는 경탄도 리드미컬하게 표현되어 있다.

그리고 저러한 감각적인 것보다도 이 시가 우리에게 크게 감동을 주는 것은 다른 자연현상과 함께 아무렇지도 않게 술회되는 "하느님은 하늘에 계시니"라는 구절로 이 시구 한마디가 저러한 자연의 실재 위에(또는 근원에) 최고의 실재를 인식하고 있다는 사실이다. 또한 그래서 "세상만사 태평도 하여라" 하는 감탄구 역시 저절로 이어지고 있다는 점이다. 그리고 이 끝의 2행마저 앞서 말한 대로 자연스럽게 리듬 처리가 되어 있는데 이야말로 눈에 띄지 않는 기교, 즉 기교의 기교라 하겠다.

이 시가 지니는 생명의 쾌적감, 즉 자연의 질서와 그 조화에서 오는 안도감과 충족감을 이 시에서 누구나 맛볼 수가 있으며 특히나 소유와 그 이해(利害)에서 헐떡이는 우리에게 대자연의 혜여(惠與)에 눈뜨게 할 것이다.

그리고 무디고 멀어진 인간의 자연 양심을 회생시켜 저 피파의 노래에서 회개하는 살인범과 같이 새 삶에 나아가게 되기를 바라는 바다. 그런데 이 시에 씌어진 '하느님'을 꼭 기독교적인 인격신으로 이해할 것은 없다. 불교의 달마(達磨), 대일여래(大日如來)라도 무방하고 일반적 개념으로 우주의 원리라고 보아도 된다.

한편 똑같이 봄을 주제와 제재로 한 시지만 저러한 하느님, 즉 형이상학적 인식이 있고 없음으로 그 시가 지니는 감응의 차원을 비교해 보기 위해 우리 신시(新詩)의 명시의 하나로 꼽히는 고월(古月) 이장희(李章熙, 1902~1928)의 〈봄은 고양이로다〉를 여기에 적어 본다.

꽃가루와 같이 부드러운 고양이의 털에
고운 봄의 향기가 어리우도다.

금방울과 같이 호동그란 고양이의 눈에
미친 봄의 불길이 흐르도다.

고요히 다물은 고양이의 입술에
포근한 봄 졸음이 떠돌아라.

날카롭게 쭉 뻗은 고양이의 수염에
푸른 봄의 생기가 뛰놀아라.

물론 고월의 이 봄 정경도 그 예민한 감성으로서의 사물에 대한 관찰이나, 그 감각적 능란한 표현이 아주 리드미컬하고 정제(整齊)된 형태미를 발휘하고 있다. 즉 봄에 대한 그 은유적 비유가 돋보일 뿐 아니라 각 연 첫 행 끝의 조사의 일치나 각 연 제2행의 감탄사의 배열 등이 각운(脚韻)을 취하고 있는 등 아주 리드미컬한 시라 하겠다.

그러나 다 같이 봄날의 화창함을 노래하고 있지만 역시 고월의 이 시는 감각적 차원에 머물러 있어 우리에게 오직 감각적 심미의식(審美意識)만을 충족시키고 있는 것이다. 그러나 앞에서 음미한 대로 저 브라우닝의 봄 풍경은 그런 감각적 자연에 대한 미의식과 함께 우리에게 실재 위의 또는 실재 속의 실재에 대한 인식을 불러일으킴으로써 모든 만유만상(萬有萬象)의 축복된 조화가 그 최고 실재의 신령한 힘과 그 질서(섭리) 속에 있음을 깨우쳐 주고 있다. 그래서 우리에게 저 살인범과 같은 회개까지는 아니라도 우리에게 그 신비한 실재에 향한 외경심과 감사와 감동을 자아내고 있는 것이다.

하지만 나는 시의 주제나 제재 속에 신이라든가, 영원이라든가, 이렇게 '형이상학적인 것'이 들어가야 한다는 것은 결코 아니고 시인의 사물에 대한 인식 속에 저러한 형이상학적 인식이 깃들어 있는가 아닌가에서 그 시의 감동의 차원이 달라진다는 것을 말하고자 하는 것이다. 그리고 저러한 시에 있어서의 형이상학적 인식이라는 것을 그야말로 철학적으로 해석해서 너무 어렵게 생각할 것은 없다.

알기 쉽게 말하자면 저 프랑스 항공소설가 생텍쥐페리의 〈어린 왕자〉의 한 대목, 즉 별에서 내려온 어린 왕자가 지구에 내려와서 사귄 여우와 작별하는 장면인데 여우는 왕자에게 자신이 간직한 소중한 비밀을 가르쳐 준다면서 '사물의 본질이란 것은 우리의 육안으론 보이지 않아! 마음의 눈으로 보아야지'라고 일러 준다.

실상 인간의 삶이란 눈에 보이는 것만으로 이루어지는 것이 아니라 도리나 사리와 같은 막중한 삶의 필수적인 것은 눈에 보이지 않는 것으로 이러한 마음의 눈으로 보아야 하는 인식의 세계가 우리시에는 빈곤하다고 하겠다.

이제 마감으로 이 시의 작자 로버트 브라우닝의 삶의 역정을 살펴보면 그는 교양있고 유족한 은행가의 외아들로 태어나 일찍 12세 때부터 시를 쓰기 시작하여 20세 때 이미 처녀시집을 내었고, 계속해서 길고 짧은 여러 가지 형태와 종류의 시를 발표하였는데 특히 시에다 극적인 독백을 도입하여 주목을 받았다.

한편 그는 6세나 연상인 여류시인 엘리자벳 배릿(Elizabeth Barrett, 1806~1861)과 주위의 반대를 무릅쓰고 결혼하여 이탈리아로 도피해서 그녀가 죽기까지 함께 살면서 그 애정생활을 완수한 것으로 유명하다. 시집으로는 그의 단시(短詩)의 걸작들이 포함되어 있는 《남자와 여자(Men and Women)》, 죽은 애처에 대한 애절한 절창이 포함되어 있는 《반지와 책(The Ring and the Book)》, 그리고 저 〈피파 지나가다〉 등 초기의 시나 극작이 8책이나 합해져 있는 《방울과 석류(The Bell and The Pomegranate)》 등이 그의 독자적 시풍을 알려 주는 대표적 저작들이다.

그의 시는 그 짙은 사상성과 표현의 난해성 때문에 초기에는 일반 독자들에게 경원 당했으나 그의 불굴의 시혼에서 우러나오는 끈질긴 작업과 그 독창성이 차차 인정되어 그의 만년에는 애독자들에 의해 '브라운 연구회'가 설치될 정도로 국민적 추앙을 받는 시인이 되었다. 이것은 이 시인의 그 고매하고 투철한 '사랑'의 인생관이 공감을 불러일으킨 것이다.

■ 《우리 삶, 마음의 눈이 떠야》(1995)

샤를르 보들레르의 〈유쾌한 사자(死者)〉

이즈막 우리나라 일반은 물론 문학청소년이나 젊은 시인층까지도 T. S. 엘리엇이라면 〈황무지〉의 첫머리 '4월은 잔인한 달, 죽음의 땅에서……'라고 읊고 나서지만 샤를르 보들레르(Charles Baudelaire)라든가 그의 시집 《악의 꽃(Les Fleurs du Mal)》을 쳐들어도 별로 모르거나 무관심한 사람들이 많다. 그런데 우리가 젊었을 때는 시인이나 그 지망생에게는 말할 것도 없고 일반에게까지도 시인이라면 보들레르요, 시집이라면 《악의 꽃》이 그 표본처럼 여겨져서 심지어는 자유(현대)시인이라면 그 모조리 반윤리적이요, 반사회적인 기질의 소유자요, 그 시라는 것은 풍속문란의 위험성이 농후한 글이라고 오해하는 경향까지 있었다.

실상 저러한 추앙과 오해를 일으킬 만큼 보들레르는 근대 자유시의 시조라고 불리는 위대한 시인이요, 또한 데카당스(관능적 탐미주의 또는 퇴폐적 인간)와 사타니즘(악마파)의 괴수로 불릴리 만큼 그의 삶은 파멸적이요, 그의 시의 표상은 그로테스크한 것이 사실이었다. 그의 시에 대한 사후(死後)의 명성과 추앙은 차치하고 그의 생전의 삶이나 문학에 대한 사회적 물의가 어느 정도였는가 하면 그의 방탕과 광기는 가족들로 하여금 그를 금치산자의 법적 낙인을 찍게 했으며 그의 시집 《악의 꽃》은 출판되자 풍속문란죄로 300프랑의 벌금과 6편 삭제라는 재판 선고를 받기까지 하였다.

그러면 과연 그의 시는 어떤 것인가를 바로 그 《악의 꽃》 73번에 있는 〈유쾌한 사자(*Le Mort Joyeux*)〉로 음미해 보자.

> 달팽이 우글거리는 진흙땅에다
> 내 손으로 깊은 구덩이를 파서
> 그곳에 한가로이 내 늙은 뼈를 눕히고
> 마치 상어가 파도 속에 잠들 듯 나도
> 망각 속에 잠들리라.
> 나는 유언도 싫고 묘비도 싫다.
> 사람의 한 줄기 눈물을 청하기보다는
> 차라리 살아서 까마귀 떼를 불러 모아
> 내 더러운 육신의 군데군데를 쪼아
> 먹게 하리라.
> 오오, 구더기들아! 귀도 없고 눈도 없는
> 암흑의 친구들아,
> 여기 이제 유쾌하고 자유로운 사자(死者)가 하나 찾아왔다.
> 방탕의 철인들아, 부패의 자손들아,
> 주저 말고 나의 시체에 파고들어라.
> 그리고 죽은 자 사이에 끼인 이 영혼
> 나간 육신에게
> 아직도 무슨 고통이 남아 있는지를 말해 다오.

위의 한국 역은 최완복(崔完福) 씨의 것으로 필자가 일본어 역의 대조로 조금 수정한 것인데 저렇듯 괴상하고도 끔찍하게 또는 냉소적으로 죽음을 노래하고 있다. 아니 어쩌면 그는 그런 죽음을 통해 인간적인 모든 죄악과 그 고통에서 해방되기를 희구하고 있다.

예로부터 동서를 막론하고 많은 시인들이 죽음을 허무하게, 신비롭게, 또는 삶의 종결로, 영생(永生)의 출발로 노래해 왔지만 보들레르같이 죽음을 적나라하고 시니컬하게 다루고 시체를 구더기나 까마귀의 먹이가 되는 것을 기꺼이 여긴다는 그 잔인한 감각과 괴상한 심미의식의 시나 시인은 없었다. 그래서 그를 악마파니 괴기주의자니 하는 평도 그 때문인 것이다.

그런데 한편 우리가 저 시를 읽고 나서 자기 가슴에 귀를 기울이면 어떤 물리치지 못할 공감과 매력의 속삭임을 듣게 되는 것은 어쩐 일일까? 그것은 우리가 그의 시에서 가면(假面)과 가식이 모두 벗겨진 인간의 실존적 상황과 그 감정을 만나기 때문이다. 실상 이 시뿐 아니라 그의 모든 작품들은 어느 누구의 시보다도 인간의 죄악과 애증, 고통과 비참, 소외와 고독, 갈원(渴願)과 절망을 더없이 정직하고 성실하게, 또 치밀하고 의도적으로, 아주 기발한 비유와 세련된 운율로 나타내고 있는 것이다.

그래서 그는 인간심리의 심층과 사회규범의 터부〔禁忌〕까지를 파헤치고 이제까지의 시인들이 자연의 서정이나 서경, 인간의 정한이나 낭만만을 시의 주제나 제재로 삼고 있을 때 그는 인간이나 자연의 결함이나 추악함, 죄악이나 암흑면에서 그것의 본연과 미를 찾아내려 하였다. 이러한 그의 시도는 당시 사회는 말할 것도 없고 시단에서까지도 "부도덕과 광기 이외에는 아무것도 찾을 수 없다"(당시의 비평가 브륀느티에르의 평)는 혹평마저 받았었다.

하지만 우리가 그의 앞의 시만이라도 좀더 깊이 음미하면 할수록 그의 냉소적인 새타이어(풍자)의 역설 속에 순수한 영혼의 표백과 신음과 갈원이 깃들어 있음을 발견하게 되며 감동을 자아낼 것이다. 첫째 〈유쾌한 사자〉라는 그 제목의 상징부터도 그러려니와 구구절절 독설적이고 허무적인 죽음의 찬양의 그 결론으로 "아직도 무슨 고통이 남아 있는가를 말해 다오"라는 절규는 어느 종교심보다도 강한 영원한 안식에 대한 희구와 염원이 담겨져 있다.

이러한 그의 외면적 반윤리성이나 반신적(反神的) 표현 속에 담긴 형이상학적이요, 종교적인 차원의 인식과 표백은 그의 《일기》로 되어 있는 단상집(斷想集) 중 〈벌거숭이의 내 마음〉 편에 역력히 나타나 있는데 가령 그 46장 〈기도〉에,

"어머니로 인하여 나를 벌하지 마옵시고 나로 인하여 어머니를 벌하지 마옵소서. 나의 아버지와 마리엣트(유모)의 영혼을 당신에게 맡기오니 돌보소서. 하루하루 지체 없이 나의 의무를 수행하며 그래서 나에게 영웅과 성자가 될 수 있는 힘을 주옵소서."
라고 적혀 있다.

겉으로는 아무 두려움도 모르는 듯한 그의 내심은 저렇듯 여리고 애절한 바람을 지니고 있었던 것이고, 또한 바로 그것이 그의 시심(詩心)이기도 하였다.

그래서 시집 《악의 꽃》은 151편(초판은 101편)을 전체로 음미하고 특히나 작자가 편집한 순서에 따라서 읽는 것이 중요하다. 왜냐하면 작자의 의도적이고 치밀한 배열에 의한 것이기 때문에 그렇게 읽어야 보들레르의 시를 심미적 측면에서만이 아니라 진실적 측면의 올바른 이해와 그 감동을 맛볼 수가 있기 때문이다.

이제 마금으로 그의 인생역정을 소개하면 그는 파리에서 1821년, 62세 된 늙은 아버지와 28세의 젊은 어머니 사이에서 태어난다. 불과 6세에 아버지를 여의고 일 년도 못 되어 고급장교(후에는 장군)인 계부를 맞았는데 다감한 소년인 그에게 이것이 반항아로서의 씨앗이 되고 평생 아물지 않는 상처가 된다. 18세에 고등학교를 중퇴하고 개인교사의 지도로 대학입학자격 시험에 통과, 법과대학에 등록은 했었으나 학교에는 나가지 않고 파리의 유흥가를 배회

하며 무궤도한 생활에 나아간다. 이러한 그의 생활태도를 바꿔주려고 계부는 그에게 인도여행을 강권, 배를 태워 보냈으나 동인도양 모리스 섬까지 갔다가 그만 돌아서고 만다.

그리고 곧 성년이 된 그는 자기 몫의 실부(實父)의 유산을 요구해서 당시로는 막대한 금액인 7만 5천 프랑을 상속받고는 한층 더 허랑방탕한 생활에 나아갔는데, 이때에 '검은 비너스'라는 별명이 붙은 혼혈의 창녀 잔느 뒤발과의 동거생활은 그의 시적 영감을 얻게도 했지만 그의 정신과 육체를 파멸적 상황으로 몰아갔다. 그때 그의 계부의 제소로 금치산자가 되었음은 앞에서 말한 바로서 이로 인해 그는 완전히 궁핍에 빠진다.

그러나 한편 그는 과거 낭만주의 시와는 전혀 다른 이색적인 시를 발표하는 동시에 소설도 쓰고, 미술·음악평론도 쓰고, 1848년 2월 혁명 때는 급진적 시평을 신문에 기고하기도 하고, 미국의 작가 에드가 포우의 작품 번역에까지 손댔었다. 문제의 시집 《악의 꽃》이 출판된 것은 1851년 그가 36세 때, 그 결과 물의는 앞에서 말한 바와 같거니와 당시에도 비난과 매도만이 있은 것은 아니고 이미 문단의 대가였던 빅토르 위고는 "이 시집은 우리에게 새로운 전율을 불러일으켰다"고 격찬을 하기도 했다.

그 후에도 그는 문학·미술의 비평을 쓰며 한편 그의 내면기록인 《일기》를 쓰고, 유고로 남긴 산문시집 《파리의 우울(憂鬱)》의 시편들을 쓰기에 몰두했었다.

그러나 극심한 생활난과 극도의 건강악화와 극렬한 정신적 초려(焦慮) 속에서 벗어나 보려는 의도에서 1864년 벨기에 브뤼셀로 여행을 갔다가 계획도 없이 머무르던 중 뇌연화증(腦軟化症)으로 쓰러져 반신불수와 실어(失語) 상태가 되었는데, 그 어머니의 부축으로 파리에 돌아와 자선병원에 입원해 다음 해인 1867년 그러니까

그의 나이 46세에 마침내 현실적으로는 비참이라고 표현할 수밖에
없는 생애를 마친다.

■ 《우리 삶, 마음의 눈이 떠야》(1995)

라이너 마리아 릴케의 〈장미의 내부〉

나는 나의 시론에서 밝히고 있듯이 시를 불러일으키는 마음, 즉 시심(詩心, 詩想, 詩情, 詩興)을 우주적 감각과 우주적 연민이라고 말하고 있는데 바로 라이너 마리아 릴케(Rainer Maria Rilke)의 시야말로 그 본보기라고나 하겠다. 그의 작품들은 언뜻 읽으면 단순하고 감미로운 서정처럼 여겨지지만 좀더 깊이 음미하면 그의 시에는 존재에 대한 깊은 인식과 고도한 종교심이 깃들어 있어 겉핥기로는 그 진미를 맛볼 수가 없다. 그래서 이번에는 그의 시를 감상하려고 하는데 그는 생전 장미를 더없이 사랑해서 이를 즐겨 노래하다가 마침내 그 가시에 찔려 숨졌고 지금도 그 묘비명에는 장미의 시가 새겨져 있어 그야말로 장미의 시인이라, 여기서도 그의 〈장미의 내부〉라는 시를 음미해 보기로 하자.

어디에 이 꽃의 속에 대한

겉이 있는가? 그 어떤 아픔 위에

이런 삼베옷(리넨)이 주어졌는가?

이 우울을 모르고

활짝 핀 장미의

그 호수 속에 비치는 것은

어느 하늘인가? 보라?

어떻게 장미가 흐드러지게 피어

늘어져 있는가를, 떨리는 손길도
그것을 흩어버리지 못할 만큼
장미는 거의 그 자신을
가누지 못한다. 그 많은 꽃들은
필 대로 피어
내부의 세계에서
외부로 넘쳐 있다.
그리고 외부는 더욱 가득 차서
스스로의 테두리를 닫고
마침내 전체가 하나의 방이
꿈속의 한 방이 된다.

그의 파리시절의 작품을 모은 신시집 별권에 수록된 것으로 이 시도 보다시피 장미를 노래하면서도 그 감각적 아름다움만이 아니라 그 장미라는 사물이 지니는 내면적 진실(실재)을 노래하고 있음을 발견할 수가 있다. 즉 장미가 그 내부에서 외부로 향해 흐드러지듯 꽃을 피우는 그 생명력에 작자는 깊은 관심을 기울임으로써 그 존재가 형성하고 있는 하나의 절대공간을 노래하고 있는 것이다.

말하자면 사물마다의 독자적인 진실성과 완전성을 그는 찬탄하는 것이다. 그래서 흔히들 그를 범신론적(汎神論的) 사상을 지닌 시인이라고 말한다. 그런데 우리가 여기서 저러한 릴케의 범신론적 존재관이 동양, 특히 불교적 인식의 세계와 동일하게 여겨서는 안 된다. 이 점을 이해하기 위해 가령 미당(未堂) 서정주(徐廷柱)의 시 〈내가 돌이 되면〉을 보면,

　　　내가

돌이 되면

돌은
연꽃이 되고

연꽃은
호수가 되고

내가
호수가 되면

호수는
연꽃이 되고

연꽃은
돌이 되고

라고 되어 있어 만물이 그 윤회적인 변화와 변신 속에서 그 차별이
나 차등이 완전히 없어지고 스러진다. 그러나 릴케의 경우를 그의
〈두이노의 비가(悲歌)〉 7장에서 보면,

천사여! 내가 설령 그대를 사랑한다 해도
그대는 나에게 오지 않으리
왜냐하면 나의 부르는 소리는
언제나 완강한 거절이기 때문에
(하략)

저렇듯 모든 존재는 서로가 넘지 못할 차별과 차등을 갖고 있다. 즉 신, 천사, 악마, 인간, 짐승, 물고기와 새, 초목들은 서로가 영원히 다른 존재로서 존재할 뿐 서정주의 시와는 달리 인간은 도저히 돌도 꽃도 호수도 될 수가 없고 마찬가지로 돌도 꽃도 호수도 인간이 될 수가 없다. 이러한 존재관의 상이(相異)는 내세관이나 그 불멸사상에 있어서도 현저한 차이를 나타낸다.

즉 서양, 특히 기독교적인 존재관은 영원 속에서도 이 존재의 차별과 차등이 있어서 신은 영원히 신이고, 인간은 영원히 인간이고 악마나 저주받은 인간의 영혼은 영원한 형벌 속에 놓이게 되지만 동양, 특히 불교의 불멸사상에는 모든 만물이 모두 불성(佛性)을 지니고 있어 영겁이라는 시간 속에서는 저러한 존재의 차별과 차등과 그 대립관계의 해소를 본다. 그래서 저 릴케의 시처럼 우주 안의 모든 존재가 서로 뛰어넘지 못할 경계와 질서를 발견하는 것은 비극적이요, 서정주의 시세계처럼 모든 존재의 상호변신과 무차별은 존재가 지니는 비극성의 해소라 하겠다.

그러나 이러한 존재의 무차별은 궁극적으로 볼 때 인간이란 존재의 특수성의 상실을 의미한다. 그래서 서정주의 시처럼 존재에 대한 심미적 열락(悅樂)은 가능하게 하지만 릴케의 세계와 같은 윤리적 고통을 안 갖는다. 나는 여기서 두 존재관이 그 타당성 여부나 우열을 논하려는 것이 아니라 그 근본적인 대조만을 이해시키는 데 목적이 있을 뿐이어서 더 이상 언급을 피한다.

그리고 이 시를 감상하면서 시를 쓰고 있고 또 쓰려는 이들이 특히 주목할 것은 시의 형태와 그 내용과의 관계다. 즉 장미꽃이 그 내부(내용)에서 터지듯 피어서 그 외부(형태)를 흐드러지게 하고 마침내 자신(시)의 완성을 보듯 시의 내용과 형식도 저렇듯 존재한다 하겠다. 그래서 시의 형식이란 그 시혼(詩魂:시의 내용)과 분리할 수 없는 것으로 우리는 때마다 이 두 가지를 따로 떼어서 말하기를 잘하지만 이것은 마치 그 작자가 어떤 작품에 그런 형식을 취함으로써 그런 내용이 이뤄졌다고 생각하거나 또는 내용을 희생시킨 형식이 따로 있다고 여기는 데서 오는 오해다. 아닌 게 아니라 시의 형식이란 저 장미꽃처럼 외부(형식) 자체가 이미 내부(내용)의 한 성질로서 말하자면 그 어떤 내용이 농숙(濃熟)할수록 그 작품은 정연한 형식을 갖추는 것이다. 이러한 시의 필연적 형식에 대하여 〈장미의 내부〉는 우리에게 큰 깨우침을 준다.

이제 마금으로 릴케의 생애와 그의 주요작품을 소개하면 그는 일반적으로 독일의 시인으로 간주되고 있으나 엄밀히 말하면 프라하(오스트리아와 형가리 합방제국 때)에서 1875년 12월 4일 탄생한 오스트리아 시인으로 그의 아버지도 본래는 오스트리아 군인이었다. 그래서 일찍이 그도 육군사관학교에 입학하였으나 중퇴하고 상업전문학교와 대학 법학과 등에 진학했지만 전공분야에는 흥미를 갖지 않고 문학에 몰두하였다. 그리고 그는 명상적인 시를 썼기 때문에 한 곳에 정주한 시인으로 여기기 쉬우나 오히려 그는 독일을 비롯해 러시아, 프랑스, 이탈리아, 아프리카, 스페인 등 각지를 전전 방랑하고 마침내 스위스에서 생애를 마친다.

시인으로서의 그의 생애는 크게 넷으로 나눌 수가 있는데 제1기(1894~1897)는 그가 고향 프라하에서 시작(詩作)의 첫발을 내디딘 시기로 《삶과 노래》(1894), 《가신(家神)에게 바치는 제물》(1895), 《꿈의 왕관을 쓰고》(1897), 《강림절(降臨節)》(1898) 등 자기의 세계를 모색 추구하는 네 권의 시집을 펴내고 한편 자연주의적인 경향의 희곡과 소설도 2, 3편 썼다.

제2기(1897~1902)는 독일과 이탈리아, 러시아 등 여러 나라를 여행하고 돌아와 시와 삶의 새 세계를 여는 시기로 《나의 축제를 위하여》(1899), 《하느님 이야기》(1900), 《기도시집》(1905), 《형상(形象)시집》(1902) 등이 있는데 그는 1901년 여류 조각가 클라라 베스트호프와 결혼하고 로댕에게 경도(傾倒)하여 파리로 이주해 살며 그의 무보수 비서노릇을 한다. 이때부터가 제3기(1902~1910)로 그는 《신시집》(1907~1908)과 그 별권을 내면서 인간 실존의 궁극적 모습과 사랑, 고독, 죽음의 문제 등을 깊이 사색하고 〈말테의 수기〉(1910)와 같은 명상의 기록을 남기며 또한 예술가와 현실생활의 모순을 〈진혼곡(鎭魂曲)〉(1908)에서 노래한다.

그리고 그의 제4기(1910~1926)는 여러 나라와 여러 지방을 편력 끝에 제1차 세계대전 후는 스위스에 이주, 그의 만년의 불후의 명작이요, 대작인 두 편의 시 〈두이노의 비가(悲歌)〉(1922)와 〈오르페우스에게 바치는 소네트〉(1922)를 완성하고 1926년 12월 29일 제네바 호숫가인 바르몽에서 앞서 말한 대로 손에 찔린 장미 가시가 병의 원인이 되어 이 세상을 떠난다. 그의 묘비에 새겨진 시는 다음과 같다.

> 오오 장미! 순수한 모순의 꽃
> 꽃잎과 꽃잎이 눈꺼풀처럼 겹쳐서
> 이미 누구의 꿈도 아닌 깊은 잠을
> 폭 감싸고 있는 그 애련함이여.

■ 《우리 삶, 마음의 눈이 떠야》(1995)

왕지환의 〈관작루에 올라〉

그 동안 여러 차례 유럽의 시만을 쳐들었기에 이번에는 동양, 특히나 중국의 시를 하나 음미해 볼까 하는데 명시라면 역시 머리에 떠오르는 것은 중국시의 황금기인 당(唐)시대의 시다. 다 알다시피 이 시기에는 시선(詩仙)으로 불리는 이백(李白)이나 시성(詩聖)으로 불리는 두보(杜甫)를 비롯해 기라성 같은 시인들의 절창들이 헤아릴 수 없게 많지만, 내가 여기서 함께 감상하려는 것은 중학교 시절 한문 시간(내가 다닌 가톨릭 신학교 중학과정에서는 우리 국어와 한문 시간이 있었음)에서 도연명(陶淵明)의 자서전인 《오류선생전(五柳先生傳)》과 함께 배운 왕지환(王之煥, 688~742)의 《관작루에 올라(登鸛鵲樓)》라는 시다. 왜냐하면 이 시는 4구 20자의 그 한자도 쉬워서 별로 한문에 소양이 없는 이도 이해가 가능하고 그 웅대한 기우(氣宇:기개와 도량)의 자연서경은 중국시의 특성을 더없이 잘 나타내 주고 있기 때문이다.

> 흰 해는 산에 기대듯 지고
> 황하(黃河)는 바다로 흘러가네.
> 천리 먼 곳까지 바라보려고
> 누각의 한 층을 더 오르네.
> (白日依山盡 黃河入海流 欲窮千里目 更上一層樓)

이 시의 제목이 된 관작루는 포주(蒲州:山西省 永濟縣)의 서남쪽에 자리한 3층 누각으로서 황새(관작)가 그곳에 집을 삼아서 관작루란 이름이 붙여졌다 하며 황하의 흐름을 저 멀리까지 바라볼 수 있는 명소였다고 한다. 그래서 당 시대의 많은 시인묵객들이 이 누각에 올라 시를 다투어 지었는데 이 시는 그 중에서도 가장 손꼽히는 명시인 것이다.

언뜻 읽기에는 그저 저녁나절 해는 서산 너머로 져가고 황하는 동쪽 바다로 향해 흘러가는데, 이 경치를 좀더 멀리 바라보려고 누각의 한 층을 더 오른다는 소박하고 평범한 자연서경 같지만 그 시가 내포하는 웅대한 감각과 그 대구(對句)의 시어(詩語)들이 지니는 묘미는 실로 혀를 차게 한다.

첫째 전반 두 구(句)는 자연풍경을 묘사하고 뒤의 두 구는 자신의 심회를 표명한 것인데, 첫째 구의 흰 해가 산에 기대듯 지네〔依山盡〕라는 의지할 의(依)자의 한자사전 풀이에는 떠나보내기가 아쉽고 서운하다는 뜻이 담겨 있어 저녁 해가 지면서도 머뭇거리는 느낌이 들어 있는 것이다.

둘째 구에는 눈앞에 도도하게 흐르는 황하의 실경을 읊으면서도 실제로는 보이지 않는 바다로 흘러간다라고 상상으로 포착하고 있는 점도 주목할 점이다. 그래서 영원한 시간의 흐름을 한 순간 속에서 잡고 있다는 느낌이다.

그리고 후반 두 구는 그런 감동적 풍경을 접했을 때 누구나 품는 마음, 즉 좀더 높이 올라가 보다 더 오묘하고 광대한 풍광을 보고 싶다는 욕망을 노래하고는 이어서 "누각의 한 층을 더 오르네"라고 하여 그 조망(眺望)을 상상으로 확대시키면서 무한량한 기대와 여운을 일게 하는 것이다.

또한 이 시는 그 시어의 대구가 절묘하여 흰 해〔白日〕와 누른 강

〔黃河〕, 기댄다〔依〕와 들다〔入〕, 산(山)과 바다〔海〕, 다하다〔盡〕와 흐른다〔流〕 등으로 되어 있고 또 흰 해와 누른 강은 자연물의 대응인 동시에 색채의 대비이기도 하며 해가 지는 것은 서쪽이고 강이 흐르는 것은 동쪽이라 방위의 대비를 안으로 깔고 있다.

거기다 욕심을 다하여〔欲窮〕와 다시 위로〔更上〕, 천리(千里)와 한층〔一層〕, 눈〔目〕과 다락〔樓〕 등도 대구가 되어 있으며, 더구나 이 시는 전체 구성에 있어서도 전후가 두 가지 대구로 되어 있으면서도 상하구가 그 의미 내용이 연쇄됨으로써 일반적 대구의 중첩보다 좀더 유연성을 지니고 있다 하겠다. 이렇듯 이 시는 치밀한 구성과 섬세한 언어의 조직으로 아주 간결하게 광대무변한 자연과 그 감동을 너무나도 잘 그려 내고 있는 것이다.

이러한 중국시의 대륙적 웅대한 기우(氣宇)라고나 할 웅장과 호방(豪放)과 장쾌한 언지(言志:말의 뜻)와 언정(言情:말의 느낌)은 오늘의 시에 이르기까지 이어지고 있는데 가령 대만(台灣)의 현역 시인인 백령(白靈)의 〈장성(長城)〉이란 시의 첫째 연만을 소개하면,

나는 노상 이런 상상을 해 본다.
가령 중국인 모두가
그들 성곽(城郭)에 자리해서
손마다 긴 노를 잡고 북을 치며
야, 저어라! 힘껏 저어라! 하고
외치면서
그 긴 성곽을 산으로부터 빼내어서
발해만(渤海灣)에다 저어 들어가
제왕장상(帝王將相)도 아랑곳없이
태평양으로 태평양으로!

저어 가며 소리치고 활개를 친다면

그야말로 즐거운 중국의 용주(龍舟)가

그 아닐손가?

(하략)

비록 시적 환상이라지만 중국의 성곽들을 태평양에다 띄워서 용
주(龍舟:임금이 타는 배, 즉 호화선)로 삼겠다니 이러한 웅대와 호방
과 장쾌를 좀처럼 다른 나라 시에서는 맛보기 힘들 것이다. 그러나
이러한 시적 표현의 과장은 흰 머리가 3천길〔白髮三千丈〕과 같이
읽거나 듣는 이에게 허황한 느낌을 주기도 한다. 물론 우리가 음미
하는 〈관작루에 올라〉에 해당되는 비평은 아니다.

다음은 중국시에 전혀 소양이 없는 독자들을 위해 하는 이야기
로 저 〈관작루에 올라〉와 같은 것을 오언절구(五言絶句)라고 하는
데 절구는 중국의 수(隨), 당(唐) 이후 확립된 시의 형식과 체제로
율시(律詩), 배율(排律) 등과 더불어 정형의 하나다. 그리고 절구는
기·승·전·결 네 구로 되고 한 구가 저와 같이 5언인 것과 7언
인 것이 있으며 드물게는 6언인 것도 있다. 그리고 첫 구 기(起)에
서는 시의 상념이나 감동을 제시하고, 둘째 구 승(承)에서는 앞의
구의 내용을 이어받아 더욱더 벌이고, 셋째 구 전(轉)에서는 그 시
의 메시지를 한번 뒤집고 돌려서 역설적으로 이를 강조하고, 넷째
구 결(結)에서는 이제까지의 시상(詩想)을 마무리 짓는 것으로 되
어 있다.

이제 마금으로 작자 왕지환의 인물을 소개하면 당나라 현종(玄
宗) 때 산서성 신강현(山西省 新絳懸) 사람으로 자(字:본 이름 대신
에 부르는 이름)는 계릉(季陵)이요, 어렸을 때부터 시문에 능했을 뿐
아니라 검술을 습득하는 등 협기가 있고 호방했으며 두주불사(斗酒

不辭)의 술꾼이었다고 한다. 젊었을 때 하북성 형수현(河北省 衡水縣)의 주부(主簿)로 있었으나 동료들과 잘 맞지가 않아서 일찍이 관직에서 물러나 오랫동안 집에서 소일하며 시문을 즐기다가 만년에는 역시 하북성 문안현(河北省 文安縣)의 위(尉:무관의 직위의 하나) 벼슬에 있으면서 사망하였다. 특히 그는 당대 손꼽히는 시인이던 왕창령(王昌齡), 고적(高適) 등과 어울렸는데 그 셋에게는 다음과 같은 흥그러운 일화가 전해진다. 즉,

"어느 날 그 셋이 요정에 가서 술을 마시고 있는데 가무에 능한 기생들이 들어와서 술 시중을 들며 노래도 불렀다. 이때 왕지환이 '이 기생들이 우리 중 누구의 시를 많이 부르는가로 시인으로서의 우열을 정하자'고 제의하였다. 그래서 모두 찬성을 하고 노래를 듣게 되었는데 첫 번째 기생은 왕창령의 시(당 시대의 절구들은 흔히 곡이 붙여져 불렸음)를 불렀고, 두 번째 기생은 고적의 것을 부르니 왕지환이 이번에는 그 기생들 중 가장 미인을 지적하면서 '이 여인의 노래가 만일 나의 시가 아닐진대 평생을 자네들과 그 시의 명성을 다투지 않겠네. 그렇지만 이 여인의 노래가 내 시일 경우에는 자네들은 무릎을 꿇고 나를 스승으로 모시게' 하여서 모두 웃음을 터뜨리고 귀를 기울였는데 아니나 다를까, 그가 당시선(唐詩選)에 남긴 여섯 수(首) 중 〈관작루에 올라〉와 더불어 명시로 꼽히는 〈양주사(凉州詞)〉였다"는 이야기다.

■ 《우리 삶, 마음의 눈이 떠야》(1995)

미요시 다쯔지의 〈마을 1·2〉

일본의 신체시(新體詩)의 출발은 1884년, 그러니까 우리보다 20여 년이나 앞선다. 그래서 일본의 시인들은 일찍이 서양의 근대정신이나 그 예술에 접하고 있었으므로 20세기 유럽에서 일어난 시의 사조를 민감하게 도입, 소위 그들의 대정(大正)·소화(昭和) 시단을 다채롭게 장식한다. 즉 그들은 상징주의를 비롯해 초현실주의·다다이즘·현실주의·즉물주의 등의 그룹운동을 일으키며 각각 동인지를 가졌었는데, 그 중에서도 1928년 창간된 《시와 시론》이 일본 현대시 확립에 크게 공헌하였다.

그런데 이 동인들도 1932년경에는 소위 모더니즘파와 신서정파와 현실파, 3파로 크게 갈라서는데 그중 《사계(四季)》라는 동인지로 몰린 신서정파들은 다른 유파의 시인들이 시적 표현방법과 그 변혁에 열중하거나 전위적 예술이론에 기울어질 때 시의 서정정신의 복귀를 주장하고 나섰다. 즉 그들은 '주지(主知)에 빠지지 않고 주정(主情)에 흐르지도 않는 지성과 감성의 알맞은 조화를 이룬 시'를 표방한다. 나는 30년대 후반을 도쿄에서 대학생활을 한 터라 그들의 이러한 시를 많이 읽은(나는 《사계》의 정기구독자였음) 사람의 하나다. 바로 이들 신서정의 대표적 시인이 미요시 다쯔지(三好達治)로서 그는 일본의 전통적 자연 서정에다 그림으로 말하면 저 프랑스의 후기 인상파와 같은 정관미(靜觀美)를 풍기는 시를 써서 아주 국민적 시인으로 찬양을 받았다. 여기 소개하는 〈마을 1·2〉는

1930년에 나온 그의 시집 《측량선(測量船)》에 수록된 것이다.

1

사슴이 뿔을 삼줄로 묶여서 어두운 헛간에 넣어져 있다. 아무
것도 보이지 않는 데서 그 푸른 눈은 맑고 아주 우아하게 앉아
있다. 감자가 한 알 굴러져 있다.

바깥은 벚꽃이 지고 산 쪽에서 그것을 자전거가 외줄을 내며
밟고 지나간다.

등을 보이고 소녀가 숲을 바라보고 있다. 겉저고리 어깨에 검
정댕기를 달고서.

2

공포에 맑은 그 눈을 번쩍 뜬 채 사슴은 이미 죽어 있다. 말없
이 까다로운 젊은이의 얼굴을 하고. 재목점 처마가 저녁 부슬비
에 젖고 있다(그 사슴은 개가 물어 죽었다). 남빛이 나는 엷은 검
정색 털의 넙적다리 뼈 근처의 상처가 동백꽃보다 붉다. 지팡이
같은 다리를 펴고, 엉덩이 쪽의 흰털이 환하게 물기를 머금고
수줍어하고 있다.

어디선가 피의 향내가 한 가닥 흐르고 있다.

삼지(三枝)닥나무의 꽃이 피고 오두막 물레방아가 크게 돌고
있다.

이렇듯 산문적 표현을 하고 있으면서도 그 섬세하고 치밀한 정
서의 처리는 그 어떤 운율의 시보다도 운치를 더욱 북돋우고 있다.
여기서 군더더기의 설명이 되지만 일반독자를 위해 이 시를 함께
음미해 나가자면 이 시는 어느 산골 마을 봄의 정경인데 아마 그곳

은 가끔 사슴이 뛰어나와 산 채로 붙잡힐 정도로 두메인 모양이다. 그런 사슴이 어느 집 어둑한 헛간에 삼줄로 뿔을 묶여 매인 채 앉아 있는데 그 사슴은 아주 자신의 운명을 체념이나 한 듯 맑고 무심한 눈을 하고 있으며 의젓하고 품위 있는 자세를 취하고 있다. 그리고 그 사슴 앞에는 집주인이 던져 주었을 감자가 한 알 굴러져 있다.

한편 저 풍경 바깥은 산으로 뚫린 길에 벚꽃이 무수히 져서 깔렸는데 산 쪽에서 내리 달리는 자전거가 외줄의 자취를 남기며 간다. 또 그 길섶에는 한 소녀가 숲을 바라보고 외로이 서 있다. 그 가녀린 어깨 위의 검은 리본이 더욱 애처로워 보인다.

무언가 쓸쓸하고 가라앉은 풍경, 마치 돌아가는 필름이 갑자기 멈춘 것 같은 정적의 순간이다. 그런데 다음 시는 저 고요하고 평화로워 오히려 청승궂던 풍경이 무참히도 깨어진다. 즉 그 사슴은 부슬비가 내리는 저녁, 개한테 물려 죽어 있다. 대퇴골 쪽 상처에는 동백꽃 같은 피가 흘러 있고 이와 대조적으로 엉덩이 쪽의 흰털은 그 채로 깨끗해서 그 참혹한 느낌을 더욱 짙게 한다.

더구나 그 첫 절 "공포에 맑은 그 눈은 번쩍 뜬 채, 사슴은 이미 죽어 있었다"는 묘사로 마치 그 공포는 영원히 지울 수 없는 현실의 모습으로 우리에게 제시된다. 조금 깊이 살피면 이러한 목숨의 공포는 인간에게 있어 궁극적이라고 할 수 있는데 우리는 누구나 이런 목숨의 공포감을 의식의 어느 한구석에 숨겨 지니고 있는 것이다. 또한 저 환경과는 아랑곳없이 바깥세상은 피의 향내가 풍겨 오고, 삼지닥나무(三枝木)는 꽃 피우고 있고, 방앗간에서는 물레가 돌고 있고 해서 우리에게 더욱 허무감 같은 것을 안겨 준다고나 하겠다.

이 시를 이렇게 음미해 가며 읽으면 우리가 흔히 서정시라고 일컬어지는 시에서 느끼고 받는 자기도취나 열정에서 물러서 있음을 깨닫게 된다. 마치 작자가 불연성(不燃性) 심장을 지닌 듯 끝까지 대상에다 거리를 두고 객관적으로 이를 묘사하고 있음을 발견한다. 또한 그 그려진 영상이나 심상(心象)에 깊이가 있고 암시성이 풍부해서 우리를 생명의 근원적 실상에 불러들임으로써 존재론적 물상에 나아가게 한다.

이러한 그의 시의 정취는 일본의 전통적 고유의 심미적 정서로 일컬어지는 사물의 아와레(哀憐:가엾음, 덧없음)나 사비(枯淡:낡은 아취)의 계승으로 보여지지만 그 정형시가인 화가(和歌:31음절로 이루어짐)의 주정적(主情的) 서정성이나 배구(排句:5·7·5의 17음절로 이루어짐)의 서경적(敍景的) 표현을 주지적으로 지양하고 있음을 주목해야 한다.

다음은 미요시 다쓰지의 생애를 소개하면 그는 1900년 오사카〔大阪〕에서 출생하여 일찍이 육군 유년학교를 거쳐 사관학교에 진학했으나 적성에 맞지 않아 중퇴하고 다시 고등학교를 마치고 국립 도쿄대학 불문학과를 졸업한다. 재학 중부터 그는 시 창작에 몰두하여 동인 활동을 하다가 1928년에는 앞서 말한바 《시와 시론》의 동인이 되었고, 1932년에는 거기서 갈려 나와 《사계》에 참가함으로써 신서정 운동의 핵심적 시인으로 활약한다.

1930년의 첫째 시집 《측량선》을 펴내고 이어서 1932년 4행 시집 《남창집(南窓集)》, 1934년에 《한화집(閒花集)》, 1935년에 《산과집(山果集)》, 1939년에 《봄의 곶(岬)》과 《초천리(艸千里)》, 1941년에 《일점종(一點鍾)》, 1943년에 《아침반찬〔朝菜集〕》과 《딱다기〔寒柝〕》, 1944년에 《꽃광주리〔花筐〕》, 1946년에 《고향의 꽃》과 《모래울〔砂丘〕》, 1947년에 《햇빛달빛〔日光月光〕》 상·하 2권, 1950년에 《아침의 나그네》, 1952년에 《낙타의 혹에 올라타고》와 《오후의 꿈》

등 시집이 있으며 그 외에도 여러 권의 수상집과 프랑시스 잠의 《밤의 노래》와 샤를르 보들레르의 《파리의 우울》 등 역시집이 있다.

그의 저러한 시세계는 전쟁 중 일본적 복고조(復古調)의 문어체 시마저 써서 국수주의에까지 흐른 느낌이 없지 않으나 전후에도 그는 결코 시를 놓지 않다가 1954년 마침내 세상을 떠난다. 이제 마지막으로 그의 한국 기행시 중 경주 불국사에서 쓴 시 〈겨울날〉의 일부를 덧붙여 소개한다.

아아, 슬기는 이처럼 조용한 겨울날에
뜻밖에도 불시에 온다
인적도 끊긴 경내에
산림에
가령 이러한 정사(精舍) 뜰에
예고 없이 그대 앞에 올 때
속삭이는 말을 믿으라
'조용한 눈 평화스런 마음 그 밖에 무슨 보물이 세상에 있을까'
(하략)
– 〈겨울날 경주 불국사에서〉

■ 《우리 삶, 마음의 눈이 떠야》(1995)

타고르의 〈나의 생명의 생명이신 이여〉

지금도 그러려니와 특히 우리 연대 사람들은 인도하면 마하트마(Mahatma:성자라는 존칭) 간디(Gandhi, 1869~1948)와 라빈드라나드 타고르(Rabindranath Tagore)를 떠올린다. 그들은 명실(名實) 더불어 20세기 동방이 낳은 불후의 인물일 뿐 아니라 그 중 특히 타고르는 1929년 일본에 왔을 때 우리 〈동아일보〉에서 한국 방문을 청하자 이에 응하지 못하는 대신 기고한 시로 친근감이 한결 더하다. 그런데 이 시는 흔히 앞부분 4행만 소개되고 있어 여기에 그 전문을 옮긴다.

일찍이 아시아의 황금 시기에
빛나는 등불의 하나였던 한국
그 등불 다시금 켜지는 날에는
너는 동방의 찬란한 빛이 되리라.
그곳은 마음에 두려움이 없고
머리는 높이 치켜든 곳,
지식은 자유스럽고
협소한 장벽으로 세계가 산산이 갈라지지 않은 곳,
진실의 깊은 속에서 말씀이 솟아나는 곳,
끊임없는 노력이 완성을 향하여 팔을 벌리는 곳,
지성(知性)의 맑은 흐름이

굳어진 습관의 모래톱에서 길을 잃지 않는 곳,
무한한 생각과 행동이 펼쳐져서 우리의 마음이 인도되는 곳,
그러한 자유의 천국으로
내 마음의 조국, 한국이여!
깨어나소서.
－〈동방의 등불〉 전문

　일제하 그 질곡의 어둠 속에서 허덕이던 우리에게, 특히 지성인
들에게 이 시는 그 얼마나 큰 희망과 위로와 용기를 북돋워 주었는
지 그야말로 그 시대를 살아 보지 않은 세대들에게는 짐작이 안 갈
것이다. 그리고 이 시의 5행 이하 타고르가 제시한 한국의 미래상
이나 이상상(理想像)을 그래도 광복을 맞았다는 우리의 오늘과 대
비할 때 부끄러움을 금치 못하는 것이다.
　그런 심회는 줄이기로 하고, 다 알다시피 타고르는 동양인 최초
로 노벨 문학상을 받은 시인으로 그는 특히 서정시를 본령으로 삼
았는데 그의 작품은 좀 고전적이요, 철학적인 깊은 명상 속에서 신
과 자연과 인간의 합일과 조화와 그 아름다움을 아주 경건하면서
도 소박하게 그의 모국어인 뱅골어로 노래하였다. 그의 노벨상 수
상 시집인 《기탄잘리》(Gitanjali:합장한 노래란 뜻이라고 함)의 영역
본에서 한 편을 소개하면,

나의 생명의 생명이신 이여
나는 항상 내 몸을 정결하게 하리니
당신의 살아 계신 손이 내 온몸 구석구석 닿고 있음을 아옵기
때문입니다.
나는 항상 내 마음에서 모든 거짓을 멀리하렵니다.

당신의 진리가 내 마음속의 이성의
불을 켰음을 아옵기 때문입니다.

나는 항상 내 가슴에서 모든 악을 내쫓고
내 사랑을 꽃피게 하렵니다.
당신께서 내 가슴 깊은 성전(聖殿)에 자리하셨음을 아는 때문
입니다.

그러나 내가 할 바는
당신을 내 손발로 나타내는 것입니다.
나에게 일할 힘을 베푸시는 이가
바로 당신인 줄 믿기 때문입니다.
― 〈나의 생명의 생명이신 이여〉 전문

　이렇듯 설명할 것도 없이 그의 표현은 소박하지만 그 뜻은 깊어
서 절대자에게 향한 굳센 믿음과 절절한 열정으로 차 있다. 인도의
바라문교적 표현을 빌리면 범아일여(梵我一如)로서 즉 우주의 중
심생명인 브라만과 개인의 중심생명인 아트만과의 일치를 그는 신
비주의적인 필치로 노래하고 있는 것이다. 그리고 그는 천성의 시
인으로 그의 시는 샘처럼 끊임없이 저절로 솟고 있음을 그의 작품
을 읽은 이는 누구나 알 수 있고 또 그는 음악가이기도 하여서 시
어의 운율도 절묘하게 살리고 있다고 하나 이것은 중역(重譯:英日
譯)이기 때문에 그 맛을 낼 수가 없어 유감이다.
　그의 시를 읽고 노벨상을 받도록 추천한 아일랜드의 시인 예이
츠(William Butler Yeats, 1865~1939)는 "타고르의 시를 읽기는 과
거 어느 누구의 시를 읽기보다 즐겁다"고 상탄하였고 우리의 시인

만해(萬海) 한용운(韓龍雲)은 그의 시를 읽고 시집 《님의 침묵》 속
에 다음과 같은 시를 남기고 있다.

벗이여, 나의 벗이여!
애인의 무덤에 피어 있는 꽃처럼
나를 울리는 벗이여!

작은 새의 자취도 없는 사막의 밤에
문득 만난 님처럼
나를 기쁘게 하는 벗이여!

그대는 옛 무덤을 깨치고
하늘까지 사무치는 백골의 향기입니다.

그대는 화환을 만들려고
떨어진 꽃을 줍다가 다른 가지에 걸려서
죽는 꽃을 헤치고 부르는
절망인 희망의 노래입니다.

벗이여, 깨어진 사랑에 우는 벗이여!
눈물이 능히 떨어진 꽃을
옛 가지에 도로 피게 할 수는 없습니다.
눈물을 떨어진 꽃에 뿌리지 말고
꽃나무 밑 티끌에 뿌리셔요.

벗이여, 나의 벗이여!

주검의 향기가 아무리 좋다 하여도
백골의 입술에 입 맞출 수는 없습니다.

그의 무덤을 황금의 노래로
그물치지 마셔요.
무덤 위에 피 묻은 깃대를 세우셔요.

그러나 죽은 대지가
시인의 노래를 거쳐서 움직이는 것을
봄바람은 말합니다.

벗이여!
부끄럽습니다.
나는 그대의 노래를 들을 때
왜 이렇게 부끄럽게 떨리는지 모르겠습니다.

그것은 내가
나의 님을 떠나서
홀로 그 노래를 듣는 까닭입니다.
　－〈타고르의 시를 읽고〉 전문

저렇듯 그지없는 찬송을 보내고 있다. 이 시는 타고르의 시집 《원정(園丁)》을 읽고 쓴 것이라고 하는데 참으로 두 시인의 잘 어울리는 화응화음(和應和音)이라 하겠다.

마감으로 타고르의 인생 역정을 살피면 그는 1861년 캘커타의 명문 가정의 7형제 중 막내로 태어났는데 그의 아버지 데벤드라나

드(Debendranath)는 인도 종교개혁자요, 독립운동의 정신적 지도
자였다.

그는 어릴 적부터 주로 가정교사에게서 교육을 받았는데 글재주
가 있어 불과 열한 살에 시를 쓰기 시작했다. 1880년 19세 되던 해
어느 날 저녁에는 세계의 아름다움에 눈이 열리는 신비를 체험하
고, 1883년에는 〈자연의 복수〉라는 시극을 발표하는데 이 작품 속
에 이미 영혼의 영원한 자유는 사랑 속에 있고, 위대함은 작은 것
에 있고, 무한은 형태의 굴레 속에서 발견할 수 있다는 그의 근본
사상이 자리 잡는다.

그 뒤 그는 집의 농장 관리를 하면서 시집과 극작을 펴내는 한편,
1901년에 사립학교를 설립하여 그것을 1921년에는 비스바부하리
티 대학으로 만들어 오늘의 인도의 명문교 통칭인 타고르 국제대
학으로 발전시킨다.

그러면서 1909년에는 문제의 시집 《기탄잘리》를 벵골어로 출판
하였는데 이 시집을 중심으로 다른 작품도 합쳐서 1912년 자신이
영어로 번역, 이것이 앞서 말한 대로 1913년 노벨문학상을 받게 된
다. 그 외에도 널리 알려진 시집으로 《초생달》·《원정(園丁)》·《열
매 따기》 등이 있고 소설도 장편 8권, 단편 8권 등이 있으며, 희
곡·설화·평론·연구논문·전기·수필·기행문 등 저작이 그것
을 일일이 열거할 수 없게 많다.

그의 재능은 이렇듯 문학에만 끌리는 게 아니라 음악의 수많은
작곡을 비롯해 그림도 2천여 점을 남겼으며 연극과 무용도 직접 각
본도 쓰고 연출도 하고, 안무도 하고 또 출연도 하는 예술의 초인
적 능력을 발휘하다가 1941년 80세로 이승을 떠났다.

■ 《우리 삶, 마음의 눈이 떠야》(1995)

에밀리 디킨슨의 〈내가 만일 한 마음의……〉

이번에는 태평양을 건너 아메리카의 시를 하나 음미해 볼까 하는데 미국의 시라면 나의 머리에 먼저 떠오르는 것은 에밀리 디킨슨(Emily Dickinson, 1839~1986)의 〈내가 만일 한 마음의 아픔을 멎게 할 수 있다면〉이라는 단시(短詩)다.

왜냐하면 나의 일본에서의 대학 시절 문학개론을 강의하던 교수는 당시 희귀하게도 미국문학 전공, 그것도 오 헨리(O Henry, 1862~1910) 연구가였는데 그는 헨리의 명단편소설 〈마지막 잎새〉와 함께 디킨슨의 이 시를 때마다 쳐들며 침이 마르게 상찬을 하여서 내 머리에 인(印)이 박이듯 되어 있기 때문이다. 이제 그 시를 소개하면,

> 내가 만일 한 마음의 아픔을 멎게 할 수 있다면
> 나의 삶은 헛되지 않을 것이다.
> 내가 만일 한 생명의 고통을 덜게 할 수 있다면
> 또는 그 오뇌를 식힐 수가 있다면
> 혹시 내가 할딱거리는 한 마리 로빈새를 도와서
> 그 보금자리에 다시 돌아가 살게 한다면
> 나의 삶은 정녕 헛되지 않을 것이다.

이렇듯 아주 짧은 노래다. 그녀의 시는 이 시뿐 아니라 거의가 이

렇게 8행에서 10행 정도요, 또 제목도 본디는 붙여지지 않아서 이 시도 그 첫줄을 그저 따서 붙인 가제(假題)에 불과하다. 이것은 그녀의 생애와 밀접한 관계가 있는 것으로 그녀는 이 시에서도 엿볼 수 있듯이 자신의 내면적 관상(觀想)의 메모나 일기를 적듯 시를 썼을 뿐이지 그 어떤 발표를 머리에 두고 쓰지 않았기 때문이다.

그러한 그녀의 삶에 대해서는 뒤에 다시 덧붙이겠거니와 이 시는 보다시피 삶의 보람을 남이나 타 존재에 대해 베풂(그것은 사랑이라고 해도 되고, 자비라고 해도 된다)에서 찾고 있고, 그것도 아주 겸허한 마음의 자세 속에 있다. 즉 남의 고통을 멎게 해 주거나 아니면 덜어 주거나, 또는 그런 인간에 대한 이타적 존재가 못 될진댄 곤경에 처해 있는 새 한 마리에게라도 도움이 된다면 자신의 삶은 보람이 있다고 기도처럼 노래한다. 이것은 인간의 유한성에 대한 심층적 인식과 그 수용(受容)을 의미한다.

실상 인간의 모든 번뇌와 고통은 그 유한성의 자각에서 비롯된다. 가령 식물 같은 것은 내일 불 속에 던져질 운명에 놓여 있으면서도 아무 것도 모르고 천연스레 살고 있고 동물도 역시 먹을 때는 있는 것을 몽땅 먹고 내일의 굶주림에는 아랑곳없이 살지만, 인간은 자기 생명의 길이를 노상 재고 있고 내일의 먹이를 걱정하며 나아가서는 물리적 고통(천재지변이나 생로병사)과 윤리적 고통(죄와 악)에 쉴 새 없이 시달린다.

이렇듯 인간에게 있어서의 유한성은 동식물과 같은 다른 존재와는 달리 그것이 한낱 객관적 사실이 아니라 자각되는 주관적 사실이기 때문에 그 고통이 수반된다. 그런데 한편 이 유한에 대한 자각이 곧 무한에 대한 자각이기도 하다. 즉 우리 인간의 욕망이나 염원은 한정이 없이 무한량하고 또 유한한 어떤 것에도 만족을 얻지 못한다. 그래서 이 유한과 무한에의 자각을 어떻게 이해하고 어떻게 수용하느냐에 따라서 우리의 삶은 성실해지기도 하고 허망에 빠지기도 한다. 여기서 인간의 이 자각을 저 디킨슨과는 달리 부정적으로 본 시를 같은 미국의 시인 월트 휘트먼(Walt Whitman, 1819~92)의 〈짐승〉으로 실례를 든다.

> 나는 변신해서 짐승들과 함께 살았으면 한다.
> 그들은 실로 평온하고 자족해 있다.
> 나는 지켜 서서 오래 저들을 살펴본다.
> 그들은 고역(苦役)이 없고 저희들 처지에 불평하지 않는다.
> 그들은 어둠 속에 깨어 일어나 저희의 죄 때문에 울지 않는다.
> 그들은 신에게 향한 의무를 논해서 나를 괴롭히지도 않는다.
> 어느 하나 불만인 놈도 없고 어느 하나 소유욕에 미쳐 날뛰지도 않는다.
> 어느 하나 다른 놈에 대하여 또는
> 수천 년 전에 살았던 동류(同類)에 대하여 무릎을 꿇지도 않는다.
> 어느 하나가 온 세상에서 훌륭하거나 지나치게 불행하지도 않다.

이렇듯 인간의 유한과 무한에의 자각을 마치 저주나 하듯 적어 놓고 있다. 이것은 물론 휘트먼의 반어법(反語法:아이러니), 즉 긍정과 부정을 막론하고 생각의 반대되는 말을 일부러 하여 자기의 속뜻을 효과적으로 전달하거나 강조하는 화술이다. 가령 우리가 일상회화에서도 뚱뚱보를 놀리기 위하여 ‘너 참 날씬하다’고 하는 따위의 표현으로 시인의 입에서 ‘차라리 변신해서 짐승이 되고 싶다’는 말이 나왔을 때 그것은 인간의 본질적 물음과 그 반성을 더욱 촉구하고 강조하는 말로 보아야 한다.

그러나 우리 인간은 휘트먼의 시 〈짐승〉의 액면 그대로 유한성과 무한성의 자각 때문에 온갖 번뇌와 고통에 시달리고 있음은 부인할 수 없는 사실이다. 저러한 인간의 유한성을 디킨슨의 노래처럼 무한성의 발견으로 각자의 삶을 그 영원성에다 연결시켜야 한다. 즉 우리는 인간이 지닌바 근원적 선의(善意)로 타 존재에 대한 사랑과 자비에 나아가야 하는 것이다. 그리고 인간의 유한성은 고정되고 정지된 것이 아니라 이러한 무한에 연결할 가능성에 열려 있다. 이것을 기독교에서는 "신이 인간을 당신께 향하도록 만드셨다"(아우구스티누스)고 말하는 것이다.

이제 마감으로 디킨슨의 생애를 살피면, 그녀는 매사추세츠 아메스트라는 곳에서 변호사의 딸로 태어났다. 그녀는 대학 1년에서 중퇴, 23세 때 실연을 하고 고향으로 돌아와 일생 정원 문밖을 나가지 않는 은거생활로 보냈다고 하는데, 그녀의 그 실연사건에 대해서는 억측이 구구하나 대체로 그녀의 아버지가 하원의원이 되어 워싱턴에 일가가 체제 중 어떤 기혼의 목사를 열애하였다는 게 통설이다.

그 뒤 그녀는 그러한 정신적 상처의 고민과 고통에서 자신을 건지려는 듯 시작(詩作)에 전심전력 몰두했다는 것이다. 그러나 그녀의 시는 생전 두어 편이 발표되었을 뿐 문자 그대로 무명으로 끝났으나 죽은 뒤 그녀의 누이동생이 유고를 발견 1890년에 《에밀리 디킨슨의 시》 제1집이 출판되고 이어서 1891년에 제2집, 그리고 1894년에 서간집, 1896년에 제3집이 발간됨으로써 주목을 받기 시작, 20세기에 들어와서 1924년에 또 시 전집, 1929년에는 시 전집 속편 등이 간행되자 그 시의 독창적 심상 등이 평가되어 이미지즘의 선구자로 추앙되었다. 1945년에 다시 발굴된 작품이 보완되어 《선율의 묶음》이란 600편이 수록된 시집이 나왔으며 또다시 1951년에는 시 전집 전 3권에 총계 1천 775편의 집대성을 보기에 이른다.

그녀의 시는 자신의 생각이나 느낌이 내키는 대로 썼달까 그래서 어찌 보면 치졸하고 미숙하게까지 보이지만 그것이 오히려 진솔하고 독창적이며 또 그 심상이 청징(淸澄)하여 큰 감명을 준다. 그리고 그 시의 주제나 제재가 그녀의 청교도적인 엄격성에다 자연에 대한 예민한 관찰력과 인간존재나 사랑에 대한 예민한 감수성과 인간존재나 사랑에 대한 치열한 의미 추구, 또 그 간절하고 내향적인 신앙의 확인 등 그야말로 유한 속에서 영원에의 연결을 읊고 있어 관상(觀想) 수도에서 발하는 에피그람적 요소를 담고 있다.

이래서 그녀의 시는 현재도 미국 현대시의 어머니랄까, 맏누이 정도로 평가되고 있는데 그녀는 저렇듯 시작만의 일생을 56세로 마친다. 누구의 작품인지는 잊었지만 그녀의 생애를 그린 《아메스트의 여인》이 윤소정 여사의 1인극으로 연전에 세종문화회관 소강당에서 상연되기도 하였다.

■ 《우리 삶, 마음의 눈이 떠야》(1995)

푸시킨의 〈작은 새〉

소련, 아니 러시아의 시라면 알렉산드르 푸시킨(1799~1837, 러시아 활자가 없어 그 본명의 철자를 생략함)을 제쳐 놓고는 입담을 수 없을 정도로 그는 러시아 근대시의 시조일 뿐 아니라 러시아 문학이 세계문학에 입참한 것도 그로부터다. 즉, 푸시킨은 영국 문학에 있어서 셰익스피어나 독일 문학의 괴테와 같은 역할과 영향을 러시아 문학에 끼쳐 왔고 또 지금도 주고 있다. 특히 푸시킨의 시가 지니는 그 언어의 운율은 그 의미와 완전한 일치를 이루어 근대 러시아 문어체(文語體)를 완성하고 있어서 실상 번역으로는 그 표현의 묘미를 전달할 수 없다는 것이 각국어 번역자들의 공통된 술회다.

한편 푸시킨은 38세란 짧은 생애지만 순탄치가 않아 정치적 곡경이나 애정의 곡절 속에 살면서도 언제나 인간의 존엄과 자유와 낭만을 격정적으로 노래하였을 뿐 아니라 그 시와 삶이 일치해 있었기 때문에 또 하나 러시아 문학의 거봉인 고골리(1809~52)의 말을 빌리면 "푸시킨의 시에는 러시아의 자연과 혼과 언어와 성격 그 모두가 렌즈의 凸면에 비치는 풍경처럼 맑고 정밀한 아름다움으로 반영되어 있다"고 한다. 그러한 그의 시를 유감이지만 일본어 역에서 필자가 중역한 서정시편 〈작은 새〉로 음미해 보고자 한다.

> 머나먼 타향 땅에서
> 고향의 풍습을 따라

화창한 봄 축제날에

작은 새를 놓아주네.

비록 한 마리 새지만

산 것에 자유를 주고 나니

하느님께 불평도 스러지고

내 마음 저으기 평화롭네.

앞에서도 얘기했지만 그는 일찍이 자유민권사상에 눈을 떠 벌써 20세 때 〈자유〉라는 찬가를 써서 "나는 온 세상의 자유를 노래하고 권좌에 도사린 죄악을 폭로하리라"고 선언하고 이어서 친구인 철학도 〈챠다예프에게〉라는 시에서도 "친구여! 믿으라. 마침내 우리의 가슴을 뛰게 하는 행복이 별처럼 하늘에 빛나고 러시아는 잠에서 깨어나며 전제정치의 폐허 위에 우리의 이름은 새겨지리라"는 혁명적이고 전투적인 시를 써서 끝내 1820년에는 남쪽 러시아 키시노프라는 곳으로 추방을 당한다.

이 시 〈작은 새〉는 말하자면 그 귀양지에서 1823년 쓴 것으로 제2행의 '고향의 풍습'과 제3행의 '봄의 축제날'이란 당시 러시아의 많은 지방에서는 부활절에 새를 놓아주면서 행운을 빌던 풍속을 뜻한다. 마치 우리 불교의 방생(放生)과 같은 관습이라 하겠다.

보다시피 이 시 자체는 자유에 향한 희구와 향수를 소박히 노래하고 있어 더 이상 설명을 덧붙일 것이 없으나 오직 그 시의 제재나 표현이 앞에서도 말했듯 그의 정황이나 사상과 완전히 융합되어 있어 우리에게 큰 감동을 준다.

시에 있어서 언어란 존재에 대한 인식의 치열성과 경험의 부피에 비례하는 것으로 이것을 실제 작품에 따지면 시에 나타난 표상은 보이지 않는 실재의 진실이 그 시의 생명과 감동을 결정하는 것

이다. 이 점을 강조하기 위하여 변변치 않지만 나의 〈시〉라는 작품
을 곁들이는 것을 허물하지 말기 바란다.

　　　우리가 평소 이야기를 나눌 때
　　　상대방이 아무리 말을 치장해도
　　　그 말에 진실이 담겨 있지 않으면
　　　그 말이 가슴에 와 닿지 않느니

　　　하물며 시의 표상이 아무리 현란한들
　　　그 실재가 없고서야 어찌 감동을 주랴?

　　　흔히 말과 생각을 다른 것으로 아나
　　　실상 생각과 느낌은 말로써 하느니
　　　그래서 '언어는 존재의 집'[7]이렷다.

　　　그리고 이웃집에 핀 장미의 아름다움도
　　　누구나 그 주인보다 더 맛볼 수 있듯이
　　　또한 길섶에 자라난 잡초의 짓밟힘에도
　　　가여워 눈물짓는 사람이 따로 있듯이

　　　시는 우주적 감각[8]과 그 연민에서
　　　태어나고 빚어지고 써지는 것이니
　　　시를 소유나 이해의 굴레 안에서

---

　7) 언어는 존재의 집 – 하이데거의 말.
　8) 우주적 감각 – 폴 발레리의 말.

찾거나 얻거나 쓰려고 들지 말라!

오오, 말씀의 신령함이여!

이야기가 그만 시론으로 흐른 느낌이어서 그만 끝내고 이제는
푸시킨의 생애를 살펴보기로 하자. 그는 러시아 귀족의 가문에서
태어났는데 그의 부친은 육군 소령이었고 어머니는 이디오피아의
혈통으로서 그에게는 아프리카의 피가 섞여 있었다. 그의 유년시
절은 당시 상류계급의 자제들이 모두 그렇듯 프랑스식 교육을 받
았는데 그의 유모로부터 러시아 민속이나 민중의 언어 등을 습득
하게 된다.

조숙한 그는 12세에 귀족 자제들의 학교인 학습원에 입학, 15세
때에 이미 시작에 열중, 17세에 농노제도(農奴制度)를 비판한 시를
발표하고, 18세에 학습원을 졸업하고는 외무부에 취직했는데 그
해 앞에서 말한 〈자유〉와 〈챠다에프에게〉 등 일련의 혁명찬양시를
발표, 추방을 당해 남쪽 러시아 각지를 전전하며 산다.

그는 그곳에 머무르는 동안 처음에는 바이런(George Gordon
Byron, 1788~1824)에게 심취하여 그 영향으로 〈코카서스의 포로〉
(1821), 〈도둑의 형제〉(1826), 〈집시의 무리〉(1924) 등 낭만적 서사시
를 쓰다가 다음에는 셰익스피어(William Shakespeare, 1564~1616)
에게로 옮겨 소설 불후의 명작 〈에프게니 오네긴〉에 착수, 1832년
이를 완성한다.

한편, 1825년 알렉산드르 1세의 죽음과 니콜라이 1세의 즉위로
푸시킨은 그의 시를 임금이 직접 검열한다는 조건으로 귀양살이에
서 풀려나나 실제로 그의 완성된 작품의 개작을 명령받는 등 그는
정치적 압제 속에서 고민한다. 그러나 그 속에서도 그는 굴하지 않

고 시작을 계속하여 〈아리온〉(1827) · 〈시베리아로〉(1827) · 〈안짜르〉(1828) 등을 써서 1825년 있었던 군중봉기의 동지들을 찬양하고 전제군주를 공격하며, 또한 〈추억〉(1828) · 〈예감〉(1828)에서는 자신의 개인적 불행 등을 노래한다. 그러다가 1830년 절세미인 나탈리아와 결혼, 당시의 수도인 페테르부르크로 이사하여 다시 외무부에 취직하고 행복한 시기를 보내게 되는데 그 수년간이 그의 문학적 원숙기로서 서사시 〈청동(靑銅)의 기사(騎士)〉(1833)와 소설 〈대위의 딸〉(1836) 등 명작들을 완성한다. 그는 서정시를 비롯 서사시, 우화시, 경구시, 즉흥시와 소설 등 모든 문학의 장르를 창작하였는데 그 어느 것도 실패작이 없다는 평판이다.

그러나 그의 다행한 생활은 오래가지 않는다. 나탈리아 부인은 드물게 있는 미모였지만 남편의 창작생활에 이해가 없고 오직 사교생활에만 열중하여 시인의 경제적 부담을 과중하게 하고 있었다. 더구나 이때 그는 그의 연령으로는 걸맞지 않는 시종직(侍從職)에 임명되었는데, 이것은 그의 아내를 궁중무도회에 참석시키려는 왕실의 강제력에 의한 것이었다니 그 부인의 행장을 짐작할 만하다. 그래도 그는 그러한 모욕과 고민 속에서도 창작에 전념하고 있었는데 마침내 운명이랄까! 1837년 나탈리아 부인에게 반해서 쫓아다니는 근위사관(近衛士官 : 경호실 장교)과 결투를 하게 되어 그 치명상을 입고 비명에 죽는다. 그는 죽음 직전, 이를 예감하듯 〈나의 기념비〉라는 시를 썼는데,

> 나는 죽어도 죽지 않으리.
> 거룩한 현금(玄琴) 속에 깃든 나의 영혼은
> 나의 시체를 보존하여 썩게 하지 않으리.
> 나는 찬미받으리, 이 달 아래 세계에

한 사람의 시인이라도 남아 있는 한.

(하략)

이라고 되어 있다.

그의 유시(遺詩)대로 푸시킨은 이렇게 오늘도 죽지 않고 살아 있
는 것이다.

■ 《우리 삶, 마음의 눈이 떠야》(1995)

예이츠의 〈흥, 그래서〉

윌리엄 버틀러 예이츠(William Butler Yeats, 1863~1939)는 아일랜드 출신으로 노벨문학상 수상자이며 20세기 최고의 지성시인으로 불리고 있다. 그런데 흔히는 그의 낭만적 서정시가 더 알려져서 나부터도 그의 시라면,

술은 입으로 흘러 들어오고
사랑은 눈으로 흘러 들어오느니
우리가 늙어서 죽기 전에
알아야 할 진리는 오직 이것뿐
나는 술잔을 입에 대고서
그대를 바라보며 한숨짓노라.

라는 〈술의 노래〉를 학생 때부터 지금까지도 입담는다. 이것은 내가 젊어서부터 술꾼이었기 때문이기도 하지만 그의 처녀시집이요, 담시집(譚詩集:이야기로 엮은 시집)인 《어이신의 방랑》 자체가 신비적 꿈과 낭만에 넘쳐 있기 때문이기도 하다.

그러나 그는 시작(詩作) 자체에도 다양하고 다채로운 변화와 깊은 예지를 보여 주었을 뿐 아니라 애국운동이나 문예운동을 비롯해 국회 상원의원을 지내는 등 현실참여에 나아갔다. 그래서 그의 작품에도 독자의 취향에 따라 대표작으로 손꼽히는 시들이 가지각

색인데 나는 여기서 그의 말년의 작품 중 단시(短詩) 두 편을 음미해 볼까 한다.

그런데 내가 이 '동서의 명시' 연재에서 매번 단시만을 택한다고 불만을 표시해 오는 독자도 있으나 이것은 내가 여기서 쳐드는 세계적 시인들의 장시나 더 우수한 작품을 몰라서거나 무시해서가 아니라 이 지면에다 그런 긴 시를 쳐들다가는 그 시만으로 지면이 차서 감상이나 음미를 할 여지가 없기 때문이니 이를 양해해 주기 바라며 아무리 짧은 시라도 그 속에 담긴 시인의 메시지와 그 표상의 묘미를 좀더 깊이 획득하는 데 서로 노력할 것을 다짐하자. 얘기가 딴 데로 흘러간 느낌이라 각설하고 먼저 〈흥, 그래서〉라는 시를 여기 옮기면,

'이 아이는 자라서 훌륭하게 될 거야'라고
학교에서나 이웃에서 소문이 나 있었다.
그 자신도 그렇게 여기고 방정하게만 살았다.
20대에는 부지런히 일에만 몰두했다.
'흥, 그래서'라고 플라톤의 망령(亡靈)은 노래하듯 말했다.
'흥, 그래서'

이 사내가 쓴 글들은 그 어느 거나 독자들이 많았다.
몇 해 안 가서 이 사내에게는 필요한 만큼의 돈은
부족함이 없으리만큼 호주머니가 두둑해졌고
살고 죽기를 함께할 친구도 생겼다.
'흥, 그래서'라고 플라톤의 망령은 노래하듯 말했다.
'흥, 그래서'

보통 이상의 행복한 꿈은 모두 실현되었다.
작지만 짜임새 있는 옛 저택과 아내와 자녀들을 갖고
오얏나무랑 채마가 심어진 정원도 있고
시인이나 재사(才士)들에게서 추킴을 받았다.
'흥, 그래서' 라고 플라톤의 망령은 노래하듯 말했다.
'흥, 그래서'

일은 모두 해냈다고 늙어서 그는 생각했다.
'나의 어렸을 적 계획대로'
바보들은 성을 내도 괜찮고 어쩌거나 나는 한눈을 팔지 않고
한몫의 제구실을 해낸 것이다.
그러나 플라톤의 망령은 더욱 소리를 높여서
'흥, 그래서'라고 노래하듯 말했다.

라는 작품이다.

이것은 앞에서도 말한바 그의 《최후 시집》, 더 엄밀히 말하면 그가 이승을 떠나기 전후 출간된 《신작시》(1938)와 《최후의 시와 희곡 2편》(1939)의 합본 속에 수록되어 있는 시로서 그가 젊어서 즐겨 노래하던 환상과 정열에 찬 그 상념과 운율로부터, 또는 그의 난해한 철학적이요, 신비적인 상징에서 벗어나 노경에서 오는 자기 삶에 대한 관조와 그 무상감이 진솔하게 노래되고 있다.

즉 어려서부터 촉망을 받고 또 스스로도 그런 자신과 자부 속에서 자기 소질을 가꾸고 부지런히 일한 데다 행운마저 따랐던지 돈도 생기고, 친구도 생기고, 또 집도 처자식도 갖추고 넓은 뜰이 있는 고풍(古風)한 저택에서 살며 명성도 얻는다. 그래서 세상 우중(愚衆)들이 뭐라고 하든 그는 제 나름의 몫을 어려서부터 뜻한 바

대로 한눈을 팔지 않고 해낸 사람이다.

　그러나 희랍의 철학자 플라톤의 넋을 빌려서 '흥, 그래서 어쨌단
말이냐'고 자문한다. 이것은 물론 예이츠의 자화상이요, 그 노년의
심경이겠지만 그의 생애처럼 문학이나 또는 현실적으로 성공은 못
했어도 이제 70을 넘긴 나 역시 똑같은 심회에 젖는 것이 사실이
다. 아니 그 삶이 성공적이었건 실패였건 누구나 노경이면 갖는 심
회이리라. 하지만 그는 그 채로 허무에 빠지지는 않는다. 같은 무
렵에 쓴 〈지혜는 때와 더불어 오다〉를 보면,

　　잎은 많아도 뿌리는 하나
　　나 젊었을 때 온갖 거짓된 나날을 햇빛 속에 잎과 꽃을 흔들
　　었지만 이제는 시들어 진실 속에 파묻히려오.

라고 되어 있다. 이것은 말할 것도 없이 체관(諦觀:사물의 본질을 충
분히 꿰뚫어 보는 것)으로서 여기의 '진실'이란 진리, 또는 하느님에
게로 귀의를 뜻한다. 나의 저러한 심경의 시에도,

　　바닷가의 조개껍데기처럼
　　비린내 나는 육신과는 헤어지고
　　세상 파도에서는 밀려나
　　칠순의 나이를 살고 있다.
　　(중략)
　　한마디로 이제까지의 나의 생애는
　　천사의 날개를 달고
　　칠죄(七罪)의 연못을 휘저어 온
　　모험과 착오의 연속,

　　나의 심신의 발자취는

　　모과 옹두리처럼 사연 투성이다.

　　예서 앞길이 보이지 않기론

　　지나온 길이나 매양이지만

　　오직 보이지 않는 손이 이끌고 있음을

　　나는 믿는다.

라고 되어 있는데 이것은 나의 자전(自傳) 시집 《모과 옹두리에도
사연이》의 끝 부분의 시로 저렇듯 신앙에 매달리고 있다.

　이제 그의 생애를 요약해 적어나가 보면 그는 아일랜드 더블린
시 근교에서 태어난다. 당시 그의 아버지 존은 변호사였는데 이를
그만 두고 그가 두 살 때 화가가 되려고 영국 런던으로 이사를 가
서 10여 년을 살았을 정도요, 1880년 도로 고향에 옮겨 와서도 화
실을 짓고 사는 예술성이 풍부한 이였다.

　이러한 아버지의 영향을 받은 그는 처음에는 화가가 되려고
1884년 미술학교에 입학하나 그때부터 그는 서정시를 쓰기 시작,
1886년에는 중퇴하고 만다. 처음에 그는 낭만파 시인 셸리(Percy
Bysshe Shelley, 1792~1822)에게 심취하였고 1887년, 예이츠 일가
가 다시 런던에 이사한 뒤 그는 신비적이요, 낭만적인 서정시를 발
표, 1889년에는 앞에서 쳐든 처녀시집 《어이신의 방랑》을 펴낸다.
1891년에는 런던에서, 다음해는 아일랜드에서 ‘아일랜드 문예협
회’ 창설에 참가하는데 이 단체는 애국운동의 일환이었다. 또한 이
때부터 연극에 정열을 쏟아 1896년에는 문예극장을 창립하고 〈모
래시계〉(1903), 〈어두운 바다〉(1904) 등 극작을 발표하였다.

　한편 시 작품으로는 상징적 작풍으로 변모된 《갈대밭 사이로 부

는 바람》(1899), 《일곱의 숲에서》(1903), 《녹색의 헬멧》을 펴내고 또한 《선악의 관념》(1903)이란 평론집도 펴냈다. 그리고 그는 1917년 결혼한 리스 부인의 영향으로 심령술에 몰입, 영매적(靈媒的) 언어를 통한 철리(哲理)를 체계화하려는 노력으로 1925년 시집 《환상》을 비롯하여 여러 시집을 펴내고, 〈뼈가 꾸는 꿈〉을 비롯 여러 극작을 발표하는데 그것은 모두 그의 우주적 역사관이나 생사관의 명상록이라 할 수 있다. 그는 이때부터 고성(古城)을 사서 거기서 살기 시작, 1922년에는 아일랜드 상원의원이 되었고 1923년에는 노벨문학상을 수상한다.

이미 노년기를 맞은 그지만 창작력은 감퇴되지 않아 1928년에는 시집 《탑》·《나선(螺旋)계단》 등 대표작품을 펴내고 극작에 있어서도 〈고양이와 달〉(1924)·〈유리창에 쓴 말〉(1930)·〈대시계탑의 임금〉(1935)·〈백로의 알〉(1938)·〈연옥(煉獄)〉(1939) 등 전설적이요, 종교적 주제를 다룬 작품을 발표한다. 그러던 중 건강이 마침내 악화되어 1938년에는 남쪽 프랑스로 전지요양을 갔다가 불행히도 그곳에서 객사를 하는데 그의 시신은 제2차대전 종결 뒤에야 고국으로 이장되었다.

■ 《우리 삶, 마음의 눈이 떠야》(1995)

괴테의 〈시의 요소〉

현세적 영웅 나폴레옹도 그를 만나 '여기 참인간이 있다'고 찬탄한 시인 요한 볼프강 폰 괴테(Johann Wolfgang von Goethe)만큼 전인적(全人的) 능력을 지니고 삶을 산 사람은 아마 동서에 전무후무하다 하겠다.

그는 불후의 세계문학 고전이 된 시극 《파우스트》를 비롯해 각종 형식의 문학적 걸작을 남겼을 뿐 아니라 정치가로서는 바이마르 공국(公國)의 재상으로서 광산을 개발하고 공공시설을 확충하는 업적을 획기적으로 남겼으며 과학자로서는 해부학, 광물학, 지질학, 식물학 등 그 연구가 전반에 걸쳤었고 《색채론》 등의 저작을 남겼다.

또한 연극에서도 극장 및 무대감독과 때로는 배우를 겸하기도 했고 미술 수집가이자 그 연구가로서도 뛰어나서 실로 위대하다는 칭호를 받기에 알맞는 인물로 독일 고전문학의 선구자 비일란드(C. M. Wieland, 1733~1813)의 말을 빌리면 "인간다운 인간 중에서 가장 위대한 인간"이었다고나 하겠다. 그런데 이 인물평 중 '인간다운 인간 중에서'라는 말 중에는 괴테의 생애의 그 끊임없이 불태운 애정역정이 포함되리라고 여겨지는데 그 스스로의 기록이나 공공연히 알려진 여인과의 애정행각이 여덟 번이나 되고, 더욱 놀라운 것은 그의 나이 74세 때 온천지대인 마리엔바트에서 19세의 소녀인 울리케 폰 레베츠를 만나 그녀를 사랑하여 구혼까지 했지만,

이를 거절당하고 헤어져서는 《마리엔바트의 애가(哀歌)》라는 사랑
의 서정시집을 내고 있는 사실이다.

이렇듯 그의 절륜의 정력 그 모두가 그의 시의 풍성한 샘이 되
어 있어서 우리는 그의 방종을 탓하기보다 경탄을 금치 못하는 것
이다.

그래서 그의 수많은 사랑의 서정시편들은 딴 저작물에서 독자들
이 많이 접하였겠기에 여기서는 그의 만년의 작품집인 《서동(西東)
시집》의 〈시인의 서(書)〉 편에 있는 〈시의 요소〉를 음미해 보기로
하겠다.

몇 가지 요소로
순수한 시는 만들어지고 있을까?
일반 사람도 즐겁게 느껴지고
전문가들에게도 기쁘게 읽히기에는
사랑이야말로 무엇보다도
시인이 노래하는 주제가 되어야 하고
또한 사랑이 시 속에 일관한다면
시는 한결 더 아름다워지리라.
다음엔 술잔 소리도 들려야 한다.
홍옥색 술도 찰찰 넘쳐야 한다.
사랑하는 이와 술 마시는 사람은
가장 아름다운 화환으로 초대되느니
또한 칼〔劍〕 소리도 필요하다.
그때 나팔 소리도 울려퍼져라.
행운이 불붙어 불꽃으로 빛나면
영웅이 행운의 신으로 우러르게 되리라.

마금으로 소홀히 하지 말 것은
시인의 여러 가지 사물에 대한 미움과
참지 못할 것과, 보기 흉한 것을
아름다운 것처럼 조작해서는 안 된다.
시인이 이 네 가지의
강렬한 원소를 섞어서 쓸 줄 알게 되면
히피즈[9]처럼 영원히
뭇 겨레를 기쁘게 하고 힘차게 할 것이다.

　괴테가 쳐든 시의 네 가지 요소 중 첫째 시의 주제가 사랑이 되어야 한다는 것은 모든 시가 사랑을 제재로 씌어져야 한다는 것이 아니라 그 어떤 사물을 노래하든지 그 시적 감동 상태는 대상과 하나가 되어 자기를 잊는 상태이어야 하기 때문에 즉 사랑이 필수적인 것이 된다. 더구나 그 몰아적이고 무아적인 상태에 불순함이 없을수록〔思無邪〕그 시는 미적 정채(精彩)를 발할 것은 말할 나위도 없다. 손쉽게 말해 우리가 일반적 심리상태와 시적 감동 상태, 즉 시심(詩心)의 틀리는 점은 앞의 것은 자기 자신의 이해(利害)에서 출발하고 그 충족으로 끝나는 것이지만 뒤의 것은 이해를 벗어나서 대상에 대한 감동과 감탄과 감흥 즉 사랑인 것이다. 그래서 오늘날 시를 소유의 이해나 전략적 가치나 그 목적에서 시를 쓰려는 사람들이 있지만 이는 이미 출발부터가 시의 본령에서 벗어나 있다고 하겠다. 그리고 또 아무리 시의 핍진성(逼眞性:현실적 진실)을 위해 현실을 시에 부정적으로 불러들이더라도 시인은 그것을 저주나 말

———————————

9) 히피즈 : 페르시아(이란) 중세의 신비주의적 시인. 괴테의 《서동 시집》은 히피르의 영향으로 씌어짐.

살의 대상으로서가 아니라 순화(醇化), 즉 사랑의 대상으로 삼아야 하는 것이다.

두 번째 시의 요소로 쳐든 술잔 소리와 루비색 술과 그 도취는 시의 아름다움이나 흥취를 돋우는 수식성(修飾性)인데 저 프랑스 상징주의의 대표적 시인 폴 발레리는 일상적 언어나 산문은 걸음〔步行〕에다 비하고 시에 있어서의 언어는 춤에다 비교한다. 즉 걸음이란 그 어떤 지점을 향하여 그저 진행되는 행위지만 춤은 그 지점에 다다르기까지의 그 행위의 자태가 문제인 것이다. 그래서 춤에 비교된 시의 언어는 '무엇을 말하였나?'보다 '무엇을 어떻게 말하였는가?'가 문제인 것이다.

그 다음 세 번째 칼의 부닥치는 소리는 시가 짜임새와 긴장력과 탄력성을 지니기 위해 그 작업 과정의 내면적 고투를 말한다. 즉 시의 작업이란 미지의 세계에 향한 탐험이요, 대상과의 결투로서 모든 공리적 계산을 떠나서 자신을 불태우는 모습이라 하겠다.

다음 네 번째는 시의 표상(表象)과 실재(實在)의 일치를 뜻하는데 흔히들 시를 그저 재미로 또는 잘 보이기 위해 꾸며진 말로 오해들 하지만 우리가 일상대화 속에서도 아무리 상대가 비단 같은 말을 하여도 그 진실이 없으면 우리 마음에 도달되지 않듯이 실재가 없는 표상만의 아름다움, 즉 거짓은 독자에게 감동을 줄 수가 없다.

이상 괴테의 〈시의 요소〉들을 감상하면서 현대시인들의 좀더 다양해진 주제와 소재 또는 그 작법 등을 인식 파악하기 위하여 졸시 〈그대들의 시〉를 덧붙여 본다.

그대들의 시는
흰눈에 햇살이어라.

그대들의 시는
봄비의 새순이어라.

그대들의 시는
꽃밭에 나비이어라.

그대들의 시는
극지의 탐험대이어라.

그대들의 시는
피 흘리는 제물(祭物)이어라.

그대들의 시는
에로스의 초연(招宴)이어라.

그대들의 시는
좌선삼매(坐禪三昧)이어라.

그대들의 시는
현미경이어라. 망원경이어라.
메스이어라.

그대들의 시는
역우(役牛)의 인고이어라.
봉사이어라.

그대들의 시는
잡초의 짓밟힘에도 눈물짓는
그런 사랑이어라.
오오, 그대들의 시는
동이 트는 아시아의 새 빛!
인류 세계의 새 맥박, 새 고동!

　이 시는 1986년 서울 아시아시인대회의 개막식에서 명색 대회장이었던 내가 개회선언 대신 낭송한 시로서 아시아 시인들 각자의 시적 에너지에 축복과 격려를 보낸 것이다.

　이제 마금으로 괴테의 생애를 훑어보겠는데 이미 앞에다 그의 전인적 삶을 소개한 바 있어 오직 그의 약력을 연보에서 몇 가지만 추리면 그는 독일의 자유상업 도시인 프랑크푸르트 암 마인에의 유복한 가정에서 1749년 태어난다. 그는 일찍이 라이프치히 대학과 쉬트라스부르크 대학에서 법률학을 전공하고, 1771년 22세 때 귀향하여 변호사 개업을 하였는데 그는 대학 시절부터 시와 희곡 등에 손을 댔고 1773년에는 희곡 〈괴츠〉, 1774년에는 저 유명한 청춘소설 〈젊은 베르테르의 슬픔〉을 써서 일약 전 독일에 명성을 떨친다. 1775년 바이마르공(公)으로부터 초청을 받고 그리로 가서 곧 그 나라 내각의 일원이 되어 1782년 33세에는 귀족에 반열된다. 그리고 1792년에는 프랑스에 출정(出征)하기도 하였고 1806년 57세에 비로소 크리스차네와 정식 결혼했으며 1815년에는 국무상(國務相)이 되었는데, 그는 정치가이기보다는 언제나 시인이어서 그 현실적 과중한 부담 속에서도 각종의 문학창작에 전력을 기울인다. 시집만 해도 《로마의 애가(哀歌)》, 《서동 시집》, 《일기첩》 등 바이마르판 전집판으로 10권에 달하며 소설도 〈젊은 베르테르의 슬픔〉과 〈빌헬름 마이스터의 편력시대〉 등 허다하고 희곡으로는 50년이나 걸려서 완성한 〈파우스트〉를 비롯해 궁정극장을 위해 〈색채론〉까지 저술한다. 심지어 그는 1807년 36세 때 시작한 일기도 1832년 83세로 사망하던 그날까지 쓰는 초인적 문필력을 보였다.

■ 《우리 삶, 마음의 눈이 떠야》(1995)

단테의 〈신생(新生)〉 시편 중에서

단테 알리기에리(Dante Alighieri)는 종교적 서사시 〈신곡(新曲)〉
으로 세계문학사에 길이 빛나고 또한 베아트리체란 여인에게 향한
지순한 사랑으로 플라토닉 러브의 상징적 존재가 되어 있는 시인
이다. 그의 〈신곡〉이 진선미를 갖춘 하느님의 사랑의 그 무한량한
능력과 깊이를 기리고 노래한 작품이라면 그의 초기의 서정시편인
〈신생(新生)〉은 구원의 여인상, 즉 베아트리체를 기리고 노래한 작
품인데 이 시는 연작(連作)으로 된 소네트(14행 시)로서 본디는 각
시편마다 마치 우리 향가(鄕歌)처럼 그 시를 쓰게 된 사연이 적혀
있어서 작자는 이 시들로 말미암아 자신의 사모의 정이 베아트리
체에게 도달되도록 자기나 그녀의 친구들에게 보냈었다. 그래서
이 시는 일종의 '글월〔送信〕 시'라고나 하겠다. 그러면 이 〈신생〉의
시 중 소네트 16을 함께 음미해 보기로 하자.

　　모든 여인 중에서 그녀를 본 사람은 드높은 행복의 모두를 깨
닫게 되리니 그녀의 곁을 스쳐가는 모든 여인네는 그 은혜를 하
느님께 감사해야 한다.
　　그녀의 매력은 덕에 감싸여 있기 때문에 그 누구도 시샘하거
나 헐뜯지 않는다. 오히려 그녀와 같이 있는 다른 여인도 사랑
과 믿음에 흐뭇해져서 함께 빛난다.
　　그 모습만으로 사람의 마음을 녹이고 그녀의 곁에 있음만으

로도 기쁨에 차서 함께 있는 이들조차 칭송을 받게 된다.
우아한 몸매와 그 상냥한 마음씨는 만나는 이마다 마음 두지
않는 사람 없기에 그녀를 생각할 때마다 한숨이 저절로 나온다.

단테는 위의 시에서 뿐 아니라 뒷날 그의 술회에서도 "베아트리체는 너무나 우아했기 때문에 그녀가 길을 지나갈 양이면 사람들이 몰려와서 바라보며 저 여자는 사람이 아니라 하늘에서 내려온 천사 같다"고 했으니 그녀는 그저 단테만의 환영이나 착각은 아니었다고 짐작된다. 그래서 저 시의 마금 구절에도 "그녀를 만나는 이마다 마음 두지 않는 사람 없기에 그녀를 생각할 때마다 한숨이 저절로 나온다"라고 한 것만 보아도 베아트리체의 실물에 대한 객관적 아름다움을 헤아릴 수 있다. 또한 단테의 생애를 보면, 그저 단순한 예술적 천재가 아니라 젊어서부터 이성력(理性力)이 강한 사람이었음을 알 수가 있어 베아트리체에게 향한 매료가 육체적인 균형미가 아니라 보다 더 정신적인 것이었다고 하겠다.

특히 이 시에 "그녀의 매력은 덕에 감싸여 있기 때문에 그 누구도 시샘하거나 헐뜯지 않는다. 오히려 그녀와 같이 있는 다른 여인도 사랑과 믿음에 흐뭇해져서 함께 빛난다"는 구절이 있는데 우리의 옛 문자대로 하면 덕윤신(德潤身 : 덕성이 몸에 흘러서 빛남)으로 여성미의 최상인 것이다.

아무리 외형적으로 균형미를 갖추더라도 또 개성미나 지성미를 지니더라도 덕성(德性)이 빠져 있으면 그 미는 진정한 미가 될 수가 없다. 그런데 단테는 그녀를 보기만 해도 흐뭇해지고 행복해지고 그녀와 함께 있으면 그 사람조차 아름답게 빛난다니 그녀야말로 진정한 미를 지닌 여인이었을 것이다.

이즈막 심령과학의 주장에 의하면 모든 사람에게는 '오라(aure)'

즉 후광(後光), 또는 광배(光背)라는 것이 있어 성자나 현인(賢人)에
게는 그 빛이 찬연하고 일반에게도 그 정신상태나 건강상태가 좋
을수록 그 빛이 맑고 깨끗하며 이와 반대로 정신상태가 포악하거
나 악성 질병 환자에게는 붉고 검은 어두운 ‘오라’가 나타난다고
한다. 그녀의 미는 바로 저러한 ‘오라’의 빛남이었을 것이다.

여기서 좀 딴 얘기가 되지만 요즈음 거리에 나가보면 우리 젊은
여성들의 몸맵시나 옷치레가 놀라울 정도로 좋아지고 말쑥해졌으
며 거기다가 성형술과 화장술의 덕택인지 하나같이 미인 콘테스트
에 나갈 얼굴들을 하고 있다. 그런데 한 가지 곤란한 것은 그 젊은
여성이 가정주부인지, 여학생인지, 여사무원인지 심지어는 술집 호
스티스인지 구별이 안 된다는 사실이다. 이렇듯 오늘의 우리 여성
들은 저 덕성미는 고사하고 개성미나 교양미도 잃었다는 얘기다.

오늘날 여성들이 얼굴이나 몸맵시를 비롯한 외형적 미를 위하여
바치는 돈과 시간과 문지르고 칠하고 뿌리고 장식하고 인치나 파
운드의 규격에 맞추기 위해 미용체조를 하고 단식을 하고 그야말
로 혼신의 노력을 기울인다. 그러나 여성은 물건이 아니요, 사람이
다. 사람이 얼굴이나 몸의 부분적 생김새만으로 미가 성립될 수 없
음은 자명한 일이 아니겠는가? 물론 나도 육체미에 대한 여성들의
노력을 부정하지 않는다. 오직 이와 함께 교양을 쌓고 정서를 기르
고 마음을 닦아서 그 외형의 아름다움을 빛내고 지탱할 내면적 아
름다움을 가꿔 나가기를 이 시를 감상하는 기회에 촉구해 보는 바
이다.

그러면 이제 단테의 생애를 살펴보면 그는 1265년 이탈리아의
피렌체(통칭 플로렌스)의 귀족의 집안에서 태어난다. 일찍이 수도원
경영의 라틴어 학교에서 수학하고 볼로냐 대학에 진학했다. 이때
그는 라틴 문학에 심취, 작시법 등을 배우고 시를 쓰기 시작했으며

당시 상류층 젊은이들이 그랬듯이 미술, 무용, 음악, 승마와 총기 사용법 등을 익혔다. 1283년 그가 18세 되던 해 그의 창작의 원동력이 된 바로 베아트리체를 만나 그 애모를 서정시로 쓰기 시작하는데 앞서도 말했듯이 그는 연애에 침몰하여 자아를 상실하는 게 아니라 이성적으로 시민으로서의 의무를 저버리지 않고 기병(騎兵)의 일원이 되어 침공해 온 기베리니군(軍)과의 전투에 참가한다.

전쟁터에서 귀환한 그에게 1290년 베아트리체의 죽음은 이루 헤아릴 수 없는 정신적 타격이었지만 그는 그녀가 천상에서 영생할 것을 굳게 믿고 그녀를 다시 만나기 위해서도 자신의 학덕을 닦고 쌓아야 한다고 결심하고 철학, 신학 등 학문과 그 고전 연구에 몰두하여 시 창작에 있어서는 1292년 문제의 연작시 〈신생〉을 완성한다.

1295년에는 젬마 도나티와 결혼해서 3남 1녀를 두게 되는데 그 중 아들 하나와 딸이 성직자와 수도자가 되었다. 그러나 그 처자들에 관해서는 작품에 나타나는 바가 없고 또 가정불화가 있었다는 전설도 없다.

한편 그 해부터 그의 정치생활이 시작되었는데 그는 당시의 흑백의 정파 중 피렌체의 자치를 주장하는 백파에 소속되어 먼저는 원로(元老 : 시의원격)가 되고 다음에는 1296년 재정심의위원회 위원이 되고 1300년 그가 35세 때에는 통령(統領 : 집정관)의 한 사람이 되어 내각에 참여하였다. 그러나 얼마 안 가 흑백파간의 분쟁과 발로와군(軍)의 침입으로 백파에게 추방령이 내려져 그는 1302년부터 타향에서의 방랑생활에 들어간다.

그는 초기에 베로나, 파도바, 포루리 등지를 전전하다가 1309년에는 루카에 가족과 함께 일시 정착했으며 1317년 이후 만년에는 라벤나에 거주한다. 그러나 그는 이 방랑생활 중에서도 학문연구와 창작을 쉬지 않고 지속해서 처음에는 철학과 윤리문제를 다룬 〈향연(饗宴)〉과 다음은 언어문제와 시형(詩型)문제를 취급한 〈속물론(俗物論)〉을 발표하고, 1307년에는 그의 심혈의 작품인 〈신곡〉에 착수, 이 작품은 그 후 13년이 걸려서 〈지옥편〉, 〈연옥(煉獄)편〉, 〈천국편〉 등 총 1만 4천2백33행의 장시가 완성되는데 그중 〈천국편〉은 그가 작고하기 얼마 전에야 끝을 내고 또한 그는 그의 정치사상을 담은 〈제정론(帝政論)〉을 3년이나 걸려 라틴어로 집필했다.

그러다가 1315년 피렌체 정부는 일정한 금고형과 벌금형에 응하는 것을 전제로 추방자들의 사면령을 내려 단테도 이를 통고받았으나 그 조건부를 못마땅하게 여겨 이를 거절하고 라벤나에 그대로 머물며 〈목가(牧歌)〉와 〈수륙론(水陸論)〉 등을 집필하고 지냈는데, 1321년 라벤나의 영주(領主) 귀도 노베르로 뽀렌다공(公)의 사절로 베네치아 공화국과 외교 절충을 갔다가 돌아오는 길에 말라리아에 걸려 돌아오자마자 그 해 9월 13일 향년 56세로 사망한다.

■ 《우리 삶, 마음의 눈이 떠야》(1995)

제6부

문학정신과 혁명정신

문학은 무엇을 할 수 있는가

널리 알려진 이야기지만 1964년 장 폴 사르트르가 그의 명저인 《말》이 출판된 후 《르 몽드》지와의 인터뷰에서 "작가들은 오늘날 굶주린 20억의 인간 편에 서지 않아서는 안 된다. 그것을 위해서는 문학을 일시 포기한들 어떠하랴"는 발언이 크게 화제를 모았고, 문학의 자율성을 옹호하는 특히 누보 로망파 기수들의 반발을 사서 마침내 '문학은 무엇을 할 수 있는가' 라는 주제하에 앙가주망에 대한 토론회가 열렸던 일이 있었다.

하기야 우리나라에서도 해방 직후 '순수문학이냐, 인민에게 복무하는 문학이냐' 로 좌우익의 문학 논쟁이 있었고, 몇 년 전만 하여도 참여문학의 시비가 있었으며, 현재도 서로가 그 이론적 전개는 주춤하고 있지만 동인적 실작(實作) 행위를 통해서 또는 그 포폄(褒貶)의 평필로써 문제의식이 현존하고 있다.

나 역시 많은 세월을 문학이랍시고 해 오면서 때마다 '나에게 문학이란 무엇인가', '나의 문학이 무엇을 할 수 있는가' 라는 자문과 회의를 거듭해 온다. 그래서 솔직한 이야기로 어떤 때는 '그저 태어나기를 이것밖에 할 줄 모르게 태어났으니 좋든 궂든 하는 거지! 내 문학이 할 수 있는 것이 무엇이겠어' 하는 결론, 즉 롤랑 바르트의 "작가에게 있어 쓴다는 동사는 자동사"라는 말에 자위도 하고, 또 어떤 때는 '이 인간의 불행, 특히 우리의 비참한 현실에 비켜서서 문학은 무슨 문학이냐, 그것은 자독(自瀆) 행위지' 하는 자기혐

오에 빠지기도 한다. 그런데 저러한 자문자답의 되풀이에서 겨우 이즈음에 와서야 터득한 것이 있으니, 그것은 기실 저러한 두 개의 반문은 문학 그 자체가 지니고 있는 속성에 불과하다는 사실이다. 즉 문학을 존재적인 면에서 개인적 경험을 살필 때 쓴다는 것은 사회적 의미를 띠지 않지만 문학의 현상적 기능에 있어서의 사회적 관련과 효용을 따질 때 그 역할이 문제시되지 않을 수 없다. 그러나 문학과 문학인은 이 두 가지 속성의 분리 속에 존재하는 것이 아니라 그 통합 위에 존재하고 또 그래야만 하는 것이다.

소련의 〈닥터 지바고〉의 작가인 파스테르나크에게 어떤 노동자가,

"우리를 올바로 지도해 주시기 바랍니다"

하고 청했을 때, 그는 말하기를

"그것 참 무리한 질문인데요! 나는 누구를 이끌어 본다는 생각을 해 본 적이 없는 걸요. 시인이란 바람에 나부껴 잎새들이 속삭거리는 나무 같아서 누구를 지도할 힘을 갖고 있지 않단 말입니다!"

하였다는 이야기는 저러한 문학이나 문학가의 실존적 입장을 뜻함이요, 또 사르트르의,

"작가들은 오늘날 굶주린 20억의 인간 편에 서지 않으면 안 된다."

는 말은 문학과 문학인의 현상적 기능에 대한 사회적 역할을 강조하는 데 불과하다고 하겠다.

그렇다는 것이, 사르트르 자신도 "소위 사회참여의 문학이라 하여도 그 사회 참가 자체가 어느 경우에도 문학을 잊어서는 안 된다"느니 "나는 오랫동안 나의 붓을 잘 드는 칼〔利劍〕로 알았다. 지금 나는 그 붓의 무력을 안다. 그러나 나는 책을 쓰고 있고 또 장차도 쓸 작정이다. 그것은 필요하다. 어쨌거나 그것은(사회에―필자)

보탬이 된다……" 등의 술회를 보아도 우리는 그의 진의를 파악할 수가 있을 것이다. 물론 나는 사르트르의 사상이나 그의 문학을 전폭적으로 긍정도 안 하고 또 그의 프롤레타리아 동조자로서의 언표(言表)를 좋아하지도 않지만 문학의 기능적 속성에 대해서는 저러한 절실한 내면적 요청에서 나의 문학을 존립시키려고 한다.

■ 《한 촛불이라도 켜는 것이》(1985)

문학적 자기성찰

P형.

오늘 아침 H신문의 작가수기 시리즈인 문학산책란의 형의 글을 읽고 '희한하게도 똑같은 문제를 똑같이 괴로워하고 있구나!' 하는 동병상련의 우애랄까, 위로랄까를 느끼면서, 그러나 너무나 친숙하여 오히려 만나서는 이런 이야기를 정면으로 꺼내기도 쑥스럽던 차에 마침 이런 기회를 얻게 되었답니다.

이제 사연을 펼치자면 형이 그 글에서 먼저 자기의 작가생활에 대하여 가식 없이 실토한,

"회의의 60고개, 주춤거리는 펜, 하루 집필 10시간, 문학한다는 생각은 전혀 들지 않고 먹고 살기 위해 노동한다는 생각뿐이어서 자신이 싫어지는 때가 자주 있다. 그리고 앞뒤가 모두 낭떠러지에 서 있는 사람처럼 당황하고 막막한 생각밖에 들지 않는다."
는 그 말부터가 너무나 나에게 아픔으로 와 있었고 더욱이나 요즘 10여 일은 그런 회의 속에서만 보내고 있었답니다.

웬만큼 성실한 작가라면 누구나 없이 때마다 느끼는 내면적 갈등을 그렇듯 새삼스레 저 홀로의 괴로움이나처럼 쳐들고 나서는 듯한 오해를 받기 쉽겠지만 형은 아시다시피 한 보름 전 나는 어느 친구의 산소엘 갔다가 낙상을 하여 몸을 움직이지도 못하고 꼬박 10여 일 자리에 누워 있자니 자연히 생각이라는 게 외곬으로 내 인생이랍시고 내걸고 있는 문학, 그것도 창작에 대한 의욕이 아니라

내 삶에 직결된 회의 그 자체일 수밖에 더 있겠습니까.

이렇게 말하면 그 새 그렇듯 와선(臥禪)을 했으니 크게 깨우침이 있어 형에게 그것을 피력해 보이려나 하고 기대를 걸지 모르나, 아니 나의 아둔을 잘 아는 형이라 그것은 오히려 나의 기우일 것이고, 오직 내가 이렇듯 붓을 드는 것은 저렇듯 형이 자기회의의 형식으로 대담하게 노출시킨 작가로서의 고민을 나는 그 동안의 상념들과 조응(照應)시켜 가면서 자성(自省)과 자위를 되풀이해 보려는 것입니다.

다시 형의 글로 되돌아가면 형은 자기 생활에서 한 걸음 더 나아가 이 시대 현실 속에서 작가라는 직업 자체에 의문을 제기하면서 사르트르의 "세계는 문학이 없어도 얼마든지 지낼 수 있기 때문이다"라는 말을 지지한다고까지 표백(表白)하였더군요. 실상 기술산업 시대인 오늘에 있어 더욱이나 대중문화 정보가 세계적으로 발달되어 모든 개인이나 그 의식을 좌우하는 시대에 있어서 한 작가의 창조적 주장이라는 것이 얼마나 미미한 것이며 또 그에 따르는 현실적 고경(苦境)이 진정 값어치가 있는 것일까 하는 자기 반문은 오히려 나이 들어 타 직능에 대한 모든 가능성이 사라졌을 때 더 뼈저리게 오더란 말입니다.

그리고 이것은 곧 자신의 작가로서의 재분(才分)에 대한 회의로 번지더군요. 그래서 형은,

"신문학 60년을 통해 내려오는 소설과 오늘이 다른 점이 무엇이며 나은 점은 무엇일까. 어엿한 대답이 얼른 나오지 않는다. 이런 뜻에서도 나는 내가 쓰고 있는 소설에 대해서 의문을 품지 않을 수 없다. ……그래서 나는 근대소설의 언저리를 돌면서 결국 〈카라마조프가의 형제들〉이나 〈백치(白痴)〉 같은 소설을 한번 써 보기를 꿈꾸다가 그 언젠가는 끝나는 수밖에 없다는 것도 나는 잘 알고 있다."

고 자조(自嘲) 섞인 술회를 하였습니다.

나는 어쩌면 소설가인 형보다 직업으로는 아예 성립도 안 되는 시를 쓰면서 대학 강단이나 저널리스트로 기생하며 살아왔고 또 앞으로도 그렇게 살아가다가 끝날 자신의 재분에 대해서도 이제는 후세불후(後世不朽)의 작품은커녕 동시대에서도 회자(膾炙)될 작품 하나를 못 쓰고 마는구나 하는 낙망에 빠져 허덕인답니다.

그런데 이번 누워 저 허망과 낙망의 심연 속에서 도달한 체념이 랄까, 회심(回心)이랄까, 한 가지만은 있었습니다. 그것은 막다른 자문자답 속에서 얻어진 것인데 즉,

"그렇다고 이제 나에게 삶의 또다른 가능성이 주어질 리도 만무 고 또 설령 가능성 비슷한 게 주어진다 한들 막상 붓을 꺽고 그것 에 전념할 용기와 용의가 있겠는가. 아니 그런 정도의 결단과 용기 가 있다면 돼먹었거나 안 돼먹었거나 이제까지 긁적여 온 문학에 다 이젠 빤히 들여다 보이는 한정된 능력과 시간이나마 정혼(精魂) 을 기울여 봄직도 하지 않은가."
라는 것이었습니다. 이런 가차 없는 심정 속에서 연상된 것이 연전 옥스퍼드 대학 출판부에서 편저한 《작가의 딜레마》라는 책 속에서 읽은, 그 필자 이름도 잊은 글 한 대목으로,

"모든 작가에게 있어 가장 큰 위험은 흔히 생각하듯 평범에 둘러 싸인 데 있지 않고 오히려 천재에게 현혹당하지 말아야 하는 데 있 다. 그래야만 이 세계를 자기 눈으로 새롭게 볼 수 있다."
라고 기억되는데 그야말로 천분(天分)이 넘치는 작가의 역설일지도 모를 이 말이 더없는 위안의 금언(金言)으로 회생되어 왔습니다.

하기야 엄밀한 의미에선 지금도 나의 문학의 독창적 개안을 장 해하는 것이 그 어느 누구나 그 무엇이 따로 있는 것이 아니고 더 욱이나 어떤 고전이나 명작의 위력에 자기가 설 땅이 없다고 자포

자기할 것이 아니라 피나는 자기정진의 부실과 미흡을 반성하고 부끄러워해야 할 것이라는 생각도 들었습니다.

그리고 한편 이런 나에게나마 이 물질과 기술위주의 사회현실 속에서 아직까지 그렇듯 치졸한 내 시작(詩作)을 비롯해서 사상의 형성이나 정취도 별로 없는 잡문들을 오히려 써 대지 못할 정도로 청탁해 주고 결코 후하지는 않지만 막말로 생존을 지탱케 하는 정도의 보상을 해 준다는 사실이 새삼 놀랍고 감사한 마음마저 드는 것이었습니다.

이러한 오랜만에 자기 문학에 대한 겸허한 수용적 심회(心懷) 속에 들고 나서도 끝내 해소되지 않는 것은 맨 처음 인용한 형의 '앞뒤가 낭떠러지에 서 있는 사람처럼 당황하고 막막한 생각밖에 들지 않는다'는 삶 자체에 대한 그 불안과 외겁(畏怯)만은 도대체 어디서 오는 것인지 또 무엇으로 달래야 할지 그야말로 막막하기만 하였습니다.

그리고 나를 사로잡은 것은 지금 살아서도 이렇듯 안심입명(安心立命)을 못해 답답한데 이 꼴, 이 채로 죽어 만일 이 상태가 불멸한다면 그야말로 어떻게 무슨 수로 그것을 감당해 낼 것인가 하는 생각에 소름이 끼치는 것이었습니다.

결국 여기에 이르러 곰곰이 따져 볼 때 우리가 자신의 문학을 내세워 고백한 불안과 외겁의 원천은 결국 이미 회귀(回歸)에 든 나이에도 불구하고 삶의 맹목감 속에 있다는 그 사실에 귀착하더란 말입니다.

하기야 나는 기독교 신앙을 지녔다지만 솔직히 말하면 그 교리와 의식에 익숙할 뿐 엄밀히 자기를 살피면 신앙을 안 가진 사람과 다를 바 없고, 나아가서는 차라리 신불(神佛)을 거부하고 내세를 불가지(不可知)나 사멸로 신념하는 사람보다 더 엉거주춤한 상태인 것입니다.

그러나 나의 이런 이야기가 문학을 종교적 비의(秘義)나 대오(大悟) 위에 성립시키려는 이로(理路)로 오해하지는 마십시오. 형도 아다시피 이제까지 나는 문학에 섣불리 도그마적 실재인식이 개입되는 것을 가장 꺼려하는 사람의 하나요, 또한 문학으로 삶의 근본적 변경이나 이루려는 듯 덤비는 사람을 우스꽝스럽게 여기며, 나아가서는 형이상적 발돋움도 형이하적 허욕과 매일반으로 부자연스럽다고 여기고 있는 바입니다.

그러나 오직 내가 이번에 뼈저리게 느낀 것이 있다면 우리, 아니 특히 나의 작업이 그것이 시든 산문이든, 혹은 한두 장짜리 앙케이트의 답장이든 불구하고 나의 문학자세부터의 타락이었습니다.

즉 스스로도 의식하지 못하는 사이에 나의 글이란 것이 인간이나 자연이나 사물, 즉 존재의 본래적 모습을 밝히려는 본령적(本領的) 자세에서 떠나 오늘의 물질적 기술사회가 조직적으로 조작하는 그 가치와 압력에 영합하여 나 역시 통념의 메시지를 캡슐에 넣어 '주문배수 응시소매' 하고 있었다는 사실입니다.

그래서 나의 '문학〔言語〕이 존재의 집'(하이데거)이 아니라 오히려 그런 문학행위로 말미암아 실재와 자기 사이에 점점 더 큰 거리와 휘장을 장만하고 있었다고나 할까요. 더 구체적으로 말하면 실상 우리는 입으로는 본질이다 영원이다를 찾으면서도 실제 자기 문학이나 그 작업 속에서는 무엇보다 자기 존재에 향한 물음에도 등한과 외면을 해 오고 있었음을 숨길 바 없는 것입니다.

그리고서 자기 삶과 문학에 대해서 안정이 얻어진다면 그야말로 구제받을 바 없는 인간이 되고 말 것입니다.

P형!

이번 형의 그 진솔(眞率)의 글에 이끌려 그야말로 형과 한번 우리

동년대 작가들의 내면적 문제의식들을 파헤쳐 보려는 것이 결국
내 용렬인생의 통정이 되고 말았습니다만 그야말로 지금 내 삶이
나 문학의 한계라 여겨 주시기 바랍니다.

■《한 촛불이라도 켜는 것이》(1985)

민족문학의 의의와 그 방향
―그 문제의식에 대한 관견(管見)

인사는 줄이고 바로 본론에 들어갑니다만 오직 제가 발제 강연의 골자로서 제출한 페이퍼에 언급하기 전에 먼저 분명히 할 것이 한 가지 있습니다.

그것은 다름이 아니라 우리가 며칠 새 논의하고 있는 민족문학이란 그 본의(本義)에 있어서 '민족주의 사관(史觀), 좀더 엄밀히 말하면 민족주의 민족문화 사관(史觀)에 입각한 문학의 유산 평가 및 그 창작행위다' 라는 저의 명제(命題)올시다.

이것은 우리의 민족문학이라는 명칭의 개념 형성 과정에서도 그러했고 또 그 운동이나 그 전개에 있어서도 그러했고 새삼 우리가 이렇듯 마주 앉아서 논의하는 지향 자체도 바로 그렇다고 생각합니다.

물론 저는 특히 해방 후 제가 직접 관련된 시집 《응향(凝香)》 사건의 좌우익(左右翼) 공방(攻防)에서, 김동리(金東里) 씨가 주동이 되어 민족문학을 인간주의 문학 또는 순수문학으로 표방한 사실을 기억하고 있고 또 어저께 이 자리에서도 그분은 그 주장을 되풀이하면서,

"민족문학을 계급주의 또는 민족주의 문학으로 이끌어 가려는

한국문협(韓國文協)·한국 PEN 공동주최 민족문학 심포지움에서의 발제 강연,
1974년 4월 10일 크리스천 아카데미 하우스

부류들이 많았지만 이것은 오류다.”
라고 지적하는 것을 명백히 듣고 있습니다.

그런데 저는 그분의 이러한 주장을 그제나 이제나 계급주의 문학이 주창하고 오도(誤導)하는 문학의 직접적인 정치도구화나 또는 왕왕 민족주의 문학에서 파생하는 시류(時流)의 소위 국민문학들이 문학창작 본령에서 이탈하는 것을 지적하는 것으로 이해하려 들 뿐이지 만일 그분의 그 민족문학 지론(持論) 속에 민족주의적 사관으로서의 대전제(大前提)가 없이 사용하고 있다면 그 주장은 민족문학에 대한 개념이나 정의가 아니라 그저 ‘한국 문학’ 또는 ‘문학 일반’에 대한 그분의 주장으로 받아들여야 할 줄 믿습니다. 그래서 민족주의 문학이란 용어가 대체(代替)되어 최소한,

‘한국 문학을 계급주의 문학 또는 민족주의 문학으로 이끌려는 것은 오류다.’
라고 시정되어야 할 것입니다.

그러면 금시 반문될 민족주의 사관의 문학이 문학의 본령을 침해하거나 이탈치 않고 어떻게 성립되느냐 하는 문제를 여기서 직접 다룰 시간은 없습니다만 실제로 이 심포지움에서 들은바 그 요청적 주장들, 즉 백철(白鐵) 씨의 ‘민족주체성’의 강조와 그 센티멘트의 표백, 박종화(朴鍾和) 선생님, 조연현(趙演鉉) 씨의 문학의 ‘시대적 사명’의 피력 등은 그분들 자체가 문학의 본령이 지니는바 인간주의나 그 순수성 등을 침해나 훼손당하지 않는 한계 내에서의 민족주의적 지향과 주장의 발로라고 저는 보고 또 그렇게 믿습니다. 더욱이나 김동리 씨가 구체적 그 방법으로 제시한 삼국사기(三國史記)나 유사(遺事) 속의 인물 중에서 우리 민족의 원상(原象)을 발견하고 민족 전형을 만들어 한국인뿐만 아니라 세계의 보편적인 이상의 인간상화하자는 그 주장 역시가 민족주의적 사관에

뿌리박은 주장이라고 저는 역시 그렇게 봅니다.

그러나 여기서 민족주의나 그 문화사관이라는 것을 이제 본론에서 언급하겠지만 단순히 민족의 이해(利害)만을 추구하는 사상이나 그 운동으로 보지 마시고 '인간이 생물적 자기보존 욕구에 뿌리박은 집단적 구심력(求心力)이나 또는 민족의 역사적 실존뿐만 아니라 미래상이나 영원상을 포함시킨 것'으로 이해하여 주시기 바랍니다.

그런데 문제는 한국의 시인, 작가들이 모두가 이렇듯 민족주의 사관에 뿌리박은 문학에 더욱이나 의식적으로 '옆으로 나란히'를 하던가 참가해야 하느냐 하는 것은 전혀 문제 밖이올시다. 제가 이 발제 강연을 의뢰받고 첫째 자문자답(自問自答)한 것을 솔직히 고백하면 저는 그런 작업보다는 오히려 저의 역사관이나 그 의식은 존재나 인식의 세계에 뿌리박은 좀더 구체적으로 말씀드리면 기독교적 세계관에 더 많은 영향과 역점을 가짐으로써 일반적인 의미의 우리 민족주의 사관과는 그 가치관에 커다란 차이를 가지고 올 가능성을 느꼈으며, 그런 의미에서 나에게는 그런 작업 자체는 오히려 힘겹고 부적당하리라고 여겨졌습니다마는 우리 민족의 역사적 특수성, 실존적 현실 등은 일반적 의미에서라도 민족주의 문학의 고양(高揚)과 그 성취에 긍정과 기대를 갖게 하기 때문에 '나는 못하나마' 요청은 할 수 있지 않겠느냐 하는 뜻에서 나서게 된 것입니다.

그리고 또한 우리가 놓치지 못할 것은 오늘날 민족문학이 문학의 개성이나 보편성 등 본녕을 침해당할까봐 부정과 기피성향을 보이고 있는 우리의 많은 작가, 시인들도 막상 자신의 현실과 그 생활에 있어서는 또는 작품에 있어서까지 거의가 민족주의 사관 특히 그 가치관에 뿌리박은 생활과 작업을 하고 있다는 사실을 지적하면서 이제 저의 페이퍼로 들어가겠습니다.

주제논문

오늘에 통용되는 민족문학이란 용어의 개념형성 과정으론 다음과 같은 것을 쳐들 수 있겠다.

⑴ 그 용어의 출발로써 1920년대 후반, '카프' 계열의 계급주의 문학에 대립한 이른바 국민문학파의 '조선주의'나 '조선의식'과,

⑵ 해방 후 남로당 '문맹'계의 정치주의와 당의 문학에 대한 '청년문협'계의 인간주의와 순수문학을 들 수 있고,

⑶ 신발적이었지만 우리 고전에 대한 개안(開眼)과 그 평가에서 오는 전통의 계승 주창 등이라 하겠다.

그런데 오늘날까지의 저러한 민족문학에 대한 논의는 지금 내가 되풀이하는 것처럼 시사적이고 관념적인 논의로 시종(始終)하였기 때문에 고금(古今)을 통한 민족문학의 질과 양의 실체나 가치체계에 대한 명백한 제시가 없었고 민족문학 사관의 정립에 의한 새로운 창작방향에 대한 추구가 없었기 때문에 허다한 오해를 일으켜 왔다.

즉 민족문학의 주창을 '정서적 차원의 애국주의'라든지 '프로문학에 대한 우파적 보수주의'라든지 또는 '시조 등을 앞세운 복고주의'라든지의 인식이 그것이고, 심지어 요즈음 어떤 평론가에 의하면,

"민족문학이라는 용어는 지나치게 국수(國粹)주의적인 냄새를 풍기며 지나치게 복고적(復古的)이며 지나치게 교조적(敎條的)이다. 그것이 포함하는 권력지향적 특성이 또한 싫다. 민족문학은 다시 한 마디로 자르자면 한국 우위(優位)주의라는 가면을 쓴 패배주의자의 문학에 지나지 않는다. 그것은 사관이 결여되어 있는 문학

이며 그런 의미에서 정신의 나치즘화에 쉽게 가담한다.”(김현, 〈민
족문학·그 문학과 언어〉에서)

이렇듯 신랄하게 비판한 후, 그는 아예 민족문학이라는 용어를
버리고 한국 문학이라는 용어를 사용하고 싶다고 말한다.

내가 여기서 저 예를 드는 것은 민족문학이라는 그 용어나 개념
의 기피 경향이 우리 작가들에게 적지 않게 있다는 것을 먼저 지적
하기 위해서며 이러한 해소를 위하여 먼저 우리 민족문학의 개념
을 세계사조 속에서 조명해 보기로 한다.

상식적인 얘기지만 다른 나라에선 일반적으로 국민문학이란 말
은 써도 민족문학이라는 용어는 쓰지 않는다. 극단적인 예로는 미
국처럼 인종이 잡다(雜多)하고 공용어만 있는 나라에는 민족문학
이란 성립되지도 않지만 유태계 작가들이 판을 치는 오늘날에도
미국 문학만은 엄연히 존재하고 있는 것이다.

그러면 어찌하여 유독 우리나라에서만 민족문학이란 말이 통용
되며 또 강조되고 있는가?

민족문학이라는 용어가 사용되는 그 현실적 상황 배후에는 그
시대의 세계사조가 깔려 있는 것이니, 즉 해방 전 ‘카프’계나 해방
후 ‘문맹(文盟)’계가 계급투쟁으로서의 반민족적 세계주의를 표방
하고 나설 때, 이에 대립한 우익 진영 문학인들은 정치적 민족주의
와 민주주의의 일환으로써 민족문학을 들고 나섰으며, 그 민족주
의가 지니는 생물적 자기보존 욕구에 뿌리박은 집단적 구심력으로
민족의 전통 계승을 주장했던 것이다.

그런데 그 정치적 민족주의의 개념 자체도 ‘민족 이해를 강조하
는 사상, 또는 그 운동’으로 윤곽이 포착될 뿐, 다양 애매하지만 그
변천과 변모의 역사 역시 ‘군주적 내셔널리즘’, 또는 ‘부르주아 내
셔널리즘’과 같은 지배계급의 전횡(專橫)과 선민의식(選民意識)의

광기(狂氣)의 단계를 거쳐 오늘의 복지국가 형성을 위한 '대중 내셔널리즘' 의 단계에 이르고 있다.

그러나, 우리의 민족문학의 개념 출발은 3·1운동을 치른 '대중적 내셔널리즘' 과 민족주의를 근거로 하기 때문에 '국수주의적이고, 복고적이고, 교조적이고, 권력 지향적' 특성을 지니고 있지 않으며 또 오늘날에 있어서의 명제도 이에서 벗어나지 않으며 벗어나서는 안 된다.

그러면 이제 우리가 민족문학의 정립과 그 새로운 창조 발전을 이렇듯 논의하는 의의와 목적은 어디에 있는가?

흔히들 이런 이야기의 전제로는 우리 민족의 단일성이나 그 문화적 고유성이 장황히 풀이되지만 나의 소견을 단적으로 제시한다면 우리의 역사가 경과한 모든 정치적 사회적 문화적 사실과 가치가 민족적 입지에서 비평되고 판단되고 있다는 점과, 그 민족적 주체성을 확인시키는 가장 중요한 내용의 역사 에너지의 하나로서 우리의 문학을 쳐들 수 있기 때문이다.

이에 대한 논거의 원용으로서 나는 한 정치학자 최창규(崔昌圭)씨의 〈주체성에 관한 민족사적 고찰〉(《근대 한국 정치사상사》)이란 글의 한 대목을 제시하고자 한다.

"한(韓)민족에게서 문화란 개념은 민족의 독창성, 우월성을 확신시켜 주는 유일한 창조적 개념이며 따라서 그것은 한민족에게 역사적으로 가해진 모든 민족적 모순을 극복하여 줄 수 있었던 자주적 역사 에너지의 하나였다. 여기서 청(淸)·당(唐)과 같은 대륙 강국의 침략을 물리쳤거나 몽고·청과 같은 주변 민족의 국가적 복속(服屬)관계를 종래에 해결, 극복할 수 있었던 것은 바로 한(韓)민족이 지녀온 그 같은 문화적 자주력으로 확인된다. (중략) 여기서 우리는 한민족이 지녀 온 문화적 자주성에서 이민족의 침략을 맞아 온 원인을 발견할 수도 있겠지만 그보다 더 근본적으로 오히려 그러한 문화적 자주가 있었기 때문에 이민족으로부터 받은 그러한 주체성의 위기를 극복할 수 있었다는 위대한 민족적 추진 원력(原力)을 발견할 수 있는 것이다. 끝으로 한민족은 그와 같은 문화적 자주라는 민족적 가치를 잘 지켰을 때 역사는 우리에게 유리하게 전개되어 왔었다는 역사의 전감(前鑑)에서 한(韓)민족에게서 문화는 역사 추진의 가장 합리적인 효율성으로 확인되고 있다.”

이상의 주장 속에서 문화라는 어휘를 그 문화의 핵심적 구체적 내용인 문학으로 바꿔 놓는다면 나는 더 이상, 또 더 달리 민족문학 사관의 정립이나 새로운 창조 발전의 의의나 목적을 적절하게 설명할 수가 없다.

마감으로 저러한 우리 민족문학의 사관 정립이나 새로운 창조 발전에 그 어떠한 방향의 작업이 요청되며, 거기에는 어떠한 문제 의식들이 제출되는가 내 나름대로 정리해 보고자 한다.

첫째는 작가적 입장인데,

(1) 민족의 전통적 가치관과 고유 정서에 대한 명확한 인지와 파악과 그 계승발전으로서 과연 우리 민족이 역사적 실존 속에서 구현하려고 하였던 그 이념이나 이상이 있었다면 그것이 무엇 무엇이고, 그 삶 속에서 지녔던 정서라는 것은 어떠한 것이었느냐 하는 작가 스스로의 탐색과 추구라 하겠다. 쉽게 말하면 우리의 고전문학을 비롯한 역사나 민속에 대한 작가들의 연구와 음미의 촉구다.

(2) 국토 분단의 비극적 상황 속에서 민족의 실존상을 찾는 작업인데, 이것은 이데올로기 시대의 희생에서 오는 질식할 삶의 모습이나 탈이데올로기에서 올 막연한 비원(悲願)만을 그리는 것으로는 이루어질 수 없고 위대한 시인적(詩人的) 예지와 예견과 세계사상(世界史像)에 비춰서 제시될 민족상이 되어야 한다.

(3) 오늘의 우리사회 현실이 갖는 모든 부조리나 부정적 요소에 대한 제거와 순화(醇化) 작업과 우리사회 각 부문의 개별상에 대한 비전의 제시로써 우리작가들의 시야(視野)나 그 취재 반경(半徑)의 진폭과 확대가 요청된다.

둘째는 그 외적 여건의 조성인데,

(1) 고전에서 현대에 이르는 민족문화의 질과 양의 실체나 그 가치 체계가 이루어져야 하는데, 특히 우리의 고전을 무조건 민족문학으로 포괄하려는 몰가치론이나 고전이나 현대의 작품 중 그 내용의 역사의식의 강렬성 여하로만 민족문학을 규정지으려는 경향이나, 한편 토속적 요소나 향토색 등만을 고유적인 것으로 계승하려는 오류 등은 지양, 청산되어야 한다.

(2) 문학창작의 발상에 대한 국가적 사회적 제약이 최대한 제거되어야 하는데, 이것이야말로 우리 현실 속에서 작가들이 부닥치는 가장 큰 벽이다. 작가가 아무리 예지적(豫知的) 상상력을 발휘하여 민족의 이상상(理想像)을 창조해 보려고 한들 그 발상이 대번에 국가보안법의 대상이 된다면 새롭고 참다운 민족문학의 탄생은 성립되지 않고 언제나 민족의 당면 현실에 머무르거나 그 현실 고발자로 끝나고 만다.

(3) 작가의 작가로서의 생활의 존립인데 이것은 국가나 사회에게 어떤 작가생활에 대한 특혜(特惠)나 특대(特待)를 요구하는 것이 결코 아니요, 그 정책이나 사회적 토양(土壤)에 대한 시정을 요청하는 것이다. 지금 한국의 문인으로서 신문, 방송작가의 몇몇을 제외하고는 전부가 생계는 다른 직업이나 수입으로써 유지하고 있으니 그들이 작품에 바쳐야 할 재능이나 시간은 전체 생활의 평균 10분의 2도 안 된다. 이래서야 그들에게서 얼마나 새롭고 힘찬 창조력을 바랄 수 있으랴?

　앞서 열거한 문제의식에 대한 천분 있는 작가의 민족 역사와 현실 총량에 대한 예지적 인식과 등신대(等身大)의 고뇌에다 우리의 창작의 사회적 여건의 성숙이 우리의 언어에다 만고불멸의 생명력을 불어넣을 것이라고 나는 생각한다.

■ 〈구상문학선〉(1975)

문학정신과 혁명정신

문학정신이 지니고 있는 혁명정신이란 첫째 인간 생명의 평등과 그 발양(發揚)을, 즉 인간의 존엄을 그 바탕으로 하고 있는 것이다. 그래서 문학은 여러 가지 모상으로 억압당하고 유린된 인간의 생명과 그 존엄을 위하여 끊임없고도 줄기찬 영속적 투쟁을 전개하고 있다.

문학작품 속에서는 위인이나 영웅, 강자나 약자, 지배자나 노예나 선인이나 악한, 성공자, 실패자, 병약자, 예외자를 막론하고 그들의 운명이나 생활을 일반화된 통념(通念)으로 자질[尺度]하지 않고 창조자가 가지는 공평한 애정으로서 임하고 있는 것이다.

예를 들면 네로나 연산(燕山)과 같은 역사의 폭군도 문학작품 속에서는 생래(生來)의 악인으로서가 아니라 한 인간의 삶의 비극으로서 그려지기도 하고 또 현실적으로 성공한 위인이나 영웅의 그 숨겨진 유약성이나 비겁을 폭로한다든가 또는 한 사회에서 조롱받고 버림받은 예외자나 광인(狂人)까지 미화되는 경우가 허다하다.

이것은 다시 말하면 문학이 가지는 본령(本領)인 휴머니즘이요, 또 저러한 인간의 문학적 가상(假像)을 거울로 하여 모든 인간은 현존 속에서 항상 자신의 의식을 쇄신하여 그 인격혁명에 나아가는 것이다.

둘째, 문학정신과 혁명정신이 인류사회의 혁정(革正)과 그 진보에 있어 불가분의 상호작용을 하여 왔다는 것을 우리는 역사적 사실로도 알 수가 있다.

저 유럽의 르네상스와 산업혁명의 연관, 우리의 3·1운동과 근대문학의 개화(開花) 등, 어느 민족, 어느 국가, 어느 사회 대소 혁명에 있어 문학의 역할이 얼마나 지대하였다는 것은 최소한 문학이 그 시대의 상황을 증언하였다는 가장 기본적인 기능으로서도 말할 수 있다.

이것은 공리적인 선전문학이나 시대편승의 문학을 지칭하는 것이 아니라 손쉬운 예를 들면 우리가 저 러시아의 농노(農奴) 해방과 소위 계급혁명이 이루어지기까지 전야의 제정 러시아의 학정과 그 필연적 곡절을 살피기엔 톨스토이의 〈전쟁과 평화〉나 〈부활〉의 읽는 것이 첩경일 것이요, 당시 정치혁명 군중들의 생태를 살피려면 고리키의 〈어머니〉를 읽으면 알 수 있을 것이요, 중국의 노신(魯迅)의 작품이나 우리나라의 이광수(李光洙)의 〈흙〉 등의 작품들이 그 시대에 끼친 영향의 파급력을 상상하여 보면 될 것이다.

셋째, 그러면 왜 문학정신과 혁명정신이 이다지도 상통하고 그 유사점과 공통점이 무엇인가를 분별하여 보자. 그것은 다름이 아니라 문학정신이란 그 본령 속에서 창조적이요, 현실개혁의 정신이라는 것이다. 우리가 어떤 개인이나 사회나 민족이나를 막론하고 새로운 세계를 이상하고 개혁한다는 것은 벌써 현실의 결함과 오손(汚損)과 불의와 부정과 부패를 배격하고 시정하려는 의도가 전제되고 있다. 그렇듯 혁명정신의 현실부정적 요소와 이상 창조적 요소는 곧바로 문학정신과 공통의 것인 것이다. 그러나 혁명이 현실적 불평이나 불만의 호소나 절규만으로는 이루어지지 않듯이 문학 역시도 어떠한 물질적 정신적 고통이나 참상의 폭로나 고발만으로는 작품이 되는 것은 아니다.

넷째로 우리가 분별지어야 할 것은 저러한 문학정신이나 혁명정

신이 민중들에게 비합법적 또는 폭력적 수단에 나가게 하느냐 그
렇지 않으면 개량적 평화적 점진적 방법에 의하여 유지되느냐 않
느냐 하는 것은 그 시대 현실지배층들이 그 문학정신이나 혁명정
신이 구유(具有)하고 있는 이상과 창조력을, 또는 그 사회현실에
대한 비판과 개혁의 욕구를 얼마만큼 이해하고 받아들이며 또 시
정해 나아가려는 성의와 노력 여하에 달렸다고 하겠다.

　여기서 현실 지배층들이 최소한 ‘이해하고 받아들이는 본보기’로
서 한 예를 들면 연전에 일본의 국가운명을 좌우하며 또 가장 현실
당위적인 대미 단독강화(對美單獨講和) 반대나 재무장 반대를 일본
귀족들의 교육기관인 학습원 대학(學習院大學) 문리대학장인 시미
즈 아쿠타로(清水幾太郎)이나 일본 국립대학의 본산(本山)인 동경
대학 총장인 미나미하라 시게루(南原 繁)이나 작가로서 저명한 요
시가와 에이지(吉川英治), 이시가와 다쯔조(石川達三) 등이 그 주창
자로, 선봉장이 되었다는 사실도 우리의 현실에 대면 놀랄 일이나
한편 그들이 감옥에는커녕 면직도 집필금지도 안 되었다는 사실이
다. 이에 의거한 영원한 비무장 국가를 현실적으론 채용하지도 않
고 또 그 역사적 현실적 당위성에 좇아 단독 강화도 체결하고, 방
위대도 조직하면서도, 한편 그들의 비현실적이요, 이상론적인 주
창을 어디까지나 성실히 시인도 하고, 앞으로 일본의 영구한 민족
국가의 목표와 방향으로서 공명하고 있기 때문이다.

　그래서 저들의 주창이나 행동을 억압하고 유린하기는커녕 어떤
면에서는 이를 조장(助長)도 하고 옹호함으로써 일본의 민주적 역
량, 나아가서는 정신적 부력(富力)을 전세계에 과시하며, 또 나아
가서는 실제 국제 정치 외교에도 이중적(二重的) 이익을 도모하고
있다 하겠다.

　그러므로 올바른 문학정신이나 혁명정신은 언제나 그 사회 그 국

가가 육성 옹호해야 할 의무를 가지며, 또 최대한 현실 목표나 과제 속에서 이를 순수하게 또 성실히 받아들이고 최대한 채용함으로써 그 사회는 정상하고 점진적이고 평화적인 발전에 나아가는 것이요, 만일 이와 반대로 그들 목표 설정이나 당면과제의 불순성으로 말미암아 이를 겁내고 무시하고 억압과 말살만을 도모하다가는 마침내 그 기운은 폭력적이요 비합법적인 곳으로 흘러가고 만다.

마감으로 오늘의 우리 한국에 있어 문학정신과 혁명정신은 저러한 현실과의 이해와 그 제휴는커녕 그 통로마저 잃고 있다고 표현할 수밖에 없다.

이것은 과거 일제 탄압과 연달은 민족 수난으로 문학자들이 현실도피적인 습성 때문에 역사나 세사기복(世事起伏)에 차라리 눈감으려는 그들의 무기력과 무성의에도 있지만, 또 현실 지배자들이 이들의 영기(英氣) 즉 그들의 이상이나 그 창조력을 육성 보호하지 않고 오히려 현실의 당위성이나 당면과제에다 몰아넣으려 듦으로써 이들의 의기는 거세당하고 자기태업을 하고 있다 하겠다.

현실적 예를 들면 오늘의 우리 문학자들은 5·16 혁명 이후 계엄령하 사회생활에서 오는 위축과 예술단체의 관제(官制) 조직 등이 이들의 사회적 발언이나 행동을 기피시키고 있을 뿐 아니라 그들의 작품 소재에도 현실적 소재보다 회고적인 것으로, 또는 사회적 생활보다 신변(身邊)적이요, 정서적인 것으로 돌려지고 있다.

이것은 우리 문학자들에게 이 혁명의 새 질서를 구가(謳歌)할 만한 기백도 없고 새 사회를 구상할 만한 능력이 없어서 그런지 모르겠고, 그렇다고 구사회(舊社會)를 애도할 만가(輓歌)를 쓸 용자(勇者)도 없는지 모르겠다. 물론 몇몇의 행사시(行事詩)나 새 시대에 희망을 붙이는 산문들이 나와 있으나 이러한 영합(迎合)적 문자들은 그야말로 논외의 것이다.

　오직 나의 감명으로 경탄할 것은 지난 7월호 《자유문학》에 게재된 최인훈의 〈열하일기(熱河日記)〉는 혁명 이후 문학자의 최초의 본령적이며 생기 있는 음성이었다고 나는 본다. 이 희화(戱化)되고 추상화된 고도(高度)의 현실비판은 우리시대 문학의 한 자산이 되리라고 믿는다.

　이제 이로(理路)를 다시 돌려 말하자면 이번 혁명에 문학계를 참열(參列)시킨다는 것은 곧 그 혁명정신과 문학정신의 연계(連繫)와 부흥을 의미해야 한다. 이 두 정신의 진정한 합작 없이는 혁명의 이념이나 그 이상은 한낱 구호나 공염불(空念佛)로 내동당이쳐지는 것이라 하겠고 또 이런 의미에서 나는 문학자 자신들에게도 '자유란 어느 시대, 어느 사회를 막론하고 누가 보장해 주고 혜여(惠與)하는 것이 아니라 자기 스스로가 쟁취하여 향유하고 행사하는 것이다' 라는 말을 덧붙여 두고자 한다.

　또한 이것은 문학과 혁명정신의 본연의 것이요, 그 자세다.

　－《동서춘추(東西春秋)》, 1961.

■ 《구상문학선》(1975)

작가와 현실
―그 통고(痛苦)의 자세를 위하여

명동엘 나갔다가 동방 문화관(東邦 文化館) 살롱에서 차를 한 잔 마시고는 마침 그 3층에서 열리고 있는 이연호(李淵湖) 수채화전을 보고, 나는 이 지면(知面)도 없고 또 이름도 처음 대하는 화가의 작품전에서 깊은 충격과 경탄(驚嘆)을 안고 돌아왔다.

내가 그렇듯 강렬하게 받은 인상은 그 화법(畵法)의 독창성이나 기교가 아니라 그 소재의 임리(淋漓)한 핍진성(逼眞性)으로서 그 화제(畵題)만을 몇 낱 기억해만 내어도 〈종이 굴뚝이 서 있는 풍경〉, 〈48세대가 사는 집〉, 〈다리 밑〉, 〈쓰레기통의 마을〉, 〈어느 가난한 학교의 교실〉 등으로 능히 독자도 그 화면(畵面)이 상상되리라.

여기서 또 색다른 나의 경험 삽화(揷話) 하나를 끄집어내면 지난 겨울엔가, 일본 〈아사히 신문(朝日新聞)〉의 한국동란 종군기의 어느 한 토막 구절 "2천만 한국민 가정에는 어느 한 집 인명의 피해와 그 생활이 파괴되지 않은 집이 없으며 비참, 한 마디로 족하다…… 운운(云云)"을 읽으면서 어처구니 없이도 새삼스럽게 동란의 참화의 그 절통함에 눈시울을 적시면서 남이 이렇게 말해 주어야 느낄 정도로 무감각하게 된 불행의 면역성에 스스로 놀란 일이 있다.

실토하면 우리는 판잣집이나 다리 밑이나 쓰레기통 마을이나 책상 없는 교실을 보고 놀라고 가슴 아파할 마음의 여유도 없고 수도 서울 백주 노상(白晝路上)에 얼마든지 배를 깔고 쓰러져 있는 부랑

아(浮浪兒)와 거적도 없이 누워 있는 모자(母子) 걸인들을 무시로 보면서도 그저 망연(茫然)한 눈으로 거들떠볼 뿐 발길만을 재촉하고 있는 것이다.

그러면 여기서 우리는 우리들의 무수하고 처절한 불행이 어디까지나 각개의 것으로 무상관하고 절단된 것이요 또 한편 기아나 빵의 불행과 정신이나 영혼의 불행이 본질적으로 연계(連繫)가 없다고 여기고 있는 것일까?

더욱이나 우리 작가들에게 있어 저 행길의 빈사자(瀕死者)나 '다리 밑'이나 '48세대의 집', 걸인이나 빈민들을 오직 그들 자신의 생존이나 생활력의 부실로 돌린다든가, 그렇지 않으면 이 사회의 정치 경제력의 소치로만 여기고 그들 정치경제인들이나 자선 사회사업 기관들의 분발(奮發)에 일임하고 말면 되는 것인가?

그렇지 않다면 무감각 면역 상태에까지 이르른 '비참'이란 한 마디로밖에 남이 표현할 수 없다는 우리의 현실 소재들을 작가들은 어떻게 느끼고 어떻게 그려 내고 어떻게 해석해야 할 것인가.

먼저 우리가 명확히 인식해야 할 것은 오늘의 우리가 겪고 있는 천차만별의 참화는 각개별로 절단된 것도 아니요, 형이상(形而上)의 것이나 형이하(形而下)의 불행, 그것은 인류의 공동적 연계를 갖고 있을 뿐 아니라 우리작가들은 그러한 현실을 현실 이상의 핍진력을 갖도록 그려 내고 그 불행의 의미를 밝혀내야 한다.

그런데 문제는 여기에 있다. 우리가 아무리 현실 속에서 처절한 체험을 맛보았고 맛보고 있다손 먼저 이것이 작품 속에서 현실 이상의 핍진력을 갖도록 하는 데에는 그 소재의 심각성이나 기교의 묘로써 획득되지 않는다. 오히려 그래서 흔히 우리작가들은,

"황폐한 이 땅에서 윤기(潤氣) 있는 예술이 어찌 나온담."

하고 탄식들을 한다. 그러나 '쓰레기통에서 장미는 안 필지' 몰라

도 아무리 판잣집과 다리 밑이라도 인간이 사는 한 그 생명의 희로
애락과 애증과 또 신비한 섭리는 영위되고 있으며 오히려 저들 런
던의 고층 누각 속보다도 더 짙은 인생의 명암(明暗)이 교차되고
있는 것이다.

우리는 여기서 20세기의 대표적 가톨릭 철학자 자끄 마리탱의
소설론 일절에,

"현대소설은 인간의 비참 속에 파고들어가면 갈수록 그 작가에
게 초인간적 덕성(德性)을 요구한다."

고 지적하였듯이 곧 작가의 이 현실에 향한 통고적(痛苦的) 자세,
즉 자신의 십자가로서의 연대적(連帶的) 고민과 오뇌로서의 추구
없이는 현실적 모든 비참이란 한낱 진개(塵芥)나 오물(汚物)과 같
이 눈을 돌리거나 상을 찌푸릴 재료는 될지언정 하나의 진정한 작
품화는 되지 않고 아무리 기교적으로 그 소재를 잘 요리하여 놓더
라도 그 감동은 현실보다 오히려 희박한 것이 된다.

이 피 흐르는 현실에서 피 흐르는 작가의 통고(痛苦) 없이는 이
비참을 파고들 수 없으며 이를 묘파(描破)해 낼 수도 없을 것이다.

-〈경향신문〉, 1955.

■《구상문학선》(1975)

현대 작가 정신의 성찰
— 선의(善意)의 동공(瞳孔)을 위하여

"진리란 가장 귀찮고 슬픈 것이다." 이 르낭의 침 뱉듯한 말대로 오늘날 우리를 지배하고 있는 것은 진리와 믿음, 희망이나 사랑 등에 관한 절망이다.

프랑스의 가톨릭 작가 베르나노스는 그의 소설 〈악마의 태양 아래서〉의 주인공인 사제(司祭)의 입으로 "나도 이전에는 악마에게 이기지는 못했어도 싸우려는 투지만은 지니고 있었다. 그러나 이제는 악마의 발 아래 깔려 있다." ―이렇게 표백 비탄(表白悲嘆)케 한다.

과연 우리는 이제 불신과 증오와 절망 속에 젖어서 참된 생명의 길과 진리의 문을 부정하고 포기하기에 이르른 것이다.

말하자면 르네상스 이후 우리의 인간탐구는 인간의 악의 가능성에 대하여만 이를 관심 통찰하고, 이를 강조하여 인간의 선에의 지향이나 그 행동이나 실제적 가능성에 향해서는 눈을 돌이키고 무관심함으로써 선악 마비의 상태에 이르렀다 하겠다.

더욱이나 동족상잔의 참화를 겪은 한국의 현실은 극도의 물심양면의 피폐와 전도에 대한 암울이 한데 엉켜 이성과 영성(靈性)의 눈은 쇄잔해 가고 오직 생존을 위한 본능적 쟁투만에 눈 뒤집혀 가고 있다. 그래서 인간의 상호간 불신과 반목과 중상은 서로 '죽일 놈' 천지요, '살릴 사람'은 하나도 보이지 않는다는 지옥의 통로만이 장만되고 있다. 그야말로 어떤 작가의 소설 제목대로 〈악화 만

개(惡花滿開)〉요, 앞서도 쳐든 〈악마의 태양 아래서〉 우리는 모두 꼭두각시가 되어 춤추고 있다 하겠다.

이러한 현실상 속에 우리에게 묵상되는 것은 저 성서에 "창녀에게 죄 없는 자만이 돌을 던지라"는 그리스도의 교훈을 재음미하고 남의 허물에 던지던 돌팔매를 중지하고 서로 용서와 화목과 자기 참회에 귀순(歸順)함으로써 '죽일 놈 천지'에서 '살릴 사람 세상'을 만들어야 할 것이다.

그러면 이러한 암흑의 시대와 그 현실상 속에서 우리 작가의 눈은 어떻게 지니며 무엇을 그 본분으로 삼을 것인가?

프랑수아 모리악은 그 소설론에서,

"만약 소설가의 임무가 있다면 가장 고매하고 위대한 선의 속에 깊이 숨어 있는 배역(背逆)과 위선과 잔인을 묘출(描出)해 내는 한편 타락하여 보이는 인간의 내부 속에 깃들어 있는 순결의 숨은 원천(源泉)을 조명시키는 데 있다. 그렇다고 인간 중에는 결정적으로 자기를 극복한 인간이 없지 않다. 말하자면 성자(聖者)들은 현세에 살았으며 또 지금도 살고 있기 때문에 이들은 소설가들에게 배속(配屬)되어 있다. 그렇기 때문에 우리들은 위대한 작가들이 성취하였거나 성취하려 들었던 거룩한 선남선녀들을 묘파(描破)하는 것을 주저치 말아야 한다. 오늘의 많은 작가들은 이 인간의 성성(聖性)의 점을 그리는 권리를 포기하는 것을 주장하고 있는 것은 웬 말인가?"

이렇게 갈파하는 것이다.

모리악의 말과 같이 우리 작가들은 오늘의 작품 속에서 혼미(昏迷)하고 자포자기하는 인간상을 같은 혼미와 절망의 눈으로 사실화(寫實化)만 할 것이 아니라 각개 인간의 영혼과 육신 속에, 또는 이 사회현실의 내면이나 외부 속에 깃들어 있는 배역과 위선과 그

잔혹을 명백히 고발해 줄 뿐만 아니라 그 필연적 멸망을 제시해 주며, 또한 선의(善意)의 동공(瞳孔)으로 이 악의 껍질 속에 깃들어 있는 인간의 선한 샘과 그 무한한 가능성을 발견케 하고, 앙양하고 예찬하여야 할 것이며 나아가서는 승화된 인간의 입상(立像)을 현현(顯現)시켜 주어야 할 것이다.

그럼에도 불구하고 오늘의 우리 작가들은 인간 탐색이라기보다는 맹목적인 악의 탐색에만 열중하고 인간 내부 조명에 있어서도 암울한 영상만을 그려 내는 것을 능사로 삼고 나아가서는 신문기사적 악의 적발과 세태의 풍자적 희화(戱化)에만 도취하고 있다.

그러므로 내가 여기서 제창하고 싶은 것은 선의 의지로서 세안(洗眼)된 눈을 작자들은 먼저 회복해야 한다는 것이다. 여기에서 선의란 철학적 신학적 인식의 것이나 그런 윤리의 규범을 갖춘 형식적이요 허세적(虛勢的)인 것이 아니라 가장 소박한 인간들이 가지고 있는 신과 인간에 향한 '신뢰'와 '꿈', '사랑' 그뿐인 것이다.

이러한 꿈과 신뢰와 '사랑'의 회복은, 우리 작가들이 구도(求道)에의 불신, 진리의 불신, 인간의 불신 상태를 치유해 줄 것이며, 그리고 그들의 휴머니즘이 망실(亡失)해 가는 악과의 대결력을 강화 확대해 주고 또 이러한 작가의 정신적 전환은 인류 구원의 새로운 활력소(活力素)가 될 것이다.

-〈한국일보〉, 1955. 9. 12.

■ 《구상문학선》(1975)

저작 연보

1946   북한 원산에서 시집 《응향》에 작품이 수록되어 필화를 입음.

1951   시집 《구상》 펴냄.

1953   사회평론집 《민주고발》 펴냄.

1956   시집 《초토의 시》 펴냄.

1960   수상집 《침언부어(沈言浮語)》 펴냄.

1975   《구상 문학선》 펴냄.

1976   수상집 《영원 속의 오늘》 펴냄.

1977   수필집 《우주인과 하모니카》 펴냄.

1978   신앙 에세이 《그리스도 폴의 강(江)》 펴냄.

1979   묵상집 《나자렛 예수》 펴냄.

1980   시집 《말씀의 실상》 펴냄.

1981   시집 《까마귀》, 시문집 《그분이 홀로서 가듯》 펴냄.

1982   수상집 《실존적 확신을 위하여》 펴냄.

1984   자전 시집 《모과 옹두리에도 사연이》, 시선집 《드레퓌스의 벤취에서》 펴냄.

1985   수상집 《한 촛불이라도 켜는 것이》, 서간집 《딸 자명에게 보낸 글발》, 《구상 연작시집》 펴냄.

1986   《구상 시전집》, 수상집 《삶의 보람과 기쁨》 펴냄. 파리에서 불역(佛譯) 시집 《타버린 땅》 펴냄

1987   시집 《개똥밭》 펴냄.

1988   수상집 《시와 삶의 노트》, 시집 《다시 한번 기회를 주신다면》, 시론집 《현대시창작입문》, 이야기 시집 《저런 죽일 놈》 펴냄.

1989   런던에서 영역(英譯) 시집 《타버린 땅》 펴냄. 시화집 《유치찬란》 펴냄.

1990   한영대역(韓英對譯) 시집 《신령한 새싹》, 영역(英譯) 시화집 《유치찬란》 펴냄.

1991   런던에서 영역(英譯) 연작시집 《강과 밭》 펴냄. 시선집 《조화(造化) 속에서》 펴냄.

1993   자전 시문집 《예술가의 삶》 펴냄.

1994   독일 아흔에서 독역(獨譯) 시집 《드레퓌스의 벤치에서》 펴냄. 희곡
        · 시나리오집 《황진이(黃眞伊)》 펴냄.

1995   수필집 《우리 삶, 마음의 눈이 떠야》 펴냄.

1996   연작시선집 《오늘 속의 영원, 영원 속의 오늘》 펴냄.

1997   프랑스 라 디페랑스 출판사로부터 세계 명시선의 하나로 선정되어,
        한불대역(韓佛對譯) 시집 《오늘 · 영원》 펴냄. 스톡홀름에서 스웨덴
        어역(譯) 시집 《영원한 삶》 펴냄. 영국 옥스퍼드 대학 출판부에서 출
        간한 《신성한 영감 ─ 예수의 삶을 그린 세계의 시》에 신앙시 4편이
        수록됨.

1998   도쿄에서 일역(日譯) 《한국 3인 시집 ─ 구상 · 김남조 · 김광림》 펴냄.
        시집 《인류의 맹점에서》 펴냄.

2000   한국문학영역총서 《초토의 시》 펴냄. 이탈리아 시에나 대학교 비교
        문학연구소에서 《구상 시선》 펴냄.

2001   신앙시집 《두이레 강아지만큼이라도 마음의 눈을 뜨게 하소서》 펴
        냄.

2002   시선집 《홀로와 더불어》, 《구상》 펴냄. 구상문학총서 제1권 자전 시
        문집 《모과 옹두리에도 사연이》 펴냄. 이탈리아 시에나 대학교 비교
        문학연구소에서 《초토의 시》 펴냄.

2004   구상문학총서 제2권 시집 《오늘 속의 영원, 영원 속의 오늘》 펴냄.
        제3권 연작시집 《개똥밭》 펴냄.

2005   구상문학총서 제4권 희곡 · TV드라마 · 시나리오 전집 《황진이》 펴
        냄. 국내에서 영역(英譯) 시집 《영원 속의 오늘》 펴냄. 이탈리아에서
        이탈리아어역 시집 《그리스도 폴의 강》 펴냄.

2006   구상문학총서 제5권 시롬집 《현대시창작입문》 펴냄.

일반 경력

학력
1938 덕원 성 베네딕도 수도원 부설 신학교 중등과 수료
1941 일본대학 전문부 종교과 졸업

경력
언론계
1942-1945 북선매일신문 기자
1948-1950 연합신문 문화부장
1950-1953 국방부 기관지 승리일보 주간
1953-1957 영남일보 주필 겸 편집국장
1961-1965 경향신문 논설위원 겸 동경지국장

교육계
1949-1953 서라벌예술학원 강사(서라벌예술대학 전신)
1952-1956 효성여자대학교 문리과대학 부교수
1956-1957 서울대학교 문리과대학 강사
1960-1961 서강대학교 문리과대학 강사
1970-1974 하와이대학교 극동어문학과 조교수
1982-1983 동 대학교 부교수
1985-1986 동 대학교 부설 동서문화연구소 예우작가
1973-1975 가톨릭대학 신학부 대학원 강사
1976-2000 중앙대학교 예술대학 및 대학원 대우교수
       (전임교수가 되지 않은 것은 2차의 폐수술로 정규 강의를 못 하고
       1주 4시간만 하였기 때문임.)

공직
1986 제2차 아시아시인회의 서울대회장

1991 세계시인대회 명예대회장
1993 제5차 아시아시인회의 서울대회장

그 외
한국 최초 민권수호연맹 문화부장, 국방부 정책자문위원, 독립기념관 이
사, 문예진흥원 이사, 대한민국 예술원 회원, 국제펜클럽 한국본부 고문,
한국문인협회 고문, 성천아카데미 명예원장 등 역임

상훈
1955 금성화랑 무공훈장
1957 서울시 문화상
1970 국민훈장 동백장
1980 대한민국 문학상 본상
1993 대한민국 예술원상
2004 금관 문화훈장